HAYMON taschenbuch **13**

HAYMON tb **13**

Ungekürzte Taschenbuchausgabe
Haymon Taschenbuch, Innsbruck-Wien 2009
www.haymonverlag.at/haymontb

ISBN 978-3-85218-813-3

Umschlag- und Buchgestaltung:
Kurt Höretzeder, Büro für Grafische Gestaltung, Scheffau/Tirol
Coverfoto: ORF-Bildarchiv
Autorenfoto: Haymon Verlag

Gedruckt auf umweltfreundlichem,
chlor- und säurefrei gebleichtem Papier.

Felix Mitterer

Die Piefke-Saga

Komödie
einer vergeblichen
Zuneigung

Drehbuch

Die Piefke-Saga

Für Else und Peter

Felix Mitterer

Vorwort

1980 schrieb ich für Dieter Meichsner (Norddeutscher Rundfunk, Hamburg) sechs Folgen der neunteiligen Fernsehserie „Die 5. Jahreszeit“, in der die Geschichte des Schilaufs und des Winterfremdenverkehrs (zugleich Zeitgeschichte eines Tiroler Bergdorfes) über hundert Jahre hin erzählt wurde. Produzent der Serie war Walfried Menzel, und dieser kam einige Jahre später mit einer Ausgabe des Wiener Magazins „Wochenpresse“ zu mir, deren Titelschlagzeile lautete: „Wer braucht die Piefkes?“ Zugleich übergab er mir Stöße von Protestbriefen deutscher Urlauber, die nach einer Fuchsberger-Sendung (Frage an Wiener Show-Teilnehmer: Wie viele von Ihnen nennen die Deutschen „Piefke“?) und als Folge des „Wochenpresse“-Artikels bei den diversen Fremdenverkehrsämtern eingelangt waren.

Nachdem ich alles gelesen hatte, wußte ich: Das ist Stoff für eine Komödie. Dieter Meichsner vom NDR war derselben Meinung, und so fuhr ich hinaus aufs Land, schaute und hörte mich um, fast zwei Jahre lang, dann schrieb ich die „Piefke-Saga“: die Geschichte der deutschen Unternehmerfamilie Sattmann, mit der Sehnsucht aller Städter nach Natur, nach dem Abenteuer, nach Heimat auch. Und die Geschichte zweier Tiroler Familien, die einen Bauern, die anderen Hoteliers, deren Schicksal immer mehr mit denen der Sattmanns verknüpft wird.

Natürlich geht es auch um die Untersuchung des Begriffes, des Schimpfwortes „Piefke“, und darum, wie sich „typisch“ deutsche Urlauber im Ausland aufführen, aber selbstverständlich nicht in der Hauptsache. Ich hätte genausogut eine Wiener Familie in Caorle, eine Innsbrucker Familie am Gardasee zeigen können; die Mechanismen sind immer die gleichen. Es geht um den Massentourismus, um das, was er am Menschen und an der Natur anrichtet, um die Beziehung zwischen „Gast“ und „Gastgebern“, die sich durch die „Masse“ immer schwieriger gestaltet, was dazu führt, daß es manchem überbelasteten Gastgeber lieber wäre, der Gast würde das Geld überweisen und daheimbleiben.

Daß ich die Geschichte in Form einer Komödie schrieb, hat mich vor Larmoyanz geschützt, auch habe ich versucht, im Genre des – manchmal schon etwas faden – Fernsehspiels etwas Neues auszuprobieren, nämlich – völlig wider die dramaturgischen Regeln – die Uneinheitlichkeit. Der erste Teil ist eine Satire, der zweite Teil eine Komödie, der dritte Teil eine Tragikomödie, der vierte Teil eine Horrorvision zum Totlachen. Da die Zuschauer immer besser sind als ihr Ruf (besonders bei Fernsehredakteuren), haben viele zugeschaut, worüber ich mich freue.

Zu danken ist meinem Förderer Dieter Meichsner, Fernsehspielchef des Norddeutschen Rundfunks, der Mitte ’91 leider in Pension ging. Dank auch an Gerd Bacher und Ernst Wolfram Marboe (ORF), die den 4. Teil ermöglicht haben, und besonders danke ich dem Regisseur Wilfried Dotzel und dem Kameramann Michael Thiele, die mit dem wunderbaren Team von Laien- und Berufsschauspielern die Bücher kongenial umsetzten. Widmen möchte ich dieses Buch Else Anderka (die alte Lena) und Peter Kluibenschädl (der alte Andreas), die bald nach den Dreharbeiten verstorben sind. Als altes Liebespaar in der „Piefke-Saga“ werden sie unvergessen bleiben.

In der Druckausgabe sind der leichteren Lesbarkeit wegen die filmtechnischen Hinweise eines Drehbuchs wie einzelne Einstellungen (Totalen usw.) und Kamerapositionen gestrichen. Andererseits enthält das Buch auch jene Szenen, die im Film nicht vorkommen, da er sonst zu lang geworden wäre.

Die Personen

Die deutsche Unternehmerfamilie Sattmann:
Karl Friedrich Sattmann (50)
Elsa, seine Frau
Sabine, seine Tochter
Gunnar, sein Sohn
Heinrich, sein Vater (75)
Asta, dessen deutsche Schäferhündin

Die Tiroler Familie Wechselberger:
Franz Wechselberger, Hotelier (50)
Christl, seine Frau
Stefan, sein Sohn
Hans Wechselberger, sein Bruder, Lehrer (40)

Die Tiroler Bauernfamilie vom Rotterhof:
Andreas, Großvater (90)
Olga, Bäuerin (55)
Thomas, Hoferbe (30)
Maria, seine Frau
Anna, seine Schwester
Joe, sein Bruder
Peter, Josef, Leni, Erwin, Kinder von Thomas und Maria

Weitere Personen:
Max Niederwieser, Obmann des Fremdenverkehrsvereines
Erster Gendarm / Zweiter Gendarm
Pfarrer
Manfred Holleschek, Wiener Journalist

Zusätzliche Personen im ersten Teil:
Orient-Verkaufschef der Firma Sattmann
Handelsminister

Frau des Handelsministers
Sekretär des Handelsministers
Chefredakteur der „Woche“
Grafiker bei der „Woche“
Fotograf bei der „Woche“
Redaktionsbote bei der „Woche“
Jugoslawischer Hausdiener
Trafikant
Herr Körner, deutscher Tourist
Gedichtaufsagendes Mädchen

Zusätzliche Personen im zweiten Teil:
Jutta Karge, deutsche Touristin
Junger Tourist mit Wanderpässen
Junge Touristin
Herr Körner, deutscher Tourist
Arzt
Tunesischer Discjockey
Charly, deutscher Kokaindealer
Jugoslawischer Hausdiener
Bergführer
Mehrere Hüttenwirte
Türkischer Hüttengehilfe
Zwei Bergsteiger
Musikduo

Zusätzliche Personen im dritten Teil:
Landeshauptmann
Notar
Lena (85)
Erster Jäger / Zweiter Jäger
Interessent an Beschneiungsanlagen
Tunesischer Discjockey
Fürsorgerin
Beamter vom Lawinenschutz

Wirtin im Gasthaus Roter Adler
Hotelier
Hoteliersfrau
Bauer im Quellschutzgebiet
Lehrer

Zusätzliche Personen im vierten Teil:
Mädchen im Verkehrsverband
Straßenräuber
Tiroler Zöllner
Tiroler Marketenderin
Tiroler Fernsehsprecher
Hoteldiener
Chauffeur
Leibwächter
Bursche (Schuhplattler)
Tourist und Touristin
Erster Schütze (Erster Jäger im dritten Teil)
Zweiter Schütze
Erster Chirurg / Zweiter Chirurg
Operationsschwester
Kleiner Andreas

1. Teil

Der Skandal

BERLIN. VILLA SATTMANN / WOHNZIMMER.

Nacht. – Es regnet. Moderner Betonbau in einem Park. Das Wohnzimmer eines reich gewordenen Kleinbürgers. An einer Wand ein großes Ölgemälde: kämpfende Hirsche auf Lichtung, dahinter Gebirge. Über dem Kamin ein Wurzelschnitzwerk, das Gesicht eines „typischen“ Tirolers darstellend. Daneben unter Glas eine riesige Fotografie einer Fabriksanlage, aus der Luft aufgenommen. Aufschrift an der Fabrik: „SATTMANN“. – Im Fernsehen läuft die Fuchsberger-Sendung „Auf los geht's los“ vom 28. August 1982. Kennmelodie und Vorspann, Fuchsberger tritt auf, Applaus. Vor dem Fernseher sitzen Heinrich Sattmann, seine Schwiegertochter Elsa und Sabine, seine Enkelin. Zu Füßen von Heinrich liegt die deutsche Schäferhündin Asta. Heinrich raucht Zigarre und trinkt Bier, Elsa trinkt ein Likörchen und legt ein Puzzle, das eine Tiroler Gebirgslandschaft mit See darstellt, Sabine trinkt Campari-Soda und liest einen Konsalik-Roman. Mutter und Tochter schauen immer wieder zum Fernseher. An der Wand über der Familie ein Farbposter des Tiroler Dorfes Lahnenberg.

LAHNENBERG IN TIROL / HOTEL ALPENFRIEDEN.

Nacht. – Ein Fremdenverkehrsort mit zahlreichen Hotels und Pensionen, die meisten unbeleuchtet. Auch das riesige Hotel Alpenfrieden scheint verlassen und leer. Vor dem Eingang steht ein BMW. Kein Mensch auf der Straße. Ein schwaches Licht in der Hotelhalle an, Stefan kommt heraus, trägt zwei Reisetaschen, geht zu seinem BMW, öffnet den Kofferraum, gibt die Taschen hinein. Joe rast mit seiner Motocrossmaschine vorbei, hinter ihm sitzt, an ihn geschmiegt, ein Mädchen. Laute Rockmusik vom Lautsprecher der Maschine.

Joe: *(hebt die rechte Hand)* Heil!

Joe rast davon, Stefan schaut ihm nach. (Er verachtet Joe ein wenig.) Stefan wirft den Kofferraumdeckel zu und geht wieder ins Hotel. Auf der Tür, die sich hinter Stefan schließt, hängt ein großes Schild, darauf steht: „GESCHLOSSEN – Wiedereröffnung am 15. Juni“. Hans Wechselberger taucht auf und schreibt über das Wort „Geschlossen“ mit Filzstift: „wegen Reichtum“. Ganz oben im Hotel sind zwei Fenster erleuchtet. Flackerndes Fernsehlicht dringt zwischen den Vorhängen heraus.

HOTEL ALPENFRIEDEN / WOHNZIMMER DER PRIVATWOHNUNG. – *Das Wohnzimmer ist rustikal eingerichtet, alles in teurem Holz. An den Wänden Jagdtrophäen und ein Gewehrschrank. Im Fernsehen läuft die Fuchsberger-Sendung. Vor dem Fernseher sitzt Christl, die Frau des Bürgermeisters, raucht Marlboro, hat eine Batterie von zum Teil schon geleerten Underberg-Fläschchen vor sich auf einem Tisch stehen. An einem Tisch mit Eckbank, unter einer rustikalen Lampe, sitzen der Bürgermeister und Hotelier Franz Wechselberger, der Fremdenverkehrsobmann Max Niederwieser, der erste Gendarm (in Uniform) und der Pfarrer. Sie trinken Bier, der Pfarrer raucht filterlose Zigaretten, Franz raucht „Hobby“, Max raucht Pfeife. Sie schauen hin und wieder zum Fernseher.*

Max: Oh mei, oh mei! Jetzt hoaßt's aufpassen!

Max legt eine Karte in die Mitte zu den anderen, der Gendarm wirft triumphierend seine dazu, nimmt den „Stich“ an sich.

Franz: Scheißdreck!

Der Gendarm grinst, spielt aus. Bei der Tür kommt Stefan herein.

Stefan: I bin jetzt dahin!

Franz: Was? Wohin denn?

Stefan: L. A.!

Franz: Was?

Stefan: Los Angeles!

Franz: Was tuast denn dort?

Stefan: Ja, Urlaub mach i! Pfiat enk! Anfang Juni bin i wieder da!

Stefan geht hinaus, Christl schaut ihm nach, nimmt eine Underberg-Flasche, schaut unzufrieden. Franz blickt auf die Karten in die Mitte des Tisches, legt eine dazu.

Max: Geh, Franz, was tuast denn?

Max legt resigniert seine Karte dazu, der Pfarrer grinsend ebenfalls.

Pfarrer: So, hamma euch wieder! *(Sammelt alle Karten ein.)* Also, no a Bummerl für euch!

Der Pfarrer macht einen Strich auf einem Zettel.

Franz: Herrschaftszeiten!

Anna kommt mit vier Bierflaschen auf einem Tablett herein. Sie trägt einen weißen Kleiderschurz. In der Zwischensaison ist Anna Hausmädchen, sonst Kellnerin im Hotel des Bürgermeisters. Sie stellt die Bierflaschen auf den Tisch, schenkt den Männern nach.

Pfarrer: Dankeschön, Anna!

Max: Du spielst ja wirklich saumäßig, Franz!

Franz: Is ja kein Wunder, den ganzen Winter bin i nit zum Kartenspielen kommen! *(Zum Pfarrer:)* Wieviel samma euch denn schon schuldig?

Pfarrer: 7000 Schilling!

Franz: Siebentausend! No, wenn des so weiter geht, kann i mir den Urlaub nimmer leisten!

Erster Gendarm: Geh, Bürgermeister! Bei der Saison!

Anna geht wieder hinaus.

Franz: Jaja! Bei dir kaufen s' die Wurstsemmeln, die sie in meine Zimmer dann fressen!

Erster Gendarm: *(grinsend)* Bei mir kaufen sie gar nix! Die Metzgerei gehört meiner Frau!

Franz: Jaja! Du Hundling!

Max: *(lehnt sich zurück)* Mei, is des fein, so ohne Fremde! Kommt ma endlich amol zu was!

Franz: Ja, is eh wahr!

Max: I versteh nit, warum du in die Karibik fliagst! Da triffst ja wieder die Piefke!

Franz: I will ja eh koan Urlaub! Brauch i doch nit! Gibt doch nix blöders wia Urlaub! Aber i hab's meiner Alten versprochn! *(Zur Frau:)* Was, Christl?

Christl: Ja, Zeit wird's! Seit zehn Jahr versprichst mir schon, daß ma endlich amal gemeinsam auf Urlaub fahren!

Pfarrer: Ja, was is jetzt? Mach ma no a Spiel? Die Kirchn braucht a neus Dach!

Erster Gendarm: *(lachend)* Und mei Frau braucht an neuen Hot-Dog-Stand!

Franz: Du mit deine Würstlstandl! Das ganze Geschäft ruinierst uns! Aber des sag i dir: mit dem neuen Selbstbedienungsrestaurant werd nix!

Erster Gendarm: Was?

Pfarrer: *(zu Franz)* Du willst ja auch a neus Hotel bauen, obwohl mir koans mehr brauchen!

Franz: Brauchen! Wer redt denn von brauchen? I muaß investieren, sonst frißt mi die Steuer!

Max: *(nimmt die Karten)* Geh, hörts jetzt auf! Jetzt spiel ma Karten!

Max beginnt die Karten zu mischen.

STRASSE IN LAHNENBERG UND WOHNHAUS. – *Stefan braust mit seinem BMW an einem modernen Gemeindebau vorbei. Aus allen Fenstern Blaulicht von Fernsehern. Mit einer Ausnahme. In der Garconniere des Lehrers Hans Wechselberger läuft kein Fernseher.*

GARCONNIERE HANS WECHSELBERGER. – *Die Garconniere ist karg eingerichtet. Umweltschutzplakate an* *den Wänden. Der Lehrer Hans sitzt am Tisch, hat ein Teehäferl vor sich, korrigiert Schulaufsatzhefte. Das Thema war: „Was ich von den Touristen halte". Hans liest: „Ich mag die Fremden nicht, weil die arbeiten nicht, aber wenn ich von der Schule heimkomme, muß ich gleich meiner Mutter in der Pension helfen. Am Abend hocken sie im Wohnzimmer und schauen Fernsehen und machen einen Lärm und ich habe keinen Platz." Hans schreibt darunter: „Sehr gut!" Er macht das Heft zu, schaut auf die Uhr, trinkt Tee, schaltet den Fernseher ein und dreht sich eine Zigarette. Im Fernsehen die Fuchsberger-Sendung.*

WIEN. GRÜNDERZEITVILLA DES HANDELSMINISTERS. *Nacht. – Vor der Villa fährt ein schwarzer Dienstmercedes vor, der Chauffeur steigt aus, öffnet dem Handelsminister die Autotür, dieser steigt mit einem Aktenkoffer aus.*

SALON DES HANDELSMINISTERS. – *Die Gattin des Ministers sitzt vor dem Fernseher und schaut die Fuchsberger-Sendung. Der Minister kommt herein.*

MINISTER: Servus!

GATTIN: Grüß dich!

Die Gattin schaut weiter fern, der Minister geht zur Bar, nimmt sich einen Drink, setzt sich, schaut auch zum Fernseher, zündet sich eine Pfeife an.

MINISTER: Hast mich heut in den Nachrichten gsehn?

GATTIN: Ja.

MINISTER: Und?

GATTIN: Dein Sakko rutscht dir immer hoch, da hinten am Nacken. Das schaut nicht gut aus. Du solltest wirklich deinen Schneider wechseln.

Der Minister schaut griesgrämig, blickt zum Fernseher. Fuchsberger steht vor den neun „Geschworenen".

FUCHSBERGER: *(im TV)* Die erste Frage heute, ich weiß

nicht, ob sie heikel ist, mit Sicherheit ist sie heiter, das hoffe ich wenigstens. Sie wissen ja, wie das läuft. Ich frage, wie viele der neun Geschworenen erfüllen diese oder jene Bedingung, Sie *(zu den Kandidaten)* denken zehn Sekunden nach, schauen sich die Herrschaften hier an und dann wählen Sie die Nummer in Ihrem Fächer. Zum Beispiel: Wie viele der neun Geschworenen nennen die Deutschen prinzipiell „Piefke"?

Gelächter im Publikum. Die Geschworenen und Fuchsberger lachen ebenfalls.

MINISTER: Ja, was soll denn das?

FUCHSBERGER: *(im TV)* Ha, ha, ha! Ja!

MODERNER WOHNBLOCK IN WIEN. – *Ein riesiger Baukomplex. Unzählige Fenster mit blauen Lichtern von Fernsehapparaten. Ganz oben wohnt der Journalist Manfred Holleschek.*

WOHNZIMMER MANFRED HOLLESCHEK. – *Modernes Wohnzimmer. Manfred Holleschek sitzt vor dem eingeschalteten Fernseher und schläft. Auf dem Tisch vor Hollescheck liegt das Magazin „Die Woche".*

FUCHSBERGER: *(im TV)* Noch nicht drücken, bitte, noch nicht drücken! *(Zu den Kandidaten:)* 10 Sekunden! Schauen Sie sich Ihre Pappenheimer an, jetzt halten Sie bitte hoch! Ich seh schon, was passiert, aha!

BERLIN. FABRIK SATTMANN / SITZUNGSSAAL. *Nacht. – Halbdunkel. Ein langer Sitzungstisch, Monitore. An einem Ende des Tisches sitzt Karl-Friedrich Sattmann (Anzug, Krawatte), am anderen Ende sitzt der „Verkaufschef Naher Osten" (Anzug, Krawatte, Gesicht von Arabiens Sonne verbrannt), vor sich einen geöffneten Aktenkoffer (aus Weißblech, mit Nummernschloß); etwas Sand ist aus dem Aktenkoffer auf den Tisch gerieselt. Karl-Fried-*

rich schaut den Verkaufschef längere Zeit sehr streng an, diesem ist mulmig zumute, schließlich bricht es aus ihm heraus.

VERKAUFSCHEF: Das sind unseriöse Leute, Herr Generaldirektor! Die haben mich monatelang hingehalten! Monatelang! Jedesmal, wenn ich runtergeflogen bin, ließ er mich stundenlang warten, dieser verdammte Scheich! Und dann mußte ich stundenlang mit ihm Tee trinken! Tee mit Butter! Wäh! Und erzählt mir von seiner Fußballmannschaft, und daß er unbedingt den Litti haben will als Trainer ... Und keine Rede vom Geschäft!

Karl-Friedrich schaut finster.

VILLA SATTMANN / WOHNZIMMER. – *Die Sattmanns vor dem Fernseher. Heinrich schaut unbewegt, Elsa leicht amüsiert, Sabine gleichgültig.*

FUCHSBERGER: *(im TV)* Die Drei, die Acht, meinen Sie? –, die Vier und die Sechs! Also relativ hochgegriffen! Meine Damen und Herren Geschworenen – wie viele von Ihnen nennen die Deutschen (räuspert sich), Entschuldigung, ich muß das Wort klar und deutlich herausbringen – Piefke? Drücken Sie bitte jetzt! – 5, 6, bleiben Sie drauf mit dem Finger! 6, sechs sind es, *(zu den Kandidaten:)* haltet bitte hoch! – Das ist ein Volltreffer! Der Christian hat die Sechs und er bekommt diesen Punkt! *(Applaus.)* Aber! So einfach lasse ich die Damen und Herren jetzt nicht davonkommen! *(Geht zu den „Geschworenen".)* Wer hat denn gedrückt? *(Die sechs halten die Hände hoch.)* Sie haben nicht gedrückt?

GESCHWORENER: *(im TV)* Nein ...

FUCHSBERGER: *(im TV)* Aha! *(Zu Frau:)* Sie haben gedrückt. Ich wüßte von Ihnen gern, was ist denn ein Piefke. Was heißt das überhaupt?

GESCHWORENE: *(im TV)* In meinen Augen sind die

Piefke, wie Sie so schön sagen, irgendwie die Eingebildeten, die aus Deutschland kommen! Die fahren oamoi im Jahr, fahren s' nach Österreich auf Urlaub und dann ... *(Sie stockt, Gelächter, tosender Applaus im Wiener Publikum.)*

Fuchsberger: *(im TV)* Und dann ... Also, Sie meinen, sollen die zwamal, zwamol im Jahr nach Österreich kommen?

Geschworene: *(im TV)* Nein, aber wenn sie nach Österreich kommen, müssen sie ja nicht so angeben, net?

Fuchsberger: *(im TV)* Ah, weil sie so angeben?

Geschworene: *(im TV)* Ja!!! *(Gelächter, tosender Applaus.)*

Die Schäferhündin Asta richtet sich auf und bellt den Fernseher an.

Heinrich: Das ist ja unglaublich!

FABRIK SATTMANN / SITZUNGSSAAL. – *Karl-Friedrich und der Verkaufschef wie vorhin.*

Verkaufschef: Und dann will er, daß sein Schwager die Generalvertretung bekommt für den gesamten Nahen Osten, und sein Cousin muß auch untergebracht werden; Schmiergeld braucht er, weil er angeblich einige Leute für die Importbewilligung bestechen muß, und zuletzt hat er dann den Preis derartig gedrückt, daß ich ausgestiegen bin. Aussteigen mußte! Tut mir leid! Das Geschäft ist geplatzt!

Das Telefon neben Karl-Friedrich läutet, er hebt ab.

Karl-Friedrich: Was ist denn?

VILLA SATTMANN / WOHNZIMMER. – *Heinrich am Telefon, Asta wachsam neben ihm, im Hintergrund Elsa und Sabine, erstaunt herschauend.*

Heinrich: *(ins Telefon)* Karl-Friedrich, da ist Vater! Schalt sofort den Fernseher ein!

Fuchsberger: *(im TV)* Also, dann möchte ich *(zum nächsten „Geschworenen“)* von Ihnen auch wissen: ...

FABRIK SATTMANN / SITZUNGSSAAL.

Karl-Friedrich: *(am Telefon)* Was soll ich?

VILLA SATTMANN / WOHNZIMMER.

Heinrich: *(am Telefon)* Du sollst den Fernseher einschalten! Erstes Programm! Sie beleidigen uns!

FABRIK SATTMANN / SITZUNGSSAAL.

Karl-Friedrich: *(am Telefon)* Mensch, Vater! Ich hab was anderes zu tun! *(Legt auf; zum Verkaufschef:)* Wissen Sie, was Sie sind? Sie sind ein blöder, bornierter Deutscher! *(Steht auf.)* Man muß sich hineinfühlen können in fremde Mentalitäten! Die haben eben andere Verhandlungsmethoden als wir! Darauf muß man eingehen! *(Setzt sich.)* Sie sind gefeuert!

Der Verkaufschef steht auf, macht seinen Koffer zu, nimmt ihn, ein Sandrand bleibt am Tisch zurück; dann verläßt der Verkaufschef den Raum. Karl-Friedrich blickt ihm nach.

Karl-Friedrich: Unfähige Bande! Alles muß man selber machen!

Sein Blick fällt auf den Monitor neben ihm, er schaltet ihn ein, drückt um auf ARD; auch auf den übrigen Monitoren im Raum erscheint dasselbe Programm.

Fuchsberger: *(im TV)* Wie sehen Sie denn einen Piefke?

Geschworener: *(im TV)* Des is verschieden. Es gibt solche und solche. *(Gelächter.)*

Fuchsberger: Solche ... Ja ... ich möchte jetzt wissen, wie ist der solche, der erste solche?

Geschworener: Wienerisch gesagt: mit seiner Mark schmeißt er um, weil der Schilling weniger wert ist!

LAHNENBERG. HOTEL ALPENFRIEDEN / WOHNZIMMER. – *Die vier Männer halten ihre Karten in den Händen und starren zum Fernseher. Christl schaut empört zu Franz, dieser und Max schauen entsetzt. Im Fernseher noch immer Applaus.*

FRANZ: *(fassungslos)* Das derf ja nit wahr sein! Das derf ja nit wahr sein!

FUCHSBERGER: *(im TV)* Mit was schmeißt er um?

GESCHWORENER: *(im TV)* Mit der D-Mark schmeißt er um!

FUCHSBERGER: *(in die Kamera)* Landsleute, seid das nächste Mal etwas sparsamer! *(Gelächter.)*

CHRISTL: Jetzt reicht's aber dann! Spinnen die?

FRANZ: Der ghört ja derschlagen, der Fuchsberger! *(Richtung Fernseher:)* Hör endlich auf, du Trottel!

GARCONNIERE HANS WECHSELBERGER.

FUCHSBERGER: *(im TV)* Sie hat auch gedrückt! Was ist denn mit den Piefkes los?

GESCHWORENE: *(im TV)* Na, ich finde, das sind eingebildete Deutsche, die glauben halt, sie sind was Besseres, und die im Ausland viel angeben! *(Applaus.)*

Hans schaut zum Fernseher und grinst.

WIEN. SALON HANDELSMINISTER.

FUCHSBERGER: *(im TV)* Im Ausland viel angeben ... *(zur Kamera:)* Also, liebe Landsleute, jetzt wissen wir Bescheid!

MINISTER: *(starrt zum Fernseher)* Das gibt Aufruhr!

WOHNZIMMER HOLLESCHEK. – *Holleschek schläft noch immer.*

FUCHSBERGER: *(im TV)* Ich wollt aber jetzt doch noch fragen, weiß denn jemand von den neun Geschworenen, was der „Piefke" wirklich bedeutet, wie der entstanden ist?

Geschworene: *(im TV)* Das ist in den Kriegsjahren gekommen ...
Fuchsberger: *(im TV)* In welchen Kriegsjahren?
Geschworene: *(im TV)* Im 2. Weltkrieg!
Fuchsberger: *(im TV)* Nein!

BERLIN. VOR VILLA SATTMANN. – *Es regnet immer noch. Gunnar kommt auf Rollschuhen durch den Park auf den Eingang zu. Er trägt weiße Turnschuhe, die mit farbigen Sprays angesprüht sind, eine abgerissene Bluejean, eine abenteuerliche Jacke, ausgeflippte Frisur. Am Gürtel hängt ein Walkman, die Kopfhörer hat er an den Ohren. Vor dem Haustor steigt Gunnar aus den Rollschuhen. Währenddessen hört man aus dem Wohnzimmer den Fernsehton. Karl-Friedrich kommt mit dem Mercedes gefahren, steigt aus, schaut Gunnar mißmutig an. Man hört den Fernsehton.*

Fuchsberger: *(aus dem TV)* Also, dann darf's ich Ihnen sagen, und Ihnen auch liebe Zuschauer, entschuldigen Sie, wenn ich Ihnen ab und zu den Rücken zudreh – ich bin so begeistert von meinen neun Geschworenen –, vor dem Ersten Weltkrieg war Kaiser Wilhelm zu Besuch, Staatsbesuch hier in Wien, und er hat nicht nur großes Gefolge mitgebracht, sondern auch ein Musikcorps. Und vor diesem Musikcorps, da marschierte der Stabsmusikcorpsmeister weg, und der war so zackig und so militärisch und so martialisch, daß die Österreicher anfingen zu lachen: Schauts euch den an, der fiel auf, und dann fragte man: wer ist dieser Mann und wie heißt der, und siehe da, er hieß August Piefke! *(Gelächter.)* Und so ist das entstanden und seit der Zeit werden wir also mit diesem Stabsmusikmeister immer wieder verglichen, aber wir haben ein paar ganz interessante Aufschlüsse bekommen ...

VILLA SATTMANN / WOHNZIMMER.

Fuchsberger: *(im TV)* ... wie wir uns, wenn wir Gast sind in diesem schönen Österreich, ein bißchen angenehmer verhalten könnten, als wir es manchmal, sicherlich nicht böse gemeint, tun! Mit unserem zweiten ... *(Applaus)*

Heinrich nimmt die Fernbedienung schaltet den Fernseher aus, Karl-Friedrich und Gunnar kommen zur Tür herein.

Heinrich: *(zu Karl-Friedrich)* Sie können es nicht lassen, diese Österreicher! Sie pinkeln uns immer wieder ans Bein! Karl-Friedrich, das dürfen wir uns nicht bieten lassen!

Karl-Friedrich geht zum Telefon, sucht aus seiner Kartei eine Nummer heraus.

Elsa: *(zu Gunnar)* Immer schwänzt du das Abendessen, Gunnar! Geh in die Küche, Helma ist noch da!

Heinrich: Sag mal, Junge, wo treibst du dich ständig herum?

Gunnar antwortet nicht, geht wieder hinaus.

Heinrich: *(ruft ihm nach)* Nimm diese verdammten Kopfhörer ab!

Karl-Friedrich wählt eine Nummer.

LAHNENBERG. HOTEL ALPENFRIEDEN / WOHNZIMMER. – *Franz steht bei Christl und schaltet mit der Fernbedienung den Fernseher aus. Pfarrer, Max und erster Gendarm am Ecktisch. Die Karten liegen vor ihnen, sie spielen nicht mehr.*

Franz: So eine Sauerei! Da schauen Millionen von Deutschen zu bei der Sendung!

Max: Bis ma des wieder ausbügelt haben – des kost was!

Das Telefon läutet, Franz geht hin.

Franz: Scheiß-Fernsehen! *(Hebt ab.)* Wechselberger!

TELEFONGESPRÄCH BERLIN – LAHNENBERG.

KARL-FRIEDRICH: Hier Karl-Friedrich Sattmann! Ich weiß nicht, ob Sie eben diese Sendung ...

FRANZ: Eine unglaubliche Schweinerei, Herr Sattmann! Ich bin ganz erledigt, am Boden zerstört!

KARL-FRIEDRICH: Wissen Sie, Herr Bürgermeister, es ist nicht sehr klug von Ihren Landsleuten, so über die deutschen Gäste zu reden!

FRANZ: Eine bodenlose Frechheit, Herr Sattmann! Aber das sind die Wiener, immer nur die Wiener! Diese sogenannten Geschworenen, das waren doch alles Wiener! Wir Tiroler, Herr Sattmann, wir lieben unsere deutschen Gäste! Ich versichere Ihnen, Herr Sattmann, Sie sind uns beim Arsch lieber als jeder Wiener beim Gesicht!

KARL-FRIEDRICH: Ich glaub's Ihnen, Herr Bürgermeister. Ich fühle mich ja auch nicht betroffen. Ich möchte Sie nur warnen! Das gibt sicher Stunk! Ich persönlich liebe ja Ihr Land, Sie wissen ja nur zu gut, wie gerne wir bei Ihnen drüben in Tirol sind ... aber meine Landsleute! Die Kuh, die man melkt, sollte man bei guter Laune halten!

BERLIN. VILLA SATTMANN / WOHNZIMMER.

KARL-FRIEDRICH: *(am Telefon)* Das wollte ich Ihnen nur gesagt haben! – Ja, schon gut! Also dann – bis zum Sommer!

Heinrich nimmt Karl-Friedrich den Hörer weg.

HEINRICH: *(ins Telefon)* Hier Heinrich Sattmann! Ich warne Sie, Herr Bürgermeister! Ihr Österreicher solltet die Schnauze nicht zu voll nehmen! Sonst werden wir die Konsequenzen ziehen! Wir können unsere Mark auch woanders ausgeben! Ende! *(Knallt den Hörer auf die Gabel.)*

HOTEL ALPENFRIEDEN / WOHNZIMMER. – *Franz zuckt zusammen, legt den Hörer auf, die anderen schauen ihn fragend an.*

Franz: Karl-Friedrich Sattmann und Vater! Stammgäste!

Christl: Oh, mei, des a no! De zwoa hab i eh scho gfressen!

Franz: *(zu den Männern)* Also, mitn Kartnspielen is heut nix mehr! I muaß sofort was unternehmen!

WIEN. SALON HANDELSMINISTER. – *Der Fernseher ist ausgeschaltet.*

Minister: Jetzt wird die Touristikbranche wieder aufjaulen! Die sind eh so empfindlich! *(Zur Gattin.)* Ich sag dir, niemand reagiert so hysterisch wie die! Unglaublich, was ich da schon erlebt hab! Einmal, da ...

Das Telefon läutet.

Minister: Na also, es geht schon los! Nicht einmal daheim hab ich meine Ruh! *(Hebt ab.)*

LAHNENBERG. HOTEL ALPENFRIEDEN / WOHNZIMMER. – *Das Telefon jetzt am Ecktisch, Franz hält den Hörer. Neben ihm sitzen Christl und Max. Pfarrer und Gendarm sind gegangen.*

Franz: *(am Telefon)* Herr Minister, da ist der Wechselberger Franz aus Lahnenberg!

TELEFONGESPRÄCH LAHNENBERG – WIEN.

Minister: Ah, Herr Bürgermeister, grüß Sie! Was kann ich für Sie tun?

Franz: Ich würd Sie nicht stören, wenn's nicht so wichtig wär ... Außerdem, Sie sind ja Stammgast bei uns und da hab i mir denkt ...

Minister: Ja, natürlich, um was geht's denn?

Franz: Eben war eine Sendung im Fernsehen ...

Minister: Jaja, ich hab Sie gesehen! Sehr bedauerlich!

Franz: Da müssen S' was unternehmen! Unbedingt! Mein Telefon geht ununterbrochen! 15 deutsche Gäste haben schon ihren Urlaub bei uns storniert!

Minister: Was? Das ist ja entsetzlich!

Franz: Klar is des entsetzlich!

Minister: Und was soll ich tun?

Franz: Sie müssen sich hochoffiziell als Handelsminister bei den deutschen Gästen entschuldigen!

Minister: Na gehn S', Herr Kommerzialrat, das scheint mir ein bissel übertrieben!

LAHNENBERG. GARCONNIERE HANS WECHSELBERGER. – *Hans wählt am Telefon.*

WIEN. WOHNUNG MANFRED HOLLESCHEK – *Der Fernseher läuft noch. Manfred schläft noch. Das Telefon läutet. Manfred erwacht und greift zum Hörer.*

Manfred: Holleschek?

TELEFONGESPRÄCH LAHNENBERG–WIEN.

Hans: Servus, Manfred! Da ist der Wechselberger Hans aus Lahnenberg!

Manfred: Ah, grüß dich! Was is los?

Hans: Hast du vielleicht grad die Fuchsberger-Sendung gschaut?

Manfred: Theoretisch schon! I hab vorm Fernseher geschlafen! Warum?

Hans: Da gibt's sicher an Wirbel!

LAHNENBERG. HOTEL ALPENFRIEDEN / WOHNZIMMER.

Franz: *(am Telefon)* Also, dann ... entschuldigen S' die späte Störung! Gute Nacht, Herr Minister!

Franz legt auf, zündet sich eine Zigarette an, trinkt vom Bier, schaut Christl an.

Franz: Christl, es tuat ma leid, du muaßt allein fliagn!

Christl schaut ihn an, bricht plötzlich in Tränen aus.

Franz: Geh, Christl, es nutzt ja nix! I kann jetzt nit weg!

Christl steht auf, geht hinaus. Franz und Max schauen ihr nach.

Franz: Des is a Gfrett mit die Weiber! *(Zu Max:)* Also: als erstes ergeht ein Rundschreiben an alle Stammgäste! Des is deine Aufgabe als Fremdenverkehrsobmann!

WEITER TELEFONGESPRÄCH HANS WECHSELBERGER MIT MANFRED HOLLESCHEK.

Manfred: Ja – und was soll i da machen?

Hans: No, an Artikel schreiben! Gegen die Auswüchse des Fremdenverkehrs! Aufghängt an diese Sendung!

Manfred: Geh, net scho wieder! I hab eh grad vor einem halben Jahr etwas drüber gschrieben!

Hans: Das war aber ein lahmer Artikel!

Manfred: Na, du bist guat! Was erwartest du dir? Soll ich zur Sprengung der Schilifte aufrufen? Überhaupt – wenn dir meine Artikel zu lahm sind, dann geh zum Profil!

Hans: I bin mit dir befreundet!

Manfred: Jaja, schon guat! Aber i muß dir ehrlich sagen, dein Fanatismus geht mir schön langsam auf die Nerven!

Hans: Was heißt da Fanatismus? Es geht um die Erhaltung unserer Kultur, unserer Landschaft ...

Manfred: Geh, laß mich doch in Ruh, Hans! I bin müd, ich geh schlafen! Im Sommer sehn ma uns! Servus!

Er legt auf.

AUTOBAHN IN TIROL. *Tag. – Wunderschöne Gebirgslandschaft. Die Sonne geht auf, die Vöglein zwitschern, Grillen zirpen, Kirchenglocken läuten. Autokolonne mit deutschen Urlaubern gleitet dahin. In der Kolonne der Mercedes von Karl-Friedrich, mit ihm selbst am Steuer. Hinter dem Mercedes der Audi von Heinrich, auf dessen Rücksitz Asta.*

LAHNENBERG. HOTEL ALPENFRIEDEN. – *Vöglein zwitschern, Grillen zirpen, Glocken läuten. Die Sattmanns fahren vor.*

HOTEL ALPENFRIEDEN / REZEPTION. – *Christl im prächtigen Dirndl, sie steht ums Eck, trinkt gerade ein Underberg-Fläschchen, läßt es verschwinden, richtet ihr onduliertes Haar, tritt vor zur Rezeption.*

STIMME FRANZ: *(währenddessen)* Ja, Grüß Gott! Nein, das freut mich! Grüß Gott, allerseits! Willkommen in Lahnenberg!

Vor der Rezeption stehen zahlreiche Gäste. Franz schüttelt die Hände, Stefan teilt Zimmerschlüssel aus, der jugoslawische Hausdiener nimmt die Koffer und trägt sie zum Lift.

CHRISTL: Ja, grüß Sie! Willkommen! Grüß Gott!

Bei der Tür herein kommen Karl-Friedrich, Elsa, Sabine, Gunnar, Heinrich und Asta. Gunnar trägt immer noch seine Frisur, man hat ihn aber überredet, sich etwas weniger abgerissen anzuziehen. Er hat seinen Walkman am Gürtel, die Kopfhörer an den Ohren. Franz sieht die Sattmanns.

FRANZ: *(hebt begeistert die Hände)* Die Sattmanns!

BÜROHAUS IN WIEN. – *Die Stadt ist voller Touristen. Am Portal eines Bürohauses ein großes Schild mit* *der Aufschrift: „Die Woche – Das österreichische Nachrichtenmagazin".*

BÜRO CHEFREDAKTEUR. – *Auf einem Tisch liegen die Fahnen der nächsten Ausgabe. Chefredakteur, Grafiker, Fotograf (mit Fotoausrüstung) und Manfred stehen davor. Das Titelblatt zeigt ein Foto von deutschen Touristen, die durch eine schöne Gebirgslandschaft wandern. Der Titel lautet: „Tourismus. Warten auf die Deutschen".*

CHEFREDAKTEUR: Des is ja nix! Des is ja fad! *(Er schiebt die Fahnen mit den Fingern herum, darunter auch den Artikel von Manfred.)* Mei, is des wieder a fads Heftl!

MANFRED: Naja. Sommer …

CHEFREDAKTEUR: *(liest vom Titelblatt)* „Tourismus: Warten auf die Deutschen"! Des klingt doch nach garnix! Des lockt kan Hund hinterm Ofen hervor! Und des Foto is a langweilig! Die Titelstory braucht a provokante Schlagzeile und a gscheits Foto, wie oft soll i des noch sagen?

Sie denken nach. Der Grafiker schaut den Titel an.

GRAFIKER: Wer braucht die Piefkes?

CHEFREDAKTEUR: Ja! Ja! Sehr gut! Und aufs Titelblatt an typischen Piefke! *(Zu Manfred:)* Net?

MANFRED: Gut.

FOTOGRAF: Wo soll i denn so schnell an Piefke hernehmen?

CHEFREDAKTEUR: Gehn S' aufn Stephansplatz! Da finden S' genug Piefke!

FOTOGRAF: Des schaff i nimmer!

Es klopft, der Redaktionsbote Mrkwicka tritt mit Unterlagen herein. Er wirkt ein wenig verschroben.

REDAKTIONSBOTE: Entschuldigen die Herren! *(Legt die Unterlagen auf den Tisch, wendet sich wieder zum Gehen.)* Habe die Ehre!

Fotograf: Herr Mrkwicka!

Redaktionsbote: Ja, was is?

Fotograf: Wollen S' an Hunderter?

Redaktionsbote: An Hunderter? Ja, gern! Küß die Hand!

FOTOSTUDIO. – *Der Redaktionsbote steht fertig adjustiert als Piefke da. Der Fotograf am Apparat.*

Fotograf: So, Herr Mrkwicka ... jetzt schaun S' a bissel deppert drein! – Na, net so deppert! Nur a bißl! Na, net so! *(Seufzend.)* Schaun S' normal drein! Wie immer? Ja, so! Des reicht schon! Den Schirm von der Mützn hinaufklappen! So is es recht! Achtung!

Er drückt ab.

LAHNENBERG. DORFSTRASSE / TRAFIK. *Morgen. – Vöglein zwitschern, Grillen zirpen, ein paar Kuhglocken sind entfernt zu hören. Es ist früh am Morgen, die Straße ist leer. Ein Lieferwagen fährt an einer Trafik und Zeitschriftenhandlung vor, hält, der Fahrer holt Zeitungspakken heraus, wirft sie vor den Eingang, fährt weiter. Auf einem Zeitungspacken sieht man die „Bildzeitung", auf dem anderen „Die Woche" mit dem Piefke-Titel.*

HOTEL ALPENFRIEDEN / TERRASSE. *Tag. – Musikberieselung aus Lautsprecher mit Pseudovolksmusik. Frühstücksbuffet. Zwei Gabeln stechen gleichzeitig in ein Schinkenblatt. Karl-Friedrich schaut unwillig den kleinen Mann (Herrn Körner) neben sich an, der auch in das Schinkenblatt gestochen hat. Herr Körner zieht seine Gabel eingeschüchtert zurück. Karl-Friedrich lädt auf seinen Teller ziemliche Mengen von Schinken, Wurst und Käse. Er trägt Kniebundlederhosen und kariertes Hemd, Kniestrümpfe und Wanderschuhe. Die Gäste frühstük-*

ken, Stefan und Anna bedienen sie mit Kaffee und Tee. An einem Tisch steht Christl bei Gästen, unterhält sich mit ihnen. Karl-Friedrich sucht Butter, es ist keine mehr da, er schaut sich um, sieht Anna.

KARL-FRIEDRICH: *(ruft)* Anna!

Anna schaut her.

KARL-FRIEDRICH: Butter!

Anna nickt, Karl-Friedrich nimmt noch einen Krug Orangensaft mit, geht dann an einen Tisch an der Balustrade. Dort sitzen Elsa und Heinrich beim Frühstücken. Elsa trägt ein Dirndl und Wanderschuhe, Heinrich eine Art von Safarianzug (nach Buren-Art) mit kurzen Hosen und Wanderschuhen. Heinrich wirft seinem Hund von einem aufgehäuften Teller Wurstblättchen zu.

HEINRICH: Hepp! – Hepp! – Hepp!

KARL-FRIEDRICH: *(setzt sich)* Man sollte dieses Frühstücks-Buffet wieder abschaffen! Das ist ja jedesmal ein Kampf um die Existenz! Ein unersättliches Volk, diese Deutschen! Daheim das ganze Jahr Kartoffeln und Bouletten und hier fressen sie sich voll!

Karl-Friedrich frißt in sich hinein, Christl kommt an den Tisch.

CHRISTL: Guten Morgen, die Herrschaften!

ELSA: Ah, guten Morgen, Frau Bürgermeister!

CHRISTL: Sie tragen ja ein zauberhaftes Dirndl, Frau Sattmann! Von hier?

ELSA: Ne, in München gekauft!

CHRISTL: Sehr hübsch! Wirklich! *(Zu allen:)* Haben Sie alles, was Sie brauchen?

KARL-FRIEDRICH: Ne! Butter fehlt!

CHRISTL: *(ruft)* Stefan! Bring Butter!

Stefan trägt ein Tablett, er nickt.

CHRISTL: Also, schönen Tag noch!

ELSA: Danke, Frau Bürgermeister! Gleichfalls!

Christl geht zu einem anderen Tisch.

ELSA: Ach, Karl-Friedrich! Ich bin immer ganz glücklich hier! Die gute Luft, die schöne Landschaft, die netten Menschen ...

KARL-FRIEDRICH: *(schaut sich um)* Nur leider zu viele Touristen!

HEINRICH: Ja, es ist wie ein regelrechter Feldzug! Nur sind da nur die besten durchgekommen! Was, Asta? *(Wirft dem Hund ein Wurstblatt zu:)* Hepp!

ELSA: Sag mal, Karl-Friedrich, könnten wir uns nicht ein Häuschen hier bauen? Wäre doch viel lustiger als im Hotel! Ein Häuschen irgendwo in der Waldeinsamkeit. Und ich würde lernen, die ganzen einheimischen Speisen zu kochen. So richtig tirolerisch!

Stefan kommt mit einem Teller, auf dem zwei Butterstückchen sind, stellt den Teller ab, geht wieder, Karl-Friedrich schaut mißmutig auf die zwei kleinen Butterstückchen.

ELSA: *(weiter)* Es gibt hier einen Kochkurs, weißt du. Da lernt man auch Brotbacken! Alles ganz gesund und natürlich!

KARL-FRIEDRICH: *(lächelnd)* Du entwickelst dich ja richtig zur Bäuerin, Elschen!

Gunnar kommt auf Rollschuhen herein, Walkman umgehängt, Kopfhörer an. Man hört leise Rockmusik aus den Kopfhörern.

GUNNAR: Morgen!

ELSA: Morgen, Gunnar!

Gunnar setzt sich, nimmt sich Semmel und Wurst, schneidet die Semmel auf.

HEINRICH: Mensch, Junge, nimm doch diese verdammten Kopfhörer ab!

Gunnar reagiert nicht darauf.

KARL-FRIEDRICH: Ich verlange pünktliches Erscheinen beim Frühstück! Hast du verstanden, Gunnar?

Gunnar hört ihn nicht.

Heinrich: *(laut)* Gunnar! Du! Dein Vater spricht mit dir!

Gunnar schaut Heinrich nur an, beißt von seiner Semmel ab. Karl-Friedrich schüttelt seufzend den Kopf, Anna kommt mit einem Teller, auf dem zwei kleine Butterstückchen sind, stellt den Teller neben Gunnar ab.

Gunnar: *(freundlich zu Anna)* He!

Anna: Griaß di, Gunnar!

Elsa: Jetzt haben wir schon Butter, Anna!

Karl-Friedrich: Laß nur da!

Anna: *(zu Gunnar)* Kaffee?

Gunnar nickt. Anna geht wieder.

Elsa: Und die Butter würden wir uns direkt vom Bauern holen. *(Lächelt.)* Oder selber eine Kuh halten. Was, Karl-Friedrich?

Heinrich: *(zu Gunnar)* Wo ist Sabine? *(Lauter:)* Wo Sabine ist, habe ich gefragt!

Gunnar zuckt die Schultern.

DORFSTRASSE / TRAFIK. – *Der alte Trafikant hängt Zeitungen an einem Ständer vor dem Geschäft auf. Bildzeitung, Stern, Spiegel, Quick etc., auch den Wochenspiegel. Es fällt ihm nichts auf.*

GARCONNIERE HANS. – *Hans sitzt in Bergsteigerkleidung am Telefon. Am Tisch Sachen vom Frühstück, er hat schon vor längerer Zeit gefrühstückt.*

Hans: *(am Telefon)* Was, der is no nit aufgstanden? So ein fauler Hund! Um Sieben wollt ma aufbrechen! Es wird ja viel zu heiß! Weck ihn sofort auf! – Freilich geht des! Weck ihn, sag ihm, in 10 Minuten hol i ihn ab! *(Er legt auf.)*

HOTEL ALPENFRIEDEN / TERRASSE. – *Karl-Friedrich steht am Buffet, gibt Schinken und Käse zwischen Brotscheiben, packt alles in Servietten ein. Franz taucht* *auf, schaut ihm aus einiger Entfernung mit nicht gerade freundlicher Miene zu, geht dann zu ihm.*

FRANZ: *(sehr freundlich)* Morgen, Herr Sattmann!

Karl-Friedrich läßt sich nicht stören.

KARL-FRIEDRICH: Morgen!

FRANZ: Wie steht das werte Befinden?

KARL-FRIEDRICH: Gut! Danke!

FRANZ: Fein!

Karl-Friedrich geht an seinen Tisch zurück, Franz schaut ihm nach.

FRANZ: *(murmelt)* Scheiß-Piefke! Die soll ma a Leben lang aushalten!

Stefan kommt mit einem Tablett mit Kaffeekännchen vorbei.

STEFAN: Jetzt reicht's mir dann!

FRANZ: Was? Was reicht dir?

STEFAN: I steh bis Viere in der Früh hinter der Bar! I brauch mehr als zwoa Stunden Schlaf!

FRANZ: Ja, mir stellen eh no jemand ein!

STEFAN: *(geht weiter)* Da bin i gspannt!

FRANZ: *(ruft ihm nach)* I bin im Gemeindeamt!

Franz geht hinaus, kommt in der Nähe des Tisches vorbei, wo die Sattmanns sitzen. Karl-Friedrich reicht Elsa die Jausenpakete, sie gibt sie in ihre Handtasche. Gunnar hat jetzt seinen Kaffee, trinkt davon. Unten auf der Straße fährt Joe auf seiner Motocrossmaschine vorbei, hinter ihm sitzt Sabine. Laute Rockmusik von der Maschine. Die Sattmanns schauen von der Terrasse hinunter. Sabine steigt ab, küßt Joe flüchtig. Die beiden bemerken, daß man sie von oben beobachtet, schauen hinauf, Joe grinst, salutiert leicht.

ELSA: Jetzt ist sie schon wieder mit diesem Joe unterwegs! Unternimm doch was, Karl-Friedrich!

HEINRICH: *(brüllt hinab)* Schalt diese verdammte Negermusik ab!

Asta richtet sich auf und bellt. Joe braust davon, Heinrich greift nach den Kopfhörern von Gunnar, reißt sie ihm herunter.

HEINRICH: Und du auch, verdammt!

Sabine kommt an den Tisch, Gunnar setzt sich die Kopfhörer wieder auf.

SABINE: *(fröhlich)* Schönen guten Morgen!

Sabine setzt sich, Elsa schaut sie vorwurfsvoll an, Sabine nimmt ein Kaffeekännchen, will sich einschenken, es ist leer, Sabine nimmt ein zweites Kännchen, auch das ist leer.

SABINE: Anna! Kaffee!

Anna nickt im Hintergrund.

KARL-FRIEDRICH: Wenn du noch einmal eine Nacht auswärts verbringst, reist du sofort ab!

SABINE: *(beschwichtigend)* Aber, Papi!

KARL-FRIEDRICH: *(steht auf)* Nee, Schluß, keine Debatte!

Karl-Friedrich nimmt seinen Bergsteigerhut, setzt ihn auf, nimmt seinen Wanderstock mit zahlreichen Stocknägeln und geht Richtung Tür.

HEINRICH: Warte, Karl-Friedrich! *(Zum Hund.)* Komm, Asta!

Heinrich setzt seinen Strohhut auf, nimmt ebenfalls einen Stock und geht zu Karl-Friedrich.

KARL-FRIEDRICH: *(dreht sich um)* In 20 Minuten seid ihr abmarschbereit!

SABINE: Wieso abmarschbereit?

KARL-FRIEDRICH: Wir gehen wandern!

SABINE: Ich geh schwimmen!

KARL-FRIEDRICH: Du gehst mit uns wandern! Wenigstens im Urlaub möchte ich euch ein paar Stunden sehen! Verdammt nochmal!

SABINE: Ne, ich geh schwimmen!

ELSA: Ach, Sabine!

Karl-Friedrich wendet sich wütend ab und geht, Heinrich und Hund folgen ihm.

VOR DEM HOTEL ALPENFRIEDEN. – *Der jugoslawische Hausdiener putzt die Eingangstür, Franz steht daneben und raucht eine Zigarette, schaut sich um. Karl-Friedrich, Heinrich und der Hund kommen heraus.*

HEINRICH: *(zu Karl-Friedrich)* Du hast leider absolut keine Autorität, mein Sohn!

FRANZ: Na, mach ma an Morgenspaziergang?

Karl-Friedrich und Heinrich beachten Franz nicht, gehen Richtung Trafik davon. Aus der anderen Richtung kommt in Bergsteigerkleidung und mit Rucksack Hans Wechselberger.

FRANZ: Ah, der Herr Lehrer! Gemma aufn Berg?

HANS: Ja. Was dagegen, Bruderherz …?

FRANZ: Jaja, Lehrer müßt ma halt sein! Freizeit in Hülle und Fülle!

Hans verschwindet ums Eck, Franz schaut auf die Uhr, wirft die Zigarette auf den Boden, geht in die Richtung davon, aus der Hans gekommen ist. Der jugoslawische Hausdiener schaut Franz nach, tritt auf die noch glimmende Zigarette.

WESTSEITE HOTEL ALPENFRIEDEN. – *Hans kommt ums Eck, geht an einem Plakat vorbei, das auf einer Tafel an der Hausmauer hängt und einen Tiroler Abend ankündigt. Hans schaut sich verstohlen um, holt einen großen Stempel hervor und ein Stempelkissen, drückt den Stempel ins Kissen, dann auf das Plakat. Es trägt jetzt den Schriftzug: „KITSCH!“*

DORFSTRASSE / TRAFIK. – *Karl-Friedrich und Heinrich mit Hund kommen zur Trafik, Karl-Friedrich nimmt sich eine „Bildzeitung“ aus dem Ständer, schaut sie an, Heinrich nimmt sich eine „National- und Soldaten-Zeitung“. Hans taucht auf, sein Blick fällt auf den Ständer, er sieht „Die Woche“, geht hin, nimmt ein Exemplar her-*

aus, schaut den Titel an. Heinrich blickt zufällig darauf, sein Gesicht wird starr. Er gibt die National- und Soldatenzeitung zurück in den Ständer, nimmt Hans das Heft aus der Hand.

Heinrich: Sind Sie Einheimischer?

Hans: Ja.

Heinrich schlägt Hans zweimal das Heft um die Ohren. Drei Touristen kommen heran. Es sind der kleine Körner und ein jüngeres Ehepaar. Herr Körner ist genauso adjustiert wie der Redaktionsbote auf dem Titelblatt. Asta bellt Hans an, der schaut verblüfft.

Heinrich: Ruhig, Asta! Platz!

Karl-Friedrich steckt die Bildzeitung zurück in den Ständer.

Karl-Friedrich: Was ist denn, Vater?

Hans: *(zu Heinrich)* Sie! Was haun S' mi denn?

Heinrich zeigt Karl-Friedrich das Titelblatt.

Heinrich: Da! Schau dir das an!

Karl-Friedrich schaut auf das Titelblatt, auch die drei anderen Touristen tun das.

Herr Körner: *(liest)* „Wer braucht die Piefkes?"

Heinrich: Das ist doch ungeheuerlich!

Der Trafikant kommt heraus.

Herr Körner: So ne Frechheit!

Trafikant: Is was passiert?

Heinrich: Sie, was erlauben Sie sich?

Trafikant: Was? Um was geht's denn?

Karl-Friedrich zeigt mit der Hand auf die Titelseite.

Karl-Friedrich: Darum geht's!

Der Trafikant schaut auf den Titel, blickt verständnislos.

Trafikant: *(liest)* „Wer braucht die Piefkes?" Ja – und?

Heinrich: *(brüllt den Trafikanten an)* Sie brauchen die Piefkes! Sie! Sie! *(Zu Hans:)* Und Sie auch!

Hans: *(grinsend)* Na, i gwiß nit!

VOR DEM HOTEL ALPENFRIEDEN. – *Der Hausdiener putzt die Tür, Karl-Friedrich mit Heft in der Hand und Heinrich mit Hund tauchen auf.*

KARL-FRIEDRICH: Wo ist der Bürgermeister?

HAUSDIENER: Burgarmeister im Gemeindeamt!

Karl-Friedrich und Heinrich drehen um und marschieren Richtung Gemeindeamt los. Oben aus einem Hotelfenster schaut Elsa.

ELSA: *(ruft)* Karl-Friedrich! Was macht ihr denn?

KARL-FRIEDRICH: Keine Zeit! Packt inzwischen die Koffer! Wir reisen ab!

Elsa schaut verdutzt, hinter ihr taucht Sabine auf, schaut ebenfalls den beiden nach.

SABINE: Ich hau mich wieder in die Falle.

GEMEINDEAMT / BÜRO DES BÜRGERMEISTERS. – *Franz sitzt hinter seinem Schreibtisch. Ihm gegenüber hockt Max Niederwieser. Die beiden Männer studieren gerade einen Prospekt. Plötzlich wird die Tür aufgerissen: Karl-Friedrich stürmt herein, hinter ihm Heinrich mit Hund. Das Mädchen vom Vorzimmer will sie aufhalten.*

VORZIMMERMÄDCHEN: Ja, hallo!

Heinrich schiebt das Mädchen beiseite und knallt Franz das Magazin auf den Tisch.

KARL-FRIEDRICH: Gucken Sie sich das an! Los, gucken Sie sich das an!

Max und Franz schauen auf das Heft, Franz nimmt es in die Hand.

FRANZ: *(entsetzt)* Was is denn des scho wieder?

KARL-FRIEDRICH: Ich hab jetzt die Nase wirklich voll, Herr Bürgermeister! Man hat uns schon in dieser Fuchsberger-Sendung beleidigt, wie Sie wissen! Trotzdem sind wir wiedergekommen! Und jetzt das! Das ist der Dank! Wir reisen natürlich auf der Stelle ab! *(Leise:)* Wie können Sie uns so etwas antun ...

Franz: Jetzt beruhigen S' Ihnen erst einmal, Herr Sattmann!

Heinrich: Wir beruhigen uns überhaupt nicht, Herr Bürgermeister! Ich bin seit 1932 hier Gast! Seit 1932! Da waren Sie noch gar nicht auf der Welt! – Ne, ne! Wir reisen ab! Und mit uns sämtliche deutschen Touristen in diesem Ort! Dafür sorgen wir, das verspreche ich Ihnen! Euch miesen Austriaken gehört schon längst ein Denkzettel verpaßt!

Max: Aber ich bitte Sie, meine Herren! Wer wird denn mit Kanonen auf Spatzen schießen? Dieses Blattl liest ja kein Mensch!

Karl-Friedrich: Wir haben es gelesen! Das genügt!

Karl-Friedrich nimmt das Heft, geht wieder zur Tür, Heinrich folgt ihm, Franz läuft ihm nach, hält Karl-Friedrich zurück.

Franz: Herr Sattmann, bitte, warten Sie doch!

Karl-Friedrich: Lassen Sie mich los!

Asta knurrt Franz an, der zuckt zurück.

Franz: Meine Herren! Das können Sie uns doch nicht antun! Wir brauchen Sie! Wir brauchen Sie! Ja, sollen unsere armen Bauernkinder verhungern? Wollen Sie das? Können Sie das verantworten, meine Herren?

Max: Also, geben Sie uns wenigstens die Chance, diesen Artikel auch zu lesen!

DORFSTRASSE / VOR PENSION EDELWEISS. – *Hans kommt mit Manfred Holleschek aus der Pension, auch Manfred in Bergsteigerkleidung. Sie gehen die Straße entlang. Hans hält ein Exemplar der „Woche" in der Hand.*

Hans: Ich würd an deiner Stelle gscheiter abreisen. Wenn die merken, daß du im Dorf bist, dann wirst gekreuzigt, das versprech ich dir!

Manfred: Geh, hör auf! Heast, du hast ja schon einen richtigen Verfolgungswahn!

Hans: Wirst schon sehn! I hab di gewarnt!

Manfred: Und was is mit dir?

Hans: Was soll mit mir sein?

Manfred: Na, ich hab di doch zitiert, du kommst vor in dem Artikel!

Hans: Was? Du hast mi doch gar nit interviewt!

Manfred: Ja, weil i di net erreicht hab, telefonisch! Aber i kenn deine Tiraden eh auswendig!

Hans: Du bist guat! – No, macht nix! Der Artikelschreiber bis ja du! I werd's überleben! Die derschlagn immer noch lieber an Wiener als an Landsmann!

Manfred: *(lacht)* Danke! Vielleicht fahr i doch lieber nach Rimini!

Sie kommen an einem Veranstaltungsplakat vorbei, Hans drückt seinen Stempel darauf, Manfred schaut ihm grinsend zu.

BÜRO DES BÜRGERMEISTERS. – *Franz, Max, Karl-Friedrich, Heinrich mit Hund. Sie sitzen an einem Tisch, haben Schnapsgläser vor sich und eine Schnapsflasche.*

Karl-Friedrich: *(liest aus dem Magazin)* „Wir müssen sie mögen, um jeden Preis – die Piefkes. Sie machen sich die schönsten Flecken untertan, sie verderben die Küche, sie benehmen sich im Autoverkehr, als würde ihre D-Mark für alles geradestehen! Mit ihrer polternden Unart verändern sie ..."

SESSELLIFT. – *Hans und Manfred sitzen auf einem Doppelsessellift, fahren nach oben.*

Manfred: *(grinsend)* Fahrst halt doch auch gern mitn Lift, gell?

Hans: Weil ma so spät dran sind! – I brauch koan Lift!

Manfred: *(schaut sich um)* Es ist immer noch schön hier! Du siehst zu schwarz, Hans!

Hans: Schau nit in die Ferne, schau da nach unten!

Manfred schaut nach unten, man sieht die beschädigte Grasnarbe auf der Piste.

Hans: Da ist im Winter die Schipistn!

BÜRO DES BÜRGERMEISTERS.

Karl-Friedrich: *(liest)* „Dorfschullehrer Hans Wechselberger: Meine Landsleute verraten und verkaufen ihre Heimat!“

Max: Des gibt’s nit!

Franz: *(finster)* Lesen S’ weiter!

Karl-Friedrich: *(liest)* „... verraten und verkaufen ihre Heimat! Für harte D-Mark vernichten sie unsere Landschaft und unsere Volkskultur. Dafür gibt es nur ein Wort: Prostitution!“

Franz: Na wart, der kann was erleben! Den mach i fertig!

Karl-Friedrich: Wie? Ist das einer aus dem Ort?

Max: *(grinsend, mit Seitenblick auf Franz)* Des kann ma wohl sagen!

Heinrich: Was?

Max: *(grinsend)* Na los, sag’s schon!

Franz: *(unangenehm berührt)* Des is mein Bruder!

Karl-Friedrich: Was? Ihr Bruder?

Franz: Ja leider! Das schwarze Schaf unserer Familie!

Max: *(grinsend)* Volksschullehrer!

Heinrich: Na, das nenn ich Familienzusammenhalt! Den stellen Sie uns mal vor, den Knaben! *(Deutet auf die Flasche:)* Kann ich noch so’n Klaren haben?

Max schenkt ihm nach, schaut Karl-Friedrich an, der schiebt ihm das Glas hin, Max schenkt auch ihm ein, Heinrich kippt das Glas in einem Zug, Karl-Friedrich trinkt auch.

Karl-Friedrich: *(nimmt das Heft)* So, dann weiter im Text!

Franz: Na, mir reicht’s! Mehr brauch i nimmer wissen! Meine Herren, ich bin wirklich fassungslos!

Heinrich: Das möchte ich meinen!

Max: Ja, aber ich mein, man soll das auch nicht überbewerten! Des ist halt das übliche Gejammer! Interessiert doch kein Schwein!

Karl-Friedrich: Was! Was hör ich da? Interessiert kein Schwein?

Franz: Also, Max, jetzt reiß di z'samm! In diesem Artikel werden unsere deutschen Gäste beleidigt, das ist Tatsache! Wenn mir einer auf den Kopf scheißt, guat, des steck i ein, *(er steht auf)* aber unsere deutschen Gäste beleidigen, nein, da muß durchgegriffen werden!

Heinrich: Na, und ob!

Franz: Wer hat überhaupt den Artikel verbrochen? *(Liest:)* Manfred Holleschek.

Heinrich: Ein Slawe! Natürlich!

Franz: Wo is'n die Telefonnummer? *(Sucht das Impressum im Heft, findet es, brüllt zur Vorzimmertür:)* Monika! Monika!

Die Tür öffnet sich, das Mädchen schaut herein, Franz reicht ihr das Heft hin.

Franz: Ruaf de Nummer da an und verlang diesen Holleschek!

Vorzimmermädchen: *(nimmt das Heft)* Is guat, Chef! *(Geht ins Vorzimmer.)*

Franz: Der kann was erleben! Der is sein Job los!

Karl-Friedrich: Das möcht ich hoffen!

Das Telefon läutet, der Bürgermeister geht hin und hebt ab.

Franz: *(am Telefon)* Hallo! Ist der Herr Holleschek zu sprechen? Holleschek! – Was? Auf Urlaub? – Geben Sie mir den Chefredakteur! – Auch auf Urlaub? Ja, verdammt, irgendwer muß ja da sein, oder? – *(Pause)* – Na also. – Hallo! – Sie, da spricht der Bürgermeister von Lahnenberg in Tirol! Ich sag Ihnen nur eins, dieser Piefke-Artikel wird Sie teuer zu stehen kommen!

Wir werden Sie wegen Geschäftsschädigung verklagen! Haben Sie verstanden? – Was? Was? Das geht Sie nix an? – Wieso geht Sie das nix an?

WIEN. BÜRORAUM BEI DER „WOCHE“. – *Am Telefon der Redaktionsbote Mrkwicka.*

REDAKTIONSBOTE: Ja, wissen S', Herr Generaldirektor, i bin der Redaktionsbote! Küß die Hand!

LAHNENBERG. BÜRO DES BÜRGERMEISTERS.

FRANZ: *(am Telefon)* Was? Was sind Sie? Der Redaktionsbote? Ja, haben Sie an Vogel oder was? I will doch nit mit an Redaktionsboten reden!

BÜRORAUM „DIE WOCHE“.

REDAKTIONSBOTE: *(am Telefon)* Wie Sie meinen, Herr Hofrat! *(Legt auf.)* Gebirgsdolm!

BÜRO DES BÜRGERMEISTERS.

FRANZ: *(am Telefon)* Hallo! Hallo! *(Legt auf.)* Hat aufglegt, der Hundling! *(Brüllt:)* Monika! Ruf den Handelsminister an!

VORZIMMERMÄDCHEN: *(von draußen)* Is guat, Chef!

Sie warten. Franz bleibt beim Telefon stehen, Heinrich überlegt, schüttelt den Kopf, schaut zu Karl-Friedrich.

HEINRICH: Sohnemann, wir machen einen Aufklärungsfeldzug durchs Dorf! Jeder Deutsche soll wissen, was die Österreicher von uns halten!

KARL-FRIEDRICH: Gut! Hervorragende Idee!

Franz und Max schauen erschrocken, das Vorzimmermädchen schaut herein.

VORZIMMERMÄDCHEN: Der Minister is auf Urlaub!

FRANZ: Herrschaftszeiten! Alles is auf Urlaub!

KARL-FRIEDRICH: *(steht auf)* Nee, so kommen wir nicht weiter! Jetzt nehmen wir die Sache in die Hand!

Heinrich: Wir werden die deutsche Bundesregierung einschalten!

Max: *(verbeißt sich ein Grinsen)* I befürcht, die is auch auf Urlaub!

Karl-Friedrich: Als erstes rufe ich die Bildzeitung an! Die soll ihren Millionen Lesern mitteilen, wie man die deutschen Touristen in Österreich behandelt!

Franz: *(stotternd)* Aber, aber, ich bitt Sie, Herr Sattmann, das können Sie uns doch nicht antun!

Karl-Friedrich: Komm, Vater! Wir haben hier nichts mehr verloren!

Karl-Friedrich und Heinrich gehen zur Tür, Franz läuft hin, stellt sich davor.

Karl-Friedrich: Gehen Sie beiseite, Herr Bürgermeister!

Franz schüttelt den Kopf, lehnt sich an die Tür.

Heinrich: Letzte Aufforderung, Herr Bürgermeister! Machen Sie Platz!

Franz schüttelt den Kopf.

Heinrich: Asta, faß!

Der Hund stürzt sich auf Franz, faßt ihn am Hosenbein und zerrt ihn weg.

Franz: Auslassen! Auslassen, du Sauhund!

Die Tür ist frei, Karl-Friedrich und Heinrich gehen hinaus. Franz stürzt zu Boden, der Hund zerrt immer noch an seinem Hosenbein.

Franz: Hilfe! Hilfe!

Heinrich: *(von draußen)* Asta!

Der Hund läßt Franz los und läuft hinaus, das Vorzimmermädchen kommt herein, sieht Franz am Boden.

Vorzimmermädchen: Soll i die Rettung holen, Chef?

Franz: *(brüllt)* Verschwind!

Das Vorzimmermädchen geht hinaus, schließt die Tür, grinst dabei ein wenig. Franz schaut sein zerfetztes Hosenbein an, schaut zu Max, dieser muß auch das Grinsen unterdrücken.

Franz: Eine Katastrophe! Eine Katastrophe! *(Zu Max:)* Grins nit so blöd! Was tua ma denn jetzt?

Max: Naja, wenn's im Guaten nit geht ...

VERSCHIEDENE PLÄTZE IN LAHNENBERG. – *Karl-Friedrich und Heinrich sprechen Touristen an, Heinrich fuchtelt mit der „Woche" herum, zeigt das Heft vor. Das Gendarmerieauto fährt heran und hält; die zwei Gendarmen beobachten die Szene.*

STRASSENCAFÉ. – *Am Tisch sitzen Kaffee trinkende und Kuchen essende Touristen. Karl-Friedrich und Heinrich stehen zwischen ihnen. Heinrich hat das Magazin in der Hand.*

Heinrich: Dieses Land, liebe Mitbürger, dieses Land lebt von uns! Von unseren harten und hart erarbeiteten Devisen lebt es!

Das Gendarmerieauto kommt langsam herangefahren, der zweite Gendarm lenkt, der erste sitzt daneben. Der Wagen hält an.

Heinrich: Und dafür sollen wir uns beschimpfen und lächerlich machen lassen? Nein, sag ich!

Die Gendarmen schauen, beobachten auch diese Szene.

DORFGASSE. – *Karl-Friedrich, Heinrich und Hund setzen zielstrebig ihren Agitationsfeldzug fort. Das Gendarmerieauto überholt sie langsam, schneidet ihnen den Weg ab, hält an, die beiden Gendarmen steigen aus.*

Erster Gendarm: Sattmann?

Heinrich: Was wollen Sie?

Erster Gendarm: Es ist eine Anzeige eingegangen.

Karl-Friedrich: Was?

Erster Gendarm: Gefährdung der Staatssicherheit.

Verblüfftes Schweigen von Karl-Friedrich und Heinrich.

Heinrich: Wiederholen Sie das, bitte!

Erster Gendarm: Gefährdung der Staatssicherheit.

Heinrich: Na, jetzt reicht's aber endgültig!

Heinrich geht los, der erste Gendarm hält ihn auf, Asta knurrt.

Erster Gendarm: Sie, passen S' auf Ihren Hund auf! Sonst muaß i von der Dienstwaffe Gebrauch machen!

Heinrich: Was wollen Sie? Meinen Hund abknallen wollen Sie?

Karl-Friedrich: Sagen Sie, sind Sie noch zu retten? Gefährdung der Staatssicherheit! Ihr seid ja wohl alle bekloppt! Komm, Vater, wir hauen ab! Möchte sehn, ob die uns aufhalten!

Karl-Friedrich und Heinrich schieben die Gendarmen zur Seite, gehen los.

Heinrich: Asta, deck unseren Rückzug!

Der Hund knurrt die Gendarmen an, diese wissen nicht, was tun, schauen ein Stück zurück, dort steht jetzt der Range-Rover von Franz; dieser sitzt am Steuer, neben ihm Max. Franz deutet mit beiden Händen, die Gendarmen sollen jetzt Ruhe geben, grinst Max an.

TELEFONZELLE IM POSTAMT LAHNENBERG. *– Karl-Friedrich, Heinrich und Hund in der Zelle, Karl-Friedrich hat den Hörer in der Hand und wählt.*

Karl-Friedrich: Hallo? Bildzeitung? – Ja, hören Sie!

DORFSTRASSE / TRAFIK. *– Joe kommt mit seiner Motocrossmaschine dahergerast (Musik aus dem Lautsprecher), stoppt scharf bei der Trafik, reißt die restlichen drei Exemplare der „Woche“ aus dem Ständer, wirft sie in den Laden.*

Stimme Trafikant: Ja, he!

Der Trafikant kommt mit den drei Heften heraus.

Trafikant: Warst du des?

Joe: Logisch, hoi!

Trafikant: Ja, spinnst du?
Joe: Auftrag vom Bürgermeister! Du laßt die Heftln schleunigst verschwindn!
Trafikant: Wieso denn?
Joe: Frag nit so deppert!
Joe braust wieder davon.
Trafikant: Rotzbua, elendiger!

VOR DEM HOTEL ALPENFRIEDEN. – *Vor dem Hotel stehen der Mercedes von Karl-Friedrich und der Audi von Heinrich. Am Beifahrersitz des Mercedes sitzt Elsa, hinten sitzen Sabine (schlecht gelaunt) und Gunnar (Kopfhörer), an der offenen Fahrertür steht Karl-Friedrich und spricht mit Anna. Diese zeigt mit der Hand, erklärt ihm einen Weg. Im Audi sitzt bei laufendem Motor Heinrich, auf dem Rücksitz Asta.*
Karl-Friedrich: Ich finde schon hin, danke, Anna!
Karl-Friedrich steigt ein, fährt los, hinter ihm fährt Heinrich ab. Anna schaut ihnen nach, geht dann zur Hoteltür. Dahinter steht Christl, schaut heraus. Anna öffnet die Tür.
Christl: Was hast denn du mit denen gredet?
Anna: *(geht an ihr vorbei)* Nix weiter.
Anna verschwindet in der Halle, Christl zieht ein Fläschchen Underberg hervor. Hinter einem Fenster erscheint der zufrieden grinsende Franz.

FORSTSTRASSE. – *Mercedes und Audi fahren auf der Forststraße. Ein schmaler, steiniger Weg zweigt in den Wald ab. Unter einem Flugdach aus Wellblech steht ein altes blaues Puch-Moped. An einem Pfosten hängt ein Blechkasten mit Schlitz für die Post. Karl-Friedrich hält an, auch Heinrich hält an. Alle steigen aus, schauen sich um. Karl-Friedrich öffnet den Kofferraum, nimmt zwei schwere Koffer heraus, geht zielstrebig bergauf los. Die anderen schauen ihm nach.*

STEILER WALDWEG. – *Karl-Friedrich im Unterleibchen, er hat das Hemd ausgezogen, stapft schnaufend und schwitzend mit den zwei schweren Koffern voran, Elsa mit zwei Taschen hinter ihm, dahinter Sabine mit zwei Taschen, Gunnar mit einer Tasche, Heinrich mit Koffer und Tasche. Der Hund läuft hinter Heinrich her. Elsa bleibt stehen, stellt die Taschen ab.*

ELSA: Ich kann nicht mehr! – Karl-Friedrich!

Karl-Friedrich geht weiter. Sabine hält auch an, ebenso die anderen.

ELSA: Karl-Friedrich!

Karl-Friedrich geht weiter. Elsa setzt sich auf eine ihrer Taschen.

ELSA: Ich geh keinen Schritt mehr weiter!

Sabine setzt sich auch auf ihre Tasche, Gunnar legt sich auf die Böschung. Heinrich ist auch ganz erledigt, will es aber nicht zeigen, setzt sich auf seinen Koffer, nimmt den Hut ab, wischt sich mit Taschentuch den Schweiß von Stirn und Nacken. Sie schauen Karl-Friedrich nach. Dieser bleibt nun stehen, schaut zurück.

KARL-FRIEDRICH: Na gut, fünf Minuten Pause! *(Setzt sich ebenfalls.)*

ELSA: *(ruft zu ihm)* Ich versteh das nicht! Warum kümmert ihr euch um diesen blöden Zeitungsartikel?

Karl-Friedrich reagiert nicht.

HEINRICH: *(wütend)* Mir Gefährdung der Staatssicherheit vorzuwerfen! Ich war immer für die Staatssicherheit!

Gunnar entdeckt einen Heidelbeerstrauch neben sich, pflückt eine Beere, steckt sie in den Mund, sie schmeckt ihm, er pflückt noch andere, ißt sie.

ELSA: Aber warum müssen wir dann da rauf, wenn ihr ohnehin abreisen wollt?

HEINRICH: Alle werden abreisen! Alle Deutschen! Aber das wird ein paar Tage dauern, bis wir sie überzeugt haben!

Sabine: Na, die zwei, drei Nächte hätten wir wohl im Hotel bleiben können!

Heinrich: Ne! Keine müde Mark mehr in den Rachen der Hoteliers!

VOR DEM ALTEN ROTTERHOF. – *Es ist ein alter, schöner Bauernhof. Die Sattmanns kommen mit ihrem Gepäck zum Hof. Davor ein Brunnen. Hühner laufen herum. Auf der Hausbank ein Kätzchen. Alle gehen zum Brunnen, trinken, erfrischen sich. Asta trinkt auch Wasser.*

Karl-Friedrich: Hallo! Hallo! Ist da jemand?

Es rührt sich nichts. Heinrich geht zur Tür, probiert an der Klinke, die Tür ist nicht abgesperrt, Heinrich öffnet sie, schaut hinein.

Heinrich: He, Leute! *(Schaut zurück.)* Keiner zu Hause!

Karl-Friedrich nimmt seine Koffer und geht zur Tür.

Elsa: Aber, Karl-Friedrich!

Karl-Friedrich: *(dreht sich um)* Was ist denn?

Elsa: Wir können doch nicht so einfach da rein! Ich meine ...

Karl-Friedrich: Ach was! Das ist hier so üblich! Deshalb ist keine Haustür abgesperrt! *(Geht ins Haus.)*

ROTTERHOF / FLUR. – *Karl-Friedrich stellt seine Koffer ab, schaut sich um, die anderen kommen auch mit ihrem Gepäck herein. Karl-Friedrich öffnet die Stubentür.*

ROTTERHOF / STUBE. – *Karl-Friedrich kommt herein, schlägt sich am niedrigen Türstock sofort die Stirn an, geht in die Knie, hält sich den Kopf.*

Karl-Friedrich: Oh, verdammt! Mann oh Mann!

Elsa kommt nach, hilft Karl-Friedrich hoch, führt ihn zum Tisch in der Ecke, setzt ihn hin. Sabine, Gunnar, Heinrich und der Hund kommen auch herein. Heinrich schlägt sich ebenfalls die Stirn an.

Heinrich: Oh, verflucht!

Heinrich geht zum Tisch, setzt sich, hält sich den Kopf. Gunnar grinst, schaut sich um. Es ist eine alte, getäfelte Stube mit Kachelofen, um diesen eine Liegebank. Herrgottswinkel mit altem Kruzifix, Heiligenbilder, Fotos.

Elsa: Laß sehen, Karl-Friedrich! *(Zieht ihm die Hände weg, schaut.)* Oje, das gibt ne Beule! Ich hol 'n nasses Tuch!

Heinrich: Für mich auch, bitte!

Elsa geht hinaus, Sabine setzt sich an den Tisch und zündet eine Zigarette an, Gunnar legt sich auf die Ofenbank, richtet das Kopfpolster, das dort liegt. Heinrich hält sich den Kopf, schaut sich um.

Heinrich: Tolle Stube! Ganz was anderes wie diese degenerierten Hotels!

Heinrich schaut Fotos an. Auf einem Großvater Andreas als Gebirgsjäger. Elsa kommt mit zwei nassen Lappen zurück, sieht Gunnar.

Elsa: Nu steh doch auf, Gunnar! Laß Opa sich hinlegen!

Heinrich: Ne, ne, is nicht so schlimm! Leg du dich mal hin, Sohnemann!

Gunnar steht auf, setzt sich an den Tisch, nimmt nun seine Kopfhörer ab und schaltet den Walkman aus, Elsa führt Karl-Friedrich zur Ofenbank, legt ihn in, legt ihm ein Tuch auf die Stirn, gibt Heinrich das zweite Tuch.

Karl-Friedrich: Mann oh Mann, hoffentlich hab ich keinen Schädelbruch! Was müssen die auch so niedrige Türstöcke haben!

Heinrich: Kleinwüchsige Gebirgsmenschen! Eigene Rasse!

Sabine: Ich hab Hunger! Wo sind denn die Lunchpakete?

VOR DEM ROTTERHOF. – *Großvater Andreas, der seinen Leuten auf dem Feld Essen gebracht hat, kommt mit Stock und Rucksack auf den Hof zu.*

ROTTERHOF / STUBE. – *Die Sattmanns essend am Tisch, nur Gunnar liegt wieder auf der Ofenbank. Die Tür knarrt. Sie schauen hin. Andreas steht im Türrahmen, ist erstaunt.*

HEINRICH: Ah, das wird der Gebirgsjäger sein, was?

KARL-FRIEDRICH: Tag, Opa! Komm nur herein!

Andreas kommt herein, schließt die Tür, nimmt den Rucksack ab, hängt den Hut auf, schaut die Sattmanns an.

ELSA: Entschuldigen Sie, es war niemand hier und da ...

Andreas redet starken Dialekt, sodaß ihn die Sattmanns nicht verstehen.

ANDREAS: *(unterbricht)* Wos tats denn ös do?

KARL-FRIEDRICH: Wie bitte?

ANDREAS: Wos ös do tats?!

KARL-FRIEDRICH: *(zu Heinrich)* Ich versteh kein Wort!

HEINRICH: Wo sind denn die anderen?

ANDREAS: *(ist etwas schwerhörig)* Wos?

HEINRICH: Wo die anderen sind? Wohl bei der Heuarbeit, was?

Andreas dreht sich zu Gunnar, schaut ihn an, Gunnar richtet sich nach einer Weile langsam auf, geht zum Tisch, Andreas setzt sich auf die Ofenbank.

ANDREAS: Wos tats denn ös do?

KARL-FRIEDRICH: Was? Was sagt er?

GUNNAR: Ich glaub, der alte Fuzzy will wissen, was wir hier tun!

KARL-FRIEDRICH: Wir möchten hier übernachten, Opa! Gegen bare Münze, versteht sich!

ANDREAS: Wos?

HEINRICH: Mann oh Mann, ich glaub, der alte Gebirgsjäger hat einen Kopfschuß abbekommen!

ELSA: *(legt beide Hände an die Wange)* Hier schlafen, du verstehen? Viel Geld zahlen! Deutschmark!

Andreas schaut sie an, steht dann auf und geht hinaus. Sie schauen ihm nach.

HEINRICH: Merkwürdiges Volk!

VOR DEM ROTTERHOF. *Abend. – Es beginnt zu dämmern. Andreas sitzt auf der Hausbank, raucht Pfeife, auf seinem Schoß das Kätzchen. In den Stubenfenstern bereits Licht. Die Sattmanns singen drinnen das Lied „Bergvagabunden sind wir". Das alte, blaue Puch-Moped kommt gefahren, Thomas sitzt in blauer Arbeitsmontur darauf, hat einen Rucksack am Rücken, hält an, stellt das Moped ab, lauscht erstaunt auf den Gesang.*

THOMAS: *(zu Andreas)* Wer is denn des?

ANDREAS: Herrische!

THOMAS: Ja, wer denn?

ANDREAS: Jog sie aus! Sunsch jog i sie aus!

THOMAS: I hab jetzt koa Zeit! I bin spat dran! *(Nimmt seinen Rucksack ab, legt ihn auf die Bank.)* Sein sie no aufm Feld?

ANDREAS: Jo.

Thomas geht zum Schupfen, man hört einen Motor starten, Thomas kommt mit einem Motormäher zum Vorschein, geht mit ihm bergwärts. Andreas schaut ihm nach, starrt vor sich hin.

ROTTERHOF / STUBE. – *Heinrich mit einer halbleeren Schnapsflasche in der Hand. Gunnar liegt auf der Ofenbank, singt nicht mit. Die anderen singen gerade die letzte Strophe. Plötzlich geht die Tür auf, Andreas steht mit einer Sense da. Die Sattmanns verstummen. Andreas kommt herein, hält die Sense wie zum Mähen.*

ANDREAS: Verschwindets!

KARL-FRIEDRICH: Was?

ANDREAS: Verschwindets, Piefke!

Schweigen. Heinrich und Karl-Friedrich sind tödlich beleidigt. Karl-Friedrich steht auf, Heinrich ebenfalls, sie gehen zur Tür. Andreas tritt beiseite.

ELSA: Karl-Friedrich, was ist denn jetzt wieder?

Karl-Friedrich geht schon hinaus, schlägt sich am Türstock die Stirn an, sackt in die Knie.

Heinrich: Abmarsch! Los, kommt!

Sabine: Ne! Glaubt ihr, ich schlepp meine Taschen jetzt wieder runter? Ich bin doch nicht bescheuert!

Karl-Friedrich kommt, sich bückend, zurück, trägt seine zwei Koffer.

Karl-Friedrich: Ihr kommt sofort mit! Habt ihr gehört?

Seufzend gehen Sabine und Elsa hinaus, Gunnar liegt immer noch da, Andreas schaut ihn an, Gunnar setzt sich auf.

Gunnar: He, Mann, du bist echt stark!

VOR DEM ROTTERHOF. – *Im letzten Abendlicht. Die Sattmanns kommen mit ihrem Gepäck heraus, hinter ihnen Andreas mit der Sense. Von oben kommen Olga, Maria und die Kinder Peter (9), Josef (8), Leni (7), Erwin (5). Olga und Maria tragen Rechen und Gabeln, Peter, Leni und Josef auch Rechen, Erwin hat einen Strick über die Schultern hängen.*

Olga: Ja, grüß Gott!

Karl-Friedrich: Los, kommt!

Karl-Friedrich geht los, die anderen schauen ratlos.

Maria: *(zu Andreas)* Was is denn?

Andreas: I hu sie ausgjoggt!

Olga: Was? Na, sowas! Spinnst du? *(Versucht hochdeutsch:)* Entschuldigen, die Herrschaften! Sie werden doch jetzt nit ... wo kommts denn her?

Karl-Friedrich: Vom Hotel Alpenfrieden! Anna hat uns Ihre Gastfreundschaft empfohlen! Aber unter diesen Umständen – ne, danke! *(Wendet sich ab.)*

Maria: Aber, bitte, die Herrschaften! Bleibn S' doch da! Wissen Sie, der Großvater *(zeigt an die Stirn)* ist nimmer ganz richtig!

Andreas: Wos bin i?

Olga nimmt ihm die Sense weg.

Olga: Du gehst jetzt in dei Kammer! Aber dalli! Hast verstanden?

Andreas wendet sich ab, verschwindet im Hausflur.

Olga: *(zu den Sattmanns)* Na, sowas, der alte Depp, der! Bitte, kommen Sie herein! Bitte!

Joe kommt auf der Motocrossmaschine dahergerast, laute Rockmusik. Er trägt Tracht wie zum Schuhplatteln. Er stellt den Motor und die Musik ab.

Joe: He, griaß enk!

Sabine: *(erleichtert)* Joe!

Joe: Die Anna hat mir's gsagt, daß ihr da heroben seids! Was Blöders is euch nit eingfallen, ha? Mir habn doch koane Fremdenzimmer!

Olga: Ja, wia? Wollts ihr bei uns übernachten?

Karl-Friedrich: Wollten wir.

Maria: Ja, wia lang denn?

Karl-Friedrich Ein, zwei Nächte!

Olga: Aber meine Herrschaften, wir haben nicht einmal ein Bad!

Elsa: Eben! Komm, Karl-Friedrich!

Heinrich: Ach was, da ist ein Brunnen! Das genügt!

Maria: Sie müßten alle in einer Kammer schlafen!

Sabine: Was?

Heinrich: Wenn ihr euch die Füße wascht, ist mir das egal.

Karl-Friedrich Ne, ich will jetzt nicht mehr!

Heinrich: Karl-Friedrich! Der alte Knabe hat einen Dachschaden! Sind doch nette Leute!

Maria: Sie können gern bleiben! Wirklich!

Joe: Ihr habts ja an Vogel!

Joe winkt Sabine, sie kommt zu ihm, er setzt sich auf seine Maschine, sie setzt sich hinter ihn, er fährt mit Karacho los.

Karl-Friedrich: Sabine!

ROTTERHOF / KAMMER. *Nacht. – Ein Fenster ist offen, man sieht den Mond. Keine Vorhänge. Ein schöner alter Bauernkasten, eine alte Truhe. Koffer und Taschen stehen herum. In einem alten Doppelbett liegen Karl-Friedrich und Elsa. In einem anderen Bett liegt Heinrich, neben dem Bett der Hund. Auf einer Matratze am Boden liegt Gunnar, dem der Ausflug zu gefallen beginnt. Alle sind noch wach, haben die Augen offen. Es ist ganz still, nur die Grillen zirpen draußen.*

KARL-FRIEDRICH *(leise)* Diese Ruhe! Unglaublich! Ist das nicht schön, Elsa?

ELSA: Ich weiß nicht ... irgendwie ängstigt mich diese Stille.

KARL-FRIEDRICH: Aber Elschen!

HEINRICH: *(nach einer Weile)* Im Krieg waren wir auch öfter in Bauernhöfen einquartiert. Einmal wollten sie uns in der Nacht die Kehle durchschneiden. Partisanen.

ELSA: Vater!

BERGHANG MIT ROTTERHOF. *Morgendämmerung. – In einiger Entfernung der Hof. Ein Hahn kräht.*

ROTTERHOF / KAMMER. *Morgen. – Die Sattmanns schlafen. Von draußen hört man den Hahn krähen. Karl-Friedrich öffnet die Augen, lauscht, schaut zu Elsa, nimmt seine Armbanduhr, die auf dem Nachtkästchen liegt, schaut darauf. Es ist 4 Uhr morgens. Karl-Friedrich kann es kaum glauben, weil er so ausgeschlafen ist, er schüttelt die Uhr. Das Klappern von Sensen ist zu hören. Heinrich wacht auf, lauscht, steht auf. Er trägt ein Nachthemd. Asta richtet sich auch auf und streckt sich.*

HEINRICH: *(leise)* Morgen, Sohnemann!

ROTTERHOF / BALKON. *– Heinrich kommt in Nachthemd und Bademantel auf den Balkon, schaut hinunter.*

Hinter ihm der Hund. Unten Thomas, Maria und Olga mit Sensen, Peter und Josef mit Gabeln. Olga und Maria füllen am Brunnen ihren Wetzkumpf mit Wasser, binden ihn um.

HEINRICH: Morgen, Leute!

Sie schauen hoch, grüßen.

MARIA: Hamma Sie aufgweckt, Herr Sattmann?

HEINRICH: Das macht nichts! Wunderbarer Morgen! *(Singt.)* Frischauf, Berggefährten, der Morgen er graut, steigt hinauf in die sonnige Höh!

Die Leute unten lachen, gehen weg.

HEINRICH: Wünsche frohes Tagewerk! *(Schaut ihnen nach.)* Braves Volk!

ROTTERHOF / KÜCHE. – *Heinrich (im Bademantel, mit Toilettentasche) schaut herein. Die kleine Leni spült am Becken Frühstücksgeschirr ab. Erwin sitzt am Tisch und trinkt noch eine Schale Milch, schaut den Bauernkalender an.*

HEINRICH: Morgen! *(Kommt mit Asta herein)*

LENI: Griaß di!

HEINRICH: Ich bin der Heinrich! Wie heißt denn du?

LENI: Leni!

ERWIN: I bin der Erwin.

HEINRICH: Servus, Erwin! – Sag mal, Leni, hast du'n Handtuch für mich?

Leni greift nach dem Handtuch neben dem Waschbecken, gibt es Heinrich. Das Handtuch ist schon etwas schmutzig.

HEINRICH: *(lächelnd)* Danke, kleines Fräulein!

VOR DEM ROTTERHOF / BRUNNEN. – *Hühner rennen herum. Heinrich kommt mit Asta aus dem Haus, schaut sich um, atmet tief durch. Andreas kommt mit einem großen Buckelkorb voll frischem Gras, mit Sense und Rechen.*

HEINRICH: Ah, guten Morgen! Auch schon unterwegs?

Andreas schaut Heinrich nicht an, geht an ihm vorbei Richtung Stall. Heinrich schaut ihm nach, geht zum Brunnen, legt die Toilettentasche ab, nimmt Seife heraus, hängt das Handtuch auf, beginnt sich zu waschen.

HEINRICH: Ah, wunderbar! Herrlich! Brrrr!

Heinrich zieht sich plötzlich nackt aus, setzt sich in den Brunnen.

ROTTERHOF / STALL. – *Nur zwei Kühe sind da, die anderen sind auf der Alm. Andreas sitzt bei einer Kuh und melkt sie.*

ANDREAS: *(murmelt)* Die hab i scho gfressen, die Reichsdeutschen. Bande, elendige! Überall müssens hin. Nit amol da heroben hat ma sei Ruah.

VOR DEM ROTTERHOF / BRUNNEN. *Tag. – Heinrich sitzt in kurzen Hosen und Wanderschuhen auf der Bank, Asta zu seinen Füßen. Neben Heinrich sitzt Erwin, bohrt in der Nase. Karl-Friedrich, Gunnar und Elsa am Brunnen. Karl-Friedrich wieder in seiner Kniebundlederhose, aber noch ohne Strümpfe, Oberkörper nackt, die Hosenträger hängen herunter. Er rasiert sich. Elsa putzt sich pikiert die Zähne. Sie ist vollständig mit Wanderkleidung angezogen, die Haare noch wirr. Ihr ist alles viel zu spartanisch. Gunnar in der Unterhose. Zum ersten Mal nicht mehr abgeschlafft, sondern gut gelaunt. Elsa wäscht sich ein wenig.*

ELSA: Gott, ist das kalt!

Gunnar bespritzt Elsa.

ELSA: Ach, hör doch auf, Gunnar!

Leni kommt mit drei frischen Handtüchern aus dem Haus, gibt sie ihnen.

KARL-FRIEDRICH: Danke, liebes Kind!

LENI: *(in starkem Dialekt)* Nacha könnts fruahstucken! D'Mam hot scho an Kaffee gkocht! A Müch gibs a!

KARL-FRIEDRICH: *(hat nicht verstanden)* Was meint sie?

ELSA: Keine Ahnung! Ich komm mir vor wie in Jugoslawien!

ROTTERHOF / STUBE. – *Die Sattmanns um den Tisch beim Frühstück (Hausbrot, Kaffee, warme Milch, selbergemachte Butter, Marmelade, Honig.) Leni und Erwin sitzen auf der Ofenbank, schauen den Fremden neugierig zu. Alle essen mit großem Appetit.*

KARL-FRIEDRICH: Gott, schmeckt das wieder gut! Das ist unbezahlbar! Kann ich auf das beste Hotel verzichten!

ELSA: *(zu Leni)* Ihr macht das Brot selbst, nicht?

Leni nickt.

ELSA: Deine Mutter muß mir das Rezept geben! Unbedingt!

LENI: *(nach einer Weile)* I mog liaba Semmln!

ELSA: Wie?

GUNNAR: Sie mag lieber Semmeln! Brötchen!

ELSA: Weißbrot ist ungesund, Leni!

ROTTERHOF / ABORT. – *Elsa steht vor dem Fallklo, hat einen Kübel mit heißem Wasser und Waschmittel neben sich, eine Bürste in der Hand, hält sich mit der linken Hand die Nase zu, taucht die Bürste in das Wasser, bürstet den Sitz um die Öffnung.*

VOR DEM ROTTERHOF. – *Gunnar sitzt auf der Hausbank, hat den Walkman nicht mit. Auf seinem Schoß das Kätzchen. Hühner sind da. Leni und Erwin haben in der Erde ein kleines Loch gemacht, versuchen, Murmeln hineinzuschubsen. Gunnar schaut ihnen zu. Erwin verscheucht ein Huhn, das ihm im Weg ist. Karl-Friedrich, Heinrich mit Hund und Elsa kommen aus dem Haus. Karl-Friedrich jetzt mit leichtem Anorak um den Bauch gebunden, auf dem Kopf den Berglerhut, Spazierstock. Heinrich in seiner Buren-Kleidung, mit Strohhut und Stock. Elsa ebenfalls mit Spazierstock und mit Umhängetasche, in der die Badesachen sind. Thomas kommt mit der Sense zu Fuß zurück.*

Karl-Friedrich: Guten Morgen, Thomas!

Thomas: Morgen!

Karl-Friedrich: Schon fertig mit der Arbeit?

Thomas: Na! Jetzt fangt die Arbeit erst an!

Karl-Friedrich: Warum das?

Thomas: No, vom Hof alloan könn ma nit leben. I arbeit aufm Bau!

Karl-Friedrich: *(hat nicht verstanden)* Wo?

Heinrich: Auf dem Bau!

Karl-Friedrich: Achso!

Thomas hängt die Sense auf.

Elsa: Sie fahren ins Tal?

Thomas: Ja. Wollen S' mitfahrn?

Elsa: Bitte! Das wär nett!

Thomas: I kimm glei!

Thomas verschwindet im Haus.

Karl-Friedrich: *(zu Gunnar)* Und du?

Gunnar: Ich find's echt geil hier! Ich bleib da!

Karl-Friedrich: Na, das ist ja erfreulich, daß dir auch mal was gefällt! Unten im Dorf warst du ja nicht ansprechbar!

Gunnar: Da unten ist doch alles Asche! Tote Hose!

Thomas kommt mit einem Rucksack am Rücken heraus, geht zum Moped, startet es, Elsa setzt sich hinten drauf, sie fahren los, Elsa winkt zurück.

Heinrich: Na, dann mal auf in die Schlacht!

Karl-Friedrich und Heinrich gehen los, Asta hinterher, Gunnar schaut ihnen nach. Andreas tritt aus dem Hausflur, schaut ihnen auch nach, schaut dann zu Gunnar.

VOR DEM HOTEL ALPENFRIEDEN. – *Franz und Max stehen vor dem Hotel.*

Max: No, da hamma ja noch einmal Schwein ghabt!

Franz: Eine fürchterliche Bagage, diese Sattmanns! Hoffentlich kommen die nie mehr zu uns!

Joe rast auf seiner Motocrossmaschine vorbei (Rockmusik), winkt Franz und Max zu. Er trägt Tenniskleidung, hinter ihm sitzt Sabine in der gestrigen Kleidung. Franz und Max schauen ihnen nach.

Franz: Ja, spinn i? Des war doch die Tochter vom Sattmann, oder nit?

Max: Doch, des war sie!

Von der anderen Seite kommt Thomas mit seinem Moped dahergefahren, hinter ihm sitzt Elsa. Sie fahren vorbei. Franz und Max sehen sie, schauen sich gegenseitig betreten an.

ELEKTROGESCHÄFT IN LAHNENBERG. – *Vor dem Elektrogeschäft steht der Mercedes von Karl-Friedrich. Im Fond Asta. Durch die Auslagenscheibe sieht man Karl-Friedrich und Heinrich im Geschäft stehen, Karl-Friedrich fragt die Verkäuferin etwas, sie nickt mit dem Kopf.*

VOR EINER ALPENVEREINSHÜTTE IM GEBIRGE. – *Hans und Manfred stehen vor der Hütte, Hans schultert eben seinen Rucksack.*

Hans: No, dann schau ma amal, ob die Welt unten no steht, was?

Manfred: Kein Mensch redet mehr von meinem Artikel, wirst sehen!

Sie gehen talwärts los.

SCHWIMMBAD IN LAHNENBERG. – *Elsa mit Umhängetasche geht zwischen den liegenden Menschen durch, hält nach Sabine Ausschau, entdeckt sie. Sabine ist ziemlich weiß, stark eingeölt, trägt Sonnenbrille, liest Simmel.*

Elsa: Sabine!

Sabine schaut auf.

Elsa: Na, endlich! Ich such dich schon fast eine Stunde!

Sabine: Na, wie war die Nacht?

Elsa legt ihre Tasche ab, kniet sich hin, holt ein Badetuch aus der Tasche.

Elsa: Ooch, Matratzen haben die! Aber, sag mal, du warst ja schon wieder mit diesem Joe zusammen! Der ist doch nichts für dich!

Sabine: Mutter! Bitte!

Eine Lautsprecherstimme nähert sich, die beiden horchen auf, Elsa steht auf, schaut sich um, sieht draußen auf der Straße den Mercedes von Karl-Friedrich vorbeifahren. Auf dem Dachträger ist provisorisch eine „Flüstertüte" befestigt, ein Kabel führt ins Auto. Karl-Friedrich spricht durch das Mikrofon.

Karl-Friedrich: Liebe bundesrepublikanische Mitbürger! Hier spricht Karl-Friedrich Sattmann!

Sabine steht auch auf, auch andere Badegäste horchen.

Stimme Karl-Friedrich: *(durch Lautsprecher)* Ich fordere Sie alle auf, heute Abend um 19 Uhr geschlossen beim Musikpavillon zu erscheinen! Es geht um eine äußerst wichtige Angelegenheit, die wir besprechen müssen! Man hat uns deutsche Urlauber, die harte Devisen nach Österreich bringen, schon wieder zutiefst beleidigt! Näheres erfahren Sie bei der Besprechung! Deutsche Bundesbürger, kommt alle um 19 Uhr auf den Dorfplatz vor dem Musikpavillon!

Sabine legt sich wieder hin. Elsa ist erledigt. Der Mercedes entfernt sich langsam.

Sabine: Immer aktiv, unser Papi! *(Nimmt ihr Buch.)*

Der Tourist nebenan wendet sich an seine Frau.

Tourist: Na, der hat ja wohl ne Meise!

Elsa: *(empört)* Sie!

STRASSENCAFÉ. – *Die Maschine von Joe steht da. An einem Tisch sitzen Max und Joe. Letzterer jetzt anders* *angezogen. Max trinkt Kaffee, raucht Pfeife, Joe trinkt Bier und raucht Marlboro. Franz kommt gelaufen.*

Franz: *(zu Max)* Na, du bist guat! I renn mir die Fiaß aus, und du sitzt da gemütlich bei an Kaffee!

Max: Was willst denn? Is eh alles erledigt! Wir treffen uns um sechs im Theatersaal! Der Gemeinderat, alle Hoteliers und Vermieter! Um sieben gemma dann gemeinsam aufn Dorfplatz.

Joe: I hab schon alle verständigt!

Die Lautsprecherstimme kommt näher, der Mercedes von Karl-Friedrich taucht auf. Das Fenster auf Karl-Friedrichs Seite ist offen.

Stimme Karl-Friedrich: *(durch den Lautsprecher)* Man hat uns beleidigt! Wer braucht die Piefkes, fragt man höhnisch? Aber laßt euch gesagt sein, meine Herren Österreicher: Die Kuh, die man stetig melkt, sollte man nicht beschimpfen! Deutsche Bürger, kommt alle um 19 Uhr auf den Dorfplatz! Wichtige Lagebesprechung! Man hat uns beleidigt! Man spuckt uns ins Gesicht!

Leute sind stehengeblieben, alle schauen zum Mercedes, der jetzt langsam am Café vorbeifährt. Karl-Friedrich und Heinrich sehen Franz und Max. Heinrich beugt sich zum Fenster:

Heinrich: Na, Herr Bürgermeister? Geht Ihnen der Arsch auf Grundeis?

Karl-Friedrich und Heinrich grinsen.

Franz: *(murmelt)* Schweinsaug!

Der Mercedes fährt weiter.

Stimme Karl-Friedrich: *(durch den Lautsprecher)* Deutsche Bürger! Wir treffen uns um 19 Uhr auf dem Dorfplatz! Man hat uns beleidigt, man macht sich über uns lustig! Man stellt uns als Barbaren hin! Man nimmt unser Geld und verhöhnt uns dafür!

Franz: *(währenddessen)* Der hetzt uns alle auf! Wahnsinn!

Max: Weißt was? Dein Bruader brauch ma! Den müß ma ihnen zum Fraß vorwerfen! Dann wern sie sich schon beruhigen!

Zustimmendes Gesicht von Franz.

DORFSTRASSE / NAHE HOTEL ALPENFRIEDEN.

– Der Mercedes fährt langsam dahin. Heinrich spricht jetzt.

Heinrich: *(durch den Lautsprecher)* Deutsche Mitbürger! Kommt alle um 19 Uhr auf den Dorfplatz! Österreich beleidigt uns! Kamerad Schnürschuh macht sich über uns lustig! Lassen wir uns das nicht gefallen!

Ein Spritzenwagen der Feuerwehr kommt langsam dem Mercedes entgegen. Joe ist in Feuerwehruniform, geht mit einem Schlauch neben dem Feuerwehrauto her und spritzt die Straße sauber.

Heinrich: *(durch den Lautsprecher)* Sie bezeichnen uns als Trampeltiere, wir hätten keine Kultur, sagen sie! Wir wären präpotent, sagen die Österreicher! Haben wir das notwendig, müssen wir uns –

Joe hat wie zufällig den Schlauch auf den Mercedes gerichtet, der starke Wasserstrahl spült den Lautsprecher vom Dach, die Stimme von Heinrich bricht ab, dann spritzt das Wasser durch die geöffneten Fenster in den Wagen, Karl-Friedrich und Heinrich werden vollkommen durchnäßt. Karl-Friedrich bremst scharf ab. Franz erscheint gerade oben am Balkon des Hotels.

Joe: Oh, Verzeihung!

Karl-Friedrich und Heinrich springen aus dem Wagen, schütteln das Wasser ab. Der Hund kommt nach, schüttelt sich ebenfalls. Franz oben auf dem Balkon ist fassungslos.

Karl-Friedrich: Ja, sagen Sie mal, sind Sie noch zu retten? Was erlauben Sie sich?

Joe: Des wollt i ja nit! Entschuldigen Sie!

Heinrich: Das kommt Sie teuer zu stehen! Das versprech ich Ihnen!

Karl-Friedrich steigt wieder in den Mercedes.

Karl-Friedrich: *(zu Joe)* Und lassen Sie gefälligst die Finger von meiner Tochter, ja?!

Heinrich steigt auch wieder ein, Karl-Friedrich fährt los, Joe schaut ihnen grinsend nach.

Franz: *(schreit vom Balkon)* Sag amal, spinnst du? Wer hat dir denn gsagt, daß du des machen sollst?

Joe: Ja, mei, i hab ma denkt ...

Franz: Du sollst nit denken, du sollst nur des tuan, was i dir anschaff! Is des klar?

Joe steht wie ein begossener Pudel unten.

SOUVENIRLADEN. – *Ein Laden mit unzähligen Kitschsouvenirs. Elsa und Sabine schauen sich die Sachen an, Sabine steht vor einer Tiroler Fratze, sie zieht an der Schnur, die Zunge kommt heraus, die Fratze lacht kichernd, Wasser spritzt aus dem Mund, Sabine ins Gesicht. Elsa schaut zufällig auf die Straße hinaus, draußen marschieren Karl-Friedrich, Heinrich und Hund vorbei, naß bis auf die Knochen. Elsa läuft hinaus.*

STRASSE VOR DEM SOUVENIRLADEN.

Elsa: Karl-Friedrich! Karl-Friedrich!

Karl-Friedrich: *(dreht sich um)* Laß mich in Ruh, Elsa! Ich hab keine Zeit!

Elsa läuft ihnen nach, Sabine kommt aus dem Laden und schaut.

Elsa: Karl-Friedrich! Heinrich! Was treibt ihr denn? – Aber ihr seid ja ganz naß!

Der erste Gendarm kommt zu Fuß daher.

Karl-Friedrich: Ah, da sind Sie ja! Sagen Sie, wo treiben Sie sich denn herum? Wir waren schon auf dem Revier! Kein Mensch dort!

Erster Gendarm: Der Kollege wird schon aufm Häusl gwesen sein!

Heinrich: Was? Wo?

Erster Gendarm: Was wolln S' denn?

Karl-Friedrich: *(auf die nassen Kleider zeigend)* Schauen Sie sich das an!

Erster Gendarm: Warn S' baden?

Heinrich: Machen Sie gefälligst keine Witze! Dieser Blödmann von der Feuerwehr hat uns naßgespritzt!

Karl-Friedrich: Mein Wagen ist innen ruiniert! Unser Lautsprecher kaputt!

Heinrich: Wir erstatten Anzeige! Wegen vorsätzlicher Sachbeschädigung!

Erster Gendarm: Gegen Sie läuft auch eine Anzeige!

Karl-Friedrich: Was? Schon wieder?

Erster Gendarm: Öffentliche Durchsagen müssen laut Gesetz bei der Bezirkshauptmannschaft angemeldet werden! *(Er zieht seinen Strafmandatsblock hervor.)*

HEUSTADL AM WALDRAND. – *Hans und Manfred kommen aus dem Wald, gehen einen Wiesenweg herunter. Sie nähern sich dem Heustadl. Plötzlich treten hinter dem Stadl Franz, Max und Joe hervor. Neben dem Stadl stehen die Maschine von Joe und der Range-Rover des Bürgermeisters.*

Hans: Oha! Ein Empfangskomitee! Wollts mi zum Ehrenbürger machen?

Franz: *(zu Manfred)* Wer sind Sie?

Manfred: Tourist.

Franz: So? Tourist? Und da sind Sie mit diesem Touristenfresser unterwegs?

Hans: I bin kein Touristenfresser! I friß nur Einheimische!

Max: Aber nimmer lang!

Hans: Darf ich die Herrschaften bekanntmachen? *(Deutet auf Franz:)* Das ist mein lieber Bruder, Boß der

Dorfmafia, Bürgermeister, Hotelier, Taxiunternehmer, Hauptaktionär der Seilbahngesellschaft! *(Deutet auf Max:)* Des is sein Kompagnon, der Max Niederwieser, Obmann des Fremdenverkehrsverbandes, Grundstückmakler, Hotelier, Souvenirladenbesitzer und ebenfalls Hauptaktionär der Seilbahngesellschaft! Den Joe kennst eh schon. Bauernkind! Trotz seiner Jugend hat er die meisten Berufe! Er macht grundsätzlich alles! *(Deutet auf Manfred:)* Ja – und des is *(Manfred schaut etwas ängstlich)*, des ist der Herr Stepanik aus Wien, von Beruf – Rechtsanwalt.

Max: Oh, Rechtsanwalt! *(Das paßt ihm nicht.)* Schöner Beruf! Viel Schmattes, was? *(Lacht.)*

Franz: Ja, Herr Stepanik, i hätt mit mein Bruder was zu besprechen, wenn Sie schon vorausgehen wollen ...

Hans: Nana, der Herr Rechtsanwalt kann ruhig bleiben! Des is a guater Freund von mir, der darf alles hören!

Peinliches Schweigen. Franz und Max wissen nicht, was tun.

Joe: *(schaut Manfred an)* He, den kenn i ja! Wißts, wer des is?

Max: Wer?

Joe: Des is der Rowdy! Der mi gestern mit sein Auto niedergfahren hat!

Manfred: Was?

Joe zerrt Manfred zu seiner Maschine.

Joe: Da! Da! Der ganze Kotflügel verbogen!

Manfred: Ja, sind Sie übergschnappt? Ich doch nicht!

Joe: Sowieso! Er war's! Los, du kommst jetzt mit auf die Gendarmerie!

Joe zerrt Manfred weg.

Manfred: Lassen Sie mich los! Lassen S' mi los!

Hans will Manfred helfen, Franz und Max halten ihn zurück.

Franz: Du bleib nur schön da!

Joe zerrt Manfred den Weg hinunter.

Manfred: Loslassen, sag i! I zeig Sie an!

Joe: I zeig di an, Bürschl!

Franz: So Bruaderherz, du kommst jetzt mit!

Franz führt Hans am Arm zum Range-Rover, Hans reißt sich los, geht freiwillig mit, alle drei steigen ein, Franz fährt los, braust an Joe und Manfred vorbei.

Manfred: Lassen S' mi los, verdammt! I war des net! I bin ja gar net mit'n Auto da!

Joe: Nicht?

Manfred: Na, i bin mit'n Zug kommen!

Joe: Aso? Ja, dann nix für unguat! Entschuldigung!

Joe läßt den verdutzten Manfred stehen, geht zurück zu seiner Maschine, braust damit los.

STRASSENCAFÉ. – *Auf den Stühlen vor dem Café sitzen, unter anderen Touristen, Karl-Friedrich, Heinrich mit Hund, Elsa, Sabine und Herr Körner.*

Elsa: *(zu Karl-Friedrich und Heinrich)* Das geht doch nicht! Ihr holt euch den Tod!

Heinrich: Ach was, wir sind ja schon wieder trocken!

Karl-Friedrich blickt auf die Straße.

Karl-Friedrich: Was ist denn da los?

Man sieht, wie Einheimische aus den Häusern treten, sich treffen und zusammen in eine Richtung gehen.

Heinrich: Wo die wohl hingehen?

Karl-Friedrich: Da tut sich was!

Auch die zwei Gendarmen tauchen auf, gehen in dieselbe Richtung. Der Range-Rover des Bürgermeisters rast daher, der erste Gendarm tritt auf die Straße, hält die Hand hoch, der Wagen hält, Franz, Max und Hans sitzen drin. Der erste Gendarm erkennt den Bürgermeister.

Erster Gendarm: Ah so, du bist's! Entschuldigung!

Franz schaut mißmutig und fährt weiter. Jetzt kommt Joe dahergebraust, der Gendarm sieht ihn, hebt wieder die

Hand, Joe fährt mit unverminderter Geschwindigkeit auf ihn zu, der erste Gendarm muß beiseite springen.

Erster Gendarm: Aber jetzt reicht's! Der is seinen Führerschein los!

Die beiden Gendarmen gehen weiter. Die Sattmanns schauen ihnen nach.

Heinrich: Da braut sich was zusammen! Herr Körner, ich ernenne Sie zum Kundschafter! Folgen Sie diesen Eingeborenen und finden Sie heraus, was sie vorhaben!

Herr Körner: Jawohl!

Herr Körner steht auf, geht den Einheimischen nach.

THEATERSAAL. – *Der Saal füllt sich mit Einheimischen. Auf der offenen Bühne ist die Dekoration für einen Bauernschwank aufgebaut. An der Tür stehen Joe und noch ein Bursch, beobachten die Ankommenden. Die zwei Gendarmen kommen.*

Erster Gendarm: Joe, gib deinen Führerschein her!

Joe: Wieso denn?

Erster Gendarm: Frag nit so deppert! Du weißt genau, wieso!

Joe: Geh, spiel di nit auf!

Erster Gendarm: *(brüllt)* Dein Führerschein her oder i nimm di fest!

Joe gibt ihm den Führerschein, grinst.

Joe: Den wirst nit lang haben!

Die Gendarmen gehen in den Saal. Herr Körner kommt und will herein.

Joe: Nur für Einheimische!

Herr Körner: Ich bin Einheimischer! *(Ahmt den Dialekt nach:)* Griaß di Gott, wia gehts der denn?

Joe: *(lächelt müde)* Geh, verschwind, du Flachlandtiroler!

Herr Körner zieht sich zurück, die letzten Einheimischen treten ein, Joe und der zweite Bursch schließen die Flügel-

tür. Von hinten kommen Franz, Max und Hans auf die Bühne. Es wird ruhig.

Franz: Also, ihr wißts ja, worum's geht. Die Fremden rebellieren! Es herrscht offener Aufruhr! Um Sieben wollen sie am Dorfplatz eine Versammlung abhalten! Die Rädelsführer möchten, daß alle deutschen Touristen abreisen!

Die Zuhörer reagieren aufgeregt. Joe geht vor zu Franz und spricht ihn von unterhalb der Bühne an.

Joe: Bürgermeister!

Franz: *(ungeduldig)* Was is denn?

Joe: Die Schantinger haben mir den Führerschein weggenommen! Dabei bin i doch in deinem Auftrag so schnell gfahrn.

Franz: Gebts ihm den Führerschein wieder! Ja, los!

Der erste Gendarm gibt Joe wütend den Führerschein zurück, geht mit dem zweiten Gendarm hinaus.

Franz: Ja, wir sind da in einer prekären Lage. Ihr habts ja inzwischen alle den Artikel glesen, oder?

Die Leute murmeln „Nein".

Einheimischer: Das Heftl gibt's ja nimmer zum Kaufen!

Max: Jedenfalls wißts, worum es geht. In dem Artikel hat man unsere deutschen Gäste beleidigt. Und zu verdanken hamma des unserem Lehrer da. Er hat den Artikel veranlaßt!

Hans schaut erstaunt, ein Entrüstungssturm bricht los.

Franz: Mein Herr Bruder wird sich hochoffiziell bei den Gästen entschuldigen!

Hans: Ja, freilich! Sonst no was!

Entrüstungssturm.

DORFPLATZ MIT MUSIKPAVILLON. – *Auf der Bühne des Musikpavillons stehen Karl-Friedrich und Heinrich mit Hund. Karl-Friedrich hält die Flüstertüte* *(die auf dem Auto war), Heinrich hält das Mikrofon an einen Kassettenrecorder, der Marsch „Preußens Gloria“ von August Piefke erklingt blechern. Viele deutsche Touristen sind auf dem Dorfplatz versammelt. Das ganze hat aber eher Volksfestcharakter. Die meisten Touristen sind aus Neugier gekommen, nicht aus Empörung, kaum einer kennt den Artikel. Es gibt einen Würstelstand (die Frau des ersten Gendarmen bedient, der erste Gendarm ißt gerade eine Wurst, der Pfarrer ein Hot Dog), einen Krapfenstand, einen Souvenirstand. In allen drei Ständen stehen Kassettenrekorder, aus zweien erklingt Folkloremusik, aus dem dritten Schlagermusik. So kommt es, daß „Preußens Gloria“ sich nicht ganz durchsetzen kann. Manfred Holleschek mischt sich unters Publikum, schaut sich um, es fällt ihm auf, daß kaum Einheimische hier sind. Auf der Seite hat Stefan seinen BMW geparkt, sitzt bei offenem Fenster drin, raucht, trinkt aus einer Bierflasche. Einheimische und fremde Kinder tollen herum, ein paar einheimische Burschen mit Mopeds sind ebenfalls da, lungern rauchend auf ihren Maschinen. Im Publikum auch Herr Körner, Elsa und Sabine. Elsa ist aufgeregt und hält einen kleinen Fotoapparat. Sabine gehen Vater und Großvater auf die Nerven. Sie blickt sich nach Joe um, aber der ist nicht da. Die Musik „Preußens Gloria“ hört auf, Karl-Friedrich nimmt das Mikrofon. Elsa drängt sich vor, fotografiert ihn mehrmals während seiner Rede.*

KARL-FRIEDRICH: Meine sehr geehrten Damen und Herren, liebe deutsche Mitbürger! Mein Name ist Karl-Friedrich Sattmann, ich bin Inhaber einer Maschinenfabrik in Berlin und verbringe hier schon zum 8. Mal mit meiner Familie den Sommer- und Winterurlaub. Mein Vater *(deutet auf ihn)* und ich haben uns erlaubt, diese Versammlung einzuberufen, weil man uns alle, uns deutsche Touristen zutiefst beleidigt hat! *(Karl-Friedrich hält „DIE WOCHE“ hoch.)* Wer braucht die

Piefkes, wird hier in diesem Wiener Wochenmagazin gefragt! Heute Abend, so hoffe ich, werden wir den Österreichern die Antwort erteilen! Ich lese Ihnen nun ein paar Abschnitte aus dem Artikel dieser Zeitschrift vor!

Plötzlich nähern sich die Klänge eines munteren Marsches. Alle drehen sich um. Die Blasmusikkapelle des Ortes in ihren schmucken Uniformen marschiert daher. Hinter der Kapelle gehen Franz und Max, zwischen ihnen mit trotzigem Gesicht Hans. Franz hat die gleiche Flüstertüte wie Karl-Friedrich in den Händen. Dahinter folgen vier kleine Mädchen in Dirndlkleidern sowie vier kleine Buben in Lederhosen, alle Blumensträuße tragend. Hinter den Kindern gehen die Einheimischen, unter ihnen auch Joe. Die Kapelle marschiert zum Pavillon, stellt sich dort auf. Franz, Max und Hans gehen auf die Bühne. Die Einheimischen verteilen sich im Publikum. Joe sieht Sabine, tritt von hinten an sie heran und hält ihr mit den Händen die Augen zu. Sabine zieht die Hände weg, dreht sich um, lacht Joe an, küßt ihn auf die Wange. Musik aus. Stille. Karl-Friedrich und Heinrich schauen verdutzt.

Franz: *(durch die Flüstertüte)* Sehr geehrte Damen und Herren, geliebte Gäste! Großes Unrecht ist Ihnen widerfahren! Ein wildgewordener Wiener hat einen Schmähartikel gegen den Fremdenverkehr geschrieben und damit einen unverantwortlichen Anschlag auf die wirtschaftliche Lebensfähigkeit unseres Staates verübt!

Manfred schaut mißvergnügt drein.

Franz: Ich kann Ihnen versichern, wir sind zutiefst entsetzt! Aber glauben Sie mir – Wien ist nicht Tirol! Wien liegt am Balkan, Tirol liegt in den Bergen! Glauben Sie mir, wir hatten es in unserer Geschichte nie leicht mit unserer Hauptstadt! Auf unsere Kosten hat sich Wien immer gemästet! Wir haben mit diesem slawischen

Volksstamm nichts zu schaffen, unsere Mentalität ist eine völlig andere!

Heinrich nickt, weil er die Aussage des Bürgermeisters für richtig hält. Karl-Friedrich ist nicht zufrieden mit dem Verlauf der Dinge.

Franz: Wir sind stolze und fleißige Bergbewohner, die Wiener, die Ostösterreicher insgesamt sind faul, verweichlicht, verdorben und hinterhältig! Schon 1809, als wir Tiroler siegreich gegen Napoleon kämpften, nur bewaffnet mit unserem bäuerlichen Handwerkszeug, mit Sicheln und Sensen, hat uns Wien, hat uns die dortige Regierung schmählich im Stich gelassen, hat uns verraten und verkauft! Darum bitte ich Sie, meine Damen und Herren, nehmen Sie nichts ernst, was aus Wien kommt!

Karl-Friedrich: *(nimmt sein Mikrofon wieder hoch und deutet auf das Heft)* In diesem Artikel sind auch Tiroler zitiert! Auch ein Lehrer aus diesem Ort! Bitte, liebe deutsche Mitbürger, laßt Euch jetzt nicht einseifen!

Franz: Ja, meine Damen und Herren, es ist richtig, auch ein Einheimischer wird in diesem Artikel zitiert! Leider! Es gibt eben überall schwarze Schafe! *(Deutet auf Hans.)* Und hier, meine Damen und Herren, hier steht dieses schwarze Schaf! *(Schiebt Hans vor.)*

Tumult und Pfuirufe aus dem Publikum, hauptsächlich von Einheimischen.

Karl-Friedrich: *(zu Hans)* Sie? Aber wir kennen uns doch!

Heinrich: Sie werden sich auf der Stelle entschuldigen!

Er hält ihm das Mikrofon hin.

Hans: Ich wüßte nicht, wofür! Meine Damen und Herren Gäste, ich habe nicht Sie angegriffen, sondern unsere Einheimischen!

Die Einheimischen schreien Pfui. Karl-Friedrich nimmt Heinrich das Mikrofon weg.

Karl-Friedrich: Wie auch immer, liebe Freunde, man hat uns nicht zum ersten Mal beleidigt! Ich halte es für notwendig, endlich einmal ein Exempel zu statuieren! Ich schlage deshalb vor, daß wir alle gemeinsam morgen abreisen! Die Tiroler sollen merken, wie ihr Lebensstandard ohne Touristen sinkt! Es geht einfach nicht an, –

Franz hat der Kapelle einen Wink gegeben, diese spielt nun einen Tusch. Er winkt einem kleinen Mädchen im Dirndlkleid, es kommt herauf. Franz hält ihr sein Mikrofon hin. Während das Mädchen jetzt spricht, merkt man Karl-Friedrich und Heinrich an, daß sie sich überrumpelt fühlen. Hans ist zum Kotzen zumute, Franz und Max stehen mit unbewegtem Gesicht da. Im Publikum ist Joe und Sabine das alles herzlich wurscht, Stefan im BMW ist angewidert, Elsa gerührt, der Pfarrer staunt über die Gewieftheit seiner Schäfchen.

Mädchen: Ach, ihr lieben deutschen Freunde,
Ihr teuren Besucher unserer Gmeinde,
es tut uns leid von Herzen,
daß man euch zugefügt hat Schmerzen
Glaubet uns, wir lieben euch!
Ihr seid uns stets willkommen,
Verzeihet uns die schlimme Schmach,
die aus eines Wieners Feder geronnen.
(Sie kniet nieder.)
Auf den Knien bitten wir um Vergebung,
bitte laßt uns nicht im Stich,
hört auf eures Herzens Regung,
seid ein gnädiges Gericht!

Das Mädchen steht auf, die Kapelle beginnt einen Trauermarsch zu spielen, die anderen Kinder werfen Blumen ins Publikum. Die Gäste sind gerührt und beginnen zu applaudieren (auch Elsa), alle stimmen ein, Heinrich ist fast wieder versöhnt, nur Karl-Friedrich ist unzufrieden.

Die Musik wechselt über auf einen lustigen Marsch. Manfred geht auf die Bühne, will Franz das Mikrofon wegnehmen. Da Franz ihn daran hindert, reißt er Karl-Friedrich dessen Mikrofon aus der Hand.

MANFRED: Hören Sie mir zu! Bitte, hören Sie mir zu! Mein Name ist Holleschek, Manfred Holleschek! Ich habe diesen Artikel geschrieben!

Alle schauen verblüfft, die Kapelle hört auf zu spielen, nur der Baß tutet noch eine Weile weiter.

MANFRED: Haben Sie verstanden? Mein Name ist Holleschek, ich bin Journalist aus Wien, ich habe diesen Artikel geschrieben! Und morgen schreib ich wieder einen! Aber der wird nicht so harmlos wie der letzte, das versprech ich euch!

Unter den Einheimischen bricht ein Sturm der Entrüstung los, sie stürmen die Bühne. Auch Joe ist natürlich dabei.

PFARRER: Geh, was is denn? Bleibts da! Bleibts da, sag i!

Der Pfarrer will die Leute aufhalten, aber es gelingt ihm nicht, er wird beiseite gestoßen. Hans zieht Manfred davon, die beiden fliehen, der Bürgermeister deutet der Kapelle, diese spielt weiter. Die zwei Gendarmen schauen der Meute nach, die Hans und Manfred verfolgt, der erste Gendarm blickt fragend zum Bürgermeister, der schüttelt leicht den Kopf.

DORFSTRASSE. – *Hans und Manfred laufen davon, hinter ihnen die Meute brüllender Einheimischer, hauptsächlich junge Burschen, unter ihnen Joe. Der R4 von Hans steht am Straßenrand, Hans und Manfred wollen einsteigen, werden aber erwischt und niedergeprügelt. Sie verschwinden unter dem Pulk von Angreifern.*

WEG ZUM ROTTERHOF. *Nacht. – Der Mond scheint. Karl-Friedrich, Heinrich mit Hund und Elsa gehen bergan. Eine Weile Schweigen.*

Karl-Friedrich: Das war ja wohl ein Schlag ins Wasser!

Karl-Friedrich niest.

Elsa: Na, was hab ich gesagt?

Elsa zieht ihre Jacke aus, hängt sie Karl-Friedrich über. Sie gehen bergan.

KRANKENSTATION IN EINER ARZTPRAXIS.

Tag. – Kleines Krankenzimmer, zum kurzfristigen Aufenthalt bestimmt. Drei Betten. Links liegt mit malträtiertem Gesicht und eingegipstem Bein Manfred, in der Mitte ein mehrfach eingegipster Tourist mit Kopfverband (offenbar ein Opfer der Bergsteigerei), rechts mit blauem Auge und Rippenpanzer um den nackten Oberkörper der Lehrer Hans. Manfred hat den Telefonhörer in der Hand.

Manfred: *(am Telefon)* Hier Holleschek! Geben Sie mir den Chefredakteur!

WIEN. BÜRO CHEFREDAKTEUR. – *Der Chefredakteur am Schreibtisch. Vor ihm eine Menge Ausschnitte aus deutschen Zeitungen, alle den Fall „Piefke“ betreffend. Das Telefon läutet, der Chefredakteur hebt ab.*

Chefredakteur: Ja? – Ah, da bist du endlich! Weißt du, was du angerichtet hast, weißt du das?

TELEFONGESPRÄCH LAHNENBERG – WIEN.

Manfred: Ja, i weiß es!

Chefredakteur: Nix weißt du, nix! Die Hölle is los! Vor mir liegen Dutzende von Ausschnitten aus bundesdeutschen Zeitungen! Horch dir des an! *(Er blättert, liest einige Schlagzeilen vor.)* Aber des is ja nit alles! Ununterbrochen wird angerufen! Ganze Bündel Leserbriefe kommen! Die Fremdenverkehrsindustrie läuft Amok! Überall verschwindet unsere Zeitung aus den Trafiken! Deutsche Touristen stornieren ihren

Urlaub! Und eben erfahre ich, daß der Handelsminister mit dem Hubschrauber die Gäste besuchen will, um sie zu beschwichtigen! Und alles wegen deinem Scheiß-Artikel!

Manfred: Der dir zu langweilig war! Vergiß das nicht! Und den Titel hab nicht ich verbrochen, das weißt du genau!

Chefredakteur: Du brichst jedenfalls sofort deinen Urlaub ab und kommst zurück! Wieso soll ich das alles allein ausbaden?

Manfred: Ich hab's ja schon ausgebadet! I lieg auf der Krankenstation! Mein Bein is gebrochen! Die Tiroler haben mich gestern Abend verprügelt!

Chefredakteur: Recht gschieht dir!

Manfred: Des wird a Super-Story!

Chefredakteur: Ja, bis du noch zu retten?

Manfred: Jetzt hör doch amal zu!

Chefredakteur: Nix! Aus! I will nix mehr hören! Keine Zeile schreibst du mehr zu diesem Thema!

Er legt auf.

LAHNENBERG. KRANKENSTATION IN ARZTPRAXIS. – *Manfred legt den Hörer auf.*

Manfred: *(zu Hans)* Keine Chance! Da geht nix mehr!

Es klopft.

Manfred: Herein!

Der erste Gendarm kommt herein.

Erster Gendarm: Sie wollen mich sprechen?

Manfred: Ja! Ich möchte eine Strafanzeige erstatten!

Erster Gendarm: Gegen wen?

Manfred: Gegen die gesamte männliche Dorfbevölkerung!

Hans lacht, der Gendarm bleibt ganz dienstlich.

Erster Gendarm: Davon tät ich Ihnen abraten.

Manfred: Wieso?

Erster Gendarm: Die haben alle ein Alibi.

Manfred: Was haben die?

Erster Gendarm: Ein Alibi.

Manfred: Also, hören Sie, ich bin nicht zu Witzen aufgelegt!

Erster Gendarm: Ich mach keine Witze. Ich bin bekannt dafür, daß ich keinen Humor hab.

Manfred lacht gequält auf, der Gendarm sieht beim Bett von Hans auf einem Stuhl dessen Utensilien, darunter den großen Stempel und das Stempelkissen. Der Gendarm nimmt den Stempel, schaut ihn an, macht das Stempelkissen auf, drückt den Stempel darauf, schaut Hans an, geht zu ihm, drückt ihm den Stempel auf den Rippenpanzer, Hans stöhnt vor Schmerz auf. Der Schriftzug „KITSCH" erscheint.

Erster Gendarm: Des gibt a Anzeige. Wiederholte, boshafte Sachbeschädigung.

Der erste Gendarm geht zur Tür, dreht sich noch einmal um.

Erster Gendarm: *(zu Manfred)* Ich empfehle Ihnen, schnellstens abzureisen. Wir können für Ihre körperliche Sicherheit nicht garantieren.

Der erste Gendarm geht hinaus, Manfred und Hans schauen ihm verdrossen nach.

VOR DEM ROTTERHOF. – *Der Range-Rover des Bürgermeisters steht vor dem Hof. Karl-Friedrich, Heinrich und Elsa sowie Franz kommen aus dem Haus. Andreas dengelt vor dem Schupfen eine Sense, beachtet die Leute absichtlich nicht.*

Franz: Unsere Gendarmerie is wirklich furchtbar! Also, ich versichere Ihnen, meine Herren, das gibt eine saftige Dienstaufsichtsbeschwerde! Die können was erleben!

Karl-Friedrich: Und das Attentat? Was sagen Sie dazu?

Franz: Was für ein Attentat?

Karl-Friedrich: Das Attentat von diesem Joe! Mein Wagen ist innen total ruiniert!

Franz: Aber, Herr Sattmann, das war doch sicher keine Absicht! Und selbstverständlich wird Ihnen der Schaden ersetzt! Wir zahlen alles! Außerdem möchte ich Sie – sozusagen als Wiedergutmachung für den Ärger – auf Ihren Urlaub einladen! Sie wohnen gratis im Hotel! So lange Sie wollen! Den ganzen Sommer von mir aus!

Elsa: Also, ich muß schon sagen, das finde ich wirklich großzügig, was, Karl-Friedrich?

Karl-Friedrich: *(steht auf)* Einverstanden! Vergessen wir die Sache! *(Gibt Franz die Hand.)* Das hätte ich nicht von Ihnen erwartet! Ich dachte, Sie sind sauer auf uns!

Franz: Aber wo! Sie haben sich zu Recht aufgeregt! *(Schaut Heinrich an.)* Herr Sattmann senior! Woll ma auch Frieden schließen?

Heinrich: *(steht auf)* Na gut! Schwamm drüber! *(Gibt Franz die Hand.)*

Elsa: Na, ich geh mal packen!

Elsa geht ins Haus. Franz setzt sich auf die Bank, zündet sich eine Zigarette an, Karl-Friedrich setzt sich zu ihm. Heinrich schaut zu Andreas, der immer noch dengelt.

Heinrich: Die beiden Frechdachse hat man ja tüchtig verkloppt, was?

Franz: Ja, was glaubst! Tiroler Fäuste sind hart! Die trauen sich in Zukunft nimmer die Goschn aufzureißen.

Karl-Friedrich: Aber Ihr Bruder scheint mir auch einen harten Schädel zu haben! Ich glaube nicht, daß der aufgibt!

Franz: Des wird ihm nix nutzen! I hab schon seine Versetzung veranlaßt! *(Grinsend.)* In einen Industrieort!

STEILER BERGHANG. – *Olga, Maria, Peter, Josef und Gunnar beim Heuen. Leni und Erwin tollen herum. Gunnar, Peter und Josef rechen das Heu zu Zeilen zusammen. Aus einer Zeile wurde ein großer Heuballen zusammengeschoben, Olga bindet eben den Strick fest, der den Ballen zusammenhält, Maria setzt sich vor den Ballen, greift den Strick, steht vorsichtig mit dem Ballen auf, geht in Richtung eines Heustadels. Hubschraubergeräusch nähert sich, alle schauen hoch, ein Hubschrauber fliegt auf das Dorf zu.*

IM HUBSCHRAUBER. – *Der Minister hat die Augen geschlossen, er schaut sehr erledigt aus, hat schon etwas zu viel Schnaps verabreicht bekommen. Sein Sekretär betrachtet das Gebirgspanorama, wendet sich dann an den Piloten.*

SEKRETÄR: Wie lang noch?

Der Pilot schaut fragend wegen des Rotorenlärms.

SEKRETÄR: *(schreit)* Wie lang noch?

PILOT: Wir sind gleich da! Der letzte Ort, oder?

SEKRETÄR: Ja, mehr werden wir wohl nimmer schaffen!

Der Minister öffnet die Augen.

MINISTER: Was kommt denn jetzt?

SEKRETÄR: Lahnenberg! Da ist dieser Herr Sattmann!

Der Minister nickt gequält.

MINISTER: Ich sag dir, ich bin derart erledigt ...! Das war vielleicht ein Schlauch! Sieben Orte an einem Tag! Und überall gibts einen Begrüßungsschnaps! Das soll ein Mensch aushalten!

DORFPLATZ MIT MUSIKPAVILLON VON OBEN. – *Vom Hubschrauber aus sieht man hinunter auf den Platz, wo schon alle warten: die Gendarmen, Franz, Max, Karl-Friedrich, Heinrich mit Hund, Elsa, Sabine, Joe, Christl und Stefan, Einheimische, Touristen, die Blasmusikkapelle.*

DORFPLATZ MIT MUSIKPAVILLON. – *Der Kapellmeister hebt den Taktstock, die Kapelle beginnt zu spielen. Alle anderen schauen nach oben. Der Hubschrauber kommt herunter. Asta hat Angst, Heinrich hält sie an der Leine fest, kniet sich zu ihr, drückt sie beruhigend an sich. Joe sitzt rauchend auf seiner Maschine. Der Hubschrauber landet, die Rotoren erzeugen starke Windböen, ein paar Hüte fliegen, Frauenröcke wehen. Franz und Max laufen zum Hubschrauber, machen die Tür auf, der Handelsminister und sein Sekretär steigen aus.*

FRANZ: *(schreit)* Willkommen, Herr Minister! Herzlich willkommen!

MINISTER: Grüß Sie, Herr Bürgermeister!

Die Zuschauer applaudieren.

FRANZ: Kommen Sie, bitte!

Der Minister und sein Sekretär (mit Aktentasche) gehen mit Franz und Max zu den Zuschauern, die Marketenderin der Musikkapelle tritt vor.

MARKETENDERIN: Ein Begrüßungsschnapsel, Herr Minister?

MINISTER: *(gequält lächelnd)* Gern! *(Zu den umstehenden Gästen:)* Entschuldigen Sie, daß wir so viel Wind gemacht haben, aber Sie wissen ja, das gehört auch zur Politik!

Die Umstehenden lachen, der Minister nimmt das Schnapsstamperl entgegen, hält es hoch, trinkt es aus. Dann besteigt er die Bühne des Musikpavillons und geht zum Mikrofon. Am Rande des Platzes sitzt Manfred in einem Rollstuhl, das Gipsbein von sich gestreckt, Hans steht hinter ihm, das Hemd offen, man sieht den Brustpanzer.

MINISTER: Wir importieren viele Waren aus Deutschland, meine Damen und Herren, vor allem Autos! Und als Handelsminister verspreche ich Ihnen, wir werden auch weiterhin viel in Deutschland einkaufen, *(lächelnd)* wenn Sie dafür zu uns auf Urlaub kommen!

Applaus. Der Minister winkt Karl-Friedrich zu sich.

MINISTER: Herr Sattmann! Sie stehen hier stellvertretend für unzählige deutsche Touristen, die so gern unser Land besuchen und die in diesem unseligen Zeitungsartikel beleidigt wurden. Als Handelsminister der Republik Österreich entschuldige ich mich ganz formell bei Ihnen und darf die Versicherung abgeben, daß ich alles in meiner Macht Stehende tun werde, daß so eine Verunglimpfung nie mehr stattfinden wird!

Der Minister gibt Karl-Friedrich die Hand. Fotografen treten näher und machen Aufnahmen. Heinrich ist stolz auf seinen Sohn. Elsa drängt sich mit ihrem Fotoapparat vor.

KARL-FRIEDRICH: Herr Minister, ich nehme die Entschuldigung an und versichere Ihnen: Ich komme wieder!

Minister und Karl-Friedrich halten sich noch immer für die Fotografen an der Hand. Applaus. Hans und Manfred schauen angewidert, pfeifen. Die Blasmusikkapelle beginnt den Marsch „Preußens Gloria“ zu spielen. Elsa drückt auf den Auslöser ihrer Kamera.

Ende des 1. Teils

2. Teil

Die Animation

SESSELLIFT. *Tag. – Es hat zu dämmern begonnen. Karl-Friedrich sitzt mit Schianzug und Schiern auf einem Liftsessel, fährt hoch, betrachtet die Landschaft. Es ist ganz ruhig, nur der Liftsessel klappert, wenn er über eine Stütze fährt. Karl-Friedrich ist gut gelaunt. Er hat noch nicht gemerkt, daß er ganz allein auf der ganzen Strecke ist. Auf der Piste unten fährt noch ein Schifahrer vorbei.*

KARL-FRIEDRICH: *(ruft fröhlich hinunter)* Schi Heil!

Der Schifahrer blickt hoch und stürzt deshalb über eine Bodenunebenheit. Karl-Friedrich schaut lachend hinunter, der Schifahrer rappelt sich fluchend auf und fährt weiter. Der Sessellift entfernt sich von der Piste, fährt jetzt durch eine Waldschneise. Nach einer Weile bleibt der Lift plötzlich stehen, der Sessel schaukelt hin und her. Karl-Friedrich denkt sich noch nichts dabei, es kommt ja öfter vor, daß der Lift anhält. Nach einer Weile wird er aber unruhig.

KARL-FRIEDRICH: Na, was ist denn?

Karl-Friedrich dreht sich um, schaut talwärts. Die Talstation ist nicht zu sehen. Er dreht sich wieder um, schaut nach oben. Die Bergstation ist nicht zu sehen. Er schaut nach unten. Der Liftsessel hängt hoch über dem Boden, in der Nähe Baumwipfel. Karl-Friedrich wartet bewegungslos eine Weile.

KARL-FRIEDRICH: Das darf doch nicht wahr sein! *(Dreht sich um, brüllt.)* He! Weiterfahren!

Nichts rührt sich, Karl-Friedrich dreht sich wieder um.

KARL-FRIEDRICH: Schweinerei! *(Brüllt nach oben:)* He! Hallo! Hallo!

STRASSE VOR LAHNENBERG. *– Zur gleichen Zeit. Ein Taxikleinbus fährt auf den Ort zu. Aufschrift an der Seite: „Taxi Wechselberger". Joe lenkt, hinten sitzt Manfred Holleschek. Schi im Schiständer an der Rückseite des*

Wagens. Das Taxi nähert sich der klobigen Holztafel am Ortsbeginn. Auf dieser Seite steht: „Grüß Gott in Lahnenberg“.

SESSELLIFT. – *Es ist jetzt schon fast dunkel. Karl-Friedrich sitzt im Sessel, ist schon leicht verzweifelt. Er schaut hinunter, es ist zu weit zum Springen, auch der nächste Mast ist zu weit entfernt. Er schaut zu den Baumwipfeln, langt mit einem Schistock hinüber, schüttelt den Kopf.*

KARL-FRIEDRICH: Hilfe! Hilfe! Zu Hilfe!

LAHNENBERG. HOTEL ALPENFRIEDEN / RESTAURANT. *Abend. – Die Innenbeleuchtung ist bereits eingeschaltet. 5-Uhr-Tee. Ziemlich viele Gäste. Ein Musikduo spielt Schlager und Folklore. An einem Tisch Elsa, Sabine und Gunnar in Schikleidung, sie haben Schipässe um den Hals hängen, Glühweinbecher stehen vor ihnen. Gunnar hat nun eine andere Frisur, und zwar einen sogenannten „Irokesen“. An der Bar Stefan. Anna bringt einen Krug Glühwein, schenkt nach. Sie mag Gunnar.*

ELSA: Danke, Anna!

ANNA: *(zu Gunnar)* Wie war's?

GUNNAR: Eisig! Mann, hab ich'n paar Saltos geschlagen!

SABINE: *(zu Anna)* Weißt du, wo sich dein Bruder herumtreibt?

ANNA: Der Joe? *(Sabine nickt.)* Na, keine Ahnung!

Anna geht weg.

ELSA: Vergiß doch endlich diesen Joe! Weißt du, wie man sowas hier nennt?

GUNNAR: Das ist der Dorfbulle! Der bespringt alle!

SABINE: Halt die Klappe du, ja!

Heinrich kommt mit Asta herein, er ist vollkommen fertig, atmet schwer, schaut sich um, kommt heran, setzt sich.

ELSA: Na, du alter Kämpfer?

Gunnar: Mann, Opa, du siehst aber abgeschlafft aus!

Heinrich: 30 Kilometer in zweieinhalb Stunden! Marathon!

Elsa: Aber, Heinrich! Du mußt auf dein Herz achten!

Heinrich: *(schweratmend)* Achwas! Herz wie Stahl! Im Krieg hab ich solche Strecken in der halben Zeit geschafft! Drei Tage durch die Tundra! Mit vollem Gepäck! Partisanen! Nichts zum Fressen! *(Greift zum Becher von Elsa.)* Darf ich mal?

Elsa: Bitte!

Heinrich trinkt.

Heinrich: Wo ist denn Karl-Friedrich?

Elsa: Nochmal hochgefahren! Der kann auch nicht genug kriegen!

SESSELLIFT. – *Es ist noch dunkler geworden. Karl-Friedrich auf dem Sessel. Es friert ihn. Er schlägt die Arme um sich, ist verzweifelt.*

Karl-Friedrich: Ich reise sofort ab!

VOR DER PENSION EDELWEISS. – *Im letzten Abendlicht. Der Taxikleinbus steht vor der Pension, Joe trägt eben einen Koffer zur Tür, Manfred nimmt Tourenschier und Stöcke aus dem Ständer. Die Haustür öffnet sich, der Lehrer Hans Wechselberger kommt heraus.*

Hans: Griaß di, Manfred!

Manfred: Servus, Hans! *(Gibt ihm die Hand.)*

Joe: Hundertzwanzig Schilling kriag i!

Manfred: Ah ja! *(Sucht das Geld heraus.)*

Hans: Ah, der Joe! Hast schon wieder an neuen Beruf?

Joe: Logisch, hoi! Wenn ma so an guaten Lehrer ghabt hat wia di, dann kann ma alles!

Manfred: *(schaut Joe an)* Ja, natürlich! *(Greift sich ans Kinn.)* Sie sind ja einer dieser Schlägertypen vom Sommer! *(Gibt ihm das Geld.)* Da! Haun S' ab, Mensch!

Joe: *(nimmt das Geld)* Dankeschön! Und nix für ungut, Herr Holleschek! Wia's halt so zuageht! *(Grinst.)* Das Leben in den Bergen ist hart!

Joe geht zum Taxi und braust davon.

Manfred: *(schaut ihm nach)* Na, des is vielleicht a unverschämter Kerl! *(Zu Hans:)* Kannst du mir sagen, warum i da noch mein Urlaub verbringen soll?

Hans: *(lächelnd)* Weil i da bin!

Manfred: Und warum bist du noch da? Sie haben dich doch versetzt!

Hans: Na und? Des is mei Heimatort!

Manfred: Aber du wohnst in einer Pension! Wie ein Fremder! I versteh di net! Dein Bruder hat ein Imperium! Mehrere Hotels! Da muß doch was dir gehören! Ein Pflichtteil wenigstens!

Hans: I will nix von dem Zeug!

Manfred: A Bargeld hättest doch nehmen können!

Hans: I will nix! Versteh des doch! Außerdem gibt's kein Bargeld! Steckt alles in den Betrieben! Und die ghören der Bank! Mein Bruder hat im Grunde a nix! Alles eine Fata Morgana! Heiße Luft!

SESSELLIFT. *Nacht. – Inzwischen ist es ganz dunkel geworden. Karl-Friedrich sitzt steifgefroren und verzweifelt auf dem Liftsessel.*

HOTEL ALPENFRIEDEN / RESTAURANT. *– Das Musikduo spielt nicht mehr. Weniger Gäste. Am Tisch immer noch Elsa, Sabine, Gunnar, Heinrich. Joe sitzt jetzt neben Sabine, hat den Arm um sie gelegt. Sie ist froh, daß Joe da ist.*

Gunnar: Der hat ja ne Macke! Fährt in der Dunkelheit Schi!

Heinrich: Du kannst gleich ne Schelle haben! Dein Vater ist nun mal nicht so'n Lahmarsch wie du! *(Zeigt* *auf den „Irokesen“:)* Nimm dieses verdammte Ding da ab!

Gunnar: *(grinst)* Das ist leider echt, Opa!

Heinrich: Unglaublich! Lang seh ich mir das nicht mehr an! Bist du'n Indianer oder ein Deutscher?

Gunnar: Ein deutscher Stadtindianer, Opa! Kennst du das nicht? Gibt's jetzt schon viele!

Elsa: *(zu Gunnar)* Hör auf, blöd herumzuquatschen! Ich mach mir Sorgen! Vielleicht ist ihm was passiert? Joe, bitte, unternimm was!

Heinrich: Was soll der Joe da machen? Man muß die Bergrettung verständigen!

Joe: *(trocken)* I bin bei der Bergrettung!

SESSELLIFT. – *Karl-Friedrich auf dem Sessel. Schon ganz apathisch. Er hört einen Motor, schaut sich langsam um. Weit weg, drüben auf der Schipiste, sieht er durch die Bäume zwei Lichter und einen Suchscheinwerfer, der Piste und Wald ableuchtet. Die Lichter fahren bergwärts.*

Karl-Friedrich: *(heiser)* Hallo! Hallo! Hilfe! Zu Hilfe!

SCHIPISTE. – *Eine Pistenraupe fährt langsam die Schipiste hoch. Am Lenkrad Thomas, auf der Ladefläche steht Joe und leuchtet mit dem Suchscheinwerfer herum. Eine Decke liegt neben ihm.*

Joe: *(ruft)* Bleib amal stehn!

Thomas hält an, Joe leuchtet in den Wald.

Thomas: Wenn der irgendwo in den Wald hinuntergfahren is, dann könn ma lang suachn!

SESSELLIFT. – *Karl-Friedrich schaut verzweifelt, winkt mit den Stöcken.*

Karl-Friedrich: *(leise, heiser)* Hilfe! Hilfe!

Die Lichter der Raupe setzen sich wieder in Bewegung. Die Raupe verschwindet.

Karl-Friedrich: *(flüstert)* Die verklag ich! Die ruinier ich! Die mach ich fertig!

HOTEL ALPENFRIEDEN / ZIMMER VON KARL-FRIEDRICH. – *Ein großes, komfortables Zimmer mit Doppelbett, Sitzgelegenheiten etc. Elsa, Gunnar und Sabine sitzen, Heinrich geht Zigarre rauchend auf und ab, der Hund läuft immer hinter ihm her.*

Elsa: Setz dich doch, Heinrich! Du machst mich ganz nervös!

Das Telefon läutet, Asta bellt kurz auf, Heinrich hebt ab, Elsa steht auf.

Heinrich: Hier Heinrich Sattmann! – Was? – Nichts? – Das gibt's doch nicht! Er muß irgendwo da oben sein! – Was? – Jetzt hören Sie, Joe: wir werden uns selber auf die Suche machen! Und auf Ihre Mithilfe verzichten wir! Ende! *(Knallt den Hörer auf die Gabel.)* Also los! Warm anziehen, Taschenlampen besorgen, ausschwärmen!

SCHIPISTE. – *Heinrich, Elsa, Sabine, Gunnar, der Hund gehen auf der Piste bergwärts. Heinrich und Elsa mit Taschenlampen. Gunnar kann wegen seines „Irokesen" keine Mütze tragen.*

Heinrich: Karl-Friedrich! Karl-Friedrich!

Sabine: Papi! Papi! Wo bist du?

Heinrich und Elsa leuchten in den Wald hinunter.

Gunnar: *(hält sich die Ohren)* Oh, Mann, mir frieren die Lauscher ab!

Heinrich: Recht geschieht dir!

Heinrich holt einen Socken hervor, hält ihn vor die Nase des Hundes.

Heinrich: Da! Such, Asta! Such!

Der Hund nimmt den Socken und läuft davon.

Heinrich: Asta! Bring sofort den Socken zurück!

SESSELLIFT. – *Karl-Friedrich sitzt ganz steif, bewegungslos, resigniert.*

STIMME ELSA: *(entfernt)* Karl-Friedrich! Karl-Friedrich!

Karl-Friedrich dreht unendlich langsam den Kopf, sieht die Taschenlampenlichter.

KARL-FRIEDRICH: *(kann nur mehr flüstern)* Elsa! Elsa! *(Resigniert.)* Die treue Elsa! Sucht mich!

Plötzlich setzt sich der Lift in Bewegung, Karl-Friedrich schaut auf, kann es nicht fassen.

BERGSTATION SESSELLIFT. – *An der Bergstation stehen Thomas (er ist im Winter Liftangestellter) und Joe, schauen den herankommenden Sesseln entgegen. Joe raucht Zigarette.*

THOMAS: Das wär was!

Karl-Friedrich taucht auf.

JOE: *(grinsend)* Tatsächlich! Da is er!

THOMAS: Oh, mei! Des werd was geben!

Karl-Friedrich kommt heran, Thomas stoppt mit einem Schalter den Lift, der Sessel von Karl-Friedrich schaukelt leicht, er sitzt vollkommen steif da.

KARL-FRIEDRICH: *(flüstert)* Ich reise ab!

SCHIPISTE. – *Heinrich, Elsa, Gunnar, Sabine und der Hund gehen suchend bergwärts. Von oben kommt die Pistenraupe, Asta läuft ihr bellend entgegen, umkreist sie, die Pistenraupe kommt heran, hält. Thomas lenkt, neben ihm sitzt Joe.*

JOE: *(grinsend)* Wir haben ihn! Steigts hinten auf! Guat festhalten!

Sie steigen alle auf die Ladefläche, auch der Hund hüpft hinauf. Auf der Decke liegt Karl-Friedrich, wie eine Mumie in eine goldglänzende Alufolie gewickelt. Er schaut apathisch. Asta leckt ihm das Gesicht ab. Elsa kniet sich hin, umarmt Karl-Friedrich.

Elsa: Ooch, du Armer!
Die Pistenraupe fährt los.

HOTEL ALPENFRIEDEN / DISCOTHEK. – *Joe und Sabine tanzen auf der überfüllten Tanzfläche. Ein tunesischer Disc-Jockey in tunesischer Landestracht an der Disco-Anlage. Hinter der Bar Stefan und Anna. An der Bar sitzt Gunnar und kann sich kaum halten vor Lachen. Vor ihm ein eisgrünes Mixgetränk.*
Gunnar: Gib mir nochmal so'n Gletschertrunk!
Stefan nimmt ein Glas, gibt Eis hinein und je einen Schuß aus drei verschiedenen Flaschen. Ein modernst gekleideter, smart aussehender Deutscher um die 30 setzt sich neben Gunnar auf den Barhocker.
Stefan: Servus, Charly!
Stefan stellt Gunnar das Glas hin, Charly schaut ihn an.
Stefan: Der is okay!
Charly sitzt so, daß er mit seinem Körper die Sicht zu den anderen Gästen abdeckt. Er holt aus seiner Anoraktasche drei kleine Dosen, in denen normalerweise Vitaminbrausetabletten abgepackt werden, gibt sie Stefan. Anna schaut her. Stefan nimmt von der ersten Dose den Deckel ab, befeuchtet den Zeigefinger, fährt in die Dose, die mit einem weißen Pulver gefüllt ist, leckt am Finger, schließt die Dose, schaut in die zwei anderen, holt unter der Theke einen großen Briefumschlag hervor, legt ihn auf die Theke, Charly öffnet den Umschlag, greift hinein, holt zwei Bündel Tausendschillingscheine hervor. Auf der ersten Banderole steht 100.000 Schilling, auf der zweiten 50.000 Schilling. Anna schaut her, denkt sich: „So viel verdien ich das ganze Jahr nicht!“ Gunnar schaut erstaunt zu, Charly steckt die zwei Geldbündel wieder in das Kuvert zurück, steht auf, hebt grüßend die Hand.
Charly: Tschüß!
Stefan: Pfiati!

Charly geht.

GUNNAR: *(deutet auf die Dosen)* Was ist denn das?

STEFAN: *(grinsend)* Na, was schon? – Schnee!

Stefan nimmt einen winzigen Löffel und ein Silbertablett, nimmt mit dem Löffel etwas Kokain aus einer Dose, legt eine Linie auf das Tablett, schneidet mit einem Messer einen Trinkhalm ab, beugt sich damit über das Tablett, setzt den Trinkhalm an ein Nasenloch, hält das andere zu, zieht die Kokainlinie ein, richtet sich wieder auf, atmet durch. Es tut ihm gut.

GUNNAR: Darf ich auch mal?

STEFAN: 250 Schilling! 36 Mark!

GUNNAR: Was? Mannohmann! Na, gut!

Stefan legt eine Linie, Gunnar sucht das Geld hervor, Stefan legt das Tablett vor ihn hin, Gunnar will ihm das Geld geben.

STEFAN: Die erste Linie ist gratis! *(Reicht ihm das Röhrchen.)*

GUNNAR: Danke, Bruder!

Gunnar steckt das Geld ein, setzt das Röhrchen an, zieht auf.

STEFAN: Beste Qualität! So an Schnee findest auf keiner Pistn! Da fahrst ab!

Gunnar richtet sich auf, muß niesen, Stefan grinst.

STEFAN: Also, niesen is in diesem Fall eher eine teure Angelegenheit! Vielleicht tuast z'erst amal mit Schnupftabak üben!

Gunnar holt sein Geld hervor, legt es auf den Tisch.

GUNNAR: Nochmal dasselbe!

STEFAN: *(schreit zum Disc-Jockey)* He, Muhammed! Nachschub!

Der Disc-Jockey grinst, stoppt die Musik, legt eine andere Platte auf.

DISC-JOCKEY: Und nun, Ladies und Gentlemen, Madln und Buam: Der absolute Superhit der Saison!

Es erklingt: „Leise rieselt der Schnee!" Die Tanzenden bleiben stehen, beginnen zu lachen, Joe umfaßt Sabine und tanzt mit ihr langsam weiter, fünf elegante Gäste wissen, was das Lied bedeutet, kommen an die Bar zu Stefan, der gerade eine neue Linie für Gunnar legt.

TOURIST: Na, endlich schneit es wieder!

HOTEL ALPENFRIEDEN / FLUR IM 3. STOCK. – *Das Licht geht an, Gunnar kommt daher, ist überhaupt nicht müde, sondern sehr fröhlich. Er geht zu seiner Zimmertür, versucht sie zu öffnen, sie ist verschlossen.*

GUNNAR: He, Sabine!

STIMME JOE: Geh, Gunnar! Magst nit no a bißl spazierengehn?

GUNNAR: Was soll ich?

STIMME JOE: Spaziergehn sollst!

GUNNAR: Ja, wo denn?

STIMME JOE: Is doch uns wurscht, wo!

Gunnar überlegt, die Tür wird aufgeschlossen, Sabine schaut mit dem Kopf heraus, sie ist nackt.

SABINE: Nu, komm schon!

GUNNAR: Ne, ich geh spazieren! Ist ne gute Idee!

Gunnar geht wieder davon, Sabine schaut ihm nach, schüttelt den Kopf, Gunnar dreht sich um.

GUNNAR: He, Schwester! Gib mir mal meine Drehorgel!

WEG ZUM ROTTERHOF. – *Mondlicht. Gunnar stapft fröhlich den Weg hoch, trägt jetzt einen riesigen Kassettenrecorder auf der Schulter, aus dem „Rap"-Musik ertönt. Er bleibt stehen, blickt aufs Dorf zurück, schaut auf die Berge, es gefällt ihm alles wunderbar, er schaltet den Kassettenrecorder aus, lauscht auf die Stille, läßt sich mit ausgebreiteten Armen in den Schnee zurückfallen, schaut in den Sternenhimmel und zum Mond.*

ROTTERHOF / STUBE. – *Draußen beginnt es zu dämmern. Am Tisch beim Frühstück sitzen Andreas, Olga, Maria, Thomas und die Kinder Peter, Josef, Leni, Erwin. Plötzlich ertönt von draußen laute Musik. Sie horchen alle auf, Andreas zieht den Vorhang beim Fenster zurück, schaut hinaus. Vor dem Hof ist Gunnar und führt einen perfekten Rap vor, der Rekorder steht neben ihm.*

VOR DEM ROTTERHOF. – *Gunnar tanzt. Aus den Stubenfenstern schauen Andreas, Olga, Maria, Thomas und die Kinder. Andreas schaut unbewegt, Olga und Maria verblüfft, die Kinder lachen. Olga verschwindet, es öffnet sich die Haustür, sie kommt mit einem Besen bewaffnet heraus.*

OLGA: Geh weg! Geh weg da! Verschwind!

Thomas, Maria und die Kinder kommen heraus, Andreas bleibt am Fenster.

LENI: *(zu Thomas)* Gunnar! Des is ja der Gunnar!

THOMAS: Tatsächlich!

MARIA: Hör auf, Muatter! Des is der Gunnar!

Olga hält inne, schaut.

OLGA: Na sowas!

Die Musik ist aus, es ist still, Gunnar läßt sich schnaufend zurückfallen.

OLGA: Na, entschuldige, Gunnar, jetzt hab i di nimmer erkannt!

PETER: Ma, hast du a tolle Frisur!

VOR DEM HOTEL ALPENFRIEDEN. *Morgen. – Trotz des frühen Morgens schultern bereits einige Gäste ihre Schier und machen sich abmarschbereit.*

HOTEL ALPENFRIEDEN / SPEISESAAL. – *Musikberieselung aus Lautsprecher. Frühstücksbuffet. Gäste frühstücken, Anna und Stefan bedienen. Am Tisch beim Fenster die Sattmanns und Asta, aber ohne Gunnar und Sabine.*

Franz sitzt bei ihnen. Karl-Friedrich ist wieder fit, nur die Nase ist noch etwas blau.

Franz: Um vier ist Schluß, Herr Sattmann! Der Liftwart hat Sie nicht gsehn, wie Sie eingstiegn sind! Also, unsere Schuld war das nicht!

Karl-Friedrich: Naja, ist ja schon gut. Ich hab's überlebt. Aber wünschen möchte ich das keinem! Allein und gottverlassen zwischen Himmel und Erde! Schrecklich! Und Elschen hat mich verzweifelt gesucht! Das vergeß ich dir nie!

Karl-Friedrich küßt Elsa auf die Wange, sie lächelt.

LANGLAUFLOIPE. *Tag. – Heinrich läuft mit Langlaufschiern keuchend dahin, hinter ihm rennt Asta. Heinrich trägt die Startnummer 14 und hat eine Armbrust umgehängt. Ein junger Mann holt auf, ebenfalls mit Startnummer und Armbrust, überholt Heinrich.*

Junger Mann: Mach Platz, Opa!

Heinrich: Frechheit! *(Ruft ihm nach:)* Wart nur, du Schnösel!

Asta läuft dem jungen Mann nach, tollt um ihn herum, der junge Mann bekommt Angst und stürzt, Heinrich lacht auf und überholt ihn.

Heinrich: Na, Junge, schon müde?

STEILER BERGWEG. – *Maria trägt einen Heuschlitten auf den Schultern und stapft bergan, hinter ihr geht schnaufend Gunnar, trägt ebenfalls einen Schlitten. Hinter ihnen gehen Peter und Josef, Peter zieht eine Rodel.*

SESSELLIFT BERGSTATION / VOR DEM RESTAURANT. – *Karl-Friedrich kommt auf einem Sessel angefahren, Thomas steht an der Ausstiegsstelle, hilft ihm aus dem Sessel.*

Karl-Friedrich: Danke, Thomas!

Karl-Friedrich fährt aus der Ausstiegsstelle, schaut zum Restaurant, es sonnen sich davor mehrere Gäste in Liegestühlen, unter ihnen Sabine und Elsa. Karl-Friedrich fährt zu ihnen hin. Am Hang schwingt Joe als Schilehrer vorbei, es folgen ihm sechs Schüler und Schülerinnen.

JOE: *(dreht sich im Fahren zur ersten Schülerin um)* So is es guat! Put your hips forward!

Karl-Friedrich wirft einen Blick auf Joe, kommt dann bei Elsa und Sabine an. Sabine hat eben auch zu Joe geschaut, lehnt sich wieder zurück, schließt die Augen. Sie hat nur einen Bikini an, ist eingeölt, trägt keine Sonnenbrille. Elsa im Schianzug, im Gesicht ebenfalls eingeölt, Sonnenbrille.

ELSA: *(zufrieden)* Hallöchen!

KARL-FRIEDRICH: Mann, seid ihr ne faule Bande! Man muß doch den Schipaß ausnützen!

LANGLAUFLOIPE. – *Heinrich läuft keuchend dahin, hinter ihm Asta. Heinrich überholt einen anderen Läufer, kommt zu einer Stelle, wo neben der Loipe eine Zielscheibe steht. In der Nähe ein Einheimischer mit einer Liste. Heinrich bleibt stehen, nimmt die Armbrust herunter, benützt die Schistöcke als Stütze, schießt auf die Scheibe. Der Einheimische geht hin, schaut nach.*

EINHEIMISCHER: Bravo! Ein Elfer!

Heinrich schaut stolz.

TIEFSCHNEEHANG. – *Karl-Friedrich hält eben an, atmet auf, schaut zurück. Er sieht die nahe, von Schifahrern übervölkerte Piste, auf der die allgemeinen „Verkehrsregeln“ aufgehoben zu sein scheinen; „Pistensäue“ jeden Alters überwiegen. Karl-Friedrich wendet angewidert seinen Blick zurück, schaut auf den leeren Tiefschneehang hinunter, fährt los. Eine Lawinenwarntafel bleibt unbeachtet.*

STEILER BERGWEG. – *Die zwei Schlitten fahren jetzt mit Heu beladen talwärts. Den ersten Schlitten lenkt Maria, hinter ihr fährt Gunnar, hinten nach fahren auf der Rodel Josef und Peter. Maria bremst vor einer Kurve mit den „Tatzen", verschwindet um die Kurve, Gunnar bremst zu spät, fährt über die Kurve hinaus, verschwindet. Josef und Peter halten mit der Rodel an, steigen ab, schauen den Hang hinunter.*

TIEFSCHNEEHANG. – *Eine Lawine geht donnernd zu Tal, kommt zum Stillstand. Im Inneren der Schneemassen herrscht dunkelblaues Licht. Karl-Friedrich liegt – zusammengekrümmt wie ein Embryo – mit dem Kopf nach unten in der Lawine, die Schi fehlen, einen Schistock hat er noch in der Hand, er ragt mit der Spitze nach oben. Es ist ganz still.*

KARL-FRIEDRICH: Ich reise ab!

Hans und Manfred fahren im Tiefschnee den Hang herunter, Hans hält an, Manfred ebenfalls. Hans schaut hinunter in die Senke, sieht einen Lawinenkegel.

HANS: *(zeigt)* Da!

Manfred schaut. Hans nimmt sein Fernglas, richtet es dorthin, wo die Lawine losging, sieht eine Schispur.

HANS: Da hat so ein Trottel den Lawinenhang überquert!

MANFRED: Geht die Spur weiter?

HANS: Na! Den muaß es mitgrissen habn!

KARL-FRIEDRICH: *(in der Lawine)* Lieber Gott, ich bin nicht praktizierender Protestant, aber trotzdem ein braver Mann! Ich hatte nie etwas Böses im Sinn, Du weißt es!

Hans und Manfred fahren auf den Lawinenkegel zu.

KARL-FRIEDRICH: *(in der Lawine)* Gewiß, bei den letzten Tarifverhandlungen war ich für ne härtere Gangart, aber ich bin kein Ausbeuter und auch kein Verschwender! Ich horte mein Kapital nicht, alles wird investiert! In Kürze eröffne ich mein drittes Werk!

Hans und Manfred kommen an, ziehen ihre Schi aus, steigen auf dem Lawinenkegel herum, schauen suchend. Hans sieht eine Schistockspitze aus dem Schnee ragen.

HANS: Da!

Hans nimmt den Rucksack ab, holt eine zusammensteckbare Schaufel heraus.

KARL-FRIEDRICH: *(in der Lawine)* Ich bin für die Erhaltung von 800 Arbeitsplätzen verantwortlich. Mein Sohn ist unfähig, die Firma zu übernehmen. Ich bin erst 50! Das darf doch nicht wahr sein! *(Von oben wird gegraben, die Schaufel von Hans dringt herunter, Karl-Friedrich schielt nach oben.)*

Hans schaufelt, Manfred gräbt mit den Händen, die Beine Karl-Friedrichs kommen zum Vorschein, Hans und Manfred ziehen Karl-Friedrich aus dem Schnee, erkennen ihn. Manfred bekommt plötzlich einen Lachkrampf, auch Hans beginnt zu lachen, Karl-Friedrich schaut verdutzt.

HOTEL ALPENFRIEDEN / RESTAURANT. *Nacht. – Ziemlich viele Gäste. Das Duo spielt Pseudovolksmusik. An einem Tisch Karl-Friedrich, Heinrich, Elsa, Sabine und Gunnar. Letzterer trägt einen Gipsverband am linken Bein und ein Pflaster an der Stirn. Zwei Krücken neben ihm.*

ELSA: *(zu Karl-Friedrich und Gunnar)* Na, ihr macht mir Spaß! Gunnar fährt mit einem Heuschlitten in den Abgrund, und du wirst von einer Lawine mitgerissen! Wenn ich nur dran denk! Schrecklich!

GUNNAR: *(fröhlich)* Ach, reg dich ab, Mutter! War'n tolles Feeling! Echt stark!

Sabine schaut zu einem anderen Tisch. Dort sitzt Joe mit einer Schischülerin, er schaut auch her.

Karl-Friedrich: Also, ich hab wirklich geglaubt, es ist aus mit mir!

Heinrich: Jaja, mit der Natur ist nicht zu spaßen! In Norwegen, da hat's mich auch mal erwischt! Wir waren auf Schipatrouille!

Joe steht plötzlich neben Sabine.

Joe: *(leise zu Sabine)* Die reist morgen in der Früh ab! Jetzt muß i sie no a bißl betreuen!

Sabine: *(finster)* Na, dann betreu mal!

Joe geht wieder zurück. Die Kapelle spielt einen Tusch. Am Podium steht Max. Hinter ihm auf dem Tischchen der letzte Pokal und eine Urkunde in einem Köcher, Max nimmt beides.

Max: *(ins Mikrofon)* Und jetzt zum Sieger in der Seniorenklasse! Schnellster Mann mit den meisten Treffern im Armbrustbiathlon: Heinrich Sattmann!

Die Kapelle spielt einen Tusch, die Gäste applaudieren, Karl-Friedrich klopft Heinrich stolz auf die Schulter, Heinrich steht auf und geht zum Podium, Asta folgt ihm, Elsa nimmt den Fotoapparat und geht hinterher. Max überreicht Heinrich Pokal und Urkunde, Elsa fotografiert.

Max: *(gibt Heinrich die Hand)* Herzliche Gratulation, Herr Sattmann! Tolle Leistung!

Heinrich: Ich danke Ihnen, Herr Niederwieser! *(Tritt ans Mikrofon:)* Meine Damen und Herren, als frischgebackener Wilhelm Tell von Lahnenberg ist es mir ein Bedürfnis, ein paar Worte an Sie zu richten!

Elsa und Karl-Friedrich hören aufmerksam zu, Sabine konzentriert sich eher auf Joe, Gunnar verzieht das Gesicht, nimmt seine Krücken und humpelt davon.

Karl-Friedrich: Gunnar! Gunnar!

Heinrich: Letzten Sommer, meine Damen und Herren, gab es ein kleines Mißverständnis, ausgelöst durch einen unseligen Zeitungsartikel. Das ist nun alles längst vergessen! Wir alle, wir deutschen Urlauber, fühlen uns sauwohl in Lahnenberg!

Applaus. Am Eingang steht jetzt Franz, hört zu, grinst.

Heinrich: *(weiter)* Das hat, jedenfalls was mich betrifft, seine bestimmten Gründe.

Max schaut etwas unglücklich, er befürchtet, daß die Rede zu lange wird.

Heinrich: *(weiter)* Hier in Lahnenberg, hier im schönen Land Tirol, hält man noch an den alten Werten fest! Hier gibt es keinen Terrorismus, keine Streiks, keine Hausbesetzungen, keine gewalttätigen Demonstrationen, keine Rauschgiftsucht, keine Flintenweiber. Und warum das? Weil man an den alten Werten festhält! Weil die männlichen Tugenden noch hochgehalten werden!

Applaus. Die Musik spielt einen Tusch.

Heinrich: Ich verweise nur auf das Schützenwesen! Ihr, liebe Tiroler, laßt euch nicht ankränkeln von des Gedankens Blässe, ihr, liebe Tiroler, steht mit beiden Beinen fest in eurer Heimaterde! Ihr, liebe Tiroler, seid zur Zeit wirklich die besseren Deutschen! Wir können von euch lernen! In diesem Sinne danke ich für die große Ehre und rufe Ihnen zu: Schi –

Publikum: Heil!

Heinrich: Schi –

Publikum: Heil!

Heinrich: Schi –

Publikum: Heil!

Tusch, Applaus, Elsa und Karl-Friedrich klatschen begeistert, Sabine schaut zu Joe.

Franz: *(klatscht ebenfalls unmäßig)* Bravo, Heinrich!

PENSION EDELWEISS / GÄSTESTUBE. – *Eine rustikale, neugetäfelte Stube. Drei Tische. Fernsehapparat.*

In einem Regal ein paar Bücher, Zeitschriften, Gesellschaftsspiele. Am ersten Tisch ein Ehepaar mit einem Jungen. Der Mann und der Junge spielen Schach, die Frau schaut zum Fernseher, der eingeschaltet ist. Am zweiten Tisch ein älteres Ehepaar. Die Frau strickt, der Mann bastelt an einem Modellschiff. Am dritten Tisch Hans und Manfred bei einer Flasche Wein. Sie spielen Karten. – Karl-Friedrich kommt bei der Tür herein, trägt eine Kiste mit Flaschen, geht zu Hans und Manfred.

KARL-FRIEDRICH: Ich möchte mich bedanken!

Karl-Friedrich stellt die Kiste auf den Tisch, gibt beiden verlegen die Hand, geht wieder hinaus. Hans und Manfred schauen sich an, Manfred grinst, Hans greift in die Kiste, holt eine Flasche hervor. Es ist ein sehr teurer Cognac.

HOTEL ALPENFRIEDEN / DISCOTHEK. – *Alle Gäste sind weg. Hinter der Bar steht Stefan bei der Kasse, macht die Abrechnung, gibt das Geld in eine Handkasse. Gunnar steht bei der Musikanlage, eine „fetzige" Platte läuft, Gunnar wippt im Takt dazu. Platte aus. Es ist ganz still. Plötzlich hört man ein Schluchzen. Stefan und Gunnar schauen. Anna sitzt zusammengekrümmt in einer Ecke und schluchzt.*

STEFAN: *(ungeduldig)* Was is denn? Geh doch schlafen!

Gunnar nimmt seine Krücken und humpelt zu Anna.

GUNNAR: Biste abgebaggert, was? *(Setzt sich neben sie.)* Mich packt auch manchmal so'n Horror! Da heißt es, cool bleiben! Bloß keine Panik!

STEFAN: Meingott, na, überarbeitet is sie halt! Samma alle! Geh doch ins Bett!

Gunnar, legt seine Hand auf Annas Schulter, zieht sie zu sich, legt den Arm um sie.

ANNA: *(weinend)* I kann nimmer! I halt des nimmer aus! Achtzehn Stund auf die Fiaß! Koan Tag frei! Bittschön, die Herrschaften, dankschön, die Herrschaften, schönen Tag noch, die Herrschaften!

Gunnar: *(zu Stefan)* He, Stefan, gib ihr doch'n bißchen Schnee!

Stefan: Schnee! Dann kann sie erst recht nimmer schlafen! Außerdem gwöhnt ma sich dran! Und i glaub kaum, daß sich die Anna des leisten kann! *(Knallt das Geldfach der Kasse zu.)* Mein Vater zahlt die schlechtesten Löhne!

HOTEL ALPENFRIEDEN / MANSARDENZIMMER. *– Kleines, schäbiges Zimmer. Im oberen Bett eines Stockbettes ein jugoslawisches Zimmermädchen, es starrt traurig zur Decke. An der Wand neben ihr ein Familienfoto. Im unteren Bett nackt Gunnar und Anna, sie sind aneinandergekuschelt. Eine trübe Nachttischlampe brennt. Gunnar streichelt die Wange von Anna, wischt ihr die Tränen weg. Dann dreht er sich um, greift zum Schalter der Nachttischlampe, schaut zum Stockbett auf der anderen Seite, wo unten und oben ebenfalls je ein jugoslawisches Zimmermädchen mit dem Rücken zu ihm liegen. Gunnar schaltet das Licht aus.*

VOR DER PENSION EDELWEISS. *Tag. – Der Taxikleinbus mit der Aufschrift „Taxi Wechselberger" steht vor der Pension. Der Chauffeur (diesmal nicht Joe) sitzt am Steuer, Manfred neben ihm, am offenen Fenster steht Hans.*

Hans: Kommst im Sommer wieder?

Manfred: *(schüttelt den Kopf)* Sei ma net bös, aber i hab diesen Ort wirklich satt! I fahr ans Meer! Kommst mit?

Hans: *(erstaunt)* Was soll i am Meer?

Manfred: Ausspannen! – Ja, i weiß schon! Du bist nicht fürs Ausspannen! Du mußt deinen Bruder überwachen! *(Leicht verärgert:)* Du mußt die Welt verbessern! Also dann: ciao!

Manfred gibt dem Fahrer ein Zeichen, das Taxi fährt los, Hans schaut ihm nach.

VOR DEM HOTEL ALPENFRIEDEN. – *Der Mercedes von Karl-Friedrich, dahinter der Audi von Heinrich. Auf beiden Dächern Schi, die Motoren laufen. Im Mercedes sitzen hinten Elsa, Gunnar mit seinem Gipsbein vorne. Karl-Friedrich steht an der offenen Autotür. Im Audi sitzt, Zigarre rauchend, Heinrich, Asta auf dem Rücksitz hat ihren Kopf auf die Schulter von Heinrich gelegt. Am Hoteleingang Franz und Christl. Hinter der Glastür steht Anna und schaut heraus.*

KARL-FRIEDRICH: *(zu Franz und Christl)* Immer dasselbe!

CHRISTL: Naja, die jungen Leut!

Gunnar schaut zu Anna, sie schaut traurig zu ihm. Rockmusik ertönt, Joe kommt mit seiner Motocrossmaschine herangerast, hinter ihm sitzt Sabine. Joe bremst schleudernd ab, Sabine steigt ab, küßt Joe.

SABINE: Bis zum Sommer!

Joe nickt, winkt den anderen zu und rast weiter.

SABINE: *(zu Karl-Friedrich)* Entschuldige, Vater! Habt ihr meine Sachen?

KARL-FRIEDRICH: Jaja, haben wir. Steig schon ein!

SABINE: *(zu Franz und Christl)* Tschüß!

Die beiden winken, Sabine steigt ein. Ein Porsche mit deutscher Nummer kommt gefahren, hält an, Stefan steigt aus. Der Fahre des Porsche ist der Kokaindealer Charly. Er braust weiter.

KARL-FRIEDRICH: *(zu Franz und Christl)* Also, dann!

FRANZ: Wiederschauen, Herr Sattmann!

CHRISTL: Wiederschaun, gute Fahrt!

Stefan kommt zu Franz und Christl.

CHRISTL: Stefan, wo bleibst denn? I suach di schon die ganze Zeit!

Karl-Friedrich steigt ein, fährt los, Heinrich fährt ihm nach. Franz und Christl winken den beiden Autos nach, Stefan schaut ihnen auch nach. Christl nimmt eine Underberg-Flasche hervor, öffnet sie und trinkt. Gunnar schaut zurück, Anna schaut ihm nach, winkt nicht.

— Sommer —

TIROLER GEBIRGE. *Morgen. – Kurz vor Sonnenaufgang. Vöglein zwitschern, Grillen zirpen, Kirchenglocken läuten.*

VOR DEM HOTEL ALPENFRIEDEN. *Abend. – Es ist früher Abend. Der Mercedes und der Audi fahren vor, halten an, Karl-Friedrich, Elsa, Sabine, Gunnar (Walkman, immer noch mit „Irokesen") steigen aus dem Mercedes, Heinrich und Asta aus dem Audi. Franz kommt aus dem Hotel, hinter ihm Christl, Franz breitet begeistert die Arme aus.*
FRANZ: Die Sattmanns!

NEUE SCHOTTERSTRASSE ZUM ROTTERHOF. *Abend. – Es ist fast schon dunkel. Ein Gewitter. Donner. Es regnet. Eine neue Straße, aber noch nicht asphaltiert. Gunnar geht bergwärts. In der rechten Hand seine Tasche, in der linken eine Nylontasche von einem Supermarkt. Er hat eine gelbe Regenjacke an, die Kapuze aber nicht auf, weil das mit dem Irokesen nicht geht. Rechts gegen den Hang ein meterhoher Abbruch, der beim Straßenbau entstanden ist; eine Wunde in der Landschaft. Die Straße ist viel breiter, als es notwendig wäre. Gunnar sieht jemanden, bleibt stehen. Ein Mädchen sitzt auf einem Stein am Straßenrand, daneben steht das Moped von Thomas. Gun-*

nar geht hin, das Mädchen blickt auf. Es ist Anna. Sie ist ohne Mantel, ganz durchnäßt. Sie hat verweinte Augen.

GUNNAR: He, Anna! Sie suchen nach dir, im Hotel!

Anna schaut ihn an, senkt wieder den Kopf.

GUNNAR: He, da is er wieder, dein oller Macker! *(Gunnar küßt sie auf die Wange, schaut das Moped an.)* Läuft das Ding nicht mehr?

ANNA: Na! Is ma abgstorbn! Vom Regen wahrscheinlich!

GUNNAR: Nu komm, Anna! Du säufst ja auch ab hier!

Anna steht auf, Gunnar zieht seine Jacke aus, hängt sie Anna um, setzt ihr die Kapuze auf.

GUNNAR: Was willst du denn zuhause?

Anna schaut ihn an, zieht die Jacke wieder aus, gibt sie Gunnar.

ANNA: I glaub, i fahr doch wieder hinunter. Sonst krieg i Schwierigkeiten.

Anna geht zum Moped, kippt es vom Ständer, dreht es talwärts und setzt sich drauf. Gunnar geht zu ihr.

GUNNAR: Sag mal, hast du was ausgefressen?

Anna schaut ihn an, bricht plötzlich wieder in Tränen aus.

GUNNAR: He! Was ist denn? – Du!

ANNA: *(schaut ihn an, jetzt ruhig)* I bin in der Hoffnung!

GUNNAR: *(versteht den Ausdruck nicht)* Was bist du?

ANNA In der Hoffnung.

GUNNAR: Was für Hoffnung? Versteh ich nicht!

ANNA: Schwanger bin i. Von dir.

Gunnar schaut erschrocken. Längere Pause.

GUNNAR: Warum hast du mir nicht ne Info zukommen lassen?

ANNA: *(versteht nicht)* Was?

GUNNAR: Warum du mir nicht geschrieben hast?

ANNA: I wollt di nit in Schwierigkeiten bringen!

GUNNAR: Mann! Schwierigkeiten! Ich hab dich in Schwierigkeiten gebracht! Tut mir echt leid, Anna! *(Pause.)* Was sagt deine Mutter dazu?

Anna: Sie woaß es nit. Niemand weiß es.

Gunnar: Was? Das kann doch nicht dein Ernst sein?

Anna: I hab mi nit traut!

Gunnar: *(versteht nicht)* Was hast du nicht?

Anna: Nicht getraut! Angst hab i! Bevor i angfangen hab im Hotel, hat sie gsagt: aber daß du mir ja koan Piefke-Fratzen hoambringst! Sonst setz i di vor die Tür!

Gunnar: *(ahmt ihre Sprache nach)* Piefke-Fratzen hoambringst! Was heißt denn das nun wieder? Red doch deutsch mit mir!

Der alte VW-Käfer von Thomas kommt vom Tal heraufgefahren, hält bei ihnen an. Thomas schaut heraus, kurbelt das Fenster herunter. Er trägt blaue Arbeitsmontur. Er ist immer etwas reserviert zu Gunnar, weil er ihn für einen Spinner hält. Auch die Frisur gefällt ihm natürlich nicht.

Gunnar: He, Thomas!

Thomas: Was tuast denn du da, Anna?

Anna: I muaß hoam. Nimmst uns mit?

Thomas: Gehts Moped nimmer?

Anna: *(schüttelt den Kopf)* Na.

Thomas: I bin 15 Jahr damit gfahrn. Na guat, steigts ein!

Anna öffnet die Tür, klappt den Sitz nach vor, steigt nach hinten, Gunnar setzt sich auf den Beifahrersitz, macht die Tür zu. Thomas fährt los.

Thomas: Was sagst zu unserer neuen Straßn?

Der Wagen fährt davon.

VOR DEM ROTTERHOF. – *Im letzten Abendlicht. Es regnet nicht mehr. Andreas sitzt Pfeife rauchend auf der Hausbank, eine Katze auf dem Schoß. Der VW-Käfer kommt an, Thomas stellt den Motor ab, greift nach hinten zu seinem Rucksack, steigt aus, ebenso Gunnar und Anna. Die Kinder Peter, Josef, Leni und Erwin kommen aus der Haustür.*

Erwin: Papa!

Thomas: Griaß di, Burli!

Josef: *(ruft ins Haus)* Der Indianer is da!

Gunnar: He, Kinder! Schaut mal, was ich für euch hab!

Thomas und Anna gehen ins Haus, die Kinder umringen Gunnar, er gibt Peter die Nylontasche, der greift hinein, zieht ein Netz mit Semmeln heraus.

Leni: Semmeln! So viele!

Peter reißt das Netz auf, teilt die Semmeln aus, die Kinder beißen hinein. Gunnar geht zu Andreas, greift in die Jacke, holt zwei Pakete holländischen Pfeifentabak hervor.

Gunnar: Das ist für Sie, Andreas!

Andreas nimmt die zwei Pakete, schaut sie an.

Andreas: Vergeltsgott, nachher!

ROTTERHOF/ STUBE. *Nacht. – Am Tisch sitzen Olga, Thomas, seine Frau Maria, Andreas, Anna und Gunnar. Der Tisch ist ganz leer. Eine Weile Schweigen. Anna sitzt mit gesenktem Kopf da, Gunnar ist die Situation auch sehr unangenehm. Olga schaut Anna an, dann Gunnar.*

Olga: A lediger Gschrappn! Und no dazua von dem da! Des hamma notwendig ghabt!

Andreas greift in die Rocktasche, holt die zwei Pakete Tabak heraus, legt sie vor Gunnar hin.

Gunnar: *(nach einer Weile)* Mann, Leute, es tut mir echt leid! Ich bin nun mal kein Profi! Und sie auch nicht!

Eine Weile Schweigen.

Gunnar: Also, für die Knete wird mein Alter schon sorgen! Für den Kies, mein ich.

Maria: Ja, arbeitest du nix?

Gunnar: Ich geh noch zur Schule. Gymnasium! Muß mir den ganzen Bildungskäse reinziehen. Würd echt lieber malochen, das könnt ihr mir glauben, Leute!

Schweigen.

Andreas: *(zu seiner Familie)* Seids selber schuld!

Olga: Was selber schuld?

Andreas: Sie wollt a Lehr machen. Beim Konsum. Aber na, als Kellnerin verdient ma guat!

Olga: Ja, was hat denn des damit ztuan? Muaß sie deswegen a lediges Kind daherbringen?

Schweigen. Anna ist wieder den Tränen nahe.

Olga: Im wievielten Monat bist denn?

Anna: Im siebten bald.

Maria: Dann kannst in Karenz gehen!

Olga schaut auf den Bauch von Anna.

Olga: Ma merkt ja no gar nix!

Anna zieht ihre Bluse hinauf, man sieht, daß sie sich mit einer breiten Binde den Leib abgebunden hat.

Olga: *(plötzlich milde)* Geh, Anna!

Olga steht auf, setzt sich zu Anna, macht ihr die Binde auf, wickelt sie ab, zieht die Bluse wieder herunter, schaut Anna an.

Olga: Mir schaun schon auf des Kind, wenn's da is. Auf oans mehrer kommt's a nit drauf an. Was, Maria?

Maria: Na, gwiß nit!

Anna lächelt glücklich.

Anna: Mei, bin i jetzt froh! *(Steht auf.)* So, jetzt muaß i wieder in die Arbeit!

Olga: Geh, bleib doch da! Der Thomas soll morgen dem Bürgermeister Bescheid sagen.

Anna: *(schüttelt den Kopf)* Es geht nit, i bin weg, ohne was zu sagen. I hab Bardienst!

Thomas: I bring di hinunter. *(Steht auf. Zu Gunnar:)* Was is mit dir?

Gunnar: Ich fahr mit. *(Steht auf, läßt den Tabak liegen.)* Muß ja meinem Alten mitteilen, daß ich Vater werde!

Die drei gehen zur Tür, Gunnar dreht sich um.

Gunnar: Ich würd gern bei euch meinen Urlaub verbringen. Geht das?

Olga: Ja, sonst nowas!

Gunnar: Ich bezahl natürlich. Wie fürs Hotel! Und ich helf euch wieder bei der Heuarbeit.

Sie sind unschlüssig.

Gunnar: He, Leute, ich bin kein Monster! Auch wenn ich vielleicht so ausseh! Es geht mir einfach gut bei euch. Zuhause, da bin ich irgendwie völlig von der Rolle. Zieh mit den Punks und Prolos herum. Aber die dulden mich auch nur, weil ich ihnen Kies gebe! Bin ja'n Bonzen-Kid! Aber hier bei euch, das ist, als hätt mir einer das Hirn durchgepustet. Ein echter Dauerflash! Versteht ihr das?

Olga: *(lächelnd)* I versteh überhaupt nix! Aber von mir aus. Bleibst halt da!

HOTEL ALPENFRIEDEN / RESTAURANT. – *Stefan an der Bar. Christl bedient, weil Anna nicht da ist. Ziemlich viele Gäste. Auf dem Podium Joe als Conferencier sowie die zwei Musiker. Gleich neben dem Podium sitzen an einem Tisch Karl-Friedrich, Heinrich mit Hund, Elsa und Sabine. Karl-Friedrich beim Einschlafen. Joe und die beiden Musiker heben ihre gefüllten Maßkrüge hoch, schauen zu Karl-Friedrich.*

Joe: Ein Prost auf den edlen Spender – he, Karl-Friedrich, schlaf nit!

Karl-Friedrich schreckt hoch.

Joe und die drei Musiker: *(zusammen)* Wir warten auf den nächsten Spender!

Alle drei: *(beginnen zu singen)* Frau Maier, Frau Maier hat gelbe Unterhosen an, mit rote Zöpflan dran, mit rote Zöpflan dran, und das ist schön! Auf geht's! *(Sie singen „lalala“, alle klatschen mit.)*

Christl bringt einen neuen Krug Wein an den Tisch von Karl-Friedrich, schenkt allen nach. An den Tisch kommen nun Anna und Gunnar.

Christl: *(zu Anna)* Ja, sag amal, wo warst du denn?

Anna: Entschuldigung, Chefin, i hab dringend hoam müssn!

Christl: Na, du hast Nerven!

Sie zieht ihre Servierschürze aus, wirft sie Anna hin, diese fängt sie auf.

Christl: *(zischt leise, sodaß es die anderen nicht hören)* Des nächste Mal bist gekündigt!

Christl geht weg, Anna schaut ihr nach.

Karl-Friedrich: *(zu Gunnar)* Ich dachte, du wolltest zum Bauernhof.

Gunnar: *(zu Anna)* Komm, setz dich!

Anna: I muaß noch bedienen!

Gunnar: Nagut, dann auf die Schnelle: Vater, Mutter – Anna bekommt ein Kind von mir!

Karl-Friedrich, Elsa, Heinrich und Sabine schauen verblüfft.

Anna: Er muaß mi nit heiraten! Is alles kein Problem.

Anna geht weg, bindet sich beim Gehen die Schürze um. Gunnar setzt sich.

Elsa: Aber, Gunnar! Was hast du dir dabei gedacht?

Gunnar antwortet nicht.

Heinrich: Na, das ist ja wieder mal typisch! Seinem Vater noch auf der Tasche liegen, aber schon Kinder zeugen!

Gunnar: Nur eines, Opa. Hoff ich wenigstens.

Karl-Friedrich gibt Gunnar plötzlich eine Ohrfeige.

FREMDENVERKEHRSBÜRO LAHNENBERG. *Tag. – Es herrscht reger Publikumsverkehr. Hinter dem Pult Max, vor dem Pult Karl-Friedrich und Heinrich mit Hund. Ein Mädchen hinter dem Pult zeigt einem Touristenpaar vor dem Pult auf einem Plan, wie es fahren soll. Max hält einen Wanderpaß in der Hand.*

Max: Also da, auf diese Kreise, da kommen die Stempel hin, die Bestätigungen!

Karl-Friedrich: Was für Stempel?

Max: Na, von den Berghütten! Auf allen Berghütten sind Stempelstellen. Jede Tour wird mit einem Stempel bestätigt.

Karl-Friedrich: Zeigen Sie mal! *(Nimmt den Wanderpaß, liest:)* 8 Stempel nach freier Wahl für die silberne Wandernadel, den Wanderschuh oder den silbernen Wanderwidder. 14 Stempel für die goldene Wandernadel. 25 Stempel für die silberne Leistungsnadel mit Band. 25 Stempel und zusätzlich 7 Stempel von den alpinen Bergtouren für die alpine Leistungsnadel mit Band.

Heinrich: Na, ich denke, wir werden uns vorerst die silberne Leistungsnadel mit Band holen! Was, Sohnemann?

Max: Da müßts aber guat beinand sein!

Karl-Friedrich: Wir sind vollfit, Herr Niederwieser!

GEBIRGE. – *Karl-Friedrich, Heinrich mit Hund, Elsa und Sabine wandern bergwärts. Karl-Friedrich mit Kniebundhose, Wadenstrümpfen, Wanderschuhen, am Oberkörper nur ein Unterleibchen, ein Berglerhut mit vielen Abzeichen, Wanderstock, Hemd und Windbluse um die Mitte geschlungen, Fotoapparat umgehängt, Rucksack am Rücken. Heinrich ebenfalls mit Kniebundhose, Strümpfen, kariertem Hemd, Wanderschuhen, geknotetes Taschentuch als Kopfbedeckung, Wanderstock, grüne Windbluse um die Mitte geschlungen, Rucksack am Rükken. Elsa mit Sommerrock, Wadenstrümpfen, Wanderschuhen, Wanderstock, Strohhut; die Bluse hat sie ausgezogen, sie trägt einen schwarzen BH, Bluse und Jacke um die Mitte geschlungen. Sabine mit kurzer Hose, Socken, Wanderschuhen, T-Shirt; Pulli um die Mitte geschlungen, Sonnenbrille. Karl-Friedrich geht ziemlich schnell, Heinrich folgt ihm tapfer, Elsa und Sabine folgen eher gries-*

grämig, vor allem Sabine ist das viel zu anstrengend. Sie überholen ein junges Paar. Der Mann trägt kurze Hose und Sandalen, die Frau Sommerkleid und Halbschuhe mit Absätzen. Karl-Friedrich schaut im Vorbeigehen geringschätzig auf ihre Fußbekleidung. Elsa setzt sich auf einen Stein.

Elsa: Karl-Friedrich! Karl-Friedrich!

Karl-Friedrich dreht sich gar nicht um, geht weiter. Sabine kommt an ihrer Mutter vorbei, diese steht auf, geht auch weiter.

VOR BERGGASTHOF. – *Die Sattmanns gehen auf den Berggasthof zu.*

Karl-Friedrich: Gleich haben wir's geschafft!

Elsa: Ne, Karl-Friedrich! Das ist mir zu viel! Du rennst ja wie ne Bergziege!

Karl-Friedrich: Alles nur eine Sache des Trainings! Morgen geht's schon leichter!

Sabine: Das soll'n Urlaub sein?

Sie kommen zum Gasthof, gehen hinein.

BERGGASTHOF / FLUR. – *Die Sattmanns kommen herein. Neben der Tür ein Bord mit einem an einer Kette hängenden Stempel. Auf dem Bord ein Stempelkissen. Darüber Schild: Stempelstelle Eggalm. Ein junger Tourist stempelt gerade 8 Pässe, neben ihm steht eine junge Touristin. Karl-Friedrich zieht seinen Wanderpaß hervor, schaut dem jungen Mann zu, wird mißtrauisch. Die beiden jungen Leute sind fertig, gehen hinaus. Karl-Friedrich schaut ihnen nach.*

Karl-Friedrich: Also, gebt die Pässe her!

Alle ziehen ihre Wanderpässe hervor, Karl-Friedrich stempelt sie.

Karl-Friedrich: So! Der erste wär geschafft!

Elsa: *(schüttelt verzweifelt den Kopf)* Ne! Ne!

VOR DEM BERGGASTHOF. – *Tische und Bänke mit Touristen. Die Sattmanns sitzen an einem Tisch, essen Knödlsuppe, Karl-Friedrich und Heinrich trinken Bier, Elsa und Sabine Limonade. Elsa ißt nichts, weil sie so müde ist. Auch Heinrich ist fertig, will es aber nicht zeigen. An einem anderen Tisch singen deutsche Touristen ein lustiges Wanderlied. Am Nebentisch sitzen die zwei jungen Leute von vorhin, Karl-Friedrich beobachtet sie. Sie haben die Pässe vor sich liegen.*

JUNGER TOURIST: Die beiden zahlen 15, der da 20, *(liest von einem Paß:)* Dirk Rother. Der zahlt sogar 25 Mark!

JUNGE TOURISTIN: Macht 115 Mark! Nicht schlecht, was?

Die beiden lachen, prosten sich mit ihrem Bier zu. Elsa öffnet einen Schuh.

HEINRICH: Nein, nicht die Schuhe ausziehen, Elsa! Das soll man nicht machen!

ELSA: Ich muß Blasen haben! Ich halt's nicht mehr aus!

KARL-FRIEDRICH: Du läßt die Schuhe an!

Elsa ist dem Weinen nahe. Karl-Friedrich schaut zu den jungen Leuten, steht auf, geht zu ihnen, nimmt ihnen die Wanderpässe weg. Sie schauen erstaunt.

JUNGER TOURIST: Was soll das?

KARL-FRIEDRICH: Die sind konfisziert!

JUNGER TOURIST: Was?

KARL-FRIEDRICH: Das ist ungeheuerlich! Eine Frechheit! Wir plagen uns ab, um die Wandernadel zu erringen, und da gibt's Leute, die sich die Stempel einfach erkaufen!

JUNGER TOURIST: Das geht doch Sie nichts an!

KARL-FRIEDRICH: Und ob mich das was angeht! Ich werde die Pässe beim Verkehrsverband abgeben.

Karl-Friedrich geht zurück zum Tisch, der junge Tourist kommt ihm nach, will ihm die Pässe wieder wegnehmen, sie raufen darum, Asta geht auf den jungen Mann los, dieser weicht erschreckt zurück, Karl-Friedrich zerreißt die Wanderpässe, wirft die Fetzen in den Wind.

Heinrich: Gut gemacht, Sohnemann!

HOTEL ALPENFRIEDEN / KÜCHE. – *In der modernen Großküche wird heftig gekocht. Zwischen den Herden stehen Christl und Anna.*

Christl: Mutterschutz! Was heißt da Mutterschutz? Wo soll i jetzt an Ersatz hernehmen, mitten in der Hochsaison? Ha? I hab eh viel zu wenig Leut! Aber guat: wenn du gehn willst, dann geh! Aber laß di nie mehr blicken! *(Schaut auf Zettel, Richtung Köche:)* Drei Wiener mit Pommes, zwei Toast Hawaii, zwei Seniorenteller, ein Schneewittchenspieß! *(Zieht ein Underberg-Fläschchen hervor, öffnet es, trinkt.)*

Anna: Na guat, i bleib!

Christl: *(wendet sich wieder zu Anna)* Solang ma den Bauch no nit sieht, tuast bedienen! Dann hilfst in der Kuchl mit! *(Anna nickt.)* Mensch, Kind, wieso bist denn nit zu an Arzt gangen?

Anna: Bin i ja!

Christl: Und?

Anna: Alles in Ordnung!

Christl: Des mein i ja nit! Wieso hast dir's nit wegnehmen lassen?

Anna: Warum soll i des?

Christl: *(heftig)* Dein Leben hast dir verpfuscht, dumms Mensch, du!

Anna: Wieso denn?

Christl: Geh, komm, geh mir aus die Augen, verschwind!

Anna wendet sich ab.

Christl: Moment!

Anna dreht sich um. Christl drückt ihr ein großes Tablett mit Speisen in die Hände.

VOR DEM ROTTERHOF. – *Kurz vor Sonnenuntergang. Andreas sitzt Pfeife rauchend auf der Hausbank, die Katze auf dem Schoß. Hühner laufen herum. Gunnar steht nach einem harten Arbeitstag mit nacktem Oberkörper am Brunnen, wäscht sich mit Shampoo das Gel aus dem Haar, das ihm den „Irokesen" steif hielt. Thomas kommt mit dem VW-Käfer gefahren, steigt aus, Maria schaut aus der Haustür.*

MARIA: Griaß di Thomas! 's Essen is glei fertig!

THOMAS: I wer aber no an Fleck mahn. I glaub, des Wetter schlagt bald um.

Peter taucht neben Maria auf.

THOMAS: Du gehst mit, Peter!

MARIA: Du, der Peter ist hundsmiad!

THOMAS: I bin a hundsmiad!

GUNNAR: Ich geh mit dir!

HOTEL ALPENFRIEDEN / GANG IM 3. STOCK.
Nacht. – Karl-Friedrich, Heinrich mit Hund, Elsa und Sabine kommen abgekämpft den Gang entlang, Karl-Friedrich schließt mit dem Schlüssel sein und Elsas Zimmer auf, Heinrich geht zur nächsten Tür, schließt auf, Sabine zur übernächsten, schließt auf. Alle verschwinden in ihren Zimmern, ohne sich zu verabschieden. Der Gang ist nun leer.

GEBIRGE MIT SCHNEEFELD. *Tag. – Die Sattmanns gehen über ein steiles Schneefeld. Plötzlich rutscht Sabine aus, Heinrich will sie halten, stürzt auch, beide rutschen in Umarmung immer schneller auf eine Schotterhalde zu, rasen hinein, bleiben nach ein paar Metern in ihrer Umarmung zwischen den brüchigen, scharfen Steinen liegen. Karl-Friedrich und Elsa stehen oben und schauen entsetzt hinunter. Der Hund rennt das Schneefeld herab. Sabine ist im Gesicht arg zerschürft. Sie löst sich von Heinrich, die beiden setzen sich auf. Auf ihren Kleidern ist Blut, sie* *wissen nicht, von wem. Sabine sieht nun ihren linken Arm, der nicht geschützt war, weil sie ein kurzes T-Shirt trägt. Der Arm ist total zerkratzt und blutig, von ihren Fingern tropft Blut, die Knöchel sind ganz aufgeschlagen. Der Hund leckt Heinrichs Gesicht ab.*

Heinrich: Schon gut, Asta! Schon gut!

Karl-Friedrich und Elsa kommen auch an, sehen Sabines Verletzungen.

Elsa: Oh Gott, Sabine!

Heinrich will aufstehen, setzt sich gleich wieder hin, schaut auf sein Knie. Die Hose ist am Bund zerrissen, ebenso an dieser Stelle der Strumpf, Blut sickert heraus. Elsa sieht, daß das Hemd von Heinrich am Rücken zerrissen ist, das Hemd ist blutdurchtränkt.

Elsa: *(weinend)* Das haben wir nötig gehabt! *(Zu Karl-Friedrich:)* Du mit deinen Stempeln!

ALPENVEREINSHÜTTE. – *An einem Tisch sitzen Heinrich und Sabine. Die Hüttenwirtin hat die Hose von Heinrich hinauf- und den Strumpf hinuntergeschoben, säubert mit Merfen die Rißquetschwunde unterhalb des Knies, legt ihm dann einen Verband an. Die Hand von Sabine liegt auf dem Tisch, am Ringfinger ist der Knöchel ganz aufgeschlagen, der Finger ist blutig und geschwollen. Der Hüttenwirt sägt mit einer kleinen Eisensäge vorsichtig am Ring. Sabine kann nicht hinschauen. Karl-Friedrich und Elsa schauen zu, ebenso zwei Bergsteiger und eine Bergsteigerin.*

GEBIRGE. – *Es dämmert bereits. Karl-Friedrich, Elsa, Heinrich und Sabine gehen bergab. Heinrich humpelt. Der Hund umwedelt ihn mitleidig. Sabines Hand ist verbunden, sie trägt den Arm in einer Schlinge. Plötzlich beginnt sie zu weinen, Elsa nimmt sie tröstend an der rechten Hand. Nach einer Weile bleibt Karl-Friedrich plötzlich stehen.*

Karl-Friedrich: Verflucht nochmal!

Elsa: Was ist denn, Karl-Friedrich?

Karl-Friedrich: Wir haben vergessen zu stempeln!

Elsa: Aber, Karl-Friedrich! Ist doch egal!

Karl-Friedrich: Ne, ist gar nicht egal! Gebt die Pässe her!

Sabine: Ja, glaubst du wirklich, daß ich nochmal auf die Berge steig?

Elsa: Willst du uns alle in den Tod hetzen, oder wie?

Karl-Friedrich: Na gut, wie ihr wollt! Ich jedenfalls verzichte nicht auf die Leistungsnadel! Vater?

Heinrich: Der Hüttenwirt hat gesagt, ich muß mir das *(zeigt auf die Wunde am Knie)* nähen lassen. Tut mir leid, Karl-Friedrich. Ich glaube, jetzt mußt du dich allein durchkämpfen!

Karl-Friedrich dreht um und geht wieder bergwärts, die anderen gehen weiter talwärts.

Heinrich: Beim Rückzug ist mir das auch mal passiert. Ich zieh einen Kameraden aus der Feuerlinie – zack – hatte ich schon einen Splitter im Knie!

Das Geknatter einer Motocrossmaschine nähert sich, ebenso laute Rockmusik.

Sabine: *(erfreut)* Joe!

Joe taucht mit seiner Maschine auf, hält an.

Joe: Heil! I hab mir denkt, i hol di ab. Ja, hallo, bist du abikugelt?

Sabine beginnt wieder zu weinen, geht zu Joe, er tätschelt sie.

Joe: Jetzt hör auf reahrn, du lebst ja no! Komm, sitz auf!

Sabine setzt sich hinten auf die Maschine, Joe fährt los Richtung Tal, Elsa und Heinrich schauen ihnen nach.

Elsa: Ist doch irgendwie ’n netter Junge!

Heinrich ist enttäuscht, daß nicht er mitgenommen wurde.

VOR DER KIRCHE. *Morgen. – Ein strahlender Sonntag. Der Gottesdienst ist gerade aus, die Leute strömen aus der Kirche, Orgelklang ertönt. Unter den Herauskommenden sind auch Andreas, Thomas, Maria, Olga, Peter, Josef, Leni, Erwin und Gunnar. Die Bauersleute in Sonntagskleidung, Gunnar ist gekleidet wie immer, hat aber jetzt eine normale Frisur. Sie gehen alle Richtung VW-Käfer von Thomas.*

GUNNAR: Sag mal, was ist denn in diesem merkwürdigen Behälter, der so hin und hergeschwenkt wird?

Die Rotterleute schauen Gunnar fragend an.

GUNNAR: Na, wo so ein Rauch aufgeht! In der Kirche!

MARIA: *(lächelt)* Des is Weihrauch. Kennst du des nit?

GUNNAR: Ach, Weihrauch ist das! Mann oh Mann, riecht das gewaltig! Der beste Shit is'n Dreck dagegen!

Sie sind nun beim Auto von Thomas angelangt. Daneben steht das blaue Puch-Moped. Die gesamte Familie zwängt sich in den VW.

THOMAS: Kommst eh zum Essen?

GUNNAR: Na klar! Ich besuch nur eben mal meine Familie!

Der VW fährt weg. Gunnar steigt auf das Moped, startet, fährt Richtung Hotel Alpenfrieden.

HOTEL ALPENFRIEDEN / ZIMMER VON KARL-FRIEDRICH. *Tag. – Elsa liegt schlafend im Doppelbett. Es klopft, sie wacht auf.*

ELSA: Wer ist da?

STIMME GUNNAR: Ich bin's!

ELSA: Ich glaub, es ist offen!

Gunnar kommt herein.

GUNNAR: He, du poofst noch? Wo ist denn unser Big Boss?

HÜTTE 1. – *Der Hüttenwirt knallt Karl-Friedrich den Stempel in den Paß.*

HÜTTENWIRT: Bravo! Schon der vierte! Jetzt habn Sie sich aber eine Stärkung verdient! Heut gibt's Jägerschnitzel!

KARL-FRIEDRICH: Keine Zeit!

Er geht wieder hinaus.

HOTEL ALPENFRIEDEN / ZIMMER VON SABINE. – *Gunnar sitzt am Bett von Sabine, Joe liegt im zweiten Bett, schläft tief. Ein Auge Sabines ist zugeschwollen, das Gesicht zerschürft.*

SABINE: *(zeigt ihm ihr Gesicht)* Schau dir das an! Ich bin für mein Leben entstellt!

GUNNAR: Na, na, das wird schon wieder, Schwesterchen!

Sabine sieht auf die Uhr und schüttelt dann Joe heftig.

SABINE: He, Joe! Wach auf! Es ist zehn Uhr!

Joe schreckt auf.

JOE: Was, schon zehn? Scheißdreck! *(Hüpft aus dem Bett, zieht sich hastig Unterhose, kariertes Hemd, kurze Lederhosen, Wadenstrümpfe, Haferlschuhe an.)* I muß ja zur Animation! *(Sieht Gunnar:)* Da is ja der Sauhund! Was hast denn du mit meiner Schwester gmacht, ha?

GUNNAR: Mann, du hast es nötig, solche Töne zu spucken!

JOE: I häng koaner a Kind an, Trottel, blöder! *(Greift in seine Hosentasche, holt eine Schachtel Präservative hervor, schmeißt sie Gunnar hin.)* Hast sowas schon amal gsehn?

SABINE: Mein Bruder ist ja keine männliche Nutte! Der muß nicht ständig sowas mit sich rumschleppen!

Joe zieht sich die Hosenträger über.

JOE: Aber i bin eine männliche Nutte, was?

SABINE: Du mußt selber wissen, was du bist!

Joe zieht seine Schuhe an.

Joe: A Fotzn kannst haben, blöde Kuah! Z'erst will jede mit mir ins Bett, dann wär i die männliche Nutte!

Joe setzt einen hohen Filzhut mit Hahnenfedern auf, geht zur Tür.

Sabine: Joe! – He, Joe!

Joe bleibt stehen.

Sabine: Verstehst du das nicht? Ich gehör nicht zu den Touristinnen, die das als Sport betreiben! Ich mag dich! Ich hab keinen anderen Mann außer dir!

Joe: *(besänftigt)* Okay! Okay. I mag di a!

Er geht hinaus.

GEBIRGE. – *Karl-Friedrich hetzt zur nächsten Hütte. Er keucht, hält inne, greift sich ans Herz, muß sich setzen.*

LANDSTRASSE. – *Gunnar fährt mit dem Puch-Moped auf der Landstraße dahin. Der BMW von Stefan kommt von hinten herangebraust, fährt vorbei, bremst quietschend ab, kommt im Rückwärtsgang zurück. Gunnar hält an. Stefan läßt das Fenster herunter. Rockmusik aus dem Autoradio.*

Stefan: Heil, Jungbauer!

Gunnar: He, Stefan! Wie läuft's?

Stefan: Guat! Blendend! Du, i fahr grad zu meiner Plantage. Magst nit mitkommen?

Gunnar: Was für Plantage?

Stefan: Wirst scho sehn ...

Gunnar: Ne, weißt du ... die warten mit dem Mittagessen auf mich!

Stefan: Jetzt komm schon! Dauert nit lang!

WALDHANG MIT LICHTUNG. – *Stefan und Gunnar klettern ein Stück am Hang hoch. Stefan trägt jetzt eine Gießkanne mit Wasser. An einer freien, sonnigen Stelle bleibt er stehen, deutet auf ein paar niedrige Sträucher.*

Gunnar: Was ist das?

Stefan: Hanf! Cannabis-Stauden!

Gunnar: Was? Machst du da Shit draus?

Stefan: *(gießt die Pflanzen)* Sowieso! Eigenbau! Der beste Stoff, den du dir vorstellen kannst! Den Samen hat mir eine Hotelierstochter aus Indien mitgebracht. I hab schon einmal geerntet!

Stefan greift in die Tasche, holt ein Plastiksäckchen mit getrocknetem Haschisch heraus, reicht es Gunnar.

Stefan: Riech einmal!

Gunnar: *(riecht)* Nicht schlecht! *(Grinst.)* He, Mann, du imponierst mir! Im Winter Schnee, im Sommer Gras! *(Will ihm das Säckchen zurückgeben.)*

Stefan: Kannst haben!

Gunnar: Ne, weißt du, im Moment ... Ich brauch das nur, wenn ich Frust hab.

Stefan: *(lächelnd)* Dein Frust kommt bestimmt wieder! Spätestens nach der Abreise!

Gunnar: Haste recht!

Gunnar steckt das Säckchen ein, Stefan schaut nach unten, sieht was.

Stefan: Scheiße!

Von unten kommt der erste Gendarm herauf, Gunnar sieht ihn auch.

Gunnar: Oh Mann, die Bullen!

Sie wollen quer nach oben laufen, Gunnar schmeißt das Plastiksäckchen weg, Stefan läßt die Kanne fallen. Von oben kommt der zweite Gendarm herunter, er hat die Pistole in der Hand, hat gesehen, daß Gunnar etwas weggeworfen hat. Die beiden bleiben stehen, die Gendarmen kommen heran.

GENDARMERIEPOSTEN IN LAHNENBERG. – *Der zweite Gendarm sitzt an der Schreibmaschine, der erste Gendarm steht am Fenster, er hat das Säckchen in der*

Hand, zu seinen Füßen liegen die ausgerissenen Cannabis-Stauden, die Gießkanne steht daneben. Stefan und Gunnar sitzen auf Stühlen, Franz (er raucht) und Elsa stehen. Franz ist zornig, Elsa ganz erledigt. Alle schauen auf die Stauden. Der erste Gendarm schaut Stefan an.

STEFAN: Ja, keine Ahnung, was des is!

Der erste Gendarm stößt mit dem Fuß an die Gießkanne.

ERSTER GENDARM: Und wieso fahrst du da immer hin giaßn?

STEFAN: Ach, Blödsinn!

ERSTER GENDARM: Der Jagdaufseher hat dich beobachtet.

Stefan antwortet nicht. Der erste Gendarm schaut Gunnar an, hält das Säckchen hoch.

ERSTER GENDARM: Von wem hast des?

GUNNAR: Hab ich gefunden.

ERSTER GENDARM: Natürlich!

ELSA: Gunnar, was ist dir denn da bloß eingefallen?

Gunnar antwortet nicht, starrt vor sich hin. Franz geht zu Stefan, gibt ihm eine Ohrfeige, reißt ihn hoch, zerrt ihn zur Tür.

ERSTER GENDARM: He, was is denn? I hab eine Amtshandlung durchzuführen! Der Stefan bleibt da!

FRANZ: *(dreht sich um)* Geh, hör auf! Mach di nit lächerlich mit de Erdäpfelstaudn!

Franz öffnet die Tür, stößt Stefan hinaus, geht auch hinaus, knallt die Tür zu, der erste Gendarm schaut ihm zornig nach.

ERSTER GENDARM: *(schaut Elsa an)* Falls Ihr Sohn einer von den Fremdengästen ist, die sich ihr Urlaubsgeld mit Drogenhandel aufbessern, dann soll er guat aufpassen! Wenn i ihm draufkomm, dann sitzt er a paar Jahr!

Elsa schaut entsetzt.

HÜTTE 2. – *Der Stempel saust in den Paß. Es ist der fünfte. Karl-Friedrich lehnt sich neben dem Bord vollkommen erschöpft an die Wand.*

SCHOTTERSTRASSE ZUM ROTTERHOF. – *Gunnar fährt mit dem Moped deprimiert die Straße hinauf.*

VOR DEM ROTTERHOF. – *Alle außer Andreas wieder im Werktagsgewand. Andreas sitzt auf der Hausbank, stopft sich mit dem Tabak von Gunnar die Pfeife, zündet sie an. Peter und Josef spielen mit einem billigen Plastikball Fußball. Erwin spielt mit einem Plastikschiff in einem kleinen aufgeblasenen Planschbecken, ist nackt, Leni füttert mit Körnern die Hühner.*

LENI: Buli, Buli, Buli!

Olga, Maria und Thomas brechen eben mit Stricken, Rechen und Gabeln zur Arbeit auf.

THOMAS: *(zu Peter und Josef)* Kommts Buabn!

MARIA: Jetzt laß sie doch! Wenigstens am Sonntag!

Thomas schaut unwillig, geht davon, Maria und Olga ihm nach. Josef schießt unabsichtlich den Ball über den Abhang hinunter.

PETER: Meingott na, scho wieder! Paß doch auf!

JOSEF: Hamma koan mehr?

PETER: Achwo! *(Setzt sich auf die Bank neben Andreas.)*

ANDREAS: Da unten liegen jetzt schon mindestens zehn Bäll.

PETER: *(steht auf)* Kimm, Josef, gemma sie suachn!

Peter und Josef gehen den Abhang hinunter. Gunnar kommt mit dem Puch-Moped gefahren, hält an, steigt ab, trinkt am Brunnen Wasser, geht zur Bank, setzt sich neben Andreas. Leni zieht sich bis auf die Unterhose aus, setzt sich zu Erwin ins Planschbecken. Gunnar schaut ihnen zu.

ANDREAS: *(nach einer Weile)* Bist lang ausgwesn.

GUNNAR: *(hat nicht verstanden)* Wie?

Andreas: Lang weggwesen!
Gunnar: Ich hatte Troubles mit den Bullen!
Andreas: *(hat nicht verstanden)* Was sagst?
Gunnar: So'n Scheiß! Wo ich grad absolut clean bin!
Andreas versteht ihn nicht.

WIESE BEI LAHNENBERG. – *Ein Holztisch mit Bänken zum Ausruhen. Auf dem Tisch ein Kassettenrekorder, aus dem Folkloremusik ertönt. Am Boden neben dem Tisch ein Kübel mit kaltem Wasser, in dem Bierflaschen schwimmen. Vier Touristen und eine Touristin mähen mit Sensen. Alle haben sie einen Wetzkumpf umgehängt. Unter ihnen Heinrich und Herr Körner. Asta liegt neben der Motocrossmaschine von Joe und beobachtet aufmerksam Heinrich, der vor Begeisterung sein schmerzendes Bein vergißt. An einem Baum ist eine Kuh angebunden. In der Nähe der Kuh steht eine Art Schemel, in dem eine Schüssel eingelassen ist, am Boden der Schüssel sind vier Gummizitzen zu sehen, es schaut aus wie ein Kuheuter. In der Schüssel ist Milch. Sabine sitzt mit einem Kübel zwischen den Knien auf einem einfüßigen Melkschemel und melkt mit der gesunden Hand eine Gummizitze, Milch spritzt in den Kübel. Zwei männliche Touristen und eine Touristin schauen ihr zu. Joe in seiner alpinen Verkleidung hat ein Brett mit angehefteter Liste und einen Kugelschreiber in der Hand. Er beobachtet die fünf mähenden Touristen, geht jetzt zu einem 35jährigen Mann, der sehr alternativ ausschaut.*
Joe: Nit so tiaf! Des is a Sensn und koa Pfluag! *(Schreibt auf die Liste.)* Des is leider nur a Vierer!
Der Tourist hält schnaufend inne, Joe geht zu Heinrich.
Joe: Sehr gut! Bravo, Heinrich! An dir is ein Bauer verlorengangen!
Heinrich schaut stolz, mäht schwitzend weiter. Joe schaut zu Sabine, geht zu ihr hin.

Joe: Ja, so is es brav! Sehr gut! – So, und jetzt gemma zum lebenden Objekt über! Komm, Sabine!

Sabine steht auf, der Schemel fällt um, sie nimmt ihn und geht mit Joe zur Kuh.

Joe: Hock di hin!

Sabine: Ich hab Angst, Joe.

Joe: Geh, die tuat dir doch nix.

Sabine setzt sich vorsichtig hin, die Kuh weicht aus, Joe tätschelt sie.

Joe: Ruhig, Lotte! I paß schon auf, daß sie di nit zwickt. Also, Sabine! Bei der Kuah geht des natürlich nit so schnell. Die Tutten sind ganz schlaff. Siegst eh!

Joe schlägt mit dem Zeigefinger an eine Zitze, Sabine greift sie vorsichtig an.

Joe: Du mußt sie z'erst a bißl massieren, damit sie steif werdn! *(Macht es ihr vor.)* So geht des! *(Grinsend:)* Dürft dir ja nit schwerfallen, oder?

Sabine: *(verlegen)* Du bist wirklich furchtbar! *(Probiert es.)*

Joe schaut zu Herrn Körner, der in der Nähe mäht, geht hin. Herr Körner mäht sehr schlecht, das halbe Gras bleibt stehen. Heinrich hat sich hingesetzt, weil ihn das Bein schmerzt.

Joe: *(zu Körner)* Also, Fritz, so wird des nix mit'n Landwirtschaftsdiplom! Laß es lieber bleiben!

Herr Körner: *(hält inne)* Ne, ich will doch zuhause meinen Rasen mähen!

Joe: Ja, hast koan Rasenmäher?

Herr Körner: Doch! Aber mit der Sense, das ist origineller! So richtig urig!

Joe: Naja, muaßt halt fleißig üben! Ohne Fleiß kein Preis!

Herr Körner mäht weiter, Joe geht zur Touristin, die jung und hübsch ist.

Joe: Na, so geht des nit, Madl!

Joe tritt hinter sie, greift mit den Armen um sie, nimmt mit ihr die Sense, sie mähen gemeinsam. Die Touristin lächelt, läßt sich willig von Joe führen, Sabine schaut mißmutig.

HOTEL ALPENFRIEDEN / ZIMMER VON KARL-FRIEDRICH. *Nacht. – Karl-Friedrich liegt mit geschlossenen Augen in seiner verschmutzten Wanderkleidung auf dem Bett, die Füße baumeln herunter. Elsa zieht ihm die Schuhe aus.*

ELSA: Das ganze Bettzeug machst du schmutzig! Karl-Friedrich!

Karl-Friedrich antwortet nicht, Elsa seufzt auf, zieht ihm die Strümpfe aus. Die Füße sind arg zerschunden, haben blutige Blasen.

ELSA: Ne, Karl-Friedrich! Du läßt das jetzt bleiben! Hast du gehört? Karl-Friedrich!

Karl-Friedrich ist eingeschlafen, Elsa schüttelt den Kopf.

VOR GENDARMERIEPOSTEN UND ARZTPRAXIS. *– Karl-Friedrich kommt in Wanderkleidung aus dem Gendarmerieposten, geht zu einem Haus in der Nähe, neben der Tür ist ein Arztpraxisschild, Karl-Friedrich geht hinein.*

ARZTPRAXIS. *– Karl-Friedrich beim Arzt.*

KARL-FRIEDRICH: Ich will sie haben, die Leistungsnadel! Ich muß sie haben! Was ich angefangen hab, das führ ich auch zu Ende!

ARZT: I kann Ihnen schon was geben! Anabolika! Auf Kasse geht des allerdings nicht!

KARL-FRIEDRICH: Spielt keine Rolle!

Der Arzt verpaßt Karl-Friedrich eine Spritze in den Hintern.

KARL-FRIEDRICH: Noch eine! Geben Sie mir noch eine!

ARZT: Auf Ihre Verantwortung!

BERGWIESE. – *Olga, Maria, Gunnar, Peter und Josef sitzen auf Heuhaufen, jausnen. Sie trinken Buttermilch, essen Butterbrote mit Käse drauf. Gunnar sieht jemanden kommen. Es ist Karl-Friedrich. Er kommt keuchend von unten herauf, hält an, wischt sich mit einem Taschentuch den Schweiß von der Stirn.*

GUNNAR: He, Boss! Wie viele Stempel sind's denn schon?

KARL-FRIEDRICH: Dich mach ich fertig! Wart nur, bis wir zuhause sind! Hausarrest und Schule! Hausarrest und Schule! Sonst nichts mehr!

GUNNAR: Mann, Boss, was läßt du hier den Harten raus?

KARL-FRIEDRICH: Ich versteh dich nicht, Gunnar! Trink 'n Bier oder 'n Schnaps, wenn du einen draufmachen willst! Tun wir doch alle mal!

GUNNAR: Ne, Karl-Friedrich! Vom Alkohol dröhnt mir immer so der Schädel! Shit ist viel gesünder!

KARL-FRIEDRICH: Viel gesünder! In den Knast kommst du dafür! Du mußt vor Gericht! Ich hab 'ne Kaution für dich stellen müssen! Sonst darfst du nicht ausreisen!

GUNNAR: Tut mir leid, Boss! Echt! Ich bin da so reingeschlittert!

KARL-FRIEDRICH: *(nach einer Weile)* Das gefällt mir ja, daß du hier arbeitest. Hätt ich nicht von dir erwartet. – Na gut, wir werden das schon hinkriegen! *(Zu Olga:)* Übrigens, was die Anna anbetrifft: ich sorge natürlich für das Kind! Finanziell!

OLGA: Guat.

KARL-FRIEDRICH: Wo geht's denn hier zur Kasselerhütte?

MARIA: Da müssen S' wieder auf die andere Seitn umi! Da, durch den Graben!

KARL-FRIEDRICH: Danke.

Karl-Friedrich geht eilig los, sie schauen ihm nach. Gunnar tut sein Vater irgendwie leid.

HÜTTE 3. – *Ein türkischer Hüttengehilfe mit weißem Schurz haut den angeketteten Hüttenstempel in den Paß von Karl-Friedrich. Es ist der sechste. Karl-Friedrich steht schwitzend daneben. Karl-Friedrich steckt den Paß ein, schaut auf die Uhr, verläßt die Hütte wieder. Der Türke schaut ihm geringschätzig nach. Der Hüttenwirt kommt zum Türken.*

WIRT: *(verärgert)* Des is ja wirklich wieder amal eine gelungene Aktion! Da habn s' extra den Wanderpaß eingführt, damit wir Hüttenwirte auch a bißl a Gschäft machen, und jetzt rennen diese Trotteln wie die Wahnsinnigen durch die Gegend. Nit amal Zeit für an Jagatee nehmen sie sich!

TÜRKE: Scheiß-Piefke, was, Chef?

WIRT: Geh, tua nit blöd reden, verschwind in die Kuchl!

Der Türke geht.

WIRT: Scheiß-Knoblauchfresser!

GEBIRGE. – *Karl-Friedrich geht an einem Hang entlang, unter einer Kiefer sitzt Jutta Karge und ißt ihre Jause. Sie ist 40, sportlich, gebräunt, blond, attraktiv. An der Kiefer hängt eine Tafel, auf der steht: „High Jogging Rundkurs".*

KARL-FRIEDRICH: *(schnaufend)* Berg Heil! *(Will an ihr vorbeigehen.)*

JUTTA: *(fröhlich)* Wohin des Wegs so eilig?

KARL-FRIEDRICH: *(bleibt stehen)* Ich möchte noch die Martinshütte erreichen.

JUTTA: Ich auch!

KARL-FRIEDRICH: Dann sollten Sie aber aufbrechen! Das sind fast drei Stunden, laut Wanderführer!

JUTTA: Ich kenn 'ne Abkürzung!

KARL-FRIEDRICH: Da gibt's 'ne Abkürzung?

JUTTA: Ja! Hat mir ein Bergführer verraten! Wollen Sie sich mir anschließen?

Karl-Friedrich: Gern! Sattmann mein Name. Karl-Friedrich Sattmann.

Sie geben sich die Hand.

Jutta: Jutta Karge. Wuppertal.

Zwei Jogger traben vorbei. Jutta und Karl-Friedrich schauen ihnen nach.

Jutta: Wollen Sie 'n Bier?

Karl-Friedrich: Oja, bitte!

Jutta reicht ihm aus ihrem Rucksack eine Bierdose, Karl-Friedrich nimmt sie, setzt sich auf einen Stein, öffnet die Dose, trinkt gierig.

Jutta: Haben Sie 'n Wanderpaß?

Karl-Friedrich: Ja, hab ich.

Jutta: Wieviele Stempel?

Karl-Friedrich: Sechs!

Jutta: *(zieht ihren Paß heraus)* Ich hab 23. Heute und morgen hol ich mir die letzten zwei! Dann krieg ich die silberne Leistungsnadel mit Band!

Karl-Friedrich: Toll! Ich bin leider noch nicht so weit. Wie lange sind Sie schon hier?

Jutta: Zwölf Tage!

Karl-Friedrich: Was? Zwölf Tage? Tolle Leistung! Meine Familie hat schon am zweiten Tag aufgegeben!

HOTEL ALPENFRIEDEN / MASSAGERAUM. – *Draußen ein Gewitter. Sanfte Musik aus Lautsprecher. Sabine liegt nackt, mit einem Handtuch über dem Hintern, auf der Liege, Joe hat einen weißen Mantel an, darunter Shorts, an den Füßen weiße Holzpantoffel. Er massiert Sabine fachmännisch, sie ist eingeölt. Elsa sitzt in einem Liegestuhl daneben, liest eine Illustrierte.*

GEBIRGE. *Abend. – Es ist bereits ziemlich dunkel. Gewitter. Es regnet, blitzt und donnert. Karl-Friedrich und Jutta steigen zwischen Latschen hoch. Kein Weg, keine Mar-*

kierung. Sie haben jetzt beide einen Wetterumhang mit Kapuze an.

Jutta: Ich glaub, da geht's rauf!

Karl-Friedrich: *(verzagt)* Wir haben uns verirrt, nicht?

Jutta: Ne, glaub ich nich! Da drüben muß der markierte Weg sein!

Sie gehen weiter. Karl-Friedrich rutscht aus, kollert ein Stück zurück, fängt sich. Es donnert furchtbar. Karl-Friedrich erschrickt, schaut gegen den Himmel.

HOTEL ALPENFRIEDEN / MASSAGERAUM. *Nacht. – Draußen das Gewitter. Joe massiert nun Elsa, sie genießt es sehr. Sabine sitzt im Liegestuhl, löst in der Illustrierten ein Kreuzworträtsel auf.*

GEBIRGE. *Nacht. – Es regnet nur mehr leicht. Donnergrollen in der Ferne. Karl-Friedrich sitzt auf einem Stein, Jutta hält eine eingeschaltete Taschenlampe.*

Jutta: Es tut mir so leid, Herr Sattmann! Ich hab Sie in die Irre geführt!

Karl-Friedrich: Was machen wir jetzt?

Jutta: Ich hab 'n Schlafsack mit. Da ist notfalls Platz für zwei.

HOTEL ALPENFRIEDEN / WHIRL-POOL. *– Sanfte Musik aus den Lautsprechern. Elsa, Sabine und Joe im Whirl-Pool. Sabine hat einen Plastiksack über ihren Arm gezogen und oben zugeklebt. Beide Frauen tragen Bikini, Joe eine schmale Badehose. Das warme Wasser sprudelt, Dampf steigt auf. Man räkelt sich.*

Elsa: Oh, ist das angenehm! Wunderbar!

Joe fummelt unter dem Wasser an Sabine herum, sie genießt es, tut aber so, als wäre nichts. Die Musik hört auf, die Stimme von Christl ertönt aus dem Lautsprecher.

Stimme Christl: *(aus dem Lautsprecher)* Joe in den Massageraum! Aber dalli! *(Die Stimme entfernt sich etwas:)* Immer muaß i enk alle suachn, verfluacht nochmal!

Die Musik setzt wieder ein, Joe verzieht verärgert das Gesicht, steigt aus dem Pool.

Joe: I komm dann ins Restaurant! Dauert nit lang!

GEBIRGE. – *Das Gewitter ist vorbei. Jutta breitet unter einem Felsvorsprung den Schlafsack aus, Karl-Friedrich sitzt daneben auf seinem Umhang, ißt Wurst und Brot. Er schaut Jutta an.*

HOTEL ALPENFRIEDEN / RESTAURANT. – *Auf dem Podium die Musiker. Sie singen gerade den „Schunkelwalzer". Auf den Tischen Kerzen. Ziemlich voll mit Gästen. Stefan hinter der Bar, Anna bedient an den Tischen. An einem Tisch Elsa, Heinrich mit Hund, Sabine und Joe. In der Nähe auch einige Teilnehmer des „Landwirtschaftlichen Kurses", unter ihnen Herr Körner. Alle haben sich untergefaßt und schunkeln.*

Musiker: *(singen)*

Ein echter Schunkel-Schunkel-Walzer
geht ins Gemüt,
denn beim Schunkel-Walzer
Freundschaft oft erblüht,
denn beim Schunkel-Walzer
Freundschaft oft erblüht.
Beim Schunkeln Arm in Arm vereint sein,
macht die Menschen gleich,
jeder schunkelt gerne,
ob er arm ist oder reich,
jeder schunkelt gerne,
arm oder reich.

Elsa ist ganz glücklich und beschwingt vom Wein und von der Musik, sie schunkelt selig, lächelt Joe an, küßt ihn auf die Wange. Er schaut sie an, hat Sympathie für sie.

GEBIRGE. – *Karl-Friedrich und Jutta im Schlafsack. Man hört angestrengtes Ächzen und Stöhnen, sie bewegen sich im Schlafsack hin und her, haben die Absicht, miteinander zu schlafen, aber alles gestaltet sich äußerst schwierig, weil sie ihre Kleidungsstücke im Sack nicht auf-, geschweige denn losbringen. Eine vergebliche Liebesmüh.*
JUTTA: Es geht nicht, Karl-Friedrich! Zu eng hier!

HOTEL ALPENFRIEDEN / ZIMMER VON KARL-FRIEDRICH. – *Elsa liegt nachdenklich im Nachthemd im Bett, die Nachttischlampe ist an. Neben ihr die leere Hälfte des Doppelbetts, wo sonst Karl-Friedrich liegt. Sie wirft einen Blick darauf.*

HOTEL ALPENFRIEDEN / ZIMMER VON SABINE. – *Sabine und Joe im Bett. Joe raucht eine Zigarette, denkt nach. Sabine liegt an seiner Schulter. Joe setzt sich plötzlich auf, macht die Zigarette aus, nimmt den Bademantel von Sabine, zieht ihn an.*
SABINE: Was machst du denn?
JOE: I hab was vergessen. In zehn Minuten bin i wieder da. *(Geht zur Tür.)*
SABINE: *(setzt sich auf)* Ja, sag mal, hast du nicht alle Tassen im Schrank? Wo willst du denn hin, in meinem Bademantel?
Joe geht hinaus, Sabine legt sich empört zurück.

HOTEL ALPENFRIEDEN / ZIMMER VON KARL-FRIEDRICH. – *Es klopft.*
ELSA: *(im Bett)* Es ist offen!

Joe kommt herein, Elsa schaut erstaunt, setzt sich auf.

ELSA: Joe!

Joe kommt zu ihr, setzt sich aufs Bett, schaut sie an.

JOE: *(nach einer Weile)* Woaßt, Elsa, manchmal geht mir des alles furchtbar aufn Wecker!

Elsa schaut ratlos.

JOE: Am Ende der Saison bin i jedsmal fertig, du kannst dir des nit vorstellen. – Was die mir alles erzählen ...! Was i alles in mein Kopf einibringen muaß ...! *(Nach einer Weile:)* Derf i mi a bißl zu dir legen?

ELSA: *(sanft abweisend)* Joe!

JOE: Na, i will nix von dir. Nur oanfach a bißl bei dir liegen.

Elsa schaut Joe an, schüttelt dann lächelnd den Kopf, lüpft die Bettdecke, Joe schlüpft zu ihr, kuschelt sich wie ein Kind an sie. Elsa lächelt. Sie ist ganz glücklich.

GEBIRGE. *Tag. – Die Sonne scheint. Jutta und Karl-Friedrich gehen an einer Wand vorbei, sehen, daß eine Dreier-Seilschaft hinaufklettert. Sie halten an, schauen zu.*

KARL-FRIEDRICH: Toll! Möcht ich auch können!

JUTTA: Nächstes Jahr mach ich einen Kletterkurs! Könnten wir doch zusammen tun, nich?

KARL-FRIEDRICH: Jutta! Ich bin verheiratet!

JUTTA: Na und? Das ist 'ne Bergkameradschaft zwischen uns! Kann doch deine Frau nichts gegen haben! Sie bleibt ja ohnehin lieber im Tal unten!

Karl-Friedrich geht weiter, Jutta folgt ihm.

HÜTTE 4. *– Jutta drückt den Hüttenstempel in ihren Paß und in den von Karl-Friedrich. Zwei Bergsteiger in professioneller Ausrüstung kommen bei der Tür herein, sehen sie, einer grinst geringschätzig.*

JUTTA: Hören Sie, wie weit ist es denn wohl bis zur Gamshütte?

Erster Bergsteiger: Drei Stunden.

Zweiter Bergsteiger: Für euch fünf!

Jutta: So, glauben Sie? Komm, Karl-Friedrich, wir schaffen das auch in drei Stunden! Na, komm schon!

Jutta geht hinaus, Karl-Friedrich folgt ihr unwillig, er ist sehr müde.

Zweiter Bergsteiger: Brav, Karl-Friedrich!

Die Bergsteiger gehen lachend in die Gaststube.

GEBIRGE. – *Jutta geht zügig voran, Karl-Friedrich müde hinterher. Er möchte eigentlich lieber umkehren, traut sich aber nicht.*

HÜTTE 5 / FLUR. *Nacht. – Jutta stempelt den Paß von Karl-Friedrich und dann ihren eigenen.*

Jutta: Der letzte! *(Küßt den Stempelabdruck.)* Ich habs geschafft, Karl-Friedrich! Darauf trinken wir einen!

HÜTTE 5 / GASTRAUM. – *Die Hütte ist überfüllt mit Bergsteigern und Bergwanderern. An einem Tisch singt man das Lied „Herrliche Berge, sonnige Höhen“. Jutta und Karl-Friedrich bei Wein. Karl-Friedrich ist vollkommen erledigt, weil die Wirkung der Spritzen nachgelassen hat, Jutta singt fröhlich mit. Auch ein deutsches Ehepaar, sehr sportlich, sitzt am Tisch. Der Hüttenwirt kommt mit Getränken vorbei, gibt dem Ehepaar das Tourenbuch, der Mann nimmt das Buch.*

Mann: Sie, der Ostgrat ist doch ein Fünfer, nicht?

Wirt: *(trocken)* I tat sagen, a Dreier, ha?

Mann: Gibt's doch nicht!

Wirt: A Dreier is des, hab i gsagt! In dem Buach da werd nit angeben, verstehst! Des kannst dann dahoam machen!

Der Mann beugt sich verärgert über das Buch, trägt seine Tour ein, der Wirt will weitergehen.

Karl-Friedrich: Herr Wirt! Haben Sie noch'n Zimmer?

Der Wirt schüttelt den Kopf.

Karl-Friedrich: Aber doch irgendein Lager?

Wirt: Alles voll!

HÜTTE 5. – *Die Hütte liegt im Mondlicht. In den Fenstern kein Licht mehr.*

HÜTTE 5 / GASTRAUM. – *Es ist dunkel. Auf den Bänken und am Boden schlafen dicht gedrängt Wanderer und Bergsteiger zum Teil in Schlafsäcken, zum Teil auf Dekken. Karl-Friedrich und Jutta im Schlafsack am Boden. Karl-Friedrich schiebt einen besockten Fuß weg, der ihm ins Gesicht ragt. Wieder beginnen Karl-Friedrich und Jutta mit ihren Annäherungsaktionen, sie wälzen sich und stöhnen.*

Stimme Bergführer: Geh, was is denn? Gebts a Ruah!

Karl-Friedrich und Jutta halten sofort still, Jutta seufzt resigniert auf.

WALD. *Tag.* – *Joe mit Funksprechgerät. Er trägt seine ländliche Verkleidung.*

Joe: Hier Schwammerl 1! Hier Schwammerl 1! Schwammerl 2 bitte melden!

Stimme Heinrich: *(aus dem Funkgerät)* Ja, hier Schwammerl Zwo!

Joe: Da is a ganze Steinpilzkolonie! Und Täublinge gibt's auch! I bin südwestlich unter euch!

Stimme Heinrich: *(aus dem Funkgerät)* Wir kommen! Ende!

Sabine pflückt bereits Pilze in einen Korb. Ihre linke Hand ist noch verbunden, aber der Arm nicht mehr in einer Schlinge. Weiter weg, zwischen den Bäumen, sieht man vier andere Landwirtschaftsdiplomanwärter (unter ihnen Herr Körner) nach Pilzen suchen, jeder mit einem Korb ausgestattet.

Joe: *(ruft)* He! Findets was?

Herr Körner: Ja, ne Menge Pfifferlinge!

Von oben kommen Heinrich (humpelt noch etwas) mit Hund und Elsa, letztere hat ein Pilzbuch in der Hand. Heinrich trägt das Funkgerät. Beide mit Korb, zum Teil schon gefüllt.

Heinrich: Ah, hier!

Heinrich und Elsa pflücken Pilze. Elsa schaut im Buch nach.

Elsa: Steinpilze ... hier! *(Sie vergleicht den Pilz in der Hand mit dem Foto im Buch:)* Ja, stimmt!

Joe: Da brauchst nit nachschaun, Elsa! I kenn mi aus!

Elsa: Ich glaub's dir, Joe! Aber Vorsicht ist die Mutter der Porzellankiste!

Der Hund rennt davon.

Heinrich: Asta! Asta! Komm sofort zurück! Asta! Verdammtes Vieh!

Elsa: Ach, laß ihn laufen, Heinrich!

Heinrich sucht weiter Pilze, sieht einen.

Heinrich: Elsa, schau mal nach, was das für einer ist!

Elsa kommt mit dem Buch zu ihm. Plötzlich peitscht ein Schuß durch den Wald, alle erstarren.

Heinrich: Asta!

ANDERES WALDSTÜCK. – *Der erste Gendarm in Jägerkleidung hängt eben sein Gewehr wieder um. Heinrich kommt gelaufen, bleibt stehen, erstarrt. Vor dem ersten Gendarm liegt die tote Schäferhündin Asta. Heinrich kommt langsam näher, kniet sich nieder, schaut Asta an, berührt sie, schaut dann hoch.*

Erster Gendarm: Er war hinter am Rotwild her! Tut mir leid!

Der erste Gendarm geht weg. Heinrich schaut verzweifelt seinen Hund an. Die Touristen, Joe, Sabine und Elsa kommen heran.

VOR DEM ROTTERHOF. – *Andreas sitzt auf der Hausbank und repariert einen Tragkorb. Erwin sitzt bei Andreas, schaut ein Bilderbuch an. Heinrich kommt mit dem Audi dahergefahren, hält an, steigt aus, macht die hintere Tür auf, nimmt die tote Asta heraus, Andreas und Erwin schauen.*

HEINRICH: *(leise)* Sie haben mir die Asta erschossen.

ANDREAS: Des tuat ma leid.

HEINRICH: Ich wußte nicht, wohin. Hab ich mir gedacht ...

ANDREAS: *(steht auf)* I gib Ihnen a Schaufel.

HINTER DER SCHEUNE DES ROTTERHOFS. – *Ein Loch ist gegraben. Heinrich legt Asta hinein, nimmt die Schaufel, die im Erdhaufen steckt, wirft Erde ins Loch. Erwin steht dabei, schaut zu, verschränkt die Finger wie zum Gebet.*

FREMDENVERKEHRSBÜRO. – *Jutta und Karl-Friedrich stehen vor dem Pult. Karl-Friedrich unrasiert, schmutzig und todmüde. Hinter dem Pult Max. Er hat den Wanderpaß von Jutta in der Hand und kontrolliert die Stempel.*

MAX: 25! Stimmt genau. Jetzt brauch i no die Gästekarte.

Jutta überreicht ihm die Gästekarte, er schaut sie an.

MAX: So, Frau Karge, jetzt kommt der große Augenblick!

Max greift unter das Pult in einen zerdrückten Karton, wo viele silberne Leistungsnadeln mit Band sind. Er holt eine hervor.

MAX: Die silberne Leistungsnadel mit Band!

Max heftet Jutta die Leistungsnadel an die Brust, drückt ihr die Hand.

MAX: Herzliche Gratulation, Frau Karge! Das war eine große Leistung! Da können Sie stolz drauf sein!

JUTTA: Bin ich auch!

MAX: Jetzt kriagat i no 50 Schilling Unkostenbeitrag. Für die Nadel.

JUTTA: Ja, natürlich. *(Gibt ihm das Geld.)*

MAX: Und was is mit Ihnen, Herr Sattmann?

KARL-FRIEDRICH: Ich hab leider erst 8.

MAX: Ja, des reicht doch! Da kriagn S' schon die silberne Wandernadel! Steht doch im Paß!

KARL-FRIEDRICH: Ja, natürlich! Hab ich ganz vergessen!

Max holt eine silberne Wandernadel aus einem anderen Karton, steckt sie Karl-Friedrich an den Hut.

MAX: Von Ihnen krieg i nur 25 Schilling.

VOR FREMDENVERKEHRSBÜRO. – *Karl-Friedrich und Jutta kommen aus dem Büro, bleiben stehen. Sie gibt ihm die Hand.*

JUTTA: Na, mach's gut, Karl-Friedrich! Bis zum nächsten Jahr!

KARL-FRIEDRICH: Ja. Vielleicht. Tschüß, Jutta!

Jutta geht weg, Karl-Friedrich schaut ihr nach, ist erleichtert, daß er sie los hat, geht Richtung Hotel.

VOR DEM ROTTERHOF. *Abend. – Die Sonne geht unter. Heinrich und Andreas sitzen schweigend auf der Hausbank. Heinrich hält eine halbleere Schnapsflasche in der Hand, säuft sich in seiner Traurigkeit einen an, raucht Zigarre. Andreas raucht Pfeife. Heinrich schaut Andreas an, reicht ihm die Flasche, Andreas nimmt sie und trinkt einen großen Schluck, gibt dann die Flasche wieder Heinrich.*

HOTEL ALPENFRIEDEN / BADEZIMMER VON KARL-FRIEDRICH. *Nacht. – Karl-Friedrich liegt erschöpft in der Badewanne, Elsa sitzt auf dem geschlossenen Klodeckel.*

KARL-FRIEDRICH: Armer Vater! Das ist ein harter Schlag für ihn.

ELSA: Wir kaufen ihm einen neuen Hund.

KARL-FRIEDRICH: Ich weiß nicht ... Asta war sein Ein und Alles.

Eine Weile Schweigen.

ELSA: Jetzt läufst du aber nicht mehr in die Berge, oder, Karl-Friedrich!

KARL-FRIEDRICH: Ne, im Moment reicht's mir! Obwohl – so einen Gipfelsieg hätt' ich schon gerne! Das wär was anderes als diese doofe Herumrennerei.

ELSA: Was? Aber, Karl-Friedrich! Da kann man erst recht abstürzen!

KARL-FRIEDRICH: Na, wir werden sehn.

HOTEL ALPENFRIEDEN/ PRIVATWOHNUNG. *Nacht. – Franz und Max beim Bier, es klopft, die beiden wissen, wer kommt, Franz geht zur Tür, öffnet sie, Karl-Friedrich steht im Jogginganzug und in Pantoffeln draußen.*

FRANZ: Ah, da sind Sie ja! Bitte, kommen S' einer!

KARL-FRIEDRICH: *(Kommt herein)* Was gibt es denn so Dringendes? Ich bin hundemüde!

MAX: Der Herr Sattmann hat die silberne Wandernadel errungen!

FRANZ: Die silberne Wandernadel? Toll! Bitte! *(Deutet zum Tisch.)*

Franz und Karl-Friedrich gehen zum Tisch, Karl-Friedrich setzt sich.

FRANZ: A Bier?

KARL-FRIEDRICH: Nee, danke.

Franz: *(Setzt sich.)* Also, Herr Sattmann: i hab a guate Nachricht! Das Verfahren gegen Stefan und Gunnar is eingestellt worden!

Karl-Friedrich: *(erfreut)* Nee! Wirklich!

Franz: Sie haben eine chemische Analyse von dem Zeugs herstellen lassen. Des Kraut is nix wert! A besserer Waldtschigg!

Karl-Friedrich: *(erleichtert)* Na, das ist ja erfreulich!

Franz: Es hätt natürlich schon ein Verfahren geben können. Wenns unbedingt wollen hätten. Aber, i kenn da zufällig einen Herrn von der Staatsanwaltschaft. Mit dem war i in Kanada auf der Jagd! Naja – und Jagdfreundschaft verbindet, nit?

Karl-Friedrich: Ich bin Ihnen wirklich sehr dankbar, Herr Bürgermeister! Wenn ich mal was für Sie tun kann ...

Franz: Bestimmt! Und sag nit alleweil Herr Bürgermeister zu mir! Woll ma uns nit endlich duzen?

Karl-Friedrich: Aber gern! Franz!

Franz: Und jetzt trinkst a Bier mit uns!

Karl-Friedrich: *(lächelnd)* Ja!

HOTEL ALPENFRIEDEN / KÜCHE. – *Christl sitzt einsam an einem Tisch, hat 15 leere und 5 volle Underbergflaschen vor sich stehen und liegen. Ein überfüllter Aschenbecher. Sie raucht. Nach einer Weile kommt bei der Tür Elsa herein, bleibt stehen. Christl dreht sich um.*

Christl: *(unfreundlich)* Was is denn?

Elsa: Entschuldigung, Frau Wechselberger! Der Hausdiener sagte mir, daß Sie hier sind.

Christl: Ja?

Elsa: Kann ich Sie mal 'n Moment sprechen?

Christl: Ich bin jetzt privat. A paar Minuten im Tag muaß i a privat sein dürfen.

Elsa: *(Kommt näher.)* Es geht um Anna. Sie ist schwanger.

Christl: Ja, woaß i. Und?

Elsa: Sie ist bald im siebten Monat. Sie darf nicht mehr arbeiten.

Christl: So? Wer sagt des?

Elsa: Na, das ist so!

Christl: Wissen Sie, wie lang ich gearbeitet hab, wia i mit'n Stefan schwanger war?

Elsa: Ne, weiß ich nicht.

Christl: Bis die Wehen eingsetzt haben. *(Lauter:)* Bis die Wehen eingsetzt haben!

Elsa: Ich glaub, wir reden ein anderes Mal darüber.

Christl: Jeder muaß Opfer bringen! Jeder! Koaner kriegt was gschenkt! Woaßt du, was i gmacht hab? Woaßt du des?

Elsa: Sie sollten lieber zu Bett gehen, Frau Bürgermeister!

Christl öffnet ein Underberg-Fläschchen, trinkt es aus.

Christl: *(ruhig)* I hab drei Kinder abgetrieben!

Elsa: Ich geh jetzt lieber.

Christl: Und warum hab ich sie abgetrieben? *(Steht auf.)* Weil sie in der Hochsaison zur Welt gekommen wären! Und in der Hochsaison hab ich keine Zeit, um mich ins Bett zu legen! Verstehn Sie?

Elsa: Das tut mir leid.

Christl setzt sich wieder hin.

Christl: Und wie ich noch welche wollt, isses nimmer gangen. Dafür hab i jetzt des da *(zeigt um sich)*!

Elsa: Das tut mir leid. Gute Nacht, Frau Bürgermeister!

Sie geht hinaus.

HOTEL ALPENFRIEDEN / PRIVATWOHNUNG.

– Am Ecktisch Franz, Max, Karl-Friedrich, letzterer nun auch mit Bier.

Max: Der Fremdenverkehr is halt immer a riskante Angelegenheit. Einmal kein Schnee und ein Drittel der Hotels geht pleite. Weil sie die Schulden nimmer zahlen können.

Franz: Einen Betrieb bräucht ma im Ort. Einen gsunden, soliden Betrieb! Als zweites Standbein. Unsere Leut wollen sowieso nit im Gastgewerbe arbeiten! Als Kellner hamma lauter Ostösterreicher und in der Kuchl die Türken!

Max: Der Tiroler is halt amal nit zum Kellner geboren. Der will a handfeste Arbeit!

Karl-Friedrich: Bei uns ist es umgekehrt. Leider! In Berlin gibt es Tausende Arbeitslose, und mir fehlen Facharbeiter! Keiner will ran! Die Löhne und die Nebenkosten sind ein Wahnsinn! Und die Gewerkschaft quatscht mir auch dauernd drein!

Max: Also, bei uns hat die Gewerkschaft überhaupt nix zu melden. Was, Franz?

Franz: Wenn oaner koan Betriebsrat will, dann gibt's eben koan Betriebsrat.

Karl-Friedrich: Ich müßte längst wieder expandieren. Aber unter diesen Umständen hab ich wirklich keine Lust zu! Jedenfalls nicht in Westberlin oder in der Bundesrepublik. Ich hab mir schon überlegt, nach Portugal zu gehen!

Franz: *(lächelnd)* Portugal! Karl-Friedrich!

Karl-Friedrich: *(lächelnd)* Du willst mich kapern, was?

Franz: Na, sowieso! Du brauchst doch nit nach Portugal gehn! Bei uns sind die Arbeitskräfte genauso billig! Und a Grundstück würd ich dir auch geben! Gratis! Von der Gemeinde!

Karl-Friedrich: *(überlegt)* Naja ... Meine Geschäftsverbindungen nach Österreich sind ja schon sehr gut ... Könnte man ausbauen ... Vielleicht nicht nur Baumaschinen, sondern ganz was Neues ... Etwas, das man besonders hier in den Alpen braucht ...

Max: Schneepflüge ...
Karl-Friedrich: *(lächelnd)* Hab ich schon!
Es klopft an der Tür.
Franz: Ja?
Der jugoslawische Hausdiener kommt herein.
Hausdiener: Herr Cheff! Die Cheffin!

HOTEL ALPENFRIEDEN / KÜCHE. – *Christl steht in der Küche, schmeißt Stapel von Tellern durch die Gegend. Franz, Max und der Hausdiener kommen herein, Teller fliegen auf sie zu, sie gehen in Deckung.*
Franz: Christl! Hör auf! Hör auf, sag i!
Max: Die hat wieder ihren Saisonkoller, was?
Franz steht hinter dem Herd auf, bekommt sofort einen Teller an den Kopf, krümmt sich zusammen, Christl hört auf, steht schweratmend da, starrt vor sich hin. Franz hält sich den Kopf, geht zu ihr.
Franz: Is ja schon guat! *(Legt den Arm um sie.)* Is ja schon guat!

VOR DEM BERGFÜHRERBÜRO. *Tag. – Ein VW-Bus. Fünf Touristen und zwei Touristinnen stehen in Bergsteigerkleidung da, jeder mit Rucksack, drei der Männer mit Berghüten. Sonst keine Ausrüstungsteile. Ein Bergführer steht bei ihnen. Sie warten. Der Bergführer schaut auf die Uhr.*
Bergführer: Des mag i scho gern!
Tourist: Da kommt er.
Sie schauen. Karl-Friedrich kommt heran. Er trägt neue, große, schwere Bergschuhe, Kniestrümpfe, darüber Gamaschen, Kniebundhose, kariertes Flanellhemd, Pullover, Anorak, einen großen Rucksack, eine auf die Stirn geschobene Gletscherbrille, an den Händen fingerlose Bremshandschuhe, die Lippen sind dick eingecremt, in der rechten Hand hält er einen hochmodernen Eispickel, um den

Hals hängen Kompaß, Höhenmesser und Fernglas, er hat Brust- und Sitzgurt angelegt, schleppt mit sich zwei Kletterseile, Steigeisen, eine Menge Schlingen, um die Hüften scheppern Karabiner, Haken und Klemmkeile, außerdem ist er noch bestückt mit Steigklemmen, Seilbremsen, Eisschrauben, mit einem Bohrmeißel und einem Felshammer. Alle schauen verblüfft.

BERGFÜHRER: Des derf decht nit wahr sein!

KARL-FRIEDRICH: Morgen! Welcher Gipfel wird erklommen?

BERGFÜHRER: Gar keiner! Zuerst mach ma amal eine hochalpine Schnuppertour. Dabei lern ma des Gehen in Fels und Eis. Trittsicherheit! Überprüfen der Schwindelfreiheit!

KARL-FRIEDRICH: Jetzt halten Sie mal die Luft an!

BERGFÜHRER: Sie halten die Luft an! Jetzt red i! Als nächstes kommt der Gebrauch des Seils, des Hakenschlagen, alpine Gefahren, Kameradenbergung, Gletscherkunde und Orientierung. So, das wär's!

KARL-FRIEDRICH: Und der Gipfel?

BERGFÜHRER: Denn kriagst dann schon! Aber erst am letzten Tag!

KARL-FRIEDRICH: Also, jetzt hören Sie mir mal zu, junger Mann! Erstens: Die hochalpine Schnuppertour hab ich bereits ausreichend hinter mir, ja? *(Zeigt auf die silberne Wandernadel an seinem Anorak.)* Die silberne Wandernadel! Das ist ja wohl geschnuppert genug, oder? Zum Zweiten: Ich bin perfekt ausgerüstet, wie Sie sehen!

BERGFÜHRER: Ja, i seh's! Daherkommen tuast wia a Christbaum! Des halbe Zeig kannst glei dalassen!

KARL-FRIEDRICH: Was? Ja, was glauben Sie denn? Das hat ein Vermögen gekostet! Glauben Sie –

BERGFÜHRER: Mei, geht mir der auf die Eier! – Also, von mir kriagst du koan Gipfel, verstehst?! Und wenn du koane Lust hast, mit den anderen da den Grundkurs zu machen, dann schleich di! Solche wia di hab i schon gfressen!

Karl-Friedrich: Was soll ich? Sagen Sie das nochmal!

Bergführer: Schleichn sollst di! *(Zu den anderen:)* Kommts, wir fahrn los!

Der Bergführer macht die Schiebetür des Busses auf, die Touristen steigen ein, der Bergführer setzt sich ans Lenkrad, fährt weg, Karl-Friedrich schaut ihnen zornig nach.

STRASSE ZUM ROTTERHOF. – *Karl-Friedrich braust mit dem Mercedes die Straße hinauf, von oben kommt ihm der VW von Thomas entgegen, Karl-Friedrich bremst ab, Thomas ebenso. Thomas kurbelt das Fenster herunter, Karl-Friedrich ebenfalls.*

Karl-Friedrich: He, Thomas! Du bist doch Bergführer, oder?

Thomas: Gwesn! Hab ja koa Zeit mehr.

Karl-Friedrich: Es hilft nichts, Thomas! Ich brauch einen Gipfel! Durch die Meichsner-Führe auf die Lechspitze!

Thomas: Meichsner-Führe? Des ist ja a schwerer Fünfer!

Karl-Friedrich: 500 Mark!

Thomas schaut unentschlossen.

Karl-Friedrich: 1000 Mark!

EINSTIEG AN EINER FELSWAND. – *Thomas und Karl-Friedrich am Einstieg. Karl-Friedrich nun nicht mehr so übertrieben ausgerüstet. Er hängt am Seil von Thomas. Beide schauen hoch. Karl-Friedrich wird es auf einmal ganz schrecklich mulmig zumute. Thomas bekreuzigt sich, spuckt in die Hände und reibt sie ineinander. Karl-Friedrich schaut ihn angstvoll an.*

FELSWAND / ERSTER ABSCHNITT. – *Karl-Friedrich klebt an der Wand, das Seil führt von ihm nach oben. Karl-Friedrich sucht nach Tritten und Griffen, steigt langsam hoch, schwitzt, hat Angst, schaut in den Abgrund hinunter, wird schwindlig, lehnt sich keuchend mit dem Gesicht an den Felsen. Thomas ist jetzt absolut autoritär.*

STIMME THOMAS: Jetzt tua schon weiter! I will nit in der Wand übernachten!

Karl-Friedrich schaut nach oben. Thomas ist ein Stück weiter oben an einem schmalen Standplatz mit Selbstsicherung.

THOMAS: Jetzt tua endlich!

Da Karl-Friedrich nicht weiterklettert, zieht Thomas ungeduldig am Seil, sodaß Karl-Friedrich ein paar Zentimeter hochgezogen wird. Karl-Friedrich verliert einen Tritt, sucht verzweifelt neuen Halt mit dem Bein, findet ihn, kämpft sich ein Stück weiter hoch, hält inne. Die Finger sind schon aufgeschürft und blutig.

KARL-FRIEDRICH: Ich kann nicht mehr, Thomas! Ich kann nicht mehr!

THOMAS: Hör auf jammern, du Schlappschwanz! Wer wollt denn da herauf? I vielleicht? Die Wand wird jetzt gmacht, verstehst?! Und wenn du dir dabei die Hosn vollscheißt! Los, tua weiter!

Thomas zieht am Seil, Karl-Friedrich klettert verzweifelt weiter hoch, verliert den Halt, stürzt ab. Nach ein paar Metern kann Thomas ihn halten, Karl-Friedrich pendelt hin und her. Die Hände von Thomas bluten, weil ihm das Durchrutschen des Seils die Innenflächen aufgeschürft hat.

THOMAS: Halt di fest! Such dir an Tritt, verfluacht noch amal!

KARL-FRIEDRICH: Ich kann nicht mehr!

THOMAS: Du, i laß di aus!

Thomas läßt das Seil etwas nach, Karl-Friedrich sucht verzweifelt nach Griff und Tritt, es gelingt ihm.

Thomas: Weiter!

Karl-Friedrich: Ich will runter! Bitte, Thomas, ich will runter! Die 1000 Mark, die 1000 Mark, die kannst du gern behalten!

Thomas: Du, i bin koaner, der gern umdreht! Merk dir des! Du wolltest den Gipfel und du kriagst ihn! Los, weiterklettern!

Karl-Friedrich klettert wieder ein Stück weiter, rutscht wieder aus, Thomas hält ihn sofort und zieht ihn wütend zwei Meter hoch. Karl-Friedrich sucht hektisch nach Halt, findet ihn, klettert weiter hoch, kommt zum Standplatz, Thomas zieht ihn hoch, sichert ihn. Karl-Friedrich kniet mit dem Gesicht zur Wand auf dem schmalen Band, ist total erschöpft. Thomas nimmt seinen Rucksack ab, setzt sich auf das Band, läßt die Füße in den Abgrund baumeln, öffnet den Rucksack, nimmt eine Aluflasche heraus, öffnet sie, hält sie Karl-Friedrich hin, stößt ihn damit an, Karl-Friedrich schaut zu ihm, nimmt die Flasche, trinkt vorsichtig daraus, vermeidet es dabei, in den Abgrund zu schauen. Thomas nimmt die Flasche wieder, trinkt davon, holt sich Wurst, Brot und ein Taschenmesser aus dem Rucksack, beginnt zu jausnen.

Thomas: Geh, setz di doch hin! Bist ja eh anghängt!

Karl-Friedrich dreht sich vorsichtig um, kniet sich seitlich hin, sieht die blutigen Hände von Thomas.

Karl-Friedrich: Das tut mir leid! *(Thomas antwortet nicht.)* Ich hätte Bremshandschuhe in meinem Rucksack!

Thomas: Des nutzt mir jetzt nix mehr!

Eine Weile Schweigen. Thomas will Karl-Friedrich ein Stück Wurst reichen, der schüttelt den Kopf, lugt dann vorsichtig in den Abgrund, wendet sich gleich wieder weg. Thomas beugt sich aus der Wand, schaut sich um, schaut schräg nach oben, erstarrt.

Thomas: Des derf doch nit wahr sein!

KARL-FRIEDRICH: Was denn?
THOMAS: Schau amal da auffi!
Karl-Friedrich beugt sich vorsichtig vor, schaut hoch. Weiter oben, seitlich in der Wand, hängt ein Bergsteiger. Er hat einen Haken eingeschlagen, das Seil läuft durch und ist an ihm befestigt, sodaß er sich frei bewegen kann. Der Bergsteiger ist im Begriff, ein riesiges Transparent anzubringen, an einer Seite hat er es schon oben und unten an zwei Haken eingehängt, eben schlägt er einen Haken für die andere Seite ein. Man kann noch nicht lesen, was auf dem Transparent steht.
KARL-FRIEDRICH: Was macht denn der da?
THOMAS: Des möcht i a wissen!
Thomas macht sich vom Seil los, klettert frei zu dem Mann nach oben.
KARL-FRIEDRICH: Thomas! Doch nicht ohne Sicherung!
Man kann jetzt lesen, was auf dem Transparent steht: DER WALD STIRBT! Thomas klettert auf den Bergsteiger zu.
THOMAS: He! Du!
Der Mann dreht den Kopf. Es ist Hans.
THOMAS: Sag amal, spinnst du? Was tuast denn du da?
HANS: Siehgst ja!
Thomas beugt sich zurück, liest.
THOMAS: „Der Wald stirbt!" Du Aff, du Trottel!
Thomas klettert ganz auf Hans zu, Karl-Friedrich unten lugt vorsichtig hoch. Thomas will das Transparent vom Haken reißen, Hans wehrt ihn heftig ab, ist im Vorteil, weil er angehängt ist und somit beide Hände verwenden kann. Thomas muß sich mit einer Hand festhalten, rutscht nun mit dem Fuß aus, stürzt fast ab.
KARL-FRIEDRICH: *(entsetzt)* Thomas!
Thomas kann sich im letzten Moment mit den Händen halten, seine Beine baumeln in der Luft. Hans ungerührt. Thomas schaut in den Abgrund.
THOMAS: Scheiße!

Hans grinst, Thomas faßt wieder Tritt.

THOMAS: *(zu Hans)* Du bist a Landplag! Woaßt du des? Warum verschwindest denn nit endlich aus unserem Dorf?

HANS: Des tät euch so passen!

Thomas schaut Hans wütend an, klettert wieder zurück, greift schnell nach dem Transparent. Er reißt es aus der zuletzt gemachten Verankerung, es fällt hinunter, ist nur mehr an der anderen Seite befestigt, hängt senkrecht in der Wand, man kann es nicht mehr lesen.

THOMAS: Wenn du des wieder aufhängst, dann zoag i di an! Spinner blöder!

Hans grinst, Thomas klettert wieder zu Karl-Friedrich zurück. Hans beugt sich aus der Wand, schaut seitlich nach unten, sieht Karl-Friedrich ängstlich auf dem Band hocken und hochschauen.

HANS: He, des is ja der Sattmann! Hast schon in die Hosn gschissn, ha?

Thomas klettert zu Karl-Friedrich zurück, Hans klettert nach unten, um das Transparent wieder heraufzuholen.

HOTEL ALPENFRIEDEN / MANSARDENZIMMER.

– Die Angestellten haben „Zimmerstunde". Anna liegt angezogen in ihrem Bett, die Hände auf ihrem schwangeren Bauch. Über ihr auf dem Stockbett schläft angezogen und mit dem Gesicht zur Wand ein jugoslawisches Zimmermädchen, eine zweite Jugoslawin sitzt an einem kleinen Tisch und schreibt einen Brief nach Hause. Es klopft. Anna und die Jugoslawin am Tisch schauen zur Tür.

ANNA: Ja?

Die Tür geht auf, Gunnar kommt herein.

ANNA: *(setzt sich auf)* Gunnar!

GUNNAR: Hi, Anna! Wie läuft's?

ANNA: Geht schon!

Gunnar blickt auf die Jugoslawin, die ihn neugierig anschaut, geht zu Anna.

Gunnar: Leg dich nur wieder hin!

Anna legt sich wieder zurück, Gunnar setzt sich auf den Bettrand, schaut zur Jugoslawin, diese lächelt ihn an, schreibt weiter. Gunnar schaut Anna an, dann ihren Bauch, dem man die Schwangerschaft schon ansieht, legt vorsichtig eine Hand darauf.

Gunnar: Echt du, ich krieg das nicht in die Birne! Ich werd Vater! Vater! Irgendwie bin ich stolz auf mich. Komisch, nicht?

Anna lächelt. Eine Weile Schweigen.

Gunnar: Aber etwas ärgert mich!

Anna: Was?

Gunnar: Keiner redet von Heirat. Weder deine Familie noch meine. Nicht, daß ich heiraten möchte ... Mann, du – ne! Aber immerhin werd ich Vater, oder? Da sollte man mich doch ernst nehmen, oder?

Anna antwortet nicht, schaut ihn nur an.

FELSWAND / ZWEITER ABSCHNITT. – *Thomas in der Wand mit Selbstsicherung, er schaut nach unten.*

Thomas: Schwein! Drecksau! Feiger Hund!

Wir sehen Karl-Friedrich in der Wand hängen, er ist absolut verzweifelt und fertig. An dieser Stelle ist die Wand fast überhängend.

Karl-Friedrich: *(aufheulend)* Hubschrauber! Hubschrauber!

Thomas: *(lacht auf)* Hubschrauber! Den Hubschrauber kannst dir in Arsch stecken! Scheiß-Piefke! Arschloch blöds! Entweder du haltst durch oder i schmeiß di aus der Wand! Verstehst mi?

Karl-Friedrich hat das Gesicht an den Felsen gepreßt und die Augen geschlossen.

Karl-Friedrich: *(leise)* Ich reise ab! Ich reise ab! Nie mehr wieder in diese Hölle!

Stimme von Thomas: He! Piefkeschwein! I zähl bis drei! Wenn du dann nit weitermachst, dann laß i di aus! Dann liegst unten in tausend Fetzn! Hast mi verstanden? Eins! Zwei! –

Karl-Friedrich beißt mit Tränen in den Augen die Zähne zusammen, klettert hoch.

HOTEL ALPENFRIEDEN / MANSARDENZIMMER. *– Alles wie vorhin. Eine Weile Schweigen.*

Gunnar: Am liebsten würd ich dich heiraten und Bauer werden. *(Schaut Anna an:)* Was?

Anna lächelt, legt ihre Hand an seine Wange.

Gunnar: Du nimmst mich auch nicht ernst! Ich arbeite wie ein Tier da oben, auf eurem Hof! Schau dir meine Hände an!

Gunnar zeigt Anna seine Schwielen, sie schaut sie an, hält seine Hand weiter. Eine Weile Schweigen. Plötzlich die Stimme von Christl aus der Sprechanlage neben der Tür.

Stimme Christl: Aufstehn, Madeln, Zeit is! Los, los!

Die Jugoslawin oben im Bett richtet sich auf, reibt sich die Augen, schaut herunter, registriert erstaunt Gunnar. Dieser küßt Anna auf die Wange, steht auf und geht hinaus. Anna schaut ihm nach; irgendwie ist sie traurig.

FELSWAND / LETZTER ABSCHNITT. *– Karl-Friedrich klettert verbissen hoch, hat seine Angst überwunden. Er kommt zu einem Haken mit Karabiner, durch den das Seil läuft, löst das Seil aus dem Karabiner, nimmt den Karabiner ab und hängt ihn an sich, schaut hoch. Weiter oben steht Thomas in der Wand, schaut zu Karl-Friedrich herunter, klettert wieder weiter, Karl-Friedrich folgt ihm. Auf einmal ist Ziehharmonikaspiel zu hören, wird lauter. Karl-Friedrich schaut erstaunt nach oben. Ein paar Meter* *unter dem Ende der Wand hängt in einem Sitzgurt, dessen Seil über die Kante der Wand verschwindet, ein Mann, der Ziehharmonika spielt.*

Karl-Friedrich: Ja, sind die alle verrückt geworden?

Karl-Friedrich klettert weiter, schaut hoch, Thomas ist nun bei dem Mann, Karl-Friedrich klettert zu ihnen, schaut verblüfft. Der Ziehharmonikaspieler ist Joe.

Karl-Friedrich: Joe! Was machst denn du da?

Joe: *(ununterbrochen weiterspielend)* I stell den Weltrekord im Ziehharmonikaspielen in einer Felswand auf! 48 Stunden! Ohne Pause!

Thomas: *(verärgert)* Was Blöders is dir nit eingfallen, ha?

Joe: I komm ins Buch der Rekorde, Bruderherz! Des wird dir nie gelingen!

Stimme Sabine: Papi!

Karl-Friedrich schaut nach oben. Über den Rand der Wand ragt der Kopf von Sabine heraus (sie liegt auf dem Bauch). Sie wendet sich zurück.

Sabine: Mutter!

Der Kopf von Elsa taucht auf.

Elsa: Karl-Friedrich! Wir haben uns solche Sorgen gemacht!

Karl-Friedrich: *(verblüfft)* Wie kommt denn ihr da rauf?

Elsa: Mit der Seilbahn! Komm jetzt, Karl-Friedrich! Mir wird vom Hinunterschaun schon schwindlig!

Der Kopf eines Japaners taucht neben Elsa auf, er fotografiert Joe.

GIPFEL. – *Die Musik von Joe ist zu hören. Elsa und Sabine und der Japaner liegen auf dem Bauch. Neben ihnen ist das Seil, an dem Joe hängt, im Boden verankert. Daneben steht ein Klapptisch, auf Klappstühlen sitzen zwei Zeugen für Joes Weltrekord, spielen Karten, rauchen, trinken Schnaps. Am Boden zwei Rucksäcke. In der Nähe* *sitzt auf einem Stein allein und traurig Heinrich. Acht Japaner fotografieren sich gegenseitig. Einer der beiden Zeugen schaut auf seine Uhr.*

Zeuge: *(schreit)* He, Joe! 40 Stunden hast no!

Stimme Joe: *(von unten)* Okay!

Elsa und Sabine rutschen zurück, stehen auf.

Elsa: Er ist wirklich furchtbar! Sich so in Gefahr zu bringen!

Sabine: Also ich find das echt toll!

Thomas taucht auf, klettert herauf, zieht Karl-Friedrich nach, zieht ihn über die Kante.

Sabine: Bravo, Papi! Spitze!

Zeuge: Ah, griaß di, Thomas!

Thomas antwortet nicht, weil er das Ganze idiotisch findet. Karl-Friedrich steht schweratmend und wie benommen da, Thomas löst das Seil von ihm, wickelt es auf. Karl-Friedrich schaut zum Gipfelkreuz, wankt darauf zu, bleibt davor stehen, schaut es an, Thomas kommt nach, hängt sich das aufgewickelte Seil um, hält Karl-Friedrich die Hand hin.

Thomas: *(versöhnt)* Berg Heil, Karl-Friedrich!

Karl-Friedrich nimmt die Hand, drückt sie fest.

Karl-Friedrich: *(gerührt)* Berg Heil, Thomas! Ich danke dir! Das werd ich dir nie vergessen!

Thomas: Des is deine erste Wand, stimmt's?

Karl-Friedrich nickt.

Thomas: Du warst überhaupt no nia klettern, stimmt's?

Karl-Friedrich nickt wie ein geschlagener Hund.

Thomas: Wahnsinn! Na, du bist mir vielleicht oaner! Aber – des war wirklich eine gigantische Leistung von dir! Alle Achtung! Kannst stolz sein!

Karl-Friedrich beginnt zu strahlen, freut sich über alle Maßen, tritt neben das Gipfelkreuz, schaut über die Gebirgswelt hin, ein großes Glücksgefühl durchströmt ihn.

Ende des 2. Teils

3. Teil
Das Geschäft

— Ende Oktober —

VOR DER FABRIK IN LAHNENBERG. *Tag. – Die Schützen haben ihre Gewehre in die Luft erhoben und schießen eine Salve ab. Der Kommandant gibt Kommandos, die Schützen nehmen die Gewehre herunter, hängen sie wieder um. Unter den Schützen Joe und Thomas. Auch die Musikkapelle ist da. Daneben ist ein Ausschank aufgebaut worden, mit Bierfässern, Glühweinkessel und Bratrost für Würstel. Regen trübt den Volksfestcharakter. Alle haben Schirme aufgespannt. Arbeiter der neuen Fabrik und andere Dorfbewohner – auch Anna – stehen vor einem Podium mit Mikrofon, an diesem der Landeshauptmann. Direkt vor dem Podium sind Stühle aufgestellt, auf ihnen sitzen Karl-Friedrich (im Trachtenanzug mit Lodenmantel), Heinrich (in Anzug und Mantel), Elsa (im Festtagsdirndl mit Lodenmantel und Fotoapparat), Sabine, Gunnar (nicht mehr ausgeflippt, normaler Anorak, normale Frisur, kein Walkman), der Pfarrer, Bürgermeister Franz, Obmann Max. Etwas abseits stehen der Lehrer Hans und der Journalist Manfred. Er fotografiert. An der Fabrik steht in großen Lettern: SATTMANN. Direkt neben dem Podium ist eine riesige, mit weißem Tuch verhüllte Schneekanone aufgestellt.*

LANDESHAUPTMANN: *(am Mikrofon)* Sehr geehrter Herr Sattmann, liebe Landsleute! Vor acht Jahren ist zum ersten Mal eine deutsche Urlauberfamilie zu uns nach Tirol gekommen, deren Oberhaupt Karl-Friedrich Sattmann heißt, ein deutscher Unternehmer von altem Schrot und Korn. Unsere schöne Landschaft, die klare, würzige Bergluft, die gastfreundlichen Menschen von Lahnenberg, all das hat Herr Sattmann und seine Familie immer wieder zu uns geführt.

Joe schaut zu Sabine, sie schaut zu ihm, er salutiert leicht und lächelt, sie lächelt zurück.

Landeshauptmann: *(weiter)* Und nun hat Herr Sattmann einen noch größeren Beweis für seine Liebe zu Tirol erbracht. Er hat eine Fabrik bei uns gebaut. Das bedeutet 300 saisonunabhängige Arbeitsplätze. 300 Familienväter brauchen nicht mehr nach auswärts pendeln, sondern können ihre Familie im Heimatdorf ernähren. Das Produkt, das hier erzeugt werden soll, ist einmalig und hat eine große Zukunft am Markt. Hier werden Kanonen gebaut. Aber nicht Kanonen, die Tod und Verderben bringen, sondern Segen, großen Segen für unser ganzes Land! *(Zieht das Tuch von der Kanone, die aber doch wie eine Kriegskanone ausschaut; Applaus, Bravo-Rufe.)* Und so danke ich Herrn Sattmann, ich danke dem Feriengast und ganz besonders dem Unternehmer! Ich möchte Ihnen jetzt, in Würdigung Ihrer Verdienste, das große goldene Ehrenzeichen des Landes Tirol überreichen.

Applaus. Karl-Friedrich steht auf, geht zum Podium. Elsa zückt den Fotoapparat. Ein Sekretär übergibt dem Landeshauptmann eine Schatulle, dieser nimmt die Kette mit dem Abzeichen heraus, hängt sie Karl-Friedrich um, schüttelt ihm die Hand. Elsa fotografiert. Manfred fotografiert mit Tele. Der Applaus dauert an.

HINTER DER FABRIK. – *Man hört die Blasmusikkapelle spielen. Joe (in Schützenuniform) und Sabine küssen sich, lösen sich voneinander, schauen sich an. Joe zündet sich eine Marlboro an.*

Joe: Du bist mir abgegangen!

Sabine: Was?

Joe: No, abgangen bist mir!

Sabine versteht nicht.

Joe: Furchtbar is des! Mir werdn uns nie verstehn! Gfehlt hast mir!

Sabine: Mir dauert das auch immer zu lang! Aber – das wird sich jetzt ändern!

Joe: Wieso des?

Sabine: Papi gibt mir vielleicht 'nen Job hier! Im Verkauf.

Joe: Mensch, des wär ja toll!

Sabine: Und du?

Joe: Was?

Sabine: Möchtest du nicht auch endlich 'ne ordentliche Arbeit annehmen?

Joe: *(beleidigt)* Ordentliche Arbeit! I schuft eh des ganze Jahr! Taxifahrer, Tennislehrer, Schilehrer, Bademeister, Masseur, Animateur – so viel wie i buggelt wohl koaner in dem Ort!

Sabine schaut Joe an, muß übers Joes Entrüstung lächeln.

VOR DER FABRIK. – *Franz, Max, Karl-Friedrich, Heinrich und der Landeshauptmann stehen beim Ausschank. Franz und Karl-Friedrich mit einem Becher Glühwein, Max raucht Zigarette, Heinrich Zigarre, der Landeshauptmann ißt eine Bratwurst vom Pappteller. Im Hintergrund stehen Elsa (mit Glühweinbecher), Gunnar, Anna und Thomas (in Schützenuniform, mit Bierbecher) zusammen. Etwas abseits stehen Hans und Manfred.*

Hans: Die Gemeinde hat ihm das Grundstück gschenkt. Vom Land hat er Subventionen in Millionenhöhe bekommen. Währenddessen gehen immer mehr kleine Betriebe pleite! Die kriegen keinen Groschen! Des ist doch ungerecht! Man kann doch nicht die Tiroler Betriebe im Stich lassen, und einem Deutschen wird hinten und vorn alles hineingschoben!

Manfred: Na! Tut mir leid, Hans! Tatsache is, daß er Arbeitsplätze gschaffen hat! Da is es doch wurscht, ob er Ausländer is oder Tiroler! – I muß jetzt wieder zurück nach Wien. Servus!

Manfred gibt Hans die Hand, Franz und Max tauchen plötzlich auf.

Franz: Ah, der Herr Holleschek von der „Woche" is auch da? Schreibn S' wieder was gegen uns?

Manfred: *(lächelnd)* In diesem Fall nicht, Herr Bürgermeister! Aber es wird sicher wieder amal was kommen! Lahnenberg is immer einen Artikel wert! Wiederschaun!

Manfred geht.

Franz: *(zu Hans)* Na, du Judas? Desmal hast keinen Erfolg ghabt, was?

Hans antwortet nicht.

Franz: Du fallst no amal in Bach, des versprich i dir!

Franz geht weg, Max und Hans schauen ihm nach.

Max: *(grinsend zu Hans)* Na, ihr seids vielleicht a Brüderpaar! Kain und Abel warn a Dreck dagegen!

Hans wendet sich ab, geht zu seinem R4.

Stimme Anna: Hans!

Hans dreht sich um, Anna kommt zu ihm her.

Anna: Nimmst mi mit ins Dorf?

Hans: Ja, gern! *(Gibt ihr die Hand.)* Griaß di, Anna!

Anna: Griaß di! Hamma uns lang nimmer gsehn! Wo bist du jetzt Lehrer?

Hans: In Wattens ...

Anna: Is aber weit weg!

Hans: Naja, mei Bruader, woaßt eh ...

Anna: Ja, i woaß.

STRASSE ZUM DORF. – *Hans am Steuer des R4, Anna neben ihm. Eine Weile Schweigen.*

Hans: Wie geht's dir?

Anna: Ja, geht schon.

Hans: Du hast a Kind?

Anna: Ja ...

Hans: Verstehst di guat mit dem?

Anna: Mit Gunnar? *(Hans nickt.)* Is a netter Bua ...

Hans: *(nach einer Weile)* Aber heiraten tuast ihn nit ...

Anna: Na.

Hans: *(nach einer Weile)* Du warst mein beste Schülerin. Du hättest was lernen sollen. Und nit in dem blöden Hotel schuften.

Anna: Ja, du hast recht.

Hans: *(nach einer Weile)* Und so hübsch warst, mit deine Zöpfelen ...

Anna schaut ihn an, lächelt.

Hans: In der achten Klasse ... *(er zögert)*, da war i richtig verliebt in di.

Anna: *(verblüfft)* Was?

Hans: *(verlegen)* Ja.

Anna: Na, sowas! Da war i ja erst vierzehn!

Hans: Ja, vierzehn. Und so liab!

Anna: Des hab i ja gar nit gwußt.

Hans: Natürlich nit!

Sie sind vor dem Hotel Alpenblick angelangt, Hans hält an, Anna schaut ihn lächelnd an.

Anna: Na, sowas! *(Küßt ihn auf die Wange.)* Pfiat di!

Hans: *(verlegen)* Pfiat di, Anna!

Anna steigt aus, Hans schaut ihr nach, sie geht zum Hoteleingang, Hans legt den Gang ein, fährt los.

NEUE STRASSE ZUM ROTTERHOF. – *Die Straße ist jetzt asphaltiert. Der alte VW-Käfer von Thomas fährt bergan. Thomas in seiner Schützenuniform lenkt, neben ihm sitzt Elsa mit einem Riesenschlumpf und Geschenkpaket, hinten sitzt Gunnar mit einem großen Nylonsack vom Supermarkt. Die Motocrossmaschine von Joe taucht hinten auf, er sitzt in Schützenuniform darauf, hinter ihm*

Sabine. Laute Rockmusik von der Maschine, Joe überholt den Wagen seines Bruders.

LICHTUNG AM BERGHANG. – *Ansteigende Grundfläche, dahinter geht ein steiler Berghang hoch, der nicht bewaldet ist. Der Range-Rover des Bürgermeisters fährt in die Wiese, dahinter der dreckige Jaguar von Max. Aus dem Range-Rover steigen der Bürgermeister, Karl-Friedrich und Heinrich. Aus dem Jaguar steigt Max. Sie gehen ein Stück vor, schauen zum Fuß des Abhangs hin.*

KARL-FRIEDRICH: Wirklich schön!

MAX: Schön is kein Ausdruck! Traumhaft!

KARL-FRIEDRICH: Aber was nützt mir das? Ohne Bewilligung kann ich den Grund nicht kaufen! *(Zu Franz:)* Warum hast du den Landeshauptmann nicht darauf angesprochen?

FRANZ: Wir dürfen ihn nit überstrapazieren, Karl-Friedrich! Er tuat eh alles für uns.

HEINRICH: Na entschuldige, mein Sohn hat hier eine Fabrik gebaut, hat Arbeitsplätze geschaffen! Da darf doch so eine Genehmigung zum Grundkauf kein Problem sein!

FRANZ: Ja, mei, Heinrich, deutsche Staatsbürger dürfen keinen Grund mehr kaufen! Außer für gewerbliche Zwecke! Des is halt amal jetzt Gesetz!

MAX: Keine Sorge, Karl-Friedrich! I mach des schon. I woaß schon an Weg.

KARL-FRIEDRICH: *(zu Max, deutet auf die Umgebung)* Und was soll das kosten?

MAX: No, drei Millionen tat i sagen.

Karl-Friedrich schaut vergrämt.

MAX: *(breitet die Hände aus)* Schilling! – I bitt di, des is bestes Bauland!

KARL-FRIEDRICH: Noch ist es Grünland!

Max: Geh, Karl-Friedrich! Des is doch kein Problem!

Karl-Friedrich: *(zu Franz)* Kannst du mir garantieren, daß das mit der Umwidmung klappt?

Franz: Sowieso! Bei der nächsten Gemeinderatssitzung is des erledigt!

VOR DEM NEUEN ROTTERHOF. – *Ein modern umgebauter Hof mit allem Komfort. Aufschrift auf der Hauswand: „Fremdenheim Rotterhof". Am Balkon ein Schild: „Komfortzimmer frei". Kein Brunnen mehr, keine Hühner. Dafür steht ein alter Schubkarren vor dem Haus, gefüllt mit Erde, erfrorene Blumen darin. Die Motocrossmaschine von Joe steht da. Der VW-Käfer von Thomas kommt gefahren, hält an, Thomas (in Schützenuniform, mit Gewehr), Elsa (mit Schlumpf und Geschenkpaket), Gunnar (mit Nylonsack) steigen aus. Elsa und Gunnar betrachten den Hof, der bei ihrem letzten Urlaub im Sommer noch nicht fertig war. Elsa ist angetan, Gunnar tut es um das schöne alte Haus leid.*

Thomas: *(stolz)* No, was sagst?

Elsa: Toll!

Maria kommt aus der Haustür, hinter ihr die Kinder Peter, Josef, Leni, Erwin. Leni kaut an einer Semmel.

Maria: Na, des is a Freud! Grüß Gott! *(Gibt Elsa die Hand, auch Gunnar.)* Griaß di, Gunnar! *(Deutet auf den Hof:)* No, was sagst?

Elsa: Toll!

Maria: Endlich bin i die alte Hütten los! Endlich! Jetzt könnts wirklich euren Urlaub bei uns verbringen! Alle Zimmer mit Bad oder Dusche!

Elsa: Toll!

Josef: *(zu Gunnar)* Hast uns nix mitbracht?

Gunnar: Klar doch!

Gunnar greift in den Nylonsack, holt ein Netz mit Semmeln heraus, reicht es Leni, sieht, daß sie gerade eine Semmel ißt.

GUNNAR: Oh, ist wohl nicht mehr das richtige Geschenk!

MARIA: Gib nur her! I mach Knödlbrot draus.

Gunnar gibt ihr das Netz. Aus dem Haus kommen Sabine und Joe (jetzt in Stallarbeitskleidung), steigen auf die Maschine, brausen weg.

GUNNAR: *(währenddessen)* Ich hab aber noch was.

Gunnar dreht den Sack um, eine Menge Bälle kollern heraus, die Kinder lachen, beginnen damit zu spielen.

NEUER ROTTERHOF / KÜCHE. – *Von draußen das Geschrei der ballspielenden Kinder. Moderne, große Einbauküche. Zentralheizung. Ecktisch mit Resopalplatte, wo die Familie jetzt zu essen pflegt. Ein kleiner Farbfernsehapparat. Die Familie hält sich jetzt immer in der Küche auf, die Stube ist für die Gäste. Am Tisch sitzen Elsa, Gunnar, Maria. Gunnar hat ungeschickt seinen Sohn Andreas auf dem Schoß, der ein Jahr alt ist. Andreas trinkt gerade aus einer Schnullerflasche. Der Schlumpf daneben. Olga steht beim Tisch und öffnet das Geschenkpaket. Kleidung für Andreas kommt zum Vorschein.*

OLGA: Na, da wird sich die Anna freuen! *(Hält ein Kleidungsstück Richtung Andreas.)* Da, Andreas, alles für di!

Maria schaut auch die Sachen an.

MARIA: Na, liab!

OLGA: Recht vielen Dank, Frau Sattmann!

ELSA: Aber bitte! – Wo ist denn Anna?

OLGA: *(setzt sich)* Im Hotel unten. In der Zwischensaison macht sie immer 's Dienstmädchen fürn Bürgermeister!

WIESE IN DER NÄHE DES NEUEN ROTTERHOFES. – *Kühe weiden. Joe und Sabine sitzen auf der Motocrossmaschine, Rockmusik, Joe treibt mit der Maschine die Kühe zusammen, treibt sie Richtung Hof.*

NEUER ROTTERHOF / KÜCHE. – *Alle wie vorhin.*

GUNNAR: Also, ich versteh das nicht! Du *(schaut Elsa an)* hast dich doch erkundigt! Als ledige Mutter bekommt Anna drei Jahre lang Unterstützung vom Staat! Sie müßte doch nicht arbeiten!

OLGA: Du kennst die Frau vom Bürgermeister nit!

ELSA: *(erinnert sich)* Aber ich kenn sie!

GUNNAR: Was denn?

OLGA: Sie hat gsagt, entweder die Anna bleibt oder sie kann gehn für immer! So is des!

Dem Kind fällt die Flasche aus der Hand.

GUNNAR: Hoppla! *(Steckt die Flasche Andreas wieder in den Mund.)* Wo ist denn der alte Andreas eigentlich?

MARIA: Im Krankenhaus.

GUNNAR: Was? He, was fehlt ihm denn?

MARIA: Mei, alt is er!

NEUER ROTTERHOF / STALL. – *Neonlicht. Moderner Stall aus Beton mit Boxen und Melkanlage, automatischer Tränke, Abfluß für den Mist etc. Musik von Richard Clayderman aus einem Radiorekorder. Joe legt gerade einer Kuh die Melkmaschine an. Sabine und Gunnar mit seinem Sohn Andreas auf dem Arm schauen ihm zu.*

GUNNAR: *(zu Joe)* Seit wann malochst du am Hof mit?

JOE: *(hat nicht verstanden)* Was?

GUNNAR: Warum du hier arbeitest?

JOE: Ja mei, irgendwas muaß i ja tuan in der Zwischensaison. Dafür krieg i Kost und Logis am Rotterhof! Meine Familie is sehr großzügig!

Thomas (jetzt auch in Arbeitskleidung) kommt mit der Heugabel vorbei.

THOMAS: *(zu Gunnar)* Na, was sagst, Gunnar?

GUNNAR: *(schaut sich um)* Nich so gemütlich wie der alte Stall.

THOMAS: Aber besser zu bewirtschaften!

Joe: *(zu Gunnar)* De sind ja größenwahnsinnig wordn! Weißt, wie lang die Kreditraten laufen? 30 Jahr! 30 Jahr! Der helle Wahnsinn!

Thomas: Du zahlst sie ja nit!

Joe: Blöd müaßt i sein! Mei, bin i froh, daß i nix hab!

HOTEL ALPENFRIEDEN. – *Es beginnt zu dämmern. Die Straße ist menschenleer. Vor dem Hotel steht der Range-Rover des Bürgermeisters. Im Hotel ist es dunkel. An der Eingangstür hängt ein Schild: „GESCHLOSSEN – Wiedereröffnung am 1. Dezember". Drinnen geht ein Licht an, Franz und Anna kommen auf die Tür zu, der Bürgermeister trägt zwei Jagdgewehre in Hülle, Anna einen Koffer. Sie kommen heraus, Franz öffnet die Heckklappe, legt die Gewehre hinein, nimmt Anna den Koffer ab, legt ihn ins Auto.*

Anna: Kann i die drei Tag hoamgehn?

Franz: No guat! *(Freundlich:)* Bsuachst amal dei Poppele, nit? *(Macht die Heckklappe zu.)*

Anna: Des is koa Poppele mehr! Is schon ein Jahr alt!

Franz: *(geht zur Fahrertür)* Wahnsinn! Wie die Zeit vergeht! *(Öffnet die Tür, steigt ein.)* Alles guat absperren, ja?

Anna: Mach i schon!

Franz schließt die Tür, startet, Karl-Friedrich kommt aus dem Hotel, klopft ans Fenster von Franz, der öffnet es.

Karl-Friedrich: Es ist kein Licht in unserem Zimmer.

Franz: *(zu Anna)* Schalt die Sicherung ein, Anna!

Anna nickt.

Karl-Friedrich: Und warmes Wasser gibt's auch keins!

Franz überlegt, greift in die Tasche, gibt Karl-Friedrich einen Schlüsselbund.

Franz: Könnts inzwischen mei Wohnung haben! Da is a eigener Boiler.

Karl-Friedrich: Und deine Frau?

Franz: Die is in Abano. Auf Kur.

Karl-Friedrich: Also, ich weiß nicht ... Es ist so ungemütlich in dem leeren Kasten.

Anna: Ihr könnts ja bei uns oben wohnen! Wir haben jetzt allen Komfort!

Karl-Friedrich: Ja? Na, das wär mir wirklich lieber!

Karl-Friedrich gibt den Schlüsselbund Franz zurück.

Franz: Ja, is eh gscheiter! Da herunten im Dorf kriagts ja nit amal was zum Essen! Hat alles zua! – Also, in drei Tag bin i wieder da. Bis dahin hat der Max sicher alles erledigt. Pfiati!

Franz macht das Fenster zu, fährt los.

Karl-Friedrich: Wo fährt er denn überhaupt hin?

Anna: In die Tschechei. Saujagd!

VOR DEM NEUEN ROTTERHOF. *Nacht. – Licht im Parterre. Der Mercedes von Karl-Friedrich kommt gefahren, hält an. Karl-Friedrich, Heinrich und Anna steigen aus. (Heinrich hat seinen Audi daheimgelassen. Er ist ja immer nur wegen seines Hundes mit dem eigenen Auto gefahren.)*

NEUER ROTTERHOF / ZIMMER VON GUNNAR. *– Ein kleines Fremdenzimmer. Gunnar und Anna sitzen an einem Tischchen.*

Gunnar: Echt'n Superbaby! *(Schüttelt den Kopf.)* Daß ich 'n Kind hab!

Anna: Du hast es nicht.

Gunnar ist leicht gekränkt. Aus dem Nebenzimmer hört man Poltern und das Lachen von Sabine.

Stimme Sabine: *(lachend)* Joe, nein, du Spinner!

Gunnar: *(nach einer Weile)* Ich geh jetzt auf die Uni. Volkswirtschaft. *(Verzieht das Gesicht:)* Sohnemann muß ja mal die Firma übernehmen.

Eine Weile Schweigen.

Gunnar: Klappt das mit dem Geld?

Anna: Ja, is immer pünktlich auf der Bank. I tua's auf a Sparbuch. Damit der Andreas amal was hat. *(Schweigen.)* I tät so gern heiraten. Hausfrau möcht i sein, nimmer Kellnerin und Dienstmadl!

Gunnar ist unangenehm berührt.

Anna: Brauchst keine Angst haben, Gunnar! Di will i eh nit. I will an Einheimischen. Aber is halt schwer. Mit an ledigen Kind.

Gunnar ist beleidigt.

KRANKENHAUS IN DER BEZIRKSHAUPTSTADT. – *Der Jaguar von Max fährt vor. Im Flur spricht Max mit einem Pfleger, drückt ihm einen Geldschein in die Hand.*

KRANKENHAUS / KRANKENZIMMER. – *Ein Zimmer mit sechs belegten Betten. Die Tür geht auf, der Pfleger hat sie geöffnet, hinter ihm Max. Der Pfleger deutet ins hintere Eck. Vor dem Eckbett ist ein Paravent aufgestellt, wie man es bei Sterbenden macht. Max kommt herein, der Pfleger schließt von draußen die Tür. Max geht zum Bett hinter dem Paravent.*

Max: Griaß di, Andreas!

Großvater Andreas liegt im Bett. Er schaut sehr schlecht aus, ist an eine Infusionsflasche angeschlossen. Andreas reagiert nicht auf den Gruß von Max, schaut ihn nur an. Max nimmt sich einen Stuhl, setzt sich.

Max: Wie geht's dir denn, ha?

Andreas antwortet nicht.

Max: *(dämpft die Stimme)* Möchtest 10.000 Schilling verdienen?

Andreas schüttelt den Kopf.

Max: 20.000?

Andreas reagiert zuerst nicht, nickt dann.

Max: No, fein! So leicht hast du dei Lebtag nit 20.000 Schilling verdient!

Andreas: I hab no überhaupt nia 20.000 Schilling verdient. Muaß i oan abstechen dafür?

Max: *(lacht)* Na, muaßt nit. Drei Unterschriften muaßt leisten, des is alles.

Andreas: *(mißtrauisch)* Auf was?

Max: Is doch wurscht, des brauchst doch nit wissen.

Andreas: Dann unterschreib i nit!

Max: Du bist vielleicht a Dickschädel. – Na guat! Es geht um an Grundverkauf.

KRANKENHAUS / FLUR. – *Gunnar und Heinrich kommen den Flur entlang, schauen auf die Zimmernummern, kommen zur richtigen Tür. Diese öffnet sich, Max kommt heraus.*

Max: *(erstaunt)* Ja, hallo! Was machts denn ihr da?

Heinrich: Wir wollen den alten Bauern besuchen. Den Andreas.

Max: Na, des find i ja witzig. I hab ihn a grad bsuacht. Also, pfiat enk! *(Geht den Flur entlang, dreht sich um.)* Aber tuats ihn nit überanstrengen! I brauch ihn no.

Gunnar und Heinrich schauen sich bedrückt an, gehen in das Zimmer.

KRANKENHAUS / KRANKENZIMMER. – *Gunnar und Heinrich schauen sich um, schauen zum Paravent, gehen hinter ihn, sehen Andreas.*

Gunnar: *(gezwungen fröhlich)* He, Andreas! Wie läuft's?

Andreas: *(versteht den Ausdruck nicht)* Griaß enk!

Heinrich setzt sich auf den Stuhl, Gunnar aufs Bett.

Heinrich: Na, du alter Gebirgsjäger? Wo fehlt's denn?

Andreas: I woaß es nit. I mag halt nimmer.

Gunnar: Was, he, Mann, was soll denn das? Du kannst doch nicht einfach abdampfen!

Eine Weile Schweigen.

ANDREAS: Sie ham mein Hof hingmacht.

Eine Weile Schweigen.

ANDREAS: Gunnar!

GUNNAR: Ja?

ANDREAS: Kannst du mir den Wechselberger Hans antelefonieren?

GUNNAR: Wer ist das?

HEINRICH: Meinst du den Lehrer? Den Piefke-Hasser?

ANDREAS: Genau den moan i!

GUNNAR: Klar mach ich das für dich!

SOUVENIRGESCHÄFT. – *Karl-Friedrich fährt im Mercedes auf das Geschäft zu. Der dreckige Jaguar von Max steht davor. Innen steht Max am Verkaufstisch, hakt eine Liste ab, macht Inventur.*

FRAUENSTIMME: Vier Lederhosentiroler in Dose, fünf Lederhosen-Bergsteiger in Dose. Drei Resi mit Edelweiß in Dose. Acht Lederhosentiroler tanzend. Zwei Resi mit Edelweiß tanzend.

Man hört ein Klopfen am Glas, Max schaut auf. Karl-Friedrich steht mit einem Aktenkoffer draußen vor der Tür. Man sieht jetzt auch die Frau, die die Souvenirpuppen abzählt. Max geht zur Tür, schließt auf.

MAX: Griaß di, Karl-Friedrich. Kimm eina!

Karl-Friedrich kommt herein.

MAX: *(zur Frau)* Wir machen morgen weiter!

Die Frau nickt, entfernt sich durch eine rückwärtige Tür. Karl-Friedrich geht zum Ladentisch, legt den Aktenkoffer darauf, öffnet ihn. Es sind drei Millionen Schilling darin, 30 Bündel mit je hundert Tausender-Scheinen).

MAX: Ah, des hab i gern! Bargeld!

Er greift nach dem Geld und beginnt nachzuzählen.

VOR DEM KRANKENHAUS. – *Der R4 von Hans fährt vor, Hans und Manfred Holleschek (mit Fotoapparat) steigen aus. Anna kommt aus dem Krankenhaus.*

ANNA: Griaß di, Hans! Der Opa wartet schon auf di!

HANS: Griaß di! Magst nit warten?

ANNA: Na, i muaß fürn Andreas no was einkaufen!

HANS: *(zu Manfred)* Kannst derweil scho vorgehn ...

MANFRED: Was? *(Begreift, daß Hans ihn loshaben will, schaut Anna an, grinst, macht schnell ein Foto von den beiden, geht ins Krankenhaus.)*

Hans und Anna schauen sich an.

ANNA: *(da Hans nichts sagt)* Sehn ma uns amal?

HANS: *(lächelnd)* Wenn's dir nix ausmacht, daß sie mi für dein Vater halten werdn ...

ANNA: Geh, jetzt hörst aber auf!

Hans freut sich, geht zum Eingang des Krankenhauses, Anna schaut ihm nach.

SOUVENIRGESCHÄFT. – *Max hat das Geld gezählt.*

MAX: Paßt!

KARL-FRIEDRICH: Den Koffer kannst du auch behalten.

MAX: Oh! Vergelt's Gott! *(Streicht mit der Hand über das Leder des Koffers:)* Schöns Kofferle!

Man hört draußen ein Auto vorfahren. Sie schauen hinaus, der Notar steigt aus seinem schweren BMW und kommt herein.

NOTAR: Grüß Gott, die Herren!

MAX: Griaß di, Herr Doktor! *(Gibt ihm die Hand.)* Des is unser Kunde, der Herr Sattmann.

NOTAR: *(gibt ihm die Hand)* Grüß Gott, Herr Sattmann!

MAX: Geh, Karl-Friedrich, mir wär recht, wenn du da wartest! In einer Stund samma wieder zruck!

KARL-FRIEDRICH: Ja, wie? Ich dachte, der Herr Doktor bringt den Kaufvertrag.

Notar: Den hab ich. Keine Sorge! Aber zuerst müssen wir noch an kleinen Besuch machen!

Karl-Friedrich schaut verwirrt.

Max: Also! Pfiati derweil!

Max und der Notar gehen hinaus, steigen in den BMW, fahren weg. Karl-Friedrich schaut ihnen durchs Auslagenfenster nach.

KRANKENHAUS / WÄSCHEKAMMER. – *Die Tür öffnet sich, der Pfleger schiebt Andreas in einem Rollstuhl herein. Die Infusionsflasche hängt an einer Stange, die am Rollstuhl befestigt ist. Andreas hat einen Krankenhausmantel über dem Nachthemd an, eine Decke ist über seine Knie gebreitet. Nach ihm kommen Max und der Notar, letzterer hat jetzt einen Aktenkoffer in der Hand. Der Pfleger schiebt Andreas ein Stück in den Raum, dreht ihn um, wendet sich zur Tür, Max drückt ihm einen Hunderter in die Hand, der Pfleger geht hinaus, schließt die Tür. Max und der Notar schauen Andreas an, dieser schaut gleichgültig zurück.*

Max: So, Andreas! Nacher bring ma's hinter uns!

Max zieht ein Kuvert aus seiner Rocktasche, greift hinein, zieht ein Bündel Tausender heraus.

Max: 20.000! Wie ausgmacht!

Max schiebt das Geld in das Kuvert zurück, legt es Andreas auf den Schoß. Der Notar legt seinen Aktenkoffer auf einen Wäschetisch, öffnet den Koffer, nimmt den Kaufvertrag, eine Erbschaftserklärung und eine Nutzungsrechterklärung (alles dreifach) heraus, schiebt Wäsche beiseite, legt die drei Blätter nebeneinander auf den Tisch und zwar – links beginnend – zuerst die Nutzungsrechterklärung, dann die Erbschaftserklärung, dann den Kaufvertrag. Max schiebt Andreas zum Tisch hin, wo die Blätter liegen, der Notar zückt eine teure Füllfeder, gibt sie Andreas, zeigt unten auf die Nutzungsrechterklärung. Andreas schaut die drei Blätter an, unterzeichnet aber zuerst den Kaufvertrag (unter „Käufer"), der schon von Max (unter „Verkäufer") unterschrieben und vom Notar bestätigt ist. Der Notar schaut etwas irritiert, weil er aus Vorsichtsgründen wollte, daß Andreas zuerst die Nutzungsrechterklärung, dann das Testament, dann erst den Kaufvertrag unterschreibt. Andreas hebt das erste Blatt hoch, unterschreibt das Doppel, hebt das zweite Blatt, unterschreibt auf der Drittschrift. Max zündet sich eine Zigarette an. Andreas legt die Füllfeder hin, faltet den Kaufvertrag zusammen, steckt ihn in das Nachthemd.

Notar: Ja, hallo, was tuan S' denn?

Max: *(hat es nicht gesehen)* Was is?

Notar: Den Kaufvertrag hat er eingsteckt!

Max: Den brauchst du ja nit, Andreas! Des übernimmt alles der Herr Doktor!

Andreas reagiert nicht. Notar und Max schauen sich an.

Max: No, guat, unterschreibst amal des andere Zeig da!

Andreas rührt sich nicht, der Notar drückt ihm die Füllfeder in die Hand, schiebt ihm das Testament hin.

Notar: Jetzt tua weiter Opa! I hab nit so viel Zeit!

Andreas legt die Füllfeder wieder hin.

Andreas: I mag nimmer unterschreiben!

Max: Was? Du magst nimmer? Was soll denn des hoaßen?

Andreas: Nix weiter!

Max: Du, i hab dir 20.000 Schilling geben!

Andreas nimmt das Kuvert, reicht es Max, der nimmt es nicht.

Max: Ja, sag, spinnst du jetzt?

Andreas läßt das Kuvert auf den Boden fallen, Max hebt es auf. Der Notar drückt Andreas gewaltsam die Füllfeder in die Hand.

Notar: Du unterschreibst jetzt sofort dein Testament und die Nutzungsrechterklärung! Ja, wird's bald?

Andreas legt die Füllfeder wieder hin.

Notar: *(zu Max)* Woaßt was? Der will uns reinlegen!

Max: Wieso reinlegen?

Notar: Er hat nur den Kaufvertrag unterschrieben! Jetzt ghört des Grundstück ihm! Und du hast mit deiner Unterschrift bestätigt, daß er dir drei Millionen zahlt hat!

Max schaut fassungslos.

Notar: *(zu Andreas)* Gib den Kaufvertrag her!

Andreas reagiert nicht. Der Notar greift ihm an die Brust. Plötzlich mehrere Blitze und das Geräusch eines Fotoapparat-Schnellaufzugs. Alle schauen zur Tür. Sie ist jetzt offen, es stehen dort Manfred mit Fotoapparat am Auge und Hans. Im Hintergrund geht am Gang der Pfleger weg, steckt einen Geldschein ein.

Notar: Hörn S' auf fotografieren! Ich verklag Sie!

Manfred hört auf, er hat ohnehin schon genug fotografiert.

Max: *(fassungslos)* I wer narrisch!

Hans schließt die Tür, die beiden kommen her.

Notar: Wer sind Sie überhaupt?

Manfred: Manfred Holleschek, Redakteur beim Magazin „Die Woche".

Dem Notar wird mulmig zumute, Hans wendet sich an Andreas, dreht seinen Stuhl her.

Hans: I hoff, du hast no nit unterschriebn!

Andreas: Nur den Kaufvertrag! *(Zieht ihn heraus, gibt ihn Hans.)*

Max: Des is ja unglaublich! *(Zum Notar:)* Die haben uns eine Falle gstellt, Herr Doktor!

Hans: Ja, da habts euch leider den Falschen ausgsucht!

Manfred sieht am Tisch die Verträge, fotografiert sie, Hans legt den Kaufvertrag dazu, der Notar will die Verträge wegnehmen, Hans stellt sich dazwischen, Manfred setzt den Fotoapparat ab, nimmt die Verträge, schaut sie an.

Manfred: Ah, so geht des. Wirklich raffiniert! Ich darf kurz replizieren, Herr Doktor. Sie sagen mir dann, ob ich die Sache auch wirklich begriffen hab. Also: Laut Tiroler Grundverkehrsgesetz dürfen deutsche Staatsbürger in Tirol keinen Grund mehr erwerben. Um diesem Gesetz auszuweichen, suchen Sie sich Strohmänner, die als Grundkäufer auftreten. Der Strohmann unterschreibt zuerst den Kaufvertrag, ist also damit Besitzer des Grundstückes. Richtig? Als zweites unterschreibt er ein Testament, in dem er das Grundstück dem deutschen Staatsbürger vererbt. Und damit dieser deutsche Staatsbürger sofort über das Grundstück verfügen kann, unterschreibt der Strohmann als drittes eine Nutzungsrechterklärung. Und weil das Testament natürlich möglichst bald in Kraft treten soll, suchen Sie sich alte und kranke Menschen als Strohmänner! Richtig?

Notar: Das ist ein ganz legales Geschäft!

Manfred: Es ist zumindest unlauter, Herr Doktor. Genauer gesagt, es ist eine Umgehung des Grundverkehrsgesetzes.

Hans: Wer is'n der glückliche Erbe des Grundstücks? *(Schaut in das Testament.)* Karl-Friedrich Sattmann! Unser Spezial-Piefke! No, wunderbar!

Notar: Geben Sie diese Papiere her!

Manfred schaut den Notar an, schaut die Papiere an, reißt das Original vom Kaufvertrag herunter, gibt die anderen Papiere dem Notar.

Manfred: *(genußvoll)* Ein Exemplar des Kaufvertrages gehört dem Käufer! Und das ist *(deutet auf Andreas)* dieser Herr da! Bin gespannt, wie Ihr aus dem Schlamassel herauskommts!

Max ist ganz erledigt, der Notar schmeißt die Papiere in seinen Aktenkoffer, macht ihn zu, geht zur Tür.

Notar: Wir sehen uns vor Gericht wieder! *(Geht hinaus.)*

Max schaut die anderen an.

Max: Aber des geht doch nit! *(Zu Andreas:)* Du kannst mir doch nit mei Grundstück stehlen!

Andreas will etwas sagen, will alles rückgängig machen, Hans winkt mit verborgenem Grinsen ab.

Hans: *(zu Max)* Wir werdn uns noch darüber unterhalten. Jetzt geh!

Max schaut auf den Kaufvertrag in Manfreds Hand, macht eine Bewegung darauf zu. Manfred hebt sofort den Fotoapparat und drückt ab, Max bleibt sofort stehen, dreht sich dann um und geht wie ein geschlagener Hund hinaus, Hans fängt zu lachen an, Manfred auch, Andreas grinst.

VOR DEM SOUVENIRGESCHÄFT. – *Es hat zu dämmern begonnen. Kein Mensch auf der Straße, Karl-Friedrich geht mit dem Geldkoffer vor dem Souvenirgeschäft auf und ab, raucht eine Zigarette. Er ist schon sehr verärgert, weil man ihn so lange warten läßt. Er geht zu seinem Mercedes, öffnet die Tür, schmeißt den Koffer auf den Beifahrersitz. Der BMW des Notars kommt gefahren, hält an, Max steigt aus, der Notar fährt weiter. Max kommt geknickt zu Karl-Friedrich.*

Karl-Friedrich: Eine Stunde hast du gesagt, verdammt nochmal!

Max weiß gar nicht, was er sagen soll.

Karl-Friedrich: Was ist denn?

Max: Es is alles schiefgangen!

Karl-Friedrich: Ja, was, verdammt? Wo seid ihr denn gewesen? Mann, jetzt hab ich aber diese Geheimniskrämerei satt!

IM SOUVENIRGESCHÄFT. NACHT. – *Licht brennt. Max und Karl-Friedrich sitzen auf dem Ladentisch, Karl-Friedrich hat den Geldkoffer auf den Knien, Max hat eine Obstlerflasche aus dem Geschäft in der Hand, sie ist schon* *halbleer. Er trinkt einen Schluck, starrt vor sich hin, schaut Karl-Friedrich an.*

Max: Er war der einzige im Krankenhaus, wo sie gsagt haben, daß er's nimmer lang macht. Kann i doch nit wissen, daß des so a raffinierter Hund is!

Karl-Friedrich starrt vor sich hin.

Max: I wollt dir einen Gefallen tun, Karl-Friedrich!

Karl-Friedrich: Ne! Ne! Mit sowas tust du mir keinen Gefallen! Mit so 'ner krummen Tour nicht! *(Steht auf.)* Da wär ich nie mit einverstanden gewesen! Nie! *(Schreit Max an.)* Bin ich ein kriminelles Subjekt oder was?

Karl-Friedrich geht zur Tür und hinaus, Max trinkt einen Schluck.

KRANKENHAUS / KRANKENZIMMER. *Abend. – Andreas im Bett, er schläft. Karl-Friedrich kommt zu ihm, setzt sich auf den Stuhl. Karl-Friedrich schaut zufällig auf das Nachtkästchen, dort liegt der Kaufvertrag. Er nimmt ihn, liest ihn, zerreißt ihn langsam mehrmals. Er schaut zu Andreas. Dieser hat jetzt die Augen offen und schaut ihn an. Er lächelt leicht. Karl-Friedrich läßt den zerrissenen Vertrag in einen Papierkorb fallen, der neben dem Nachtkästchen steht.*

Karl-Friedrich: Das war nicht meine Idee, Andreas!

Andreas: Kann i mir schon denken.

Eine Weile Schweigen. Karl-Friedrich schaut vor sich hin.

Karl-Friedrich: Andere Leute träumen von der Südsee. Ich träum von den Bergen in Tirol. Ich liebe dieses Land. *(Schaut Andreas an.)* Verstehen Sie? *(Schaut wieder vor sich hin.)* Aber ich komm nicht hin. Ich komm nicht hin! Es gelingt mir nicht. Ich bin eben doch ein Piefke.

Andreas sagt nichts. Er kann in diesem Moment Karl-Friedrich gut leiden.

BEIM LANDESHAUPTMANN VON TIROL. – *Am Tisch der Landeshauptmann, Franz und Karl-Friedrich. Sie haben Kaffeeschalen und je ein ausgetrunkenes Stamperl Schnaps neben sich. Der Landeshauptmann raucht Pfeife, vor ihm liegt aufgeschlagen das Magazin „Die Woche", der Landeshauptmann schiebt das Heft dem Bürgermeister hin, der liest die Schlagzeile eines Artikels: „Mit letztem Willen ‚Ausverkauf Tirols' – Respekt vor dem Testament wird zur Umgehung des Grundverkehrsgesetzes mißbraucht!" Im Artikel auch ein Foto, aufgenommen in der Wäschekammer des Krankenhauses, man sieht Andreas im Rollstuhl, Max und den überrascht blickenden Notar. Karl-Friedrich schaut auch auf den Artikel. Franz betrachtet die Titelseite des Magazins, macht es zu, schaut finster.*

LANDESHAUPTMANN: Was is euch denn da eingfallen? Des geht doch nit! Wie stehn wir denn da?

Franz antwortet nicht.

LANDESHAUPTMANN: Wieso habts denn nix gsagt, bei der Fabrikseinweihung?

FRANZ: Wir ham uns nit traut, Herr Landeshauptmann.

LANDESHAUPTMANN: Geh! Sowas Ungschicktes! *(Zu Karl-Friedrich:)* Ein echter, dauerhafter Arbeitsplatz is mehr wert als zehn Lifte, wo die Leut nur a Saisonarbeit haben. Sie kriegen Ihren Grund, Herr Sattmann! Auf de paar Quadratmeter kommt's a nimmer drauf an!

Karl-Friedrich schaut froh.

KRANKENHAUS / KRANKENZIMMER. – *Es regnet draußen. Andreas im Bett, an Infusionsflasche angeschlossen. Schlauch in der Nase, aus einem anderen Schlauch über seinem Gesicht kommt Sauerstoff. Gunnar sitzt auf dem Stuhl neben ihm, hat Regenjacke an. Eine Weile Schweigen.*

GUNNAR: Übermorgen muß ich wieder zurück. An die Uni.

Eine Weile Schweigen.

Andreas: *(leise)* I möcht weg da.

Gunnar: Was sagst du?

Andreas: I möcht weg da!

Gunnar: Mann, du kannst doch nicht aufstehen!

Andreas antwortet nicht, eine Weile Schweigen. Gunnar denkt sich, daß Andreas daheim sterben möchte.

Gunnar: Möchtest du nach Hause?

Andreas: *(schüttelt den Kopf)* Na.

Gunnar: *(nach einer Weile)* Hast du nicht irgendwo 'n Kumpel?

KRANKENHAUS / LIFT. – *Im Lift Andreas im Rollstuhl (er ist vollständig angezogen), Gunnar und der Pfleger. Der Lift hält an, die Türen öffnen sich, Gunnar drückt dem Pfleger einen Geldschein in die Hand, schiebt den Rollstuhl hinaus in einen Kellergang, der Pfleger drückt den Knopf, die Lifttür schließt sich wieder.*

LANDSTRASSE, DANN BERGSTRASSE. – *Es regnet. Der Mercedes von Karl-Friedrich fährt dahin, Gunnar sitzt am Steuer, hinten lehnt Andreas.*

FORSTSTRASSE IM WALD. – *Es regnet nicht mehr. Der Mercedes kommt auf der Schotterstraße gefahren, hält an, Gunnar steigt aus, schaut sich um, sieht einen Fußweg, der von der Straße abzweigt. An einem Baum ein selbstgezimmerter Briefkasten aus Holz, daran ist mit Reißnägeln ein Zettel befestigt, auf dem handschriftlich und schon leicht verwaschen steht: „Der Post-Dieb soll aufpassen! Ich bin ihm auf der Spur! Kantner-Lena".*

BERGWEG ZUM KANTNERHOF. – *Gunnar trägt Andreas auf dem Rücken, schleppt ihn schnaufend den steilen Bergweg hoch.*

VOR DEM KANTNERHOF. – *Es dämmert bereits. Ein kleiner, heruntergekommener Hof an einem steilen Berghang. Kein Strom. Gerümpel liegt herum. Eine alte Frau in zerrissenen Kleidern steht vor dem Hof und füttert eine Menge Hühner. Drei kleine Schweine laufen herum. Auf der Hausbank eine Katze, beim Hofbrunnen noch eine, auch einen Hofhund gibt es. Er steht auf und knurrt. Die Frau sieht Gunnar kommen, Andreas auf dem Rücken tragend. Sie schaut mißtrauisch.*

GUNNAR: *(schnaufend)* Grüß Gott!

Gunnar geht zur Hausbank, setzt Andreas ab, setzt sich ebenfalls hin, wischt sich den Schweiß von der Stirn.

ANDREAS: *(mit schwacher Stimme)* Griaß di, Lena!

LENA: Ja, was is?

ANDREAS: I bin der Rotter-Andrä! Kennst mi nimmer?

LENA: *(taut auf)* Der Rotter-Andrä? Ja, geh! I hab glaubt, du liegst schon am Friedhof!

KANTNERHOF / STUBE. *Nacht. – Die Stube ist drekkig und verschlampt wie der ganze Hof. In den winzigen Fenstern zum Teil Pappendeckel. Auf der Ofenbank liegt zufrieden Andreas, ist mit einer Decke zugedeckt, hat einen dicken Polster unterm Kopf. Auf seiner Brust liegt ein junges Kätzchen. Am Boden spazieren drei Hühner herum. Unter der Ofenbank verlaufend ein hölzerner Hühnerkäfig. Am Tisch sitzt Gunnar, er hat ein Stamperl Schnaps vor sich. Lena zündet gerade die Petroleumlampe über dem Tisch an, setzt sich, schaut zuerst zu Andreas, dann zu Gunnar.*

LENA: Der Andrä und i, mir wolltn ja amal heiratn. Stimmt's Andrä?

ANDREAS: Ja, stimmt.

GUNNAR: Und warum habt ihr's nicht getan?

LENA: In Kriag is er gangen, der Lapp! Freiwillig! Hab i halt an andern gnommen.

ANDREAS: Aber der is nocha a in den Kriag!

LENA: Ja, in den zweiten! Hat si derschiaßn lassen.

ANDREAS: Und jetz bin i wieder da!

LENA: *(lächelnd)* Ja, jetzt bist wieder da! Nach bald 70 Jahr.

ANDREAS: *(lächelt)* Jaja, es braucht halt alles seine Zeit!

Eine Weile Schweigen. Gunnar schaut zu Andreas, der ist jetzt eingenickt.

GUNNAR: Darf er hierbleiben?

LENA: Freilich derf er bleiben!

GUNNAR: Er wird bald sterben, denk ich!

LENA: Des wer ma erst sehn! I bin a Kräuterhex, woaßt!

Gunnar hat nicht verstanden.

NEUER ROTTERHOF / STUBE. *Nacht. – Die Gästestube mit mehreren Tischen und großem Farbfernsehapparat. Kein Kachelofen mehr. Der Fernseher ist eingeschaltet, eine Sendung läuft. Sabine, Joe und Elsa schauen fern, Heinrich ist am Tisch eingenickt, hat eine glimmende Zigarre in der Hand. Neben ihm Karl-Friedrich, er hat vor sich den Bauplan des Hauses, das er sich in Lahnenberg bauen will. Die Tür öffnet sich, Thomas schaut herein.*

THOMAS: I geh jetzt schlafen! *(Zu Karl-Friedrich:)* Wann fahr ma weg?

Heinrich wacht auf.

KARL-FRIEDRICH: Um halb acht, würd ich sagen!

THOMAS: *(zu Joe)* Hast ghört?

JOE: Halb acht? Ja, is guat!

THOMAS: I weck di!

JOE: Jetzt komm! Tuast grad so, als wär i no nia um siebene aufgstanden.

Am Gang läutet das Telefon, Thomas verschwindet, hebt ab.

STIMME THOMAS: Ja? – Ja. – Was? – Was? – Des gibt's doch nit! – Na, bei uns is er nit. – Na, bestimmt nit! – Ja, guat! Guat! – Wiederschaun!

Thomas taucht wieder an der Tür auf.

Thomas: Der Großvater ist verschwunden!

Man hört draußen den Mercedes vorfahren.

Joe: Was? Wia?

Thomas: Aus'm Krankenhaus!

Joe: Des gibt's doch nit!

Heinrich: Aber der Andreas liegt doch im Sterben! Der kann doch keinen Schritt gehen!

Gunnar taucht hinter Thomas auf, ist todmüde, hat total verdreckte Schuhe und Hosenbeine, schaut herein.

Gunnar: He, Leute, da bin ich wieder!

Karl-Friedrich: Ja, sag mal, wo bleibst du denn?

Elsa: Wir haben uns Sorgen gemacht, Gunnar!

Heinrich: Du warst doch bei Andreas, nicht?

Gunnar: Ja, war ich!

Thomas: Also? Und wie is es ihm gangen?

Gunnar: Gut! Ausgezeichnet! Der überlebt euch alle! Also, Leute, ich hau mich in die Falle! *(Verschwindet.)*

Thomas: I versteh des nit! Ja, guat Nacht dann! *(Wendet sich zum Gehen.)*

Heinrich: Thomas!

Thomas: Ja?

Heinrich: Ich finde das Grab von Asta nicht mehr. Dabei hab ich extra einen großen Stein hingelegt.

Thomas: Ja, mei, Heinrich, is ja alles aufgraben worden, wie ma neu baut haben. – Also!

Thomas geht, schließt die Tür, Heinrich schaut betrübt.

FABRIK SATTMANN IN LAHNENBERG / MONTAGEHALLE. – *Karl-Friedrich geht mit Thomas und Joe durch die große Halle, erklärt den beiden alles. Maschinenlärm. Sie kommen zu einem Vorarbeiter, Karl-Friedrich erklärt diesem, daß Joe und Thomas ab heute hier arbeiten, der Vorarbeiter nickt, Thomas freut sich, Joe ist nicht allzu begeistert.*

FABRIK / BÜRO. – *Modernes Büro mit Computerbildschirmen etc. Zwei Frauen an Schreibtischen. Sabine sitzt am Computer, tippt etwas in die Tastatur, schaut auf den Bildschirm. Karl-Friedrich kommt herein.*

KARL-FRIEDRICH: Na, wie läuft's?

SABINE: Sehr gut! Die Pumpen sind bestellt, die Rohrleitungen zum Teil schon fertig. Im November können wir die ersten Kanonen einsetzen.

KARL-FRIEDRICH: Na, wunderbar!

SABINE: Haben die beiden angefangen?

KARL-FRIEDRICH: Ja. Grade.

SABINE: Der Joe ist aber ein fixer Junge! Den solltest du nicht als Hilfsarbeiter verkümmern lassen! Das hält er sowieso nicht lange aus!

KARL-FRIEDRICH: Ich bin dafür, daß er sich erst mal bewährt. Dann sehen wir weiter. Hast du wirklich ernste Absichten?

SABINE: Ja, hab ich.

WALDRAND. *Nacht. – Franz und Karl-Friedrich sitzen im Mondlicht auf einem Hochstand, beide in Jägerkleidung, Karl-Friedrich hält eine wertvolle Büchse in der Hand. Unten an die Leiter ist der Jagdhund des Bürgermeisters angebunden. Plötzlich deutet Franz.*

FRANZ: *(leise)* Da is er!

Karl-Friedrich schaut, ein kapitaler Hirsch steht am Waldrand.

FRANZ: Los! Schiaß!

Karl-Friedrich starrt zum Hirsch, er ist sehr beeindruckt von diesem Tier.

FRANZ: Ja, was is denn? Schiaß schon!

Karl-Friedrich legt an, schaut durchs Fernglas, ist noch mehr beeindruckt. Franz wird es zu bunt, er reißt das Gewehr an die Wange, drückt ab.

VOR DEM NEUEN ROTTERHOF. *Tag. – Vor dem Hof stehen der alte VW-Käfer von Thomas, ein weißer VW-Golf mit der Aufschrift „SATTMANN" und der Mercedes von Karl-Friedrich. Auf dem Dachträger ist der Hirsch befestigt, im Maul den „letzten Bissen", einen Fichtenzweig. Vor dem Mercedes stehen Elsa und Heinrich, Karl-Friedrich und Gunnar geben gerade das Gepäck in den Kofferraum.*

ELSA: *(zu Karl-Friedrich)* Sag mal, ist das dein voller Ernst? Du willst dieses Vieh mitnehmen?

KARL-FRIEDRICH: *(macht den Kofferraumdeckel zu)* Klar doch!

ELSA: Aber was willst du denn damit? Soll ich's kochen?

KARL-FRIEDRICH: Das bring ich dem Koch von unserem Restaurant. Das Haupt laß ich mir präparieren.

Elsa schüttelt den Kopf, Thomas in blauer Montur, Peter, Josef und Leni (mit Schultaschen) kommen heraus, dahinter Sabine mit Aktenkoffer und in Berufskleidung; auch Olga mit Andreas jr. am Arm kommt heraus.

THOMAS: Pfiat enk!

KARL-FRIEDRICH: Wiedersehn, Thomas!

Thomas steigt mit den Kindern in den VW-Käfer, fährt los. Die Kinder winken zurück.

ELSA: *(zum kleinen Andreas)* Wiedersehen, Andreas! *(Küßt ihn auf die Wange.)* Mach's gut!

OLGA: Gib der Oma schön die Hand!

Der kleine Andreas dreht sich weg.

OLGA: Er tuat a bißl fremden. Er kennt euch ja nit.

Karl-Friedrich tritt hinzu, Heinrich und Gunnar steigen hinten in den Mercedes.

KARL-FRIEDRICH: *(schaut Andreas an)* Prächtiger Bursche!

ELSA: Schaut dir ja direkt ähnlich, was, Karl-Friedrich?

KARL-FRIEDRICH: Ja, meinst du? *(Schaut Andreas an.)*

SABINE: *(schreit ins Haus)* Joe! Wo bleibst du denn?

Karl-Friedrich: Na, dann wolln wir mal! Wiedersehen, Sabine! *(Gibt ihr die Hand.)*

Sabine: Tschüß, Papi! Ich halt dich auf dem laufenden.

Sabine küßt Elsa auf beide Wangen.

Elsa: Wiedersehen, Kind! Ich laß dich ungern hier.

Karl-Friedrich: Willst du dir nicht ’ne Wohnung suchen, bis das Haus fertig ist?

Sabine: Ne, gefällt mir ganz gut hier! Ich hab zwei Zimmer gemietet.

Karl-Friedrich: Na, dann ...

Karl-Friedrich und Elsa steigen ein, fahren los. Gunnar schaut auf Sabine und auf Olga mit dem Kind zurück. Olga nimmt die Hand von Andreas, winkt damit. Der Mercedes verschwindet. Olga geht mit dem Kind ins Haus.

Sabine: *(schreit ins Haus)* Joe!

Joe kommt verschlafen in blauer Arbeitsmontur heraus, ein Butterbrot in der Hand, beißt ab.

Sabine: Also, in Zukunft wart ich nicht mehr auf dich!

Joe: Weißt, was? I glab, i laß des wieder! I fahr a paar Wochen auf Mallorca, dann schmeiß i mi wieder in den Fremdenverkehr!

Sabine: So? Dann kannst du mich aber vergessen! Für alle Zeiten! Hast du verstanden?

Joe schaut griesgrämig.

Sabine: Nu, komm schon!

Sabine und Joe gehen zum VW-Golf, steigen ein, Sabine fährt los.

— Ende November —

FLUGHAFEN INNSBRUCK. *Tag. – Eine kleine Maschine landet. Karl Friedrich und Joe kommen aus der Halle, Joe trägt die Reisetasche von Karl-Friedrich, sie* *gehen zum Parkplatz. Dort steht ein weißer Audi Quattro mit der Aufschrift: „Wir machen Schnee. Sattmann-Beschneiungsanlagen". Joe gibt die Reisetasche auf den Rücksitz, setzt sich auf den Fahrersitz, Karl-Friedrich neben ihn. Joe fährt los.*

SCHIPISTE. – *Kein Schnee. Am Fuße der Piste stehen Karl-Friedrich, Franz, Max, der Pfarrer, Joe, Sabine, der erste und der zweite Gendarm, Thomas, seine Kinder Peter, Josef, Leni und Erwin sowie eine Schulklasse und eine Menge von Dorfbewohnern. Auch Hans und Manfred (mit Fotoapparat) sind da, ebenso ein Fernsehteam. Alle schauen nach oben, es ist ganz still. Plötzlich ist ein lautes Dröhnen zu hören: Schneekanonen stehen in Abständen am Pistenrand und spucken eine Menge künstlichen Schnee aus. Alle applaudieren begeistert, Kinder rennen hinauf, lassen sich anschneien. Manfred fotografiert, das Fernsehteam filmt. Sabine umarmt Karl-Friedrich.*

HOTEL ALPENFRIEDEN / PRIVATWOHNUNG.
Nacht. – Franz und Max spielen am Ecktisch gegen Karl-Friedrich und der Pfarrer das Kartenspiel „Watten". Bier steht vor ihnen. Franz und der Pfarrer rauchen Zigaretten, Max hat eine Pfeife angezündet. Christl sitzt vor dem Fernseher und raucht. Karl-Friedrich spielt eben aus, nimmt die Karten, die auf dem Tisch liegen, legt sie zu sich, lächelt.

PFARRER: *(schreibt auf Zettel)* Bravo, Karl-Friedrich!

MAX: *(zu Karl-Friedrich)* Du hast das Watten aber schnell glernt!

KARL-FRIEDRICH: Naja, ich bin ein alter Skat-Klopfer!

FRANZ: Jetzt mag i dann nimmer! Dauernd verlier i!

MAX: Mir reicht's a!

Der Pfarrer rechnet auf dem Zettel zusammen.

PFARRER: Wir kriegen von euch 3.400 Schilling!

Max und Franz ziehen ihre Geldtaschen, blättern das Geld hin.

Pfarrer: Des sind 1.700 für dich, Karl-Friedrich.

Karl-Friedrich: Kannst du behalten! Für die Kirchenrenovierung!

Pfarrer: Oh, vergelt's Gott, Karl-Friedrich! Der Lohn im Himmel is dir sicher!

Karl-Friedrich: *(lächelnd)* Hoffentlich!

Pfarrer: *(steht auf)* So, Leutln, i bin dahin. I hab morgen Frühmeß. *(Nimmt seinen Mantel.)* Pfiat enk!

Franz: Pfiat di, Pfarrer!

Karl-Friedrich: Gute Nacht!

Der Pfarrer geht hinaus, Franz trinkt einen Schluck Bier, lehnt sich behaglich zurück.

Franz: Karl-Friedrich, i kann dir gar nit sagen, wie froh i bin. Des mit die Schneekanonen, des war die Idee des Jahrhunderts!

Max: So is es! Weißt no, Franz? Jahr für Jahr samma im Dezember vor der Haustür gstanden und habn zum Himmel gschaut: Kommt der Schnee oder kommt er nicht? Jetzt is diese elendige Warterei vorbei. Jetzt mach ma uns den Schnee selber!

Franz: Und wir sind wieder amal die ersten! Des is a Riesenwerbung für unseren Ort. Karl-Friedrich, hast an Wunsch? I muaß auf der Stell irgendwas für dich tuan!

Karl-Friedrich: Naja, wenn du mich schon fragst, einen Wunsch hätt ich schon!

Franz: Sag's!

Karl-Friedrich: Ich würde gerne eure Gemeindejagd pachten! Die wird doch im nächsten Jahr frei, oder?

Franz: Einverstanden! Du hast sie!

AUTOBAHN NACH INNSBRUCK / IM AUDI. *Tag.*

Karl-Friedrich: Ras nicht so! Ich krieg die Maschine schon!

Joe fährt langsamer.

Karl-Friedrich: Wie geht's dir mit der Arbeit?

Joe: Naja, am Anfang hat's mi schon a bißl anzipft! Aber jetzt ... Man gwöhnt sich an alles!

Karl-Friedrich: Ab morgen bist du im Verkauf!

Joe: *(freut sich)* Was? Na, wirklich?

Karl-Friedrich nickt, Joe gibt ihm die Hand.

Joe: Danke, Herr Sattmann! I werd Sie nit enttäuschen!

Karl-Friedrich: Das hoffe ich, Junge!

– Februar –

TIROLER GEBIRGSWELT / DANN HANG UNTERHALB DES KANTNERHOFES. *Tag. – Tiefer Winter. Gunnar steigt mit Tourenschiern bergan.*

KANTNERHOF / STUBE. – *Am Stubentisch sitzen Andreas, Lena, Hans und Anna beim Kaffee. Der Hund, zwei Katzen, in einer Stiege unter der Ofenbank die Hühner. In einer Ecke ein kleiner, karggeschmückter Christbaum. Hans liest aus den „Freibeuter-Schriften" von Pier Paolo Pasolini vor.*

Hans: *(liest)* „Schon seit längerer Zeit sage ich wieder und wieder, wie ich mit Sehnsucht an die Armut zurückdenke – an meine und die der anderen – und daß wir uns getäuscht haben, wenn wir glaubten, die Armut sei etwas Schlimmes. – Ich sage Armut, nicht –"

Anna: *(schaut auf ihre Uhr, unterbricht)* Entschuldige, Hans! I muaß wieder ins Hotel!

Hans: Glei! I bin glei fertig! *(Liest weiter.)* „Ich sage Armut, nicht Elend. Selbstverständlich bin ich selbst zu jedem persönlichen Opfer bereit. Als Entschädigung würde mir genügen, auf den Gesichtern der Leute wieder das alte Lächeln zu sehen; den alten Respekt vor den anderen, der auch Selbst-Respekt war, den Stolz, das zu sein, was die eigene ‚arme' Kultur zu sein lehrte." *(Hans schaut Anna an.)* Verstehst du, was der Pasolini damit sagen will?

Anna antwortet nicht. Es gefällt ihr nicht, was Hans da von sich gibt.

HANS: Hast du dieses Lächeln, von dem der Pasolini schreibt, hast du es jemals in den geldgierigen Fratzen unserer Hoteliers gsehn?

Anna antwortet nicht.

HANS: Der Andreas und die Lena, die haben dieses Lächeln noch!

LENA: No, i woaß nit ... Manchmal wärn uns a paar Schilling schon recht gwesen. Wia ma no jung warn jedenfalls. Was Andrä?

ANDREAS: Aber er hat schon Recht, der Hans. *(Zu Hans:)* Guat hast des gschriebn!

HANS: *(lachend)* Na, na, des is nit von mir!

ANNA: I möcht jedenfalls nit arm sein! *(Steht auf.)* Hat mi gfreut, Opa, daß i di wieder amal gsehn hab und daß gsund bist. Pfiati! *(Gibt ihm die Hand.)*

ANDREAS: Pfiati, Anna! Dankschön fürn Bsuach!

Anna gibt Hans die Hand.

ANNA: *(kühl)* Pfiati, Hans!

HANS: Du verstehst mi nit, Anna ...

ANNA: Na, da versteh i di wirklich nit! Aber i bin halt a nit in an reichen Hotel aufgwachsen, so wia du!

VOR DEM KANTNERHOF. – *An der Hauswand lehnen die Schier vom Hans und die Schier von Anna samt Stöcken. Anna (jetzt mit Anorak) kommt heraus, legt die Schier auf den Boden, schnallt sie an. Gunnar kommt mit seinen Schiern daher, Anna schaut auf.*

GUNNAR: *(erstaunt)* He, Anna! Was machst denn du hier?

Anna: *(gibt ihm die Hand; kühl)* Griaß di, Gunnar! I hab's leider eilig! Servus!

Anna fährt los, Gunnar schaut ihr wegen der kühlen Begrüßung erstaunt nach.

KANTNERHOF / STUBE. – *Es klopft.*

Stimme Lena: Herein, wenn's nit der Tod is!

Die Tür öffnet sich, Gunnar kommt herein.

Andreas: Der Gunnar! Na sowas!

Gunnar: *(freut sich)* Mann, ich klink aus, du lebst noch!

Andreas: Freilich leb i! Sitz di her!

Gunnar zieht seine Handschuhe aus, nimmt die Mütze ab, zieht den Anorak aus, hängt ihn auf, geht zum Tisch, setzt sich.

Andreas: Den Hans kennst du?

Gunnar: Ja, kenn ich! *(Zu Hans:)* Ihr habt ja meinen Alten ganz schön geleimt, mit dieser Testamentsgeschichte. Aber den Grund hat er doch bekommen.

Hans: Ja, leider!

Lena: Magst an Kaffee?

Gunnar: Sehr gern! Bitte!

Lena steht auf, holt eine Schale, schenkt ihm von der Kanne ein.

Gunnar: *(zu Andreas)* Sag mal, sie haben dich doch nicht aufgespürt?

Andreas: Die hättn mi nia gfunden, da heroben. Aber i hab ihnen an Briaf gschriebn, daß i liaber bei der Lena bleib!

Gunnar lächelt, trinkt vom Kaffee.

Hans: *(zu Gunnar)* Und wie geht's euch mitn Hausbau?

Gunnar: Das ist nicht mein Haus! Da müssen Sie meinen Vater fragen!

Hans: Aber es ist bald fertig, oder?

Gunnar: *(nickt)* Bei Vati geht alles ruck-zuck!

WALDLICHTUNG MIT FUTTERKRIPPE. – *An der Futterkrippe frißt Rotwild Heu. Thomas und Karl-Friedrich stehen in einiger Entfernung. Beide in Jägerkleidung, aber nur Thomas trägt ein Gewehr, um allenfalls krankes Wild zu schießen. Es ist Schonzeit. Thomas hat eine Liste auf einem Karton, schaut durch das Fernglas, beobachtet die Tiere, setzt das Fernglas ab, trägt in die Liste ein. Sie machen die jährliche Wildzählung.*

THOMAS: So, des wär alles. I mach dann mit der Behörde den Abschußplan, wenn dir des recht is.

KARL-FRIEDRICH: Natürlich! – Was glaubst du, wieviel ich ungefähr schießen darf, in der nächsten Saison?

THOMAS: *(schaut auf die Liste)* No, so achtzig Stück Rotwild, dreißig Gemsen, fünfundzwanzig Stück Rehwild und a paar Murmeltiere. Ungefähr.

KARL-FRIEDRICH: *(lächelnd)* Na, das wird je ne reiche Beute! Kann ich alle wichtigen Geschäftsfreunde einladen!

THOMAS: Ja, Karl-Friedrich – neben der Arbeit in der Fabrik geht des aber nit! Bei der Größe des Reviers is ein hauptberuflicher Jagdaufseher vorgschrieben!

KARL-FRIEDRICH: Na, klar doch! Ab heute bist du freigestellt! Mit gleichem Lohn wie in der Fabrik! Achwas – sagen wir 2.000 Mark! Netto! Einverstanden?

THOMAS: Ja, Wahnsinn! *(Gibt ihm erfreut die Hand.)* Vergelt's Gott, Herr Sattmann!

KARL-FRIEDRICH: Na, hör auf! Karl-Friedrich immer noch für dich!

THOMAS: Mensch, Karl-Friedrich! Jetzt bin i aber froh! Da heraußen in der freien Natur bin i schon liaber wie drinnen in der stickigen Fabrik, des kannst mir glauben.

KARL-FRIEDRICH: Ich glaub's dir!

GEMEINDEAMT / BÜRO BÜRGERMEISTER. – *Franz hinter dem Schreibtisch. Vor dem Schreibtisch steht* *die Phalanx der passionierten Jäger aus dem Dorf. Neun Männer. Unter ihnen der Pfarrer und der erste Gendarm. Die Jäger nicht in Jägerkleidung (nur zwei von ihnen haben einen grünen Hut auf), der Pfarrer im üblichen dunklen Anzug mit schwarzem Pullover und weißem Hemdkragen darüber, der Gendarm in Uniform.*

Pfarrer: Des gibt's doch nit! Du hast die Jagd uns versprochen! Mir in die Hand versprochen, daß wir zehn Leut da die Jagd kriegen!

Erster Gendarm: Neun! Neun samma jetzt. Der Thomas is ja überglaufen! Der hat sich einkaufen lassen vom Sattmann, der Sauhund!

Franz schaut trübsinnig.

Pfarrer: Also bitte, was hast du zu sagen?

Franz: Mei, was soll i sagen? Er wollt die Jagd eben haben! Des kann i doch nit ablehnen.

Erster Jäger: Wieso kannst des nit ablehnen?

Franz: Weil er unser Gönner is! Weil wir ihm verpflichtet sind!

Pfarrer: Aber deswegen derf ma doch a gegebenes Wort nit brechen! Du hättest uns wenigstens fragen können!

Franz: Ja, wärts ihr vielleicht einverstanden gwesen?

Erster Jäger: Na, bestimmt nit!

Franz: Na, eben! Jetzt is es schon passiert! Der Pachtvertrag is unterschrieben und genehmigt! In zehn Jahr könnts wiederkommen!

Erster Gendarm: In zehn Jahr bist du schon lang nimmer Bürgermeister! Im Herbst, bei der Gemeinderatswahl, da werdn wir dir die Rechnung präsentieren!

Franz: *(verärgert)* No, auf neun Stimmen mehr oder weniger kommt's mir a nit drauf an?

Pfarrer: Des wird sich erst herausstellen, ob des bei neun Stimmen bleibt. Gelobt sei Jesus Christus!

Der Pfarrer geht hinaus, die anderen folgen, Franz schaut ihnen übelgelaunt nach.

VOR DEM NEUEN ROTTERHOF. *Nacht. – Zwei Autos von deutschen Gästen stehen vor dem Hof, außerdem der VW-Käfer von Thomas, der Golf von Sabine, der Mercedes von Karl-Friedrich und ein Kleinwagen.*

NEUER ROTTERHOF / KÜCHE. – *Am Küchentisch sitzen Karl-Friedrich (in Jägerbekleidung), Elsa (in Schikleidung), Gunnar (in Schikleidung), Sabine (Geschäftskleidung), eine Fürsorgerin vom Jugendamt und Anna (im Anorak). Olga kocht am Herd, Thomas (in Jägerkleidung) und Joe stehen irgendwo angelehnt. Joe raucht. Man wartet. Anna schaut traurig. Maria kommt mit Andreas (16 Monate) auf dem Arm bei der Tür herein. Anna schaut ihn an, steht plötzlich auf, geht zu Maria, nimmt ihr Andreas weg, drückt ihn fest an sich.*

ANNA: Na! Na! Des tua i nit!

Alle schauen zu ihr.

THOMAS: Geh, Anna! Was Bessers kann deinem Kind gar nit passieren! Was hat er denn für Möglichkeiten bei uns? Hilfsarbeiter kann er werdn!

MARIA: In der Saison siehst den Andreas sowieso wochenlang nit. Sagt eh schon Mama zu mir.

Anna drückt das Kind an sich, das Herz tut ihr weh. Joe schaut mißmutig. Gunnar befürchtet, er muß jetzt Vaterpflichten übernehmen.

FÜRSORGERIN: Als Vertreterin des Jugendamtes bin ich auch dafür, Anna!

ELSA: Ich versprech dir, Anna, das Kind soll es gut bei uns haben.

KARL-FRIEDRICH: Eines Tages, Anna, wird Andreas vielleicht sogar die Fabrik hier übernehmen!

ELSA: Wir sind doch nicht aus der Welt, Anna! Jedesmal, wenn wir Urlaub machen, kommt Andreas natürlich mit.

Anna blickt vor sich hin, schaut Andreas an, schaut die Sattmanns an, küßt Andreas auf die Wange, trägt ihn zu Elsa, setzt ihn ihr auf den Schoß.

ANNA: Aber Sie müssen ihn mir wieder geben, wenn ich ihn haben will!

JOE: Geh, Anna, spinn nit! Entweder oder!

ANNA: Eine Probezeit! Wenigstens eine Probezeit! Bis zum Sommer!

ELSA: Na gut ...

Anna schaut Andreas noch einmal an, geht hinaus, alle schauen ihr nach.

VOR DER KIRCHE. *Tag. – Eine Schneefontäne geht auf den Platz vor der Kirche nieder. Sie kommt aus einer mobilen Schneekanone, die an einen Hydranten angeschlossen ist. 20 Schilehrer bilden mit emporgehobenen Schiern eine Gasse vor der Kirchentür. Von innen ist Orgelklang zu hören. Vor der Kirche außerdem eine Blasmusikkapelle, zwei Fotografen, Einheimische und Gäste als Zuschauer. In der Nähe des Gendarmerieauto, der zweite Gendarm sitzt am Steuer, der erste Gendarm steht rauchend neben dem Auto, schaut zur Kirche. Die Kirchentür öffnet sich, die Orgel wird ganz laut, Glocken läuten, Böller knallen, Joe und Sabine kommen aus der Kirche, Joe trägt einen Trachtenanzug, Sabine ein weißes Brautkleid mit Brautkranz und Schleier. Die Blasmusik beginnt zu spielen, Orgelmusik nach einiger Zeit aus.*

DIE SCHILEHRER: Schi Heil! Schi Heil! Schi Heil!

Hinter Joe und Sabine kommen aus der Kirche: Karl-Friedrich, Elsa mit dem kleinen Andreas am Arm, Gunnar, Heinrich, die Trauzeugen Franz und Max, Thomas (in sonntäglicher Jägerkleidung), Anna, Maria, Olga, die Kinder Peter, Josef, Leni und Erwin und andere Leute. Anna schaut zu Andreas. Das Brautpaar hat die Gasse passiert, küßt sich, die zwei Fotografen fotografieren, Applaus der Zuschauer.

DORFSTRASSE. – *Ein geschmückter Pferdeschlitten kommt gefahren, Joe und Sabine sitzen drin, vorne der Kutscher. Sabine, die keinen Mantel hat, damit das Brautkleid zur Geltung kommt, hat eine Decke auf den Knien und eine um die Schultern. Am Straßenrand sitzt Hans in seinem R4, hat das Fenster offen, beobachtet die Szene. Die zwei Dorfgendarmen halten Autos an, damit der Hochzeitszug ungehindert passieren kann. Ein zweiter Pferdeschlitten fährt vorbei. Es sitzen darin Karl-Friedrich, Elsa mit Andreas am Schoß, Gunnar und Heinrich. In einem weiteren Schlitten folgen Franz, Christl, Stefan, Max. Franz sieht Hans, schaut finster, Hans schaut ihm unbewegten Gesichtes nach. Es folgen der schwere BMW des Notars und zwei weitere teure Autos mit Hochzeitsgästen, danach kommt der alte VW von Thomas, neben ihm sitzt Olga, hinten sitzen Anna und Maria. Touristen sind mit Schiern unterwegs, zwei Touristen fotografieren die Schlitten. Als der Zug vorbei ist, lassen die Gendarmen die Autos passieren. Hans steigt aus, geht zum ersten Gendarm, spricht ihn an. Die Rotterkinder Peter, Josef, Leni und Erwin trotten vorbei, machen sich auf den Heimweg, bewerfen sich mit Schneebällen.*

VOR DEM LANDHAUS SATTMANN. – *Ein neues, großes Haus. Dahinter ein Abhang, der ins Gebirge hinaufführt. Nicht bewaldet. Vor der Villa die Autos der Hochzeitsgäste. (Die Schlitten sind schon weggefahren.) Pseudovolksmusik setzt ein und der Gesang von Elsa.*

STIMME ELSA: *(singt)* Oh, du mein Lahnenberg, mein schönes Lahnenberg, wie lieb ich dich so sehr!

Neben der Eingangstür das Schild: „Sattmannstraße 1“

LANDHAUS SATTMANN / WOHNHALLE. – *Ein großer Raum, Feuer im Kamin, ein großes Buffet, zwei Bierfässer, zwei Weinfässer, ein Kessel Glühwein, zwei Kellnerinnen, die angemietet wurden, um die Gäste zu bedienen. Die Hochzeitsgäste stehen und sitzen essend und trinkend herum. Sabine trinkt Glühwein. Joe steht mit einem Weinglas bei ihr. Noch anwesend: Karl-Friedrich, Heinrich, Gunnar mit Andreas am Schoß, Franz, Christl, Stefan, Max, Thomas, Maria, Olga, Anna und andere Gäste, unter ihnen der Notar. Die Bauersfamilie fühlt sich fremd in dieser Umgebung, schon in ihrer Kleidung unterscheiden sie sich von den anderen. Olga kommt mit ihrem Weinglas und dem Teller, auf dem sie Sachen vom Buffet hat, nicht zurecht. Elsa steht mit dem Musikduo aus dem Hotel auf einem erhöhten Stand vor dem Mikrofon, hat ein Weinglas in der Hand, singt ein selber komponiertes und getextetes Lied. Alle schauen zu ihr.*

ELSA: *(singt weiter)*

An diesen schönen Ort,
das glaube mir aufs Wort,
komm ich immer gerne her!
Auf seinen Bergeshöhn
werden wir uns wiedersehn,
ich möchte niemals von dir gehn!
Wo man die Sense schwingt,
wo der Ruf der Wälder klingt,
da bleibt die Zeit fast völlig stehn!
Oh, du mein Lahnenberg,
mein schönes Lahnenberg,
wie lieb ich dich so sehr!

Frenetischer Applaus, Elsa lächelt verlegen.

MAX: Bravo!

FRANZ: Elsa, da mach ma a Schallplattn! Des wird der Hit der Saison!

Karl-Friedrich geht zu Elsa, küßt sie lächelnd auf die Wange, Elsa geht zu Gunnar und Andreas, Karl-Friedrich tritt vors Mikrofon.

Karl-Friedrich: Liebe Freunde! Nach dieser selbstgestrickten musikalischen Liebeserklärung meiner Frau an Lahnenberg möchte ich auch ein paar Worte sagen, aber lieber ohne Musik, das würdet ihr nämlich nicht aushalten! *(Gelächter des Publikums.)* Die Verbindung der Familie Sattmann mit Lahnenberg ist nun wohl endgültig und unauflösbar. Ich habe eine Fabrik gebaut, ich habe ein Haus gebaut, und die Einweihungsfeier dieses Hauses ist zugleich die Hochzeitsfeier meiner Tochter Sabine. Josef Krimbacher vom Rotterhof, liebevoll Joe genannt, hat also meine Tochter in den Hafen der Ehe geführt. Ich gebe zu, ich war zuerst nicht sehr erfreut über diese Verbindung. Zu unterschiedlich erschienen mir Mentalität und Stand: der Tiroler Bergbauernsohn und die deutsche Unternehmerstochter. Aber – wie man sagt – wo die Liebe hinfällt, da wächst kein Gras mehr, und außerdem, unser Joe hat sich wirklich bewährt! Aus diesem Grunde, und natürlich auch, weil mein Schwiegersohn eine gute Position haben soll, ernenne ich dich, lieber Josef, zum Verkaufsleiter der Sattmann-Beschneiungsanlagen!

Applaus. Joe freut sich, Sabine umarmt ihn.

Karl-Friedrich: Dieses Haus, das wir heute einweihen, steht euch von nun an als Heimstatt zur Verfügung.

Applaus.

Karl-Friedrich: Ihr müßt mir nur versprechen, Josef und Sabine, daß ihr uns eines Tages hier aufnehmt! Meine Gattin Elsa und ich haben nämlich beschlossen, hier in Tirol unseren Lebensabend zu verbringen.

Franz: Bravo!

KARL-FRIEDRICH: *(hebt sein Glas)* So wünsche ich dem Brautpaar eine gute Ehe, viel Glück, viel Schaffenskraft und tüchtige Kinder! Prost!

Applaus. Alle heben ihr Glas auf das Brautpaar, Joe und Sabine heben auch das Glas, man trinkt, das Duo spielt eine flotte Melodie, einige der Gäste beginnen zu tanzen, Karl-Friedrich geht zu Franz und Max. Gunnar und Elsa sitzen an einem Tisch, Elsa hat Andreas auf dem Schoß, dieser ißt ein Tortenstück. Anna tritt dazu.

ANNA: I muaß jetzt wieder ins Hotel. *(Zu Andreas:)* Pfiati, Schatzl!

Andreas schaut sie kurz an, ißt dann weiter, Anna schaut wehmütig auf ihn, Elsa ist etwas ungeduldig, Anna dreht sich um und geht hinaus.

VOR DEM LANDHAUS SATTMANN. – *Von drinnen Musik. Anna steht vor der Tür, hat jetzt einen Anorak an und Mütze auf. Sie weint. Der R4 von Hans kommt gefahren, hinter ihm das Gendarmerieauto. Hans hält an, steigt aus, das Gendarmerieauto hält auch an. Anna wischt sich schnell die Tränen ab. Hans kommt zu ihr.*

ANNA: Was tuast denn du da?

Die Gendarmen steigen aus.

HANS: I bin dienstlich unterwegs. Willst du ins Dorf?

ANNA: *(nickt)* Ja!

HANS: Es dauert nit lang! I nimm di mit!

Hans geht ins Haus, der erste und der zweite Gendarm folgen ihm. (Der erste Gendarm hilft Hans gern bei der Erfüllung seines Auftrages, weil er wegen der Jagd zornig auf Karl-Friedrich ist.)

LANDHAUS SATTMANN / WOHNHALLE. – *Die Musik spielt. In die Halle kommen Hans, der erste und der zweite Gendarm. Hans schaut den ersten Gendarm an.*

Erster Gendarm: Ruhe, bitte! Ruhe!

Das Duo hört auf zu spielen, es wird ruhig. Alle schauen zu Hans und zu den Gendarmen. Der Notar ist verwirrt, daß dieser Kerl schon wieder auftaucht.

Hans: Ich komm vom Umweltamt der Tiroler Landesregierung! Dieses Haus –

Franz: *(unterbricht)* Spinnst du jetzt ganz, oder was?

Hans zieht seinen Dienstausweis, hält ihn hoch, Franz kommt her, will ihn nehmen, Hans zuckt mit der Hand zurück, Franz schaut so auf den Ausweis, Hans steckt ihn wieder ein.

Franz: *(fassungslos)* Du bist doch Lehrer!

Hans: *(grinsend)* Gwesen! Der Umweg über die Erziehung hat mir zu lang dauert, Bruderherz! Jetzt greif i direkt ein! *(Zu den Besuchern:)* Meine Herrschaften, dieses Haus liegt in einer Lawinenzone und muß deshalb sofort geräumt werden!

Ein paar Leute, die der Familie nicht so nahe stehen, brechen sofort auf, weil sie Angst haben. Stefan grinst, er findet das alles sehr komisch. Gunnar meint, daß es nun aber genug sei. Franz ist von dieser Frechheit vollkommen entgeistert, auch Max und Karl-Friedrich können es nicht fassen. Hans holt aus seiner Aktentasche ein Schriftstück.

Hans: *(in Richtung Karl-Friedrich)* Das ist der Räumungsbefehl!

Karl-Friedrich geht zu Hans, nimmt das Schriftstück, liest es, Franz schaut auch darauf. Max kommt her, liest ebenfalls.

Karl-Friedrich: *(zu Franz)* Nu sag schon was! *(Zum Notar:)* Herr Doktor!

Franz: *(hilflos zu Hans)* Aber des kannst doch nit machen! Des is doch a Wahnsinn!

Joe kommt her, reißt Hans herum, will ihn niederschlagen, der erste Gendarm packt Joe, zieht ihn weg, hebt warnend den Finger.

Hans: *(zu Karl-Friedrich)* Das haben Sie ihm *(deutet auf Franz)* zu verdanken! Er hätte gar keine Baugenehmigung erteilen dürfen!

Franz: *(verzweifelt)* Ja, wieso denn nit?

Hans: Weil dieses Grundstück in der gelben Zone liegt! Oder kennst du deinen eigenen Flächenwidmungsplan nicht?

Franz: Gelbe Zone! Laß mi mit dem bürokratischen Scheiß in Ruah! In dieser sogenannten gelben Zone werden seit 500 Jahr Häuser baut!

Hans: Des mag schon sein. Aber die Bauern waren immer so gscheit und haben ihre Heustädl als Knautschzone hingestellt. *(Zu Karl-Friedrich:)* Sie besitzen leider keine solche Knautschzone!

Karl-Friedrich schaut den Bürgermeister zornig an.

Karl-Friedrich: Warum sagst du mir nichts davon? Warum läßt du mich in diese Falle laufen?

Franz: *(verzweifelt)* Aber da is doch seit mindestens 40 Jahr keine Lawine mehr herunterkommen!

Hans: Ja, aber vielleicht kommt sie jetzt. *(Zu den restlichen Leuten, die herumstehen:)* Bitte gehen Sie! Alle!

Erster Gendarm: Na, los! Abmarsch!

Die Leute brechen auf, auch Olga und Maria.

Karl-Friedrich: *(entgeistert)* Und jetzt soll ich mein Haus wieder abreißen oder wie?

Hans: *(Genießt seinen Triumph, läßt sich aber nichts anmerken.)* Das ist nicht notwendig. Sie müssen nur ein paar Auflagen erfüllen. *(Holt ein zweites Schriftstück aus seiner Tasche, gibt es Karl-Friedrich.)* Hier, bitte! Das ist der Bescheid. Die Mauern müssen um ein Drittel verstärkt werden, sie müssen selbstschließende Türen einbauen, und alle Fenster müssen Spezialrahmen und Panzerglas erhalten. Das ist alles!

Hans kann sich das Grinsen kaum mehr verbeißen, auch der erste Gendarm ist sehr befriedigt.

Karl-Friedrich: Das ist alles, sagen Sie? Aber – das kommt doch einem Abbruch gleich!

Hans: Sie haben Zeit bis zum nächsten Winter! Wiederschaun!

Hans geht hinaus. Der erste und der zweite Gendarm gehen ebenfalls zum Ausgang, der erste Gendarm dreht sich um.

Erster Gendarm: In zehn Minuten ist das Haus geräumt! I komm nachschauen! *(Geht weg.)*

Anwesend sind jetzt noch Karl-Friedrich, Heinrich, Elsa mit Andreas, Gunnar, Sabine, Joe, Franz Christl, Stefan, Max, Thomas. Alle schauen dem ersten Gendarm nach.

LANGLAUFLOIPE. – *Heinrich läuft mit seinen Schiern dahin, trägt Armbrust umgehängt und die Startnummer 18. Er überholt zwei Läufer, hastet weiter. Es beginnt zu dämmern. Heinrich läuft und läuft, ist ganz allein auf der Strecke, beginnt zu keuchen, greift sich ans Herz stürzt, bleibt regungslos am Boden liegen.*

VOR DEM KRANKENHAUS. *Nacht. – Vor einem Seitenausgang stehen Karl-Friedrich, Elsa mit Andreas auf dem Arm (dieser hält den Riesenschlumpf), Gunnar, Sabine und Joe. Letzterer nun als Verkaufsleiter sehr elegant nach italienischer Mode gekleidet, mit Anzug, Krawatte, Schal und Mantel. In der Nähe der Mercedes von Karl-Friedrich und der neue Porsche von Joe. Alle fünf schauen dem Leichenwagen nach. Karl-Friedrich kämpft mit den Tränen.*

Elsa: *(sieht, wie bewegt Karl-Friedrich ist)* Ach, er hätte doch aufpassen können! Immer mit seinem übertriebenen Sport!

Gunnar: Er wollte wohl abdampfen. Seit dem Tod von Asta war nicht mehr viel los mit ihm.

Karl-Friedrich: *(faßt sich)* Na, fahren wir!

Sie gehen zu den beiden Autos.

Sabine: *(küßt Joe auf die Wange)* Tschüß! Nach dem Begräbnis flieg ich gleich wieder runter.

Joe: Okay! *(Gibt Elsa die Hand.)* Pfiati, Elsa!

Elsa: Wiedersehen, Joe! Wir sehen uns erst im Sommer wieder. Sei ja lieb zu Sabine!

Joe: Logisch, hoi! *(Zwickt Andreas in die Wange.)* Pfiati, Neffe! Bleib a Tiroler!

Gunnar ist schon beim Einsteigen.

Joe: Servus, Gunnar!

Gunnar winkt ihm zu, steigt hinten ein. Elsa steigt mit Andreas ebenfalls hinten ein, setzt ihn auf einen Kindersitz in der Mitte des Fonds, schnallt ihn an, setzt sich neben ihn. Sabine steigt vorne ein. Karl-Friedrich gibt Joe die Hand.

Karl-Friedrich: Na denn!

Joe: Pfiati, Karl-Friedrich!

Karl-Friedrich: Du bist ein As im Verkauf, hör ich. Bin sehr froh darüber, daß ich mich nicht in dir getäuscht hab.

Joe: Achwas, des is keine Kunst! Jeder Fremdenverkehrsort will jetzt eine Beschneiungsanlage! Des is zur Prestigesache geworden! Wir kommen mit der Produktion und mit der Montage kaum nach!

Karl-Friedrich: Gut! Sehr gut!

Karl-Friedrich klopft Joe auf die Schulter, steigt ein, fährt los, Elsa und Sabine winken zurück, Joe schaut ihnen nach, steigt dann in seinen neuen Porsche. Eine junge, hübsche Touristin tritt ans Auto. Sie hat einen frischen Gips am Arm, trägt Schifahrerkleidung und schwere Schischuhe.

Touristin: Entschuldigung! Wo fahren Sie hin?

Joe: Lahnenberg!

Touristin: Oh, toll! Darf ich mitfahren?

Joe schaut das hübsche Mädchen wohlgefällig an.

Joe: *(mit Blick auf den Gips)* Hat's di derwischt?

Touristin: Ja, leider! So ein Idiot hat mich auf der Piste niedergefahren!

Joe: Schmeiß di eina!

Joe öffnet die Beifahrertür, die Touristin geht um den Wagen und steigt ein, Joe grinst sie an, schaltet Rockmusik an, braust los.

— August —

LAHNENBERG / VOR DEM HOTEL ALPENFRIEDEN. *Abend. – Die Sonne geht unter. Die sommerliche Umgebung im Abendlicht. Dann wird es Nacht. Der Parkplatz vor dem erleuchteten Hotel ist voll mit Gäste-Fahrzeugen. Aus dem Hotel hört man fröhliche Musik und Stimmengewirr.*

HOTEL ALPENFRIEDEN / APARTMENT VON JOE UND SABINE. *– Ein Zimmer mit privaten Utensilien, die darauf hindeuten, daß Joe und Sabine schon längere Zeit hier wohnen. Sabine reißt gerade ein Poster mit dem Motocrossweltmeister Kinigadner von der Wand, hängt ein Poster von einer Nordseeinsel auf. Karl-Friedrich kommt herein, trägt Anzug und Krawatte (er ist ja nicht mehr nur zu Urlaubszwecken hier, sondern auch als Unternehmer).*

Karl-Friedrich: Guten Abend, Kind!

Sabine: Abend, Papa.

Karl-Friedrich: Wo ist Joe?

Sabine: Na, wo schon? Bei einer sogenannten geschäftlichen Besprechung. – Hör mal, Papa: Wann ist denn endlich das Haus fertig?

Karl-Friedrich: Bald! *(Sieht das bekümmerte Gesicht von Sabine.)* Na, was soll ich machen? Ich hab Berufung eingelegt gegen diesen Bescheid. Abgelehnt! Ich hab mit dem Landeshauptmann gesprochen. Der sagt, er kann nichts machen, wenn die Sache den Instanzenweg genommen hat. Faule Ausrede! Aber das ist ja typisch für dieses hinterlistige Bergvolk! Zuerst ködern sie mich, profitieren von mir, und dann lassen sie mich im Stich!

HOTEL ALPENFRIEDEN / DISCO. – *Laute Musik. Touristen tanzen. Hinter der Anlage der tunesische Discjockey in Landestracht. Hinter der Bar Anna und Stefan. Bei Anna sitzt Hans, trinkt ein Bier, er fühlt sich nicht allzu wohl hier, ist wegen Anna gekommen. Stefan sieht jemanden kommen.*

STEFAN: He! Servus, Schneekanone!

Joe (weißer Seidenanzug, gelockerte Krawatte) kommt mit einer Touristin heran, schmeißt sich auf einen Barhocker, die Touristin stellt sich daneben hin.

JOE: Reiß an Whisky her!

STEFAN: Sofort, Herr Chef!

TOURISTIN: *(leicht pikiert über Joe)* Mir einen Campari-Soda!

Stefan schenkt ein, Joe schaut sich um, sieht Anna und Hans, steht auf, geht zu ihnen, setzt sich neben Hans, starrt ihn an. Die Touristin schaut verwundert und verärgert nach.

JOE: *(nach einer Weile)* Was tuast denn du da?

Hans hebt wortlos sein Bierglas. Joe schaut Anna an.

ANNA: Was schaust denn so?

JOE: Was tuat der da?

Stefan stellt Joe den Whisky hin.

STEFAN: Bitte sehr, Herr Chef!

ANNA: Der Hans is mei Freund, wenn du des wissen willst!

JOE: So? Dein Freund?

Joe schaut Hans an, schlägt ihn plötzlich vom Barhocker, steht auf, reißt ihn hoch.

ANNA: Joe!

Joe gibt Hans einen Faustschlag ins Gesicht, Hans fällt zwischen die Tanzenden.

Anna: Joe, hör auf!

Joe geht auf die Tanzfläche, zerrt Hans zwischen den Tanzenden hoch.

Discjockey: Auf geht's, Buam! Die Tiroler sind lustig, die Tiroler sind froh! *(Spielt die Platte „Hey Joe!" von Jimmy Hendrix an.)* Hey Joe!

Joe schlägt Hans noch einmal nieder, gibt ihm Fußtritte, Anna taucht auf, hält Joe zurück.

Anna: Hör auf, Joe! Verschwind! Aber sofort!

Joe: Mit dem gehst du nit! Mit dem nit!

Anna: I geh, mit wem i will!

Hans hat sich wieder aufgerappelt, er blutet aus der Nase, kommt auf Joe zu, dieser geht sofort in Abwehrstellung.

Hans: Geh, i rauf doch nit mit dir, du dummer Bua!

Anna holt ein Taschentuch heraus, gibt es Hans, der wischt sich das Blut ab, Joe schaut zu, wendet sich dann ab, geht hinaus. Die Touristin schaut ihm wütend nach.

Stefan: He, Mister Schneekanone! Den Whisky zahlen!

FABRIK / VORFÜHRRAUM. – *Der Raum ist abgedunkelt, auf einem großen Fernsehapparat wird über Videorekorder ein Film über Beschneiungsanlagen vorgeführt. Zwei Interessenten sitzen auf den ersten beiden Stühlen und schauen zu. In der letzten Stuhlreihe sitzt Karl-Friedrich. Sabine steht neben dem Bildschirm. Wir sehen eine Schneekanone Schnee spucken. Das Lied „Leise rieselt der Schnee" als Ton dazu.*

Sabine: Der künstliche Schnee ist sogar dichter und widerstandsfähiger als der natürliche. Er bleibt viel länger liegen und verträgt höhere Temperaturen.

Interessent: Jaja, schön und recht! Aber dreißig bis vierzig Millionen für so eine Anlage, des is a Batzn Geld!

Sabine: Es lohnt sich, glauben Sie mir! Ein Marktforschungsinstitut hat für uns errechnet, daß der Ausfall einer einzigen Schiwoche mangels Schnee einen Wintersportort mehr als hundert Millionen Umsatz kostet!

Joe kommt herein. Er ist im selben Anzug wie gestern Abend und unrasiert. Joe sieht Sabine, erstarrt, bleibt genau neben Karl-Friedrich stehen, sieht ihn aber noch nicht.

Joe: *(laut)* Ja, he! Hast du jetzt schon mein Posten übernommen?

Joe bemerkt nun, daß Karl-Friedrich neben ihm sitzt, dieser schaut finster zu Joe hoch.

VOR DEM NEUEN ROTTERHOF. – *Am Balkon das Schild: „Zimmer frei". Vor dem Hof zwei Autos mit deutschem Kennzeichen und der VW-Käfer von Thomas. Maria, Olga, Thomas und die Kinder Peter, Josef und Leni kommen mit Rechen und Gabeln von der Heuarbeit. Der R4 von Hans kommt gefahren, hält an, Hans und Anna steigen aus. Anna in ihrer Arbeitskleidung.*

Hans: Griaß enk!

Niemand antwortet.

Hans: Wir möchten euch mitteilen, daß wir heiraten!

Sie schauen alle erstaunt.

Olga: Aber Anna? Der is doch viel zu alt für di!

Anna: Des müßts schon mir überlassen! *(Steigt wieder ein.)* Komm, Hans!

Hans: Ihr seids trotzdem zur Hochzeit eingladen!

Niemand antwortet, Hans steigt ebenfalls wieder ein. Thomas geht zu Annas Seite, das Autofenster ist offen.

Thomas: Anna, des is doch unser Feind! Der Feind vom Sattmann!

Anna kurbelt das Fenster hinauf, Hans fährt weg.

HOTEL ALPENFRIEDEN / KÜCHE. *Nacht. – Es wird heftig gekocht.*

CHRISTL: *(zu Anna, die mit Hans hereinkommt)* Ja, wo bist denn du, ha? I ruaf di schon die längste Zeit aus!

ANNA: I möcht kündigen!

CHRISTL: Kündigen? Ja, was willst denn machen?

ANNA: Heiraten!

Christl schaut Hans an, begreift.

CHRISTL: *(verächtlich)* No, da hast dir ja oan ausgsucht! Deine Kündigungsfrist haltest aber gefälligst ein, ja?! Wo soll i denn so schnell a Kellnerin hernehmen?

HANS: I möcht dir raten, auf die Kündigungsfrist zu verzichten!

CHRISTL: Du hast mir überhaupt nix zu raten!

HANS: I glaub doch! Sonst schick i euch nämlich des Arbeitsinspektorat auf den Hals! Die Leut arbeiten bei euch achtzehn Stund ohne Pause! Des is verboten!

CHRISTL: Raus! Verschwindets!

Hans und Anna gehen. Christl schaut ihnen nach, ein Kochlehrling steht neben ihr, schaut auch.

CHRISTL: *(stößt ihn an)* Schau nit blöd durch die Gegend! Tua weiter!

Der Lehrling wendet sich dem Herd zu, nimmt einen Tiefkühlsack mit tiefgefrorenen Tiroler Knödeln, läßt sie in einen Topf mit siedendem Wasser fallen.

VOR DER KIRCHE. – *Keine Böller, keine Musik, keine Orgel, keine Glocken wie bei der Hochzeit von Joe und Sabine. Die Kirchentür öffnet sich, Hans und Anna, Andreas und Lena kommen heraus, hinter ihnen Manfred Holleschek, Gunnar, eine alte Bäuerin und ein alter Bauer. Hans in einem normalen dunklen Anzug, Anna mit einem einfachen Dirndl. Auch Andreas und Lena haben geheiratet. Andreas trägt einen alten schwarzen Anzug mit Hut und Krawatte, Lena trägt ein dunkles Feiertagskleid,* *das auch einmal bessere Zeiten gesehen hat. Sie hält einen Feldblumenstrauß in der Hand. Manfred im hellen Sommeranzug ohne Krawatte, Gunnar in Jeans und mit T-Shirt, die beiden sind die Trauzeugen von Hans und Anna. Der Bauer im dunklen Anzug, die Bäuerin in alter Tracht; die beiden sind die Trauzeugen von Andreas und Lena.*

ALTER GASTHOF / GASTSTUBE. – *Eine alte getäfelte Gaststube. Die einzigen Gäste sind Hans, Anna, Andreas, Lena, Gunnar, Manfred, Bauer und Bäuerin. Sie essen alle Nudelsuppe mit Würstl.*

LENA: *(zu Andreas)* No, Anderl? Jetzt hast mi ja doch kriagt!

ANDREAS: *(lächelnd)* Ja, jetzt hab i di kriagt! I bin nämlich ganz a hartnäckiger, woaßt!

Die anderen lächeln. Plötzlich geht die Tür auf und drei Musikanten kommen herein. Es sind Zillertaler Hochzeitsgeiger.

HANS: *(schaut erfreut)* Ja, griaß enk!

Später spielen die Musikanten zum Tanz, es ist eine wunderbare Stimmung. Hans tanzt mit Anna, Andreas mit Lena, der Bauer mit der Bäuerin. Gunnar und Manfred schauen vergnügt zu.

VOR DEM HOTEL ALPENFRIEDEN. *Nacht. – Der R4 von Hans fährt auf das Hotel zu, hält an. Darin sitzen Hans, Anna und Gunnar. Sie tragen die Kleidung von vorhin. Die drei steigen aus.*

HOTEL ALPENFRIEDEN / SPEISESAAL. – *Etliche Gäste essen zu Abend. An einem Tisch Karl-Friedrich, Joe, Sabine, Elsa, neben ihr in einem Kinderhochstuhl Andreas (22 Monate). Sie essen zu Abend, Andreas ißt aus einer Schüssel mit einem Löffel eine Mischung aus Reis mit Fleischstückchen. Gunnar, Hans und Anna kommen herein.*

Gunnar: Mahlzeit!

Gunnar setzt sich an den Tisch, es ist für ihn gedeckt, er nimmt sich gleich Fleisch und Gemüse von einem großen Vorlagetablett, das auf einem Wärmer steht, legt sich das Essen auf den Teller. Der Ober will ihm die Arbeit abnehmen, Gunnar winkt ihn weg. Die anderen schauen Hans und Anna an. Hans nimmt ein Papier aus der Tasche.

Karl-Friedrich: Ach! Sie haben wieder ein Schriftstück für mich?

Hans: Das ist ein Bescheid vom Jugendamt.

Hans gibt Karl-Friedrich den Bescheid, dieser liest. Gunnar ißt mit gutem Appetit, schenkt sich Wein ein, trinkt.

Elsa: *(angstvoll)* Was ist das?

Karl-Friedrich: Das Jugendamt übergibt die Vormundschaft an die Mutter.

Elsa: *(tonlos)* Was?

Hans: Wir haben geheiratet. Anna wird nicht mehr arbeiten gehen. Damit ist das Kind bei der Mutter besser aufgehoben als beim Vater. – Lesen Sie!

Elsa nimmt den Bescheid, liest, schüttelt den Kopf.

Elsa: Ne! Ne! Ich geb Andreas nicht her!

Karl-Friedrich: Das ist ein amtlicher Bescheid, Elsa! Dagegen können wir nichts machen!

Elsa: Und ob! Du mußt das sofort anfechten, Karl-Friedrich!

Gunnar: Also, Mutter, ich glaub, da hab ich auch noch was zu sagen! Nachdem ich selber gar keinen Bock drauf hab, mich um das Kind zu kümmern, ist es wirklich besser, es kommt zu Anna.

Elsa: Aber ich kümmere mich doch! Ich bin Tag und Nacht mit dem Kind zusammen!

Gunnar: Du bist nicht die Mutter! Und außerdem zu alt!

Elsa nimmt Andreas auf den Schoß, hält ihn fest.

Joe: Mein Gott, is des ein Theater!

Gunnar steht auf, geht zu Elsa.

Gunnar: *(sanft)* Mutter!

Elsa schaut Gunnar an, seufzt auf, küßt Andreas, gibt ihn frei, Gunnar hebt ihn hoch, schaut ihn an, bedauert plötzlich selber, daß er ihn hergeben muß, trägt ihn zu Anna und Hans, gibt ihn Anna in die Arme.

Gunnar: *(zu Andreas)* Na denn, Junge ... Leb wohl! *(Schaut Anna an, irgendwas tut ihm plötzlich in der Seele weh.)* Ciao, Anna!

Anna: Pfiat di, Gunnar! *(Gibt ihm die Hand.)* Danke für alles!

Gunnar wendet sich ab, ohne Hans die Hand zu geben, Anna und Hans gehen hinaus, der kleine Andreas schaut verzweifelt zurück.

Andreas: *(Richtung Elsa)* Mama! Mama!

Elsa bricht in Tränen aus.

– Oktober –

BERGE UND LANDHAUS SATTMANN BEI LAHNENBERG. *Tag. – Berge im Regen. Nebelfetzen. Das jetzt den Vorschriften entsprechende Landhaus. Vor der Villa der Porsche von Joe, der VW-Golf von Sabine, der Opel Kadett eines Beamten. Sabine und Joe haben Regenschirme, Joe hält seinen Schirm über den Beamten, der eine Liste auf einem Karton in der Hand hält. Er hakt den letzten Punkt ab, unterschreibt, reißt die Urschrift des Blattes herunter, gibt sie Joe.*

Beamter: Damit ist die Sache erledigt. Sie haben alle Auflagen erfüllt.

Ein neuer, jagdgrüner Geländewagen kommt gefahren, hält an. Karl-Friedrich und Elsa steigen aus, beide haben Schirme, spannen sie auf, kommen heran. Im Wagen hinten ein Gewehrständer, drei kostbare Jagdgewehre stecken darin.

Sabine: *(freut sich)* Mama!

Elsa: Tag, Kind! *(Umarmt Sabine.)*

Joe: Griaß enk! *(Zu Karl-Friedrich:)* Hast du a neus Auto?

Karl-Friedrich: *(mit Blick auf den Beamten)* Was ist denn? Gibt's schon wieder Probleme?

Beamter: Aber nein! Alles in Ordnung! Sie sind Herr Sattmann, was?

Karl-Friedrich: Richtig.

Beamter: *(gibt ihm die Hand)* Grüß Gott! Berger! Lawinenschutz! Ich hab das Haus jetzt abgnommen.

Karl-Friedrich: Wurde auch Zeit!

Beamter: Die Auflagen stammen nicht von mir, Herr Sattmann! Ich hätt Ihnen keine Probleme gmacht! Mein Vorgänger Wechselberger war leider etwas übereifrig!

Karl-Friedrich: Das kann man wohl sagen! Wo ist er denn? Wagt er sich nicht mehr her?

Beamter: Er hat gekündigt.

Karl-Friedrich: Na, das ist ja mal eine gute Nachricht!

Beamter: Also dann, wiederschaun! Mit diesem Haus überstehn Sie jetzt jedenfalls einen mittleren Atomkrieg!

Der Beamte geht zu seinem Auto, fährt weg, Karl-Friedrich geht zum Geländewagen, nimmt das Gepäck heraus.

Sabine: *(zu Elsa)* Ich freu mich so, daß du da bist! Wie lange bleibst du?

Elsa: So lange Karl-Friedrich auf Jagd ist.

Sabine: Und Gunnar?

Elsa: Na, der kommt schon allein zurecht. Studiert fleißig.

BERGWEG ZUM KANTNERHOF. – *Regen. Hans führt ein Pferd, das einen zweirädrigen Karren zieht. Auf dem Karren sind mit einer Plane zugedeckt die Habseligkeiten von Hans und Anna, die auf den Kantnerhof ziehen. Hans* *trägt Andreas in einem Traggestell am Rücken, Andreas hat ein Regenmäntelchen mit Kapuze an. Hinter dem Karren geht Anna, ebenfalls im Regenmantel, sie ist nicht glücklich über die Pläne von Hans.*

VOR DEM GASTHAUS ROTER ADLER. *Nacht. – Regen. Der Porsche von Joe fährt durch die menschenleere Straße, hält vor dem Gasthaus. Joe sitzt am Steuer, neben ihm Stefan. Rockmusik aus dem Autoradio. Stefan und Joe schauen zur Eingangstür des Gasthauses. Ein Schild mit der Aufschrift „Geschlossen" hängt dran.*

JOE: Des derf decht nit wahr sein! Alles wieder zua!

Stefan schaut zu den Gaststubenfenstern, sieht Licht.

GASTHAUS ROTER ADLER / GASTSTUBE. *– Hinter der Theke sitzt strickend die Wirtin. Am Stammtisch der Pfarrer (mit Wein), der erste Gendarm (mit Bier) und der erste Jäger (mit Bier). Am Platz des zweiten Jägers steht ein Glas mit Jagertee. Nur die Lampe über dem Stammtisch und eine Lampe bei der Theke sind eingeschaltet. Der Rest des Raumes liegt im Halbdunkel.*

ERSTER JÄGER: Jetzt is Jagdzeit!

PFARRER: *(sehnsüchtig)* Ja!

Bei der Tür herein kommen Joe und Stefan.

JOE: Heil!

Die Jäger schauen, antworten nicht.

WIRTIN: Mir habn geschlossen!

JOE: Geh, hör auf! Gib uns zwoa Whisky! Mit Eis!

Joe und Stefan setzen sich auf die Hocker an der Theke.

WIRTIN: I hab nur an Obstler.

STEFAN: Ja, is ja wurscht!

Vom Klo kommt der zweite Jäger, setzt sich zu seinem Jagertee, trinkt ihn aus.

ZWEITER JÄGER: Einen Durchmarsch hab i, des gibt's nit! *(Zur Wirtin:)* Hilde, noch an Jagertee!

Die Wirtin stellt gerade zwei Obstler vor Joe und Stefan, nimmt ein Teeglas, hält es an der Kaffeemaschine unter den Heiß-Wasser-Hahn, leicht trübes Wasser kommt heraus, die Wirtin hält das Glas hoch, schaut das Wasser an, Joe und Stefan schauen auch.

Stefan: Was hast denn du für a Wasser?

Wirtin: I woaß es nit. Des is schon seit a paar Monat so trüab!

Sie schüttet Schnaps in das Glas, hängt ein Teesäckchen hinein, stellt das Glas auf eine Untertasse, legt Zucker dazu, bringt es zum zweiten Jäger. Stefan hält sein Schnapsglas prostend hoch, Joe tut dasselbe, sie trinken den Schnaps in einem Zug aus, Joe bietet Stefan eine Marlboro an, der nimmt eine, auch Joe nimmt eine, gibt sich und Stefan Feuer. Die Wirtin kommt wieder hinter die Theke, setzt sich, strickt weiter.

Joe: Die Sabine is jetzt Betriebsdirektor worden. Des muaßt dir vorstellen! Mein Chef is sie!

Stefan: Du bist doch Verkaufsleiter!

Joe: Ein besserer Vertreter bin i!

Erster Jäger: Du, Joe!

Joe dreht sich um.

Erster Jäger: Sag deinem Schwiegervater, er wird nit viel Freud haben mit seinem Revier!

Der erste Gendarm schaut den ersten Jäger an. (Miene: „Du bring mich ja nit in Schwierigkeiten!“)

Joe: Sag's ihm selber! Was geht denn mi des an?

Stefan: Wieso nit viel Freud? Was willst denn machen?

Erster Jäger: Du bist nit gfragt! Dein Vater wird des a no bereun, daß er uns hintergangen hat!

Pfarrer: Geh, Toni, gib a Ruah!

Erster Jäger: Eine Schweinerei is des! I hab die Jagdkartn! I möcht auf Jagd gehn!

Pfarrer: Müssen wir uns halt a paar Abschüsse kaufen!

ERSTER JÄGER: I kauf mir doch koan Abschuß! Da zahl i ja so viel, wie mi die ganze Jahrespacht gekostet hätt!

ZWEITER JÄGER: Jedes zweite Jagdrevier hat jetzt schon so ein Scheiß-Piefke! Nur, weil sie an Kies haben! *(Zum Pfarrer:)* Is des vielleicht gerecht?

PFARRER: Na, gerecht is des nit! Unser Herrgott hat den Wald und sein Getier für alle gschaffen! Nit nur für a paar reiche Ausländer!

VOR DEM GASTHAUS ROTER ADLER. – *Es regnet nicht mehr. Joe und Stefan sitzen rauchend im stehenden Porsche.*

STEFAN: Fahr ma no wohin?

Joe überlegt.

JOE: Fahr ma in Wald?

STEFAN: Was?

HOTEL ALPENFRIEDEN / PRIVATWOHNUNG. – *Joe und Stefan stehen am Gewehrschrank des Bürgermeisters, Stefan schließt ihn auf, nimmt ein Gewehr heraus, gibt es Joe und nimmt dann auch ein Gewehr heraus.*

STRASSE IM WALD. *Tag. – Am Straßenrand liegt ein geschossenes Reh. Dabei stehen Thomas und Karl-Friedrich in Jägerkleidung und die zwei Gendarmen. Thomas hat einen Jagdhund bei sich. Daneben das Gendarmerie-Auto und der Geländewegen von Karl-Friedrich.*

KARL-FRIEDRICH: So eine Schweinerei!

THOMAS: Daß sie's liegenlassen haben ... des versteh i nit!

ERSTER GENDARM: Ja, komisch. Des guate Wildbret! *(Er denkt an seine Jagdfreunde.)*

GEMEINDEAMT / BÜRO DES BÜRGERMEISTERS.

FRANZ: Leicht möglich, daß des einer von die Jäger war.

Karl-Friedrich: So? Bei euch gehen also auch die Jäger wildern?

Franz: I hätt des nit tuan sollen!

Karl-Friedrich: Was? Was hättest du nicht tun sollen?

Franz: Dir die Jagd geben! Des macht böses Bluat!

GASTHAUS ROTER ADLER / GASTSTUBE. *Nacht. – Am Stammtisch der erste und zweite Jäger, der Pfarrer und die Wirtin. Sie haben Spielkarten in den Händen. Der erste Gendarm steht vor ihnen.*

Erster Gendarm: Ihr wart des wirklich nit?

Erster Jäger: Na! Wenn i dir's sag!

Erster Gendarm: Bringts mi bittschön nit in Schwierigkeiten! I hab des Gesetz zu vertreten! Auch wenn mir des in dem Fall gegen den Strich geht!

Erster Jäger: Jaja, vertritt nur! *(Er spielt seine Karte aus:)* Und hat euch schon!

WALD. *Nacht. – Thomas schleicht in Jägerkleidung und mit Büchse durch den Wald. Den Hund hat er daheim gelassen. In einiger Entfernung sieht er nach einer Weile zwei Scheinwerfer strahlen, er beginnt zu laufen. Ein Schuß fällt. Der Scheinwerferstrahl kommt von Joes Auto, das jetzt mit quietschenden Reifen davonfährt. Thomas kommt auf die Straße gelaufen, das Auto verschwindet um die Kurve. Thomas sieht nur mehr kurz die Rücklichter. Auf der Straße weiter vorne liegt ein Tierkörper.*

VOR DER FABRIK. *Tag. – Arbeiter gehen in die Fabrik. Thomas (gekleidet wie in der Nacht) steht mit Karl-Friedrich und Joe zusammen. Joe mit Anzug und Mantel. Der Geländewagen von Karl-Friedrich, der Porsche von Joe, der Golf von Sabine parken in der Nähe. Die drei stehen vor dem VW von Thomas. Auf dem Dachständer ist ein geschossener Rehbock festgebunden. Auf dem Rücksitz* *sitzt der Jagdhund. Joe ist ganz locker, läßt sich nichts anmerken. Karl-Friedrich schaut den Bock an, schaut Thomas an.*

Karl-Friedrich: Keine Reifenspuren oder sowas?

Thomas: *(schüttelt den Kopf)* Die Straßen is ja asphaltiert! Aber die derwisch ma schon! Sie schießen immer vom Auto aus!

Joe denkt. „Dann laß ich mir eben was anderes einfallen!"

LANDHAUS SATTMANN / WOHNHALLE. – *Elsa sitzt auf einem Sofa, trinkt Bier, neben ihr sitzt der Riesenschlumpf von Andreas. Elsa ist traurig, denkt an Andreas. Karl-Friedrich, in Jagdkleidung, hängt eben sein Gewehr um, Thomas steht in der Nähe des Einganges.*

Elsa: Ach, Karl-Friedrich! Überlaß das doch der Polizei!

Karl-Friedrich: Der Jagdschutz ist meine Aufgabe, Elsa! Ich bin der Jagdherr!

Thomas: Auf die Gendarmerie is sowieso kein Verlaß! Der Postenkommandant is ja selber Jäger! Und du weißt ja, *(zu Karl-Friedrich)* wie die zu dir stehen!

Karl-Friedrich: Der Herr Postenkommandant wird gefälligst seine Pflicht erfüllen!

STRASSE IM WALD. *Nacht. – Der erste und zweite Gendarm, Karl-Friedrich, Thomas und Franz (auch in Jagdkleidung, mit Gewehr) stehen beisammen. Die Gendarmen haben Funkgeräte, der erste Gendarm übergibt Karl-Friedrich und Thomas je ein Funkgerät. Sie trennen sich. Der erste und zweite Gendarm gehen die Straße vor, der erste Gendarm verschwindet im Wald links der Straße, der zweite Gendarm im Wald rechts der Straße. Thomas, Franz und Karl-Friedrich gehen die Straße zurück, Karl-Friedrich und Franz überqueren die Straße und schleichen in Deckung dahin, Thomas bleibt auf der anderen Seite. – Joe und Stefan stehen hinter Bäumen und beobachten.*

Sie tragen Vollvisierhelme mit hochgeklapptem Visier. Joe hat eine neue Winchester, Stefan eine neue Pump-Gun, außerdem trägt Stefan einen Rucksack. Die beiden drehen um und gehen in eine andere Richtung.

WALD NEBEN STRASSE. – *Karl-Friedrich und Franz sitzen an einen Baum gelehnt, beobachten die Straße, Karl-Friedrich hat eine Taschenlampe in der Hand, das Gewehr über den Knien. Franz ist müde, nickt ein. Es knackt im Funkgerät.*

ERSTER GENDARM: *(aus dem Gerät)* Hier Postenkommandant! Sattmann, bitte melden!

Franz schreckt auf, Karl-Friedrich drückt auf den Knopf des Funkgerätes.

KARL-FRIEDRICH: *(flüsternd)* Hier Sattmann!

ERSTER GENDARM: Rührt sich was bei Ihnen?

KARL-FRIEDRICH: Ne, kein einziges Auto vorbeigefahren!

WALDLICHTUNG. – *Joe und Stefan stehen am Waldrand und beobachten. Hinter ihnen zwei Motocrossmaschinen ohne Nummernschilder. In der Dunkelheit sieht man nach einer Weile schemenhaft einen Hirsch aus dem Wald auftauchen. Joe greift in Stefans Rucksack, holt einen Halogenscheinwerfer heraus, gibt ihn Stefan. Am Scheinwerfer sind Drähte mit Klemmen, Joe nimmt die Drähte, befestigt sie an der im Rucksack mitgebrachten Autobatterie, der Scheinwerfer leuchtet auf. Stefan leuchtet auf die Lichtung, der Hirsch erscheint im Lichtkegel, wird geblendet, starrt her. Joe legt seine Winchester an und schießt.*

WALD NEBEN STRASSE. – *Franz ist eingeschlafen, schreckt vom Schuß auf, greift nach seiner Büchse, Karl-Friedrich springt hoch.*

ERSTER GENDARM: *(aus dem Funkgerät)* Des kommt von weiter oben! Los!

WALDLICHTUNG. – *Joe und Stefan steigen auf ihre Maschinen, starten, brausen los.*

ANHÖHE IM WALD. – *Karl-Friedrich und Franz keuchen eine Anhöhe hinauf, Thomas kommt von der Seite, Karl-Friedrich richtet das Gewehr auf ihn. Man hört das Knattern der Maschinen näher kommen.*

KARL-FRIEDRICH: Halt oder ich schieße!

Thomas leuchtet sich mit der Taschenlampe ins Gesicht.

THOMAS: I bin's doch!

Thomas läuft nach oben, Karl-Friedrich und Franz hasten hinter ihm her. Auf der Anhöhe angekommen, sehen sie zwischen den Bäumen die Scheinwerfer der Motocrossmaschinen. Diese entfernen sich und verschwinden. Der erste Gendarm kommt heran.

ERSTER GENDARM: Die erwisch ma nimmer!

WALD. – *Es beginnt zu dämmern. Karl-Friedrich, Franz, Thomas, der erste und zweite Gendarm stehen vor dem toten Hirsch, leuchten ihn mit ihren Taschenlampen im Morgennebel an. (Der Hirsch liegt deshalb nicht dort, wo er geschossen wurde, weil kaum ein Wild auf der Stelle umfällt, sondern ein Stück weiterläuft, bevor es zusammenbricht.)*

KARL-FRIEDRICH: Schweinerei, verfluchte! Ich hab noch keinen einzigen Schuß abgegeben in meinem Revier, und die knallen mir alles vor der Nase weg. *(Zum ersten Gendarm:)* Verhaften Sie doch endlich die ganze Bande!

ERSTER GENDARM: Ja, wen soll i denn verhaften?

KARL-FRIEDRICH: Na, die Jäger, die das Revier haben wollten.

ERSTER GENDARM: Da müßt i mich selber auch verhaften! – Tut mir leid, Herr Sattmann, wir haben alle überprüft. Da hat jeder ein Alibi.

KARL-FRIEDRICH: Na, das glaub ich!

ZAUN UNTERHALB KANTNERHOF. *Tag. – Der Nebel löst sich auf, die Sonne kommt durch. Hans steht beim Zaun an einem kleinen Holzgatter. Von unten führt ein Weg herauf, geht durch das Gatter und auf dem Kantnergrund weiter. Hans ist eben dabei, das Holzgatter mit langen Nägeln am Pfosten festzunageln, sodaß es nicht mehr geöffnet werden kann. Am Zaun lehnt ein Holzschild. Hans nimmt es, steigt über den Zaun und nagelt es fest. Seitlich, von oben aus dem Wald kommen Franz, Karl-Friedrich, Thomas und die zwei Gendarmen, sind müde und niedergeschlagen. Hans sieht sie kommen, hält inne.*

HANS: Ja, hallo, des is ja a Großaufgebot! Wo habts denn eure Jagdbeute?

FRANZ: Was tuast denn du da?

HANS: Meine Grenzen absichern. *(Schlägt den letzten Nagel in das Schild.)*

FRANZ: Was?

Franz will das Gatter öffnen, es gelingt ihm nicht, er reißt daran, sieht, daß es angenagelt ist.

FRANZ: Spinnst du, wieso nagelst du das Gatter zua?

Hans deutet auf das Schild, Franz steigt über das Gatter, schaut das Schild an, es steht darauf: „Durchgang verboten! Bei Zuwiderhandlung Besitzstörungsklage!“ Karl-Friedrich, Thomas und die beiden Gendarmen steigen nun auch über das Gatter und schauen ebenfalls auf das Schild.

FRANZ: Du hast ja an Vogel! Des kannst doch nit machen!

HANS: Wieso kann i des nit machen?

FRANZ: Des is ein öffentlicher Weg!

HANS: Na, Bruderherz, des is kein öffentlicher Weg! Schau amal im Grundbuach nach!

FRANZ: Aber da gehen doch jede Saison Tausende von Fremden durch!

HANS: Ja, eben! Des hört sich jetzt auf!

FRANZ: Da hört sich garnix auf! Der Weg is in unsere Wanderkarten einzeichnet! Den müssen die Fremden gehen! Des is ja eine Route für die silberne Wandernadel!

Hans: *(grinsend)* Deine silberne Wandernadel kannst dir jetzt an den Hut stecken!

Franz: Was geht denn dich des überhaupt an? Du bist doch nit der Grundbesitzer!

Hans: Doch! Die Kantner-Lena hat mir den Hof überschrieben. Alles notariell beglaubigt! Der Bauer bin jetzt i!

Franz: Du tuast sofort die Tafel weg!

Hans schüttelt den Kopf, Franz schaut auffordernd den ersten Gendarmen an.

Erster Gendarm: *(zuckt die Schultern)* Wenn's nachweislich a Privatweg is ...

Franz: *(zu Hans)* Eine Gemeinderatssitzung – und Sach is erledigt!

Franz geht wütend talwärts davon, Karl-Friedrich, Thomas und die beiden Gendarmen folgen ihm. Hans schaut ihnen grinsend nach, es fällt ihm etwas ein, sein Gesicht wird ernst.

Hans: He! Moment no!

Franz und die anderen drehen sich um.

Hans: I hab schriftlich um die Benutzung des Mehrzwecksaals angsuacht. Schon vor zwei Wochen. Warum krieg i keine Antwort?

Franz: Ja, glaubst du, i gib dir den Gemeindesaal, damit du eine Wahlveranstaltung gegen mich abhalten kannst?

Hans: Der Saal ghört doch nit dir, verfluacht nochamal!

Franz wendet sich ab und geht weiter, die anderen folgen ihm. Hans schaut ihnen grimmig nach.

HOTEL ALPENFRIEDEN / PRIVATWOHNUNG. – *Franz steht müde unter der Dusche, läßt das Wasser über die Hand rinnen, schaut es an, sieht, daß es trüb ist. Er kennt dieses Phänomen schon seit längerem.*

GEMEINDEAMT / BÜRO DES BÜRGERMEISTERS. – *Fünf Hoteliers, eine Hoteliersfrau (mit einer Flasche voll leicht trüben Wassers), Franz und Max. Die Hoteliersfrau hält die Flasche hoch.*

HOTELIERSFRAU: Schau dir des an!

FRANZ: Was is des?

HOTELIERSFRAU: Wasser!

FRANZ: Ja – und?

ERSTER HOTELIER: Des is unser Trinkwasser! Das berühmte Lahnenberger Gebirgswasser! Des unsere Gäste flaschenweise mit heimnehmen, weil's ihnen so wunderbar schmeckt.

Franz nimmt die Flasche, hält sie gegen das Licht.

FRANZ: Mir is des auch schon aufgfalln. I versteh des nit!

ZWEITER HOTELIER: Der halbe Ort hat Durchfall! I bin überzeugt, daß des auch von dem Wasser kommt!

HOTELIERSFRAU: Des is ja eine Katastrophe! Was glaubst, wie lang uns die Fremden im Winter bleiben, wenn sie alle Darminfektionen kriagen?!

VOR UND IM WASSERSCHLOSS. – *Ein Mann vom Wasserwerk schließt die Eisentür auf, geht mit Franz und Max in das Wasserschloß. Sie schauen sich um, der Mann leuchtet mit einer Taschenlampe ins Wasser, der Bürgermeister nimmt ein Glas aus seiner Rocktasche, taucht es ins Wasser, geht damit an die Tür, hält das Glas gegen das Licht. Das Wasser ist leicht trüb.*

APERE SCHIPISTE. – *Franz, Max und ein Bauer stehen auf der Piste, die nur spärlich mit Gras bewachsen ist. Sie schauen auf den Boden.*

FRANZ: Du hast bestimmt nit gedüngt oder Jauchn gspritzt?

BAUER: Na, sicher nit!

Max: Des is Quellschutzgebiet! Du weißt, daß Düngen da verboten is?

Bauer: No, sicher woaß i des!

Max: I moan, i versteh di ja! Des Gras könnt schon an Dünger brauchen. Grad da, wo die Schipisten heruntergeht.

Bauer: Fixnochamal, i hab nit gedüngt!

HOTEL ALPENFRIEDEN / WOHNZIMMER. *Nacht. – Am Ecktisch sitzen Franz, Max und ein Lehrer aus Lahnenberg. Auf dem Tisch steht ein Fläschchen mit dem Lahnenberger Trinkwasser.*

Franz: Also, Herr Lehrer! Was hast herausgfunden?

Lehrer: Grob ausgedrückt is unser Trinkwasser zur Zeit eine Mischung aus Scheiße, Waschmittel und Schwermetallen.

Franz schüttelt erledigt den Kopf.

Franz: I versteh des nit.

Lehrer: Vielleicht von der Fabrik ...

Max: Die Abwässer von der Fabrik rinnen doch nit übers Quellschutzgebiet! Die gehn in Bach eini!

Lehrer: *(entrüstet)* In Bach eini?

Max: Was soll ma machen? Die Kläranlage is total überlastet.

Franz: *(begreift)* Der Bach!

Max: Was?

Franz: Scheiße, Waschmittel, Schwermetalle! Sagt dir des nix?

Max schüttelt den Kopf.

Franz: Des is alles in unserm Bach drin. Die Scheiße und die Waschmittel von den Hotels und das Schwermetall von der Fabrik.

Lehrer: Ja – und wie kommt das Zeug in unser Trinkwasser?

Franz: Über die Schneekanonen! Des Wasser für die Schneekanonen entnehmen wir ja aus dem Bach. Des heißt, wir spritzen den ganzen Dreck über die Schipisten und damit übers Quellschutzgebiet.

Max: No, Mahlzeit!

Franz: Des wär was für mein Bruader! Ein Spitzenwahlkampfthema!

Max: Geh, der hat doch keine Chance. Liste „Grünes Lahnenberg"! Da kann i ja nur lachen!

Franz: I nit! Die Gschicht mit der Jagd, der kaputte Bach und jetzt des mit dem Trinkwasser ... Wenn er sich mit die Sozi zsammentuat, kann des gfährlich werden.

Max: Geh, die paar Sozi!

Franz: Wir haben jetzt a Fabrik, vergiß des nit! Da vermehren sich die Sozi wia die Hasen. *(Greift in seine Innentasche, zieht ein Papier heraus:)* Und schau dir amal seine Unterstützungserklärungen an!

Max nimmt die Liste, schaut sie an, Franz zündet sich eine Zigarette an.

Max: Da sind ja sogar Hoteliers dabei. Die spinnen wohl!

Franz: Die merk i mir, die da unterschrieben habn. Jeden einzelnen. – Ein rot-grünes Bündnis! Ein rot-grünes Bündnis! Aber wart nur, den setz i schon unter Druck, meinen alternativen Herrn Bruder.

HOCHWALD. *Nacht. – Joe und Stefan entfernen sich eben von ihren Maschinen, die sie aufgebockt haben. Joe trägt den Rucksack, der Scheinwerfer ist angesteckt, Joe leuchtet mit ihm den Wald ab, hat seine Winchester umgehängt. Stefan hält seine Pump-Gun in Bereitschaft.*

Stefan: I fliag morgen auf die Malediven.

Joe: Du hast's fein. I muaß schufen.

Stefan: Geh, hör auf! Bei deinem Job brichst dir wirklich koan Fuaß ab.

KANTNERHOF / STUBE. – *Früher war hier eine fürchterliche Unordnung, Anna hat aber aufgeräumt. Am Tisch sitzen Andreas und Hans, spielen Mühle. Lena steht bei einer alten Schnapsbrennanlage, brennt Vogelbeerschnaps. Anna kommt bei der Tür herein, setzt sich zu Hans.*

HANS: Schlaft er?

Anna nickt, schaut unglücklich drein. Hans schaut sie an.

HANS: Jetzt sei nit so unzufrieden!

ANNA: Sei mir nit bös, Hans, i will a Wohnung! Eine normale Wohnung. Mit Fernseher und Waschmaschin! *(Pause.)* Des is doch a Bruchbude!

LENA: So redest du bittschön nit über mein Hof!

HANS: I richt ja alles her!

ANNA: Du hast doch an guten Posten beim Land ghabt! Warum hast du ihn aufgeben?

HANS: Weil mi die Vorgesetzten boykottiert haben. Die brauchen keinen Umweltschützer im Umweltamt. Außerdem wollt i sowieso immer Bauer sein, im Grunde meines Herzen.

ANNA: Davon kann man doch nit leben! Als Bergbauer jedenfalls nit!

HANS: Doch! Geld wer ma wenig haben, aber leben könn ma. I wer alles anbauen, was wir zum Leben brauchen. Roggen, Mais, Hafer, Erdäpfel und Gemüse. Wir wern Küh haben, Schweine, Schafe und Bienen. Und der Andreas wird nie eine öffentliche Schule besuchen. Den unterricht i selber.

Anna schaut Hans an, beschließt, den sturen Kerl anders zu nehmen.

ANNA: *(sanft)* Hans!

Er schaut sie an, sie küßt ihn auf die Wange.

ANNA: Wenigstens a Waschmaschin ...

Hans schaut sie an, sie lächelt bittend, an seinem Gesichtsausdruck sieht man, daß er Annas Liebreiz zu erliegen droht und weich wird.

HOCHWALD. – *Joe und Stefan lehnen an Bäumen, der Scheinwerfer von Joe ist auf den Boden gerichtet.*

JOE: I halt des nimmer aus! Mit meiner deutschen Familie.

STEFAN: Geh, sind doch eh ganz nette Leut!

JOE: Wieso gehst dann mit mir wildern?

STEFAN: Weil's a Hetz is!

Plötzlich:

STIMME THOMAS: Waffen weg oder es knallt!

Joe schmeißt sofort den Scheinwerfer zu Boden, dadurch werden die Drähte aus der Batterie gerissen, der Scheinwerfer erlischt. Joe und Stefan schieben ihre Visiere herunter und laufen zurück Richtung Maschinen. Thomas hinter einem Baum, hat ein Funkgerät umgehängt, schaltet eine Stirnlampe ein, legt an und schießt auf die hintere Gestalt im Halbdunkel. Stefan fällt hin, Joe rennt weiter. Thomas rennt auf Stefan zu, dieser rappelt sich auf, greift nach seiner Pump-Gun, Thomas legt das Gewehr auf ihn an, die Stirnlampe von Thomas blendet Stefan, er hält die Hand vor die Augen.

THOMAS: Hab i di angschossn?

STEFAN: Na, i bin nur hingflogen! I bin a bißl schreckhaft, woaßt.

Thomas schiebt Stefan das Visier zurück, erkennt ihn nun, schaut erstaunt. Stefan grinst. – Joe rennt währenddessen weiter, kommt zu den beiden Motocrossmaschinen, setzt sich auf seine, startet, das Licht geht an. Plötzlich hat Joe einen Gewehrlauf im Genick, er erstarrt, schaut zur Seite. Karl-Friedrich steht hinter ihm, schaltet die Stirnlampe ein.

THOMAS: *(aus dem Funkgerät)* Karl-Friedrich! I hab einen! Wo bist denn?

KARL-FRIEDRICH: *(drückt Taste)* Ich hab auch einen! Ich bin Richtung Waldrand!

THOMAS: I komm glei!

KARL-FRIEDRICH: *(erkennt Joe nicht)* Absteigen!

Joe überlegt einen Moment, gibt dann Gas und rast los. Karl-Friedrich schaut ihm nach, zögert, legt an, Joe macht eine Kurve, sodaß er von der Seite zu sehen ist, der Lichtkegel von Karl-Friedrichs Stirnlampe erfaßt ihn, Karl-Friedrich schießt auf die Maschine. Joe stürzt, steht wieder auf, rennt davon. Karl-Friedrich läuft ihm nach. Sie nähern sich dem Waldrand.

VOR DEM KANTNERHOF. – *Lena, Andreas, Hans und Anna kommen aus dem Hof, schauen zum Waldrand hinauf.*

HANS: Doch, des warn Schüsse!

LENA: I hab nix ghört.

Oben am Waldrand sieht man eine Lampe aufblitzen. (Es ist die Stirnlampe von Karl-Friedrich.) Das Licht kommt den Abhang herunter. Plötzlich taucht in der Dunkelheit eine Gestalt auf, kollert den Hang herunter, kommt an. Es ist Joe, er hat sein Gewehr verloren, hat den Helm auf und das Visier herabgezogen. Die Leute schauen Joe an, dieser steht auf, knickt wieder ein, weil er sich den Fuß verstaucht hat.

JOE: Bitte versteckts mi! I bin der Wilderer!

Hans schaut Joe an, kann sein Gesicht nicht erkennen, schaut nach oben, die Lampe nähert sich. Hans schaut sich um, sieht den Misthaufen, nimmt eine Gabel, die dort steckt, macht ein Loch, stößt Joe hinein, deckt ihn mit Mist zu. Er ist gerade fertig, da kommt Karl-Friedrich keuchend an, schaut sich um. Hans kommt langsam mit der Gabel vom Misthaufen herunter.

HANS: Ah, der Herr Sattmann! Samma wieder auf Jagd gwesen?

KARL-FRIEDRICH: Ist da einer mit einem Motorradhelm vorbeigekommen?

HANS: Na, hamma koan gsehn!

Karl-Friedrich schaut alle an.

KARL-FRIEDRICH: Wo bin ich hier?

Lena: Am Kantnerhof!

Karl-Friedrich: *(drückt Taste am Funkgerät)* Thomas! Ich bin am Kantnerhof!

Thomas: *(aus dem Funkgerät)* Bin schon unterwegs! Was is denn los?

Karl-Friedrich: Er ist mir entkommen!

Thomas: Oh, Scheiße! Mein hab i no!

Karl-Friedrich hängt sich das Gewehr um, setzt sich schnaufend auf die Hausbank.

Karl-Friedrich: *(zu Hans und Anna)* Da habt ihr euch also niedergelassen?

Er schaut auf Hans, sieht die Mistgabel in seiner Hand, er schaltet plötzlich, steht auf, geht zu Hans, reißt ihm die Gabel aus der Hand, geht auf den Misthaufen, sticht an mehreren Stellen hinein, Joe schreit im Mist auf, taucht hoch. Karl-Friedrich stößt die Gabel in den Mist, nimmt das Gewehr herunter, richtet es auf Joe. Dieser humpelt über das Brett herunter, voller Mist von oben bis unten. Joe und Karl-Friedrich kommen vors Haus, Joe bleibt stehen, Karl-Friedrich schiebt ihm das Visier hoch, leuchtet ihn mit der Stirnlampe an, erkennt ihn. Alle anderen treten hinzu und schauen.

Anna: Joe!

Karl-Friedrich hängt das Gewehr um, setzt sich auf die Bank. Joe steht gebrochen da, Karl-Friedrich schaut zu ihm. Er ist tief enttäuscht.

Anna: Joe! Warum hast denn des gmacht?

Joe antwortet nicht, humpelt zum Brunnen, nimmt den Helm ab, wäscht sich. Karl-Friedrich zündet sich eine Zigarette an. Lena und Andreas setzen sich zu ihm auf die Bank. Von oben nähert sich eine Stirnlampe, Thomas kommt mit Stefan, hält dessen Pump-Gun in der Hand, hat sein Gewehr umgehängt. Alle schauen auf Stefan, dessen Visier hochgeschoben ist.

Thomas: Da is er! Wechselberger junior!

Stefan: *(sieht Joe)* He, Joe! Scheiße! I hab glaubt, du hast es gschafft!

Thomas schaut zu Joe, begreift, daß dieser der zweite ist, schaut zu Karl-Friedrich, geht zu Joe, reißt ihn herum, schlägt ihn mit einem Fausthieb nieder, reißt ihn wieder hoch, schmeißt ihn in den Brunnen, geht zu Karl-Friedrich, setzt sich neben ihn. Joe steigt aus dem Brunnen.

Thomas: *(fassungslos)* Mei Bruader! Mei eigener Bruader! *(Zu Joe:)* Warum hast du des gmacht? Warum?

Joe antwortet nicht.

Karl-Friedrich: *(zu Stefan und Joe)* Ihr könnt gehen. Beide. Ich werde keine Anzeige erstatten.

Joe nimmt seinen Helm und humpelt bergwärts (zur Maschine) los, Stefan folgt ihm. Letzterer nimmt die Sache nicht weiter schwer. Karl-Friedrich schaut ihnen verbittert nach.

DORFPLATZ / MUSIKPAVILLON. *Tag. – Hans steht auf dem Podium des Musikpavillons, spricht ohne Mikrofon zu den Dorfbewohnern. Er hält das Wasserfläschchen in der Hand, das gestern am Tisch des Bürgermeisters stand. An die 40 Zuhörer stehen und sitzen da, unter ihnen auch Hoteliers sowie die Jäger und der Pfarrer. Auch der Lehrer, der das Trinkwasser analysierte, ist da. Ein paar neugierige Jugendliche auf Mopeds. Der erste und der zweite Gendarm stehen im Hintergrund und hören zu. Anna geht mit Andreas an der Hand unter den Leuten umher, verteilt Flugblätter mit der Aufschrift: „Liste Hochwieser. Gegen den Saustall in Lahnenberg!“*

Hans: Grundverkauf an Ausländer is verboten! Aber bei uns geht des natürlich! Die Jagd soll den Einheimischen vorbehalten bleiben. Bei uns kriegt sie natürlich ein Ausländer! Was hat uns dieser Bürgermeister noch gebracht?

Franz und Max kommen eilig zu Fuß auf den Dorfplatz, gehen auf den Pavillon zu.

Hans: *(weiter)* Eine Fabrik, deren Abwässer den Bach verseuchen! Eine Fabrik, deren Kanonen das verseuchte Wasser in Form von Schnee auf unser Quellschutzgebiet schießen. *(Hält das Fläschchen hoch:)* Und das ist das Resultat! Trinkwasser aus Scheiße und Gift! Dieser Bürgermeister ist angetreten, um uns alle zu vergiften! Dieser Bürgermeister –

Franz ist inzwischen auf das Podium des Pavillons gestiegen, faßt Hans am Arm.

Franz: *(hastig, leise)* Zwei Dinge! Erstens: der Gemeinderat hat beschlossen, die Enteignung deines Wanderweges durchzusetzen. Zweitens: eine Landwirtschaft darf nur ein Landwirt besitzen und betreiben. Du bist kein Landwirt! Vorschlag: Wenn du deine Kandidatur zurückziehst, kriegst du deinen Hof und Verbotsschilder kannst du aufstellen, so viel du willst!

Hans: He, Leut, der Bürgermeister will mi erpressen! *(Zu Franz:)* Die Entscheidung, ob i mein Hof haben darf oder nit, die wirst du nimmer treffen. Weil i di nämlich um den Bürgermeistersessel bring!

Zuschauer: Red weiter Hans! Laß di von dem nit einschüchtern!

Franz: Liebe Männer und Frauen! *(Pfiffe.)* Liebe Männer und Frauen! Niemand kann mir bestreiten, daß ich immer nur das Beste wollte für unsere Gemeinde! Niemand! Ich hab euch die Fabrik gebracht! Dreihundert Arbeitsplätze! Daß der Sattmann seine Abwässer ungeklärt in den Bach läßt, dafür kann ich nichts. Und was den Grund anbetrifft und die Jagd: er hat mit meiner Dankbarkeit spekuliert. Er hat mich regelrecht unter Druck gesetzt! Da hab ich halt nachgegeben. Für das Wohl der Gemeinde! Für euch! Was kann ich dafür, wenn sich der Sattmann aufführt wie ein

Kolonialist bei die Neger. Vor vier Jahren, da is er an dieser Stelle gestanden und hat sich darüber beklagt, daß man seinesgleichen als Piefke bezeichnet. Aber er *ist* leider ein Piefke! Er ist alles, was man sich unter dieser Bezeichnung vorstellt: großspurig, profitgierig, arrogant und herrschsüchtig!

Applaus, Pfiffe. Die Stimmung hat sich zugunsten des Bürgermeisters geändert. Der Bürgermeister schaut grimmig und befriedigt ins Publikum, sieht plötzlich jemanden und erstarrt. Karl-Friedrich steht allein auf der Seite des Platzes. Er trägt Geschäftsanzug, Hut und Mantel (nichts mehr Tirolerisches). Karl-Friedrich schaut verbittert zu Franz, geht weg. Franz schaut ihm erschrocken nach. Max, der vor dem Pavillon steht, schüttelt unwillig den Kopf. Hans schaut auch Karl-Friedrich nach, schaut dann Franz an und grinst grimmig. Franz steigt vom Podium und läuft hinter Karl-Friedrich her.

SEITENGASSE. – *Karl-Friedrich kommt vom Dorfplatz her, Franz läuft nach, holt ihn ein.*

FRANZ: Karl-Friedrich! Du mußt des verstehn! Es is Wahlkampf!

Karl-Friedrich bleibt stehen, schaut Franz ruhig an. Er ist gar nicht das, was man sich unter einem großspurigen, profitgierigen, arroganten und herrschsüchtigen Menschen vorstellt. Er ist der zutiefst enttäuschte Liebende, dem das geliebte Objekt – nämlich Tirol – ins Gesicht gespuckt hat.

KARL-FRIEDRICH: Die Jagd kannst du an deine Wähler verpachten. Das Haus verkaufe ich. Die Fabrik verleg ich nach Bayern. Wir werden nie mehr einen Fuß in dieses Land setzen.

Karl-Friedrich dreht sich um und geht weg.

ORTSRAND / LANDSTRASSE. – *Am rechten Straßenrand die große Holztafel, an der steht: „Grüß Gott in Lahnenberg". Neben der Tafel lehnt Joe rauchend an seiner Motocrossmaschine, schaut dorfwärts. Der Mercedes von Karl-Friedrich kommt nach einer Weile gefahren. Joe steht auf, der Wagen fährt an ihm vorbei. Sabine schaut zurück.*

JOE: *(schreit)* Es tuat ma leid! I bin a Trottel! – Sabine!

Joe schaut dem davonfahrenden Auto nach; auf der Rückseite der Tafel steht: „Lahnenberg dankt seinen Gästen". Karl-Friedrichs Mercedes entfernt sich.

– Dezember –

BERLIN. VILLA SATTMANN / WOHNZIMMER.

Nacht. – Es regnet. Licht im Wohnzimmer. Dort fehlt jetzt das Poster von Lahnenberg. Das präparierte Haupt des Hirsches hängt an der Wand. Karl-Friedrich, Elsa, Sabine und Gunnar sitzen herum, trinken Bier, schauen sich Prospekte von Wintersportorten an (keine österreichischen). Gunnar blättert am lustlosesten, auch Sabine möchte lieber bei Joe sein.

KARL-FRIEDRICH: *(schaut auf Prospekt)* Davos ...

SABINE: Wenn schon, dann St. Moritz!

ELSA: Muß ja nicht immer Schifahren sein! In die Sonne ... Karibik ...

Karl-Friedrich nimmt ein Prospekt von Garmisch.

KARL-FRIEDRICH: Garmisch ... Liegt wenigstens in Deutschland...

Plötzlich setzt draußen fröhliche Blasmusik ein. Alle schauen überrascht hoch, schauen sich an, Karl-Friedrich steht auf, lauscht, geht zur Tür, die anderen folgen ihm.

VILLA SATTMANN / BALKON UND VORPLATZ.
– Karl-Friedrich, Sabine, Gunnar und Elsa kommen aus dem Wohnzimmer auf den Balkon. Draußen steht die Blasmusikkapelle von Lahnenberg, der Kapellmeister dirigiert begeistert. Vor der Kapelle stehen in Trachtenkleidung Franz, Christl und Max, strahlen die Familie Sattmann an. Es regnet noch immer. Sabine sieht Joe, der in der ersten Reihe der Musikanten steht und Trompete spielt. Joe blinzelt Sabine zu, sie freut sich sichtlich. Franz breitet lächelnd die Arme aus. Familie Sattmann schaut mit gemischten Gefühlen, ist aber letztlich doch überwältigt.

Ende des 3. Teils

4. Teil
Die Erfüllung

Zeit: Irgendwann demnächst

LAHNENBERG. BÜRO FREMDENVERKEHRSVERBAND. *Tag. – Ein Tirolermädchen mit Gretlfrisur, Dirndl mit tiefstem Ausschnitt und Sonnenbrille schaut in die Kamera eines Bildtelefons. Im Hintergrund das rustikal eingerichtete Büro.*

MÄDCHEN: *(äußerst fröhlich)* Ja, griaß di! Da is der Verkehrsverband Lahnenberg! Was steht zu Diensten?

BERLIN. VILLA SATTMANN/ WOHNZIMMER. *Tag. – Von draußen ist etwas entfernt der Lärm einer Straßenschlacht zu hören. Am Tisch sitzen Karl-Friedrich, Elsa, Gunnar und Sabine, vor ihnen ein Bildtelefon. (Obwohl der vierte Teil in der Zukunft spielt, schauen die Sattmanns nicht viel älter aus wie im dritten Teil; Karl-Friedrich etwas angegraut, Gunnar und Sabine noch „seriöser" als schon im dritten Teil.) Auf dem Monitor des Bildtelefons das Mädchen im Verkehrsverband Lahnenberg.*

KARL-FRIEDRICH: *(zum Mädchen)* Hier spricht Karl-Friedrich Sattmann! Ist der Herr Niederwieser da?

MÄDCHEN: *(auf dem Monitor)* Ja, wart amal! *(Schaut sich um.)* Max! Max!

STIMME MAX: Ja, was is, Gretl?

MÄDCHEN: Karl-Friedrich Sattmann!

STIMME MAX: Was? Der Karl-Friedrich? I kimm glei! Moment!

MÄDCHEN: Er kimmt glei. I sing enk derweil was vor.

ELSA: Danke, sehr lieb!

Elsa schaut erwartungsvoll, das Mädchen nimmt eine Zither, stellt sie vor sich hin, spielt und jodelt dazu. Die Zähne des Mädchens blitzen. Die Sattmanns lauschen wohlgefällig. Max – im Nobeltrachtenanzug – kommt ins Bild. Das Mädchen hört auf zu spielen, Elsa klatscht begeistert. Max schiebt das Mädchen rüde beiseite, es fällt vom Stuhl, verschwindet aus dem Bild und taucht nicht wieder auf.

Max: *(aus dem Monitor)* Ja, griaß di Karl-Friedrich, alter Sauhund! Was is denn los mit dir, du untreuer Geselle? Wieso kommts ihr denn nimmer zu uns?

Karl-Friedrich: Na, du hast Nerven! Nach allem, was passiert ist ...!

Max: Ach, was! Sei doch nit so nachtragend, Karl-Friedrich! Extra nach Berlin samma gepilgert, mit der ganzen Blasmusik! Ham einen Kniefall gmacht vor dir!

Karl-Friedrich: Jaja, und in Tirol zuhause hat der Herr Bürgermeister weiter über mich losgezogen! Habt ihr geglaubt, ich erfahr das nicht?

Max: Geh, Karl-Friedrich! Is doch scho lang her! – He, Elsa, du bist ja auch da! Wie geht's dir denn, altes Haus?

Elsa: Naja, es geht. Lange halten wir uns da nicht mehr! Hörst du den Lärm?

Max: *(lauscht)* Ja, i hör's! Is des a Straßenschlacht?

Elsa: Ja! Ganz in der Nähe schon! Sie rücken Tag für Tag näher!

Max: Na, also! Auf nach Tirol! Bei uns gibt's sowas nit! Bei uns gibt's nur Schneeballschlachten! Mir sein eine Insel der Seligen, sozusagen! Die absolute Idylle!

Elsa: *(zu Karl-Friedrich)* Na, siehste!

Max: He, wo habts denn die Kinder?

Sabine und Gunnar beugen sich in den Bereich der Kamera.

Sabine: Hier! Tag, Max!

Max: *(fröhlich)* Griaß enk, ihr zwoa Banditen! He, Gunnar, du bist ja kasweiß! Dir tät a bißl Gebirgssonne a nit schaden!

Gunnar: Da hast du recht, Max! Sag mal, lebt der alte Andreas noch? Der vom Rotterhof!

Max: Ja, klar lebt der no!

Gunnar: Mann, das ist ja ein zäher Bursche!

Max: Ein echter Tiroler halt!

Sabine: Max, weißt du, wie es Joe geht?

Max: Keine Ahnung, Sabine! Dein Exgatte is schon lang aus Lahnenberg verschwunden. – Also, Leutln! I nimm an, ihr wollts uns doch wieder amal an Bsuach abstatten?

Karl-Friedrich: Ja, möchten wir!

Elsa: Ich wollte ja schon lange wieder mal runter zu euch, Max! Aber Karl-Friedrich mit seinem Dickkopf ...!

Karl-Friedrich: Also, hör zu, Max! Wir kommen in etwa drei Tagen. Das heißt, wenn wir die Strecke in dieser Zeit schaffen.

Max: Was? Ihr wollts mit dem Auto fahrn? Des schaffts doch nie in drei Tag! Von Berlin bis Kufstein eine einzige Autoschlange! Nehmts doch an Flieger! In einer Stund seids in Innsbruck!

Elsa: Ne, Max, ich steige in kein Flugzeug! Hab ich fürchterliche Angst!

Max: Vor was?

Elsa: Vor Attentaten!

Max: Ahso, ja, des versteh i! Bei uns gibt's koane Attentate! Wär ja no schöner!

Karl-Friedrich: Außerdem sind die Flüge auf Wochen ausgebucht! Ne, wir kämpfen uns mit dem Auto durch, Max! – Sag mal, ist mein Haus in Ordnung?

Max: Sowieso! Alles in Schuß! – Doch guat, daß du dein Haus nit verkauft hast, was, Karl-Friedrich? Naja, jeder kommt zruck! Jeder! Wer schimpft, der kauft! *(Schreit in den Teil des Raumes, den man nicht sieht.)* He, Resi! Schick zwoa Weiber zum Haus vom Sattmann! Sie sollen lüften, putzen, aufbetten und den Boiler einschalten!

Karl-Friedrich: Und Lebensmittel!

Max: Sowieso! Wird alles erledigt!

Karl-Friedrich: Also dann, wir sehn uns!

Elsa: Tschüß, Max!

Max: Pfiat enk, Leutln! Meldets enk bei mir! Dann gehn ma oan saufn!

Karl-Friedrich: Moment noch! Wie ist denn das Wetter bei euch?

Max: Zoag i dir glei! Tschüß!

Max drückt auf eine Taste, er verschwindet. Auf dem Monitor erscheint eine wunderschöne Gebirgslandschaft mit grünen Grasmatten, strahlend von der Sonne beschienen.

DEUTSCHE AUTOBAHN / MERCEDES VON KARL-FRIEDRICH. *Tag. – Stau. Eine lange, stehende Autoschlange. Die Landschaft neben der Autobahn ist verkarstet, es herrscht Smog, alles in grau-braunen Farben. Im Mercedes der Sattmanns sitzt Karl-Friedrich am Steuer, neben ihm Elsa, hinten Gunnar und Sabine. Der Motor läuft, die Fenster sind zu. Alle vier sind verschwitzt und derangiert. Karl-Friedrich und Gunnar unrasiert. Gunnar schläft, Sabine ist gereizt, Karl-Friedrich hält beide Hände am Lenkrad, wartet ungeduldig darauf, daß es weitergeht. Elsa schaut auf einen kleinen Farbfernsehapparat, der oberhalb des Autoradios eingebaut ist. Es läuft – ohne Ton – eine Nachrichtensendung, in der über irgendeinen Bürgerkrieg berichtet wird.*

Sabine: Ich muß aufs Klo!

Karl-Friedrich: Kommt nicht in Frage! Es kann jeden Moment weitergehen!

Elsa sucht in ihrer Handtasche, holt Tabletten heraus, reicht eine Sabine.

Elsa: Hier! Braucht man 24 Stunden nicht aufs Klo!

Sabine steckt die Tablette in den Mund, Elsa reicht ihr eine Plastik-Mineralwasserflasche. Sabine trinkt davon.

Sabine: Ich hätte doch mit Klaus-Henning nach Griechenland fliegen sollen. Das ist ja ein Wahnsinn! Fünf Tage sind wir jetzt schon unterwegs! Fünf Tage!

Elsa: Ach, sei doch froh, Sabinchen! Dein Mann wird mit Durchfall und Leberentzündung zurückkommen. Wie alle! Haste doch gesehen in den Nachrichten! Das Meer blutrot von den Algen! An den Stränden Müll und Öl!

Karl-Friedrich: Horst Dernbek hat einen Kübel Pinselreiniger mitgenommen, um die Füße und die Badehose vom Teer reinigen zu können! – Tirol ist noch sauber! Tirol ist noch intakt! Ich hätte meinen Stolz früher überwinden sollen!

Elsa: Erinnerst du dich? Diese wunderbare Luft! Luft wie Champagner! Gras und Bäume! Ach, wie freu ich mich drauf!

Karl-Friedrich: Und Bäche, in die man die Füße hängen kann, ohne daß sie einem sofort abfallen!

Sabine: Jaja, mag ja alles sein, aber ich hab das Gefühl, wir kommen nie da hin.

Eine Weile Schweigen. Karl-Friedrich schaltet den Fernseher aus. Sabine schaut Gunnar an.

Sabine: Der schläft jetzt schon seit sieben Stunden! Ich nehm auch so was!

Sie greift in die Innentasche von Gunnars Jacke, die neben ihm hängt, holt Schlaftabletten heraus, nimmt eine, trinkt Mineralwasser dazu, hält die Tabletten Elsa hin.

Sabine: Willst du auch?

Karl-Friedrich: Jaja, pennt nur alle!

Elsa: Ne, ich bleib schon wach, Karl-Friedrich!

Sabine legt sich zurück. Eine Weile Stille. An Karl-Friedrichs Fenster klopft es, er schaut hin. Ein Mann um die Dreißig in Anzug und Krawatte steht draußen. Karl-Friedrich läßt das Fenster herunter, plötzlich hat er den Lauf einer Flinte an der Schläfe. Elsa schreit auf, Sabine öffnet wieder die Augen, setzt sich erschrocken auf. Gunnar schläft weiter. Karl-Friedrich will mit der Hand zur Taste, die das Fenster betätigt, der Mann schüttelt leicht den Kopf, Karl-Friedrich läßt es bleiben.

RÄUBER: *(mit sächsischem Akzent)* Keine Panik! Die Kohle!

Karl-Friedrich zögert, an den anderen Fenstern tauchen drei weitere Gestalten auf: ein Pakistani, ein Schwarzafrikaner, eine Punkerin. Die drei lehnen sich ans Auto, schauen gelassen herein. Elsa ist zurückgezuckt, als an ihrem Fenster der Afrikaner auftauchte, er grinst sie an.

RÄUBER: *(ruhig zu Karl-Friedrich)* Na, komm schon, sonst blas ich dir die Birne weg!

KARL-FRIEDRICH: *(zu Sabine)* In meiner Jacke!

Sabine greift zu Karl-Friedrichs Jacke, die hinten auf der Ablage liegt, holt das Portemonnaie heraus, gibt es Karl-Friedrich. Dieser will Geld herausnehmen, der Räuber nimmt ihm das Portemonnaie weg, steckt es ein.

RÄUBER: Von den anderen auch!

Sabine und Elsa kramen ihre Portemonnaies hervor, reichen sie Karl-Friedrich, dieser gibt sie dem Räuber weiter. Der deutet auf Gunnar, Sabine nimmt auch aus Gunnars Jacke das Portemonnaie, gibt es dem Räuber.

RÄUBER: *(zu Karl-Friedrich)* Bitte zurücklehnen!

Karl-Friedrich lehnt sich zurück, der Räuber dreht die Flinte um, zerstößt mit dem Kolben das Autotelefon.

RÄUBER: Ganz cool bleiben! *(Zieht die Flinte zurück.)* Schließ das Fenster!

Karl-Friedrich schließt das Fenster, die vier Räuber schlendern weiter zum nächsten Auto, wiederholen die Prozedur. Karl-Friedrich überlegt, öffnet das Handschuhfach, dort liegt eine Pistole, er greift danach.

ELSA: Hör auf, Karl-Friedrich! Laß das! *(Schlägt das Handschuhfach zu.)*

KARL-FRIEDRICH: Ich halte dieses Land nicht mehr aus!

SABINE: Naja, wie Max Niederwieser sagte: Auf nach Tirol!

Karl-Friedrich schaut nach vorne, die Räuber gehen schon weiter zum nächsten Wagen. Aus dem Sprechcomputer des Mercedes meldet sich eine wohlklingende Frauenstimme.

Computerstimme: Karl-Friedrich, jetzt stell doch endlich den Motor ab! Sprit sparen! Umwelt schützen!

Karl-Friedrich: Ach, halt doch die Klappe, wir kommen ja um vor Hitze ohne Klimaanlage!

ANDERES STÜCK DEUTSCHE AUTOBAHN / MERCEDES VON KARL-FRIEDRICH. *Nacht. – Lichterschlange der fahrenden Autos. Karl-Friedrich steuert seinen Mercedes, alle anderen schlafen.*

Computerstimme: Karl-Friedrich, die Bremswirkung läßt nach! Du mußt demnächst die Bremsbeläge überprüfen lassen!

Karl-Friedrich: Jaja, mach ich!

Nach einer Weile fällt das Scheinwerferlicht aus.

Karl-Friedrich: Was ist denn das? *(Zum Computer:)* He, Ute!

Computerstimme: Du, Karl-Friedrich, ich glaube, der Keilriemen ist gerissen, schau mal nach!

Karl-Friedrich: Der Keilriemen! Die Lichtmaschine ist ausgefallen, du blöde Kuh!

Elsa erwacht.

Computerstimme: Ja, mein ich doch! – Also, du hast wirklich keine Ahnung von deinem Fahrzeug, Karl-Friedrich!

Elsa: Was ist denn los?

Karl-Friedrich: Die Ute spinnt mal wieder. Aber jetzt reicht's mir. Sobald wir zurück sind, lasse ich diesen Sprechcomputer ausbauen.

Elsa: Ach, Karl-Friedrich, ne! Ich hab mich schon so an diese nette Stimme gewöhnt! Sie ist so fürsorglich! Ne, da würde mir direkt was fehlen!

Computerstimme: Karl-Friedrich, der Öldruck! Stell sofort den Motor ab!

Karl-Friedrich: *(brüllt auf)* Ich dreh durch!

DEUTSCH-ÖSTERREICHISCHER GRENZÜBERGANG. *Tag. – Der Mercedes von Karl-Friedrich in einer langsam vorrückenden Schlange. Gunnar und Sabine schlafen. Das Auto kommt zur deutschen Abfertigung. Die deutsche Grenzstelle ist aus Beton, in einem Glashäuschen sitzt ein Zöllner, ein anderer steht auf der Straße. Elsa öffnet das Handschuhfach, nimmt die Pässe heraus, gibt sie ihrem Mann, dieser reicht sie dem Zöllner. Zwei mit Maschinenpistolen bewaffnete Grenzpolizisten behalten die Touristen im Auge. Der Zöllner reicht die Pässe dem Kollegen ins Häuschen, dieser legt sie auf eine Computersichtplatte, gibt sie dann zurück. Die Sattmanns können zur österreichischen Abfertigung weiterfahren. Hier ist alles anders. Erstens wechseln jetzt Licht und Farbe (das Grau-Braun ändert sich zu fröhlichen Farben), zweitens ist das österreichische Zollhäuschen eine nachgebaute Almhütte mit rustikalen Verzierungen und der Aufschrift: „Freistaat Tirol". Maiskolben und bäuerliches Handwerkszeug sind an der Vorderseite aufgehängt, vor dem Fenster, hinter dem ein Zöllner sitzt, hängt ein Blumenkasten mit Geranien, am Fenster sind kleinkarierte rot-weiße Vorhänge. Der Zöllner hinter dem Fenster trägt eine Operettenuniform sowie Sonnenbrille und jausnet gerade Brot und Speck. Der Zöllner, der auf der Straße steht, trägt ebenfalls Operettenuniform, Bart und Sonnenbrille. Neben dem Häuschen steht außerdem eine Marketenderin mit Dirndl, Sonnenbrille und einem umgehängten Fäßchen Schnaps. Alle drei haben eine tolle Bräune im Gesicht. Karl-Friedrich hält seinen Wagen an.*

ZÖLLNER: Griaß enk, Leutln! Wo fahrts denn hin?

KARL-FRIEDRICH: *(hält die Pässe hin)* Nach Tirol!

ZÖLLNER: *(ignoriert die Pässe)* Ah, des is brav! Sehr brav! Stell dir vor, heut warn schon 3000, die wollten nach Italien! Aber die blechen Autobahnmaut, bis sie schwarz werden! Ihr brauchts nix zahlen! Alle Straßen frei!

Karl-Friedrich: Na, fein!

Zöllner: Traudl!

Marketenderin: *(kommt her)* Griaß enk, Leutln! Willkommen bei uns dahoam! *(Überreicht Elsa ein Sträußchen aus Strohblumen.)* Da, des is für di!

Elsa: Ne, wie süß! Herzlichen Dank!

Marketenderin: *(zu Karl-Friedrich)* Und du? Magst a Schnapsl?

Karl-Friedrich: Na, ich weiß nicht ... beim Fahren ...

Zöllner: Ah was! Scheiß di nix! Bei uns derf ma alles! Bei uns is der Mensch noch frei! Das Individium *(er sagt wirklich „Individium")* gilt noch was in Tirol! Sowieso!

Karl-Friedrich: Na, dann gern!

Die Marketenderin läßt aus dem Fäßchen Schnaps in ein silbernes Stamperl rinnen. Elsa schaut auf ihrer Seite hinaus, sieht hinter einer Ecke unauffällig zwei Tiroler in Schützentracht stehen, sie tragen moderne Maschinenpistolen. Die Marketenderin überreicht Karl-Friedrich das Stamperl.

Marketenderin: Zum Wohlsein!

Karl-Friedrich: Prost! *(Trinkt.)*

Zöllner: Der brennt owi, was?

Karl-Friedrich: *(räuspert sich)* Kann man wohl sagen! *(Reicht das Stamperl zurück.)* Herzlichen Dank!

Zöllner: Also, Leutln! Auf ins gelobte Land!

Er tritt beiseite, Karl-Friedrich fährt los.

Zöllner: *(zum nächsten Wagen)* Griaß enk, Leutln! Wo fahrts denn hin?

Stimme Karl-Friedrich: *(aus dem wegfahrenden Auto)* Elsa, die Magentabletten!

Computerstimme: *(sich mit dem Wagen entfernend)* Karl-Friedrich, die Handbremse ist noch angezogen!

TIROLER AUTOBAHN / MERCEDES VON KARL-FRIEDRICH. *Tag. – Die Autobahn ist links und rechts von Schallschutzmauern umgeben, man sieht nichts, rein gar nichts von der Landschaft. Karl-Friedrichs Mercedes fährt in einer Autoschlange dahin. Auch hier liegt Nebel, aber nicht so grau-braun wie in Deutschland. Gunnar und Sabine schlafen, Elsa schaltet den Fernseher ein. Es erscheint in einem Almhüttenstudio ein sonnengebräunter Tiroler Bursche mit Vollbart, Sonnenbrille und in Tracht. Vor ihm auf dem rustikalen Tisch steht ein Maßkrug mit Bier, daneben ein Holzbrettchen mit Speck, auch Brot und ein Hirschfänger.*

TIROLER FERNSEHSPRECHER: Griaß enk, Leutln, da is euer Schorsch vom Sender Tirol! Habts es endlich gschafft, ha? Ja, i woaß eh, des war sicher a mordsmäßige Plag! Seids fertig mit die Nerven, gell! Aber machts enk nix draus! Zwei Tag in unserm schönen Land und ihr seids wieder wie neu! Wia gsagt, da is der Sender Tirol, der Sender der Heimat, der Sender der heilen Welt! Des könn ma wohl mit Stolz behaupten! Bei uns, Leutln, da gibt's kein Rauschgift, keine Überfälle, keinen Menschenraub, keinen Terrorismus, keine Umweltverschmutzung, garnix! Nur Gemütlichkeit, alpenländische Gemütlichkeit gibt's bei uns!

KARL-FRIEDRICH: *(schaut nach draußen)* Na – und was ist das? Frühnebel oder wie?

TIROLER FERNSEHSPRECHER: Ja, i woaß eh, wenn ihr außi schauts, dann sehts jetzt amal nit viel! Rechts und links die Lärmschutzmauern und drüber der Smog! Aber, Leutln, des miaßts verstehn, die Anrainer von der Autobahn brauchen ihre Ruhe, und Landschaft sehts no gnua an eurem Urlaubsort! Und der Smog, ja, liabe Leutln, des muaß i enk scho sagn, der kimmt von enk, der kimmt aus Deutschland, dafür können mir nix! Trotzdem: Die Luft is tausendmal besser als bei euch, und mindestens zwoamal am Tag kimmt die Sonn durch! Und jetzt frag i enk, wann habts ihr bei euch draußen zum letztn Mal die Sonn gsegn?

Elsa: Vor drei Monaten! Für sieben Minuten!

Tiroler Fernsehsprecher: Also, Leutln, seids herzlich willkommen und erholts enk! Und ietzt singen enk der Hansl und der Seppl die lustige Polka „Auf der Autobahn“ von den Oberkrainern!

Hansl und Seppl sind am Bildschirm zu sehen, beginnen zu singen und zu spielen.

STRASSE VOR LAHNENBERG / MERCEDES VON KARL-FRIEDRICH. *Abend. – Der Sattmann-Mercedes fährt auf Lahnenberg zu. Es dämmert. Karl-Friedrich ist sehr müde, macht einen kleinen Fahrfehler.*

Computerstimme: Karl-Friedrich, du zeigst Ermüdungserscheinungen. Konzentrier dich bitte!

Karl-Friedrich: Halt die Klappe! *(Nach hinten.)* Aufwachen! Wir sind gleich da!

Gunnar und Sabine erwachen, strecken sich. Die Holztafel mit der Aufschrift „Grüß Gott in Lahnenberg“ taucht auf, sie fahren daran vorbei. Sabine schaut auf die Tafel. Ein Auto mit Schiern und Surfbrett auf dem Dach überholt sie schnell. Elsa schaltet den Fernseher ein. Man hört noch einen Blasmusiktusch von der vorhergehenden Sendung. Der Sprecher Schorsch erscheint am Bildschirm.

Tiroler Fernsehsprecher: Griaß enk, Leutln, da bin i wieder! Der Schorsch vom Sender Tirol! Wir übertragen jetzt die wöchentliche Fronleichnamsprozession, diesmal aus Kranshofen! Da werds wiederamal sehn, wia mir Tiroler am alten Brauchtum und an unserer heiligen Religion festhalten. Eisern! Da gibt’s nix! Also, pfiat enk derweil!

Elsa schaut auf den Fernseher, man sieht eine Prozession.

STRASSE IM WALD. *Nacht. – Der Mercedes fährt vorüber und entfernt sich. Aus dem Wald treten zwei Tiroler in Schützentracht, schauen dem Auto nach. Es sind der erste und der zweite Gendarm, beide tragen Funkgeräte und Maschinenpistolen.*

VOR BRANDRUINE. *Nachts. – Der Mercedes fährt aus dem Wald und auf den Abhang zu, wo Karl-Friedrichs Haus steht.*

ELSA: Ja, wir sind richtig.

Karl-Friedrich fährt auf eine Brandruine zu, überall Wasserlachen vom Löschen. Die Sattmanns schauen entsetzt, Karl-Friedrich hält an, steigt aus dem Wagen, die anderen auch. Sie gehen zur Ruine, die von den Scheinwerfern des Autos angeleuchtet ist.

ELSA: *(fast weinend)* Das darf doch nicht wahr sein! Unser schönes Haus!

KARL-FRIEDRICH: Mir reicht's schon wieder!

STIMME ERSTER GENDARM: He!

Die Sattmanns drehen sich um, die zwei Gendarmen in Schützenuniform stehen hinter ihnen. Der zweite Gendarm hält eine starke Taschenlampe auf sie gerichtet, sie werden geblendet.

ERSTER GENDARM: *(die Maschinenpistole im Anschlag)* Was tuats denn ihr da, Leutln, ha?

Die Gendarmen kommen näher.

KARL-FRIEDRICH: Was wir da tun? Wir wollten unser Haus beziehen! Und jetzt steht es nicht mehr!

ERSTER GENDARM: *(läßt die Maschinenpistole sinken)* Jessas na, der Karl-Friedrich! Hab di zuerst gar nit kennt! Griaß di, Elsa, herzlich willkommen! Wards aber lang nimmer da, ha? Des sind wohl die Kinder, was? Mein Gott, wia die Zeit vergeht!

KARL-FRIEDRICH: Kennen wir uns?

Erster Gendarm: No, was denn, freilich! Mir sein die Schantinger.

Karl-Friedrich schaut verdutzt.

Erster Gendarm: Gendarmerie! Dorfpolizei! I bin der Robert! Ja, jetzt woaß i nit ...!

Gunnar: Sie hatten aber früher eine andere Uniform! Nicht so 'ne Tracht!

Erster Gendarm: Ja, mei, mir legen halt wieder Wert auf Tradition, auf den alten Väterbrauch!

Karl-Friedrich: Hören Sie, was ist denn da passiert?

Erster Gendarm: No, der Blitz hat halt eingschlagn! Grad gestern. Die Feuerwehr is leider zu spät kommen.

Karl-Friedrich: Blitz? Das gibt's doch nicht! War doch ein Blitzableiter!

Zweiter Gendarm: Ja mei, die Naturgewalten!

Karl-Friedrich: Das ist ja eine Katastrophe!

Sie schauen sich den Schaden wieder an.

Karl-Friedrich: Eine Katastrophe! Was tun wir jetzt?

Erster Gendarm: No, Leutln, laßts enk nur nit den Urlaub verdrießen! Der Bürgermeister hat sicher a Zimmer für euch! – Also dann: pfiat enk, Leutln! Schönen Urlaub noch!

Die Gendarmen verschwinden im Dunkel der Nacht, die Sattmanns schauen sich weiter die Bescherung an.

Gunnar: Ich schlage vor, wir fahren zum Rotterhof!

Karl-Friedrich: Ich fahre keinen Meter mehr! Ich bin fix und fertig!

Sabine: Na, sollen wir uns da in die Ruine legen?

Karl-Friedrich: Der Schutzraum ist sicher noch intakt!

IN UND VOR DER RUINE. *Morgen. – Nebel. Im Keller der Ruine wird eine Stahltür aufgemacht, die Sattmanns klettern – etwas zerrupft von der Nacht – herauf,* *gehen zum Wagen. Elsa sieht einen Baum in der Nähe, geht hin, schaut ihn an, berührt die Rinde des Stammes. Gunnar folgt ihr.*

Elsa: Wunderbar! Wunderbar, wie sich das anfühlt!

Auch Gunnar berührt den Baum.

WALD BEI RUINE. *Morgen. – Joe, der Bürgermeistersohn Stefan und Hans beobachten zwischen die Bäume hindurch die Szene. Karl-Friedrich steigt in den Wagen, Sabine schaut auf die Ruine zurück, Elsa und Gunnar stehen am Baum. Joe trägt Militärstiefel, Blue Jeans, beige Natojacke, Hut und Rucksack, hat Schnellfeuergewehr mit Zielfernrohr. Stefan trägt Bergschuhe, grüne Militärhose, beige Natojacke und Mütze, ist bewaffnet mit Maschinenpistole. Hans trägt graue Bergsteigerkniebundhosen, graue Strümpfe, schwere Bergschuhe, Anorak, Bergsteigerhut, Schnellfeuergewehr. Die drei beobachten die Sattmanns, Stefan grinst Hans an, dieser nickt grimmig, Joe schaut traurig zu Sabine, die jetzt einsteigt.*

Karl-Friedrich: *(aus dem Auto zu Elsa und Gunnar)* Nu kommt schon!

Elsa und Gunnar steigen ein, der Wagen fährt weg, die drei im Wald schauen ihm nach.

ORTSRAND VON LAHNENBERG / TIEFGARAGENZUFAHRT. *Tag. – Der Mercedes kommt an den Ortsrand. Aus Lautsprechern ertönt Pseudovolksmusik, überall, im ganzen Ort ist diese Musik zu hören. An der Straße in den Ort hinein ist ein rot-weiß karierter Schranken, der die Zufahrt versperrt. Daneben ein Fahrverbots- und ein Fußgängerzonenschild. Am Schranken stehen der erste und der zweite Gendarm. Auf einer Seite die Zufahrt zu einer Tiefgarage und der Abgang zur U-Bahn (ein U-Bahn-Schild hängt darüber). Der erste Gendarm hebt die Hand* *hoch, die Sattmanns halten. Hinter dem Schranken drei offene Pferdekutschen, die auf Gäste warten.*

Erster Gendarm: Ah, die Sattmanns! Leutln, jetzt hoaßt's umsteigen! Im Ort is Fahrverbot. Da is die Tiefgarage! Ihr könnts die U-Bahn benützen oder eine Kutsche!

Karl-Friedrich fährt in die Tiefgarage.

TIEFGARAGE. – *Auch hier die Musik. Eine Tür mit dem U-Bahn-Zeichen. Karl-Friedrich fährt mit dem Mercedes herunter und parkt den Wagen zwischen anderen. Ein schwarzer Mercedes kommt die Einfahrt herunter, vorne rechts am Wagen ein Wimpel mit dem Tiroler Adler, am Nummernschild steht: L 1. Ein Trachtentiroler mit Sonnenbrille lenkt, hinten sitzt der Bürgermeister Franz Wechselberger im Nobeltrachtenanzug, neben ihm als Leibwächter ein Tiroler Schütze mit Sonnenbrille, Funkgerät und umgeschnalltem Säbel, aber sonst ohne sichtbare Waffe. Der Mercedes parkt neben Karl-Friedrichs Auto ein. Vorne an der Wand eine Tafel mit der Aufschrift: Leutln, dieser Parkplatz is reserviert für unseren Bürgermeister! Franz sieht Karl-Friedrich, läßt das Fenster herunter.*

Franz: He, Karl-Friedrich, bist du des?

Karl-Friedrich: Oh, der Herr Bürgermeister!

Der Chauffeur ist inzwischen ausgestiegen, hat Franz die Tür geöffnet, dieser und der Leibwächter steigen aus. Die Sattmanns verlassen ebenfalls ihren Wagen.

Franz: *(zum Leibwächter)* No, was is? Ehrenbezeugung!

Der Leibwächter nimmt Haltung an, zieht den Säbel, fuchtelt damit herum, schlägt dabei Karl-Friedrich fast einen Arm ab, hält den Säbel ans Kinn, läßt ihn wieder in der Scheide verschwinden.

Franz: *(breitet die Arme aus)* Also, des freut mi wirklich, daß ihr wiederamal kommen seids! *(Küßt Elsa* *auf die Wange.)* Elsa, mein alter Schwarm! – Griaß di, Karl-Friedrich *(gibt ihm die Hand),* Servus Sabine, mei bist du a fesches Madl! – Und der Gunnar! *(Gibt ihm die Hand.)* Was is los? Koan „Irokesen" mehr *(deutet auf den Kopf)*?

Gunnar: Ne, die Indianer sind ausgestorben!

Karl-Friedrich: Mein Haus ist abgebrannt!

Franz: Ja, i hab's ghört! Aber des mach ma schon, Karl-Friedrich! Die Versicherung zahlt! Hab i schon gregelt! Bin ja Tiroler Repräsentant dieser Versicherung, woaßt! *(Lacht.)* Alles in oaner Hand! Nur so lafts Gschäft, was? Des woaßt du ja am besten, Karl-Friedrich! Was, du alter Saubär?!

Er klopft Karl-Friedrich auf die Schulter, daß der zusammenzuckt.

Elsa: Trotzdem! Schade um das schöne Haus!

Franz: Ach was, mir baun euch no viel a schöners! Alles bio! Total bio! Mir sein jetzt total auf bio! Außerhalb des Ortes, da werdets ihr koa neues Haus mehr finden! Alles in den Urzustand zurückversetzt! Wir halten das Vätererbe hoch! Des hamma inzwischen glernt!

Gunnar: *(der Bürgermeister ist ihm unsympathisch)* Na, wunderbar!

ORTSRAND VON LAHNENBERG / TIEFGARAGENZUFAHRT. – *Die Sattmanns kommen mit Franz aus einer Tür aus der Tiefgarage. Hinter ihnen Chauffeur und Leibwächter, sie tragen das Gepäck der Sattmanns.*

Gunnar: *(bleibt stehn)* Ich würde lieber auf dem Rotterhof Urlaub machen. Wieso geht das nicht?

Franz: *(bleibt stehn)* Weil's ein neues Gesetz gibt, Gunnar! Touristen nur mehr in den Hotels! Damit die alten Höfe erhalten bleiben! Das Erbe der Väter, verstehst?

Karl-Friedrich: Find ich gut. Doch! Hast du noch was frei für uns?

Franz: Für euch doch immer, Karl-Friedrich! Könnts mit mir fahrn! I hab Platz gnuag!

Sie gehen am Schranken vorbei, zu einer Kutsche, die beiden Gendarmen salutieren vor Franz, er beachtet sie nicht. Der Leibwächter verstaut das Gepäck, der Chauffeur öffnet den Wagenschlag, Franz deutet galant hinein, hilft Elsa und Sabine hinein, auch Karl-Friedrich und Gunnar steigen ein, zuletzt Franz. Der Chauffeur schließt den Schlag, setzt sich auf den Kutschbock, der Leibwächter setzt sich neben ihn, schaut sich unauffällig um; Gunnar schaut ihn an und sieht unter seiner Trachtenjacke ein Schulterhalfter mit Pistole. Der Chauffeur nimmt die Zügel, schnalzt mit der Zunge, die Kutsche fährt los.

FUSSGÄNGERZONE VON LAHNENBERG. – *Die Kutsche fährt durch den Ort, die Sattmanns schauen sich um. Touristen sind unterwegs. Einige mit Schiern und Schianzug, andere als Bergwanderer gekleidet, andere sind offenbar zu einem Badeausflug unterwegs, andere mit Tennisschlägern und Tennisanzug, auch ein Jogger, zwei Rollschuhfahrerinnen mit Walkman, sehr schick angezogen. Es sind auch ein paar Einheimische unterwegs, alle in Tracht und mit Sonnenbrillen. Eine Mutter mit Kleinkind. Das Kind sitzt in einem rustikalen Kinderwagen, hat Sonnenbrille auf, einen Schnuller im Mund und trägt ebenfalls Tracht (Lederhose, Walkjanker und breitkrempigen Hut mit Hahnenfeder). Elsa beobachtet die Einheimischen.*

Elsa: Mein Gott, schauen die alle gesund aus! Strotzend vor Kraft! Wunderbar!

Franz: Die Gebirgsluft! Des gsunde Essen! Alles total bio!

Elsa: Und alle wieder in ihren schönen Trachten!

Franz: Naja, das Vätererbe!

Aus der Ferne hört man plötzlich Geknatter von Maschinengewehren und das Geräusch eines Hubschraubers.

Sabine: Was ist denn das?
Franz: Was?
Gunnar: Sind das Schüsse?
Franz: Jaja, unser Bundesheer. Gebirgsmanöver!

VOR DEM HOTEL ALPENFRIEDEN. – *Der Eingang ist rustikaler gestaltet als früher. Die Kutsche fährt vor, die Sattmanns steigen aus, ein Hoteldiener mit Sonnenbrille, Lederhosen, rot-weiß kariertem Hemd und grüner Schürze kommt aus dem Eingang, hebt das Gepäck herunter.*
Franz: I muaß no ins Gemeindeamt. Pfiat enk derweil!
Die Kutsche fährt los, Christl erscheint im Eingang. Sie trägt ein auffälliges Dirndl und schaut sehr kaputt aus.
Christl: Die Sattmanns! Endlich! Na, wie i mi freu! Herzlich willkommen!

HOTELZIMMER. – *Der Hoteldiener läßt die Sattmanns herein. Elsa stößt einen Ruf der Entzückung aus. Das Zimmer ist höchst kitschig eingerichtet. Die Vorhänge sind blau-weiß kariert, ebenso die Bettwäsche, über dem gedrechselten Bett ein blau-weiß karierter Baldachin, auf einem rustikalen Tisch ein blau-weiß kariertes Tischtuch, auf dem Tisch stehen in einer geblumten Vase wunderschöne Alpenblumen und ein Aschenbecher aus Bergkristall. Auf dem großen Fernseher liegt ein blau-weiß kariertes Deckchen, auf ihm steht ein geschnitzter Tiroler, der die Sense schwingt. An den Wänden Ölbilder mit alpinen Themen, Hirschgeweihe und Rehbock-Krickel. Der Hoteldiener stellt das Gepäck ab.*
Hoteldiener: So, Leutln, da samma! Gfallt's enk, ha?
Elsa: Wundervoll!
Hoteldiener: *(zeigt zu einer Tür)* Da kimmt ma zu die andern zwei Zimmer! Für die jungen Leut! *(Geht zum Fernseher, nimmt die Fernbedienung.)* Hausvideo gibt's a! *(Schaltet auf 1:)* Heimatfilm! *(Am Bildschirm*

küßt sich ein ländliches Paar im Abendrot.) Western! *(Schaltet auf 2, man sieht einen Revolvermann ziehen und schießen.)* Krimi! *(Schaltet auf 3, ein Auto in einer Großstadt schlittert um eine Kurve.)* Horror! *(Schaltet auf 4, man sieht eine schöne Frau den Mund aufreißen und gottserbärmlich schreien.)* Nackerte Manderleut! *(Schaltet auf 5, man sieht einen nackten Muskelmann mit seinen Muskeln spielen.)* Nackerte Weiber! *(Schaltet auf 6, man sieht ein Fräulein sich nackt auf einem Tigerfell räkeln. Er schaltet auf 7: wunderschöne Hochgebirgslandschaft, die von der Kamera abgeschwenkt wird. Musik dazu.)* Aber des wird eigentlich am meisten gschaut! Schön, gell?

Karl-Friedrich: Sehr schön! Können Sie gleich lassen! Wir hätten gern Frühstück für alle, geht das?

Hoteldiener: Logisch geht des! Habts a bißl spat aus die Federn gfundn heut, ha?

Karl-Friedrich: *(drückt ihm zwei Mark in die Hand)* Hier, für Sie!

Der Hoteldiener schaut auf das Zweimarkstück, tut als ob er noch nie so viel bekommen hätte.

Hoteldiener: Na, Wahnsinn! I wear narrisch! So viel Geld! Na, Vergelt's Gott! Vergelt's Gott tausendmal!

Karl-Friedrich: Ja, schon gut.

Hoteldiener: Na, so viel Geld! *(Küßt die Münze, steckt sie ein.)* Also, pfiat enk derweil! *(Geht zur Tür, dreht sich um.)* Heut is übrigens Tirolerabend! Da geht's auf! *(Stößt einen Juchzer aus, geht hinaus.)*

LANDSTRASSE IN EINEM SCHMALEN TAL / MERCEDES VON KARL-FRIEDRICH. – *Keine Sonne, aber nebelfrei. Das Auto der Sattmanns fährt dahin. Karl-Friedrich am Steuer.*

Computerstimme: Karl-Friedrich, du mußt bald tanken!

Karl-Friedrich: Jaja, mach ich!

Elsa schaut nach einer Weile verblüfft nach rechts oben.

Elsa: Das ist doch nicht möglich!

Karl-Friedrich: Was?

Auch Sabine und Gunnar sehen es.

Sabine: Da! Rechts oben!

Karl-Friedrich schaut und sieht, daß auf den Hängen der rechten Talseite Schnee liegt. Man sieht eine Schipiste, Lifte, Schifahrer. Karl-Friedrich ist verblüfft, hält den Wagen an. Sie steigen aus, sie schauen nach rechts, dort ist es Winter. Sie schauen auf die Hänge der linken Talseite, dort ist es Sommer. Auch hier herunten auf der Straße ist es Sommer.

Gunnar: *(zu Karl-Friedrich)* Die haben einiges dazugelernt, seit du ihnen die Schneekanonen verkauft hast!

STRASSE ZUM ROTTERHOF (AUF DER SOMMERSEITE) / MERCEDES. – *Der Mercedes fährt die gewundene Straße hinauf, an einem schönen, alten Bauernhof vorbei. Von oben kommt ein Land-Rover mit hoher Geschwindigkeit um die Kurve, bremst ab, stellt sich vor dem Mercedes quer über die Straße, Karl-Friedrich steigt auf die Bremse.*

Computerstimme: Achtung, Schleudergefahr! Brems doch nicht so stark, Karl-Friedrich!

Die Sattmanns schauen erschrocken auf den Land-Rover. Zwei Männer in Schützentracht, mit Maschinenpistolen, Funkgeräten und Sonnenbrillen, steigen aus, kommen langsam her, halten unauffällig die Maschinenpistolen im Anschlag. Einer der beiden Schützen hat einen Vollbart. Er geht zur Beifahrerseite, der andere zu Karl-Friedrich. Dieser läßt das Fenster herunter.

Karl-Friedrich: Was ist denn los, Mann? *(Schaut erstaunt.)*

Es ist Thomas, der zum Fenster hereinschaut.

Karl-Friedrich: Thomas!

Thomas: Ja, gibt's denn des a? Die Sattmanns! Griaß di, Karl-Friedrich! *(Reicht die Hand herein.)* Griaß enk alle miteinander! Na des is eine Überraschung! Wo wollts denn hin?

Karl-Friedrich: Na, zu euch, auf den Rotterhof!

Thomas: Ahso? Wollts meine Leut bsuachn? Na, des is fein! – Derfts halt nit z'weit aufi in die Berg, weil dort is Manöver. Alles klar?

Karl-Friedrich: Ja, ist gut! – Sag mal, bist du jetzt auch bei der Gendarmerie?

Thomas: Mei, a Tiroler Schütz bin i halt! Das Erbe der Väter, verstehst? Also, pfiat enk!

Thomas geht zum Land-Rover, Elsa schaut zum zweiten Schützen, dieser grinst sie mit blitzenden Zähnen an, geht auch zum Land-Rover. Thomas und der zweite Schütze steigen ein, der zweite Schütze setzt sich ans Steuer, fährt ein Stück zurück und dann mit Karacho talwärts. Karl-Friedrich fährt los und weiter bergauf.

STRASSE BEIM ALTEN ROTTERHOF / MERCEDES. – *Es ist nun wieder der alte, schöne Hof, wie im ersten und zweiten Teil. Neben der Straße weiden fünf Kühe, eine sechste Kuh steht mitten auf der Straße. Der Mercedes kommt, fährt langsamer, die Kuh weicht nicht aus. Karl-Friedrich fährt vorsichtig auf die Kuh los, sie glotzt nur blöd, geht nicht weg.*

Karl-Friedrich: So ein stures Vieh! – Na gut, steigen wir eben hier aus!

Gunnar: He! Das ist doch wieder der alte Hof!

Elsa: Ja, wirklich! Wie gibt es denn so etwas?

Karl Friedrich stellt den Motor ab, sie steigen alle aus und schauen.

Karl-Friedrich: Na, wie der Bürgermeister gesagt hat! Alles in den Urzustand zurückversetzt!

Karl-Friedrich geht los, Elsa fürchtet sich vor der Kuh.

Elsa: Gott ist die riesig! Zum Fürchten!

Karl-Friedrich: Na komm, sie frißt dich schon nicht! Kühe sind die gutmütigsten Tiere, die man sich vorstellen kann.

Karl-Friedrich führt die ängstliche Elsa an der Kuh vorbei, diese schaut ihnen mit großen Augen nach. Gunnar geht auch vorbei, Sabine schaut die Kuh an.

Sabine: Na, was ist denn? Du!

Sabine streichelt die Kuh vorsichtig an der Stirn.

Elsa: Sabinchen! Nicht doch!

Sabine: Ach was! So ein liebes Tier! So treue Augen! Was, du? So treue Augen können Menschen gar nicht haben!

Plötzlich senkt die Kuh den Kopf und versetzt Sabine einen Stoß, sodaß sie hinfällt. Elsa schreit auf. Die Kuh kommt langsam auf Sabine zu, Schaum trieft aus ihrem Maul. Sabine kriecht schnell davon, läuft zu den anderen.

Elsa: Ich hab's dir doch gesagt! Ich hab's dir gesagt, Sabine!

Sabine: Ich hab sie wohl an der unrechten Stelle gekrault!

Sie gehen an der Längsseite des Hofes entlang, plötzlich hören sie einen dumpfen Fall und drehen sich um. Die Kuh liegt regungslos am Boden.

Karl-Friedrich: Ja, was ist denn jetzt?

Elsa: Müssen wir den Bauersleuten sagen!

ROTTERHOF. – *Es ist zwar der alte Hof, aber alles wirkt jetzt museumsartig und sehr sauber aufgeräumt. An den Wänden hängen bäuerliche Handwerkszeuge, am Balkon gibt es eine Unmenge von blühenden Blumen in Holzkästen. Ein alter Pflug steht da, eine alte Egge ist an die Wand gelehnt, in einem alten Schubkarren blühen Blumen. Hühner laufen herum. Auf der Hausbank sitzt der alte Andreas und schaut sehr malerisch aus. Früher hatte er einfach die dunkle Kleidung der Landmenschen getragen,* *niemals hat man ihn in Tracht gesehen, jetzt aber trägt er Kniebundlederhose mit Stickerei, bunte Strümpfe und Haferlschuhe, Trachtenjanker und einen breiten Hut mit Hahnenfedern. Er ist sehr gebräunt, trägt eine Sonnenbrille und schmaucht sein Pfeiflein. Die Sattmanns kommen ums Eck, schauen zu Andreas.*

COMPUTERSTIMME: *(von irgendwoher)* Liabe Leutln, dieser Hof wurde erbaut im Jahre des Herrn 1783 und ist seither im Besitz der Rotter-Familie! Klarerweis wird er noch voll bewirtschaftet! Gegen zehn deutsche Markln dürfts alles besichtigen! Familienpauschale 20 Mark!

Die Sattmanns schauen sich um, wo die Stimme herkommt.

ANDREAS: Ah, do schau her! Wer kimmt denn da?

KARL-FRIEDRICH: Wir sind's, Andreas! Die Sattmanns!

ANDREAS: Na, so was! Die Sattmanns! Ja, griaß enk! Na, des is aber a Freud!

Andreas streckt die Hand aus, Karl-Friedrich ergreift sie.

ANDREAS: Griaß di! Karl-Friedrich hoaßt du, gell? Ja, freilich! *(Hält die Hand weiter ausgestreckt, Elsa ergreift sie.)* No, und des is die Elsa, jaja woaß i alles no! *(Hält seine Hand weiter ausgestreckt, Sabine ergreift sie.)* Sabinele! Sabinele! Die kenn i a no! Du bist mit dem Joe verheiratet, jaja, den hab i leider verfluachen miaßn, warum, woaß i nimmer!

SABINE: Ich bin nicht mehr mit Joe verheiratet. Wir sind geschieden. Schon lange!

ANDREAS: No, des is gscheit! Hat eh nix taugt, der Hallodri!

Sabine hat längst seine Hand losgelassen, Andreas hält sie immer noch ausgestreckt. Alle wundern sich etwas über den schrulligen Alten, Gunnar ergreift die Hand.

ANDREAS: Ja, und des is mei alter Freund, der Gunnar! Griaß di Gott, Gunnar!

GUNNAR: Tag, Andreas!

Andreas: Der Gunnar hat mi amal aufn Buckl irgendwohin gschleppt, aber wohin, des woaß i nimmer!

Gunnar: Zur Lena! Zum Kantnerhof!

Andreas: Zur Lena? Wer is jetzt des? Kenn i nit!

Gunnar: Na, hör mal! Du hast sie doch geheiratet!

Andreas: Na, da woaß i nix!

Gunnar schaut erstaunt die anderen an, Sabine tippt an ihren Kopf. Eine Weile Schweigen. Gunnar schaut auf die andere Talseite. Dort ist Winter. Man sieht einen Sessellift und auf der Piste Schifahrer.

Gunnar: Und wo ist Anna? Und mein Sohn?

Andreas: Die Anna hab i leider a verfluechen mießn, jaja, leider Gottes!

Hinter ihm erscheinen im Fenster Olga und Maria, verschwinden wieder.

Andreas: Wann seids jetzt ihr zum letztenmal dagwesn? Muaß ja schon zwoa, drei Jahr her sein!

Elsa: Schon etwas länger!

Andreas: Schon etwas länger? Na, wia die Zeit vergeht!

Olga und Maria kommen heraus, haben strohblonde Haare, in Zöpfen um den Kopf gewickelt, tragen Dirndl und Sonnenbrillen.

Olga und Maria: Ja, griaß enk alle miteinander! *(Schütteln allen die Hände.)* Grüß Gott! Grüß Gott!

Maria: Kommts eina, auf an Kaffee!

Elsa: Danke, sehr lieb! Wir haben gerade! Vielleicht etwas später, zuerst möchten wir einen Spaziergang machen.

Gunnar: Wir sind schon ganz süchtig auf Landschaft, verstehst du?

Maria: Ja, sowieso versteh i des!

Gunnar: Schade, daß wir unseren Urlaub nicht bei euch verbringen dürfen.

Maria: Ja, des geht halt leider nit.

Olga: Das Erbe der Väter, verstehst!

Gunnar: Ja, aber wovon lebt ihr dann? Ihr habt doch die Einnahmen aus dem Fremdenverkehr dringend gebraucht!

Maria: Wir kriegen vom Land ein Gehalt. Wir sind jetzt Landschaftsgärtner. Mein Mann, der Thomas, is letzte Woche grad befördert worden. Zum Ökonomierat 2. Klasse, Gehaltsstufe B!

Gunnar: Na, ist ja super.

Karl-Friedrich: Ja dann, bis später!

Karl-Friedrich geht los, die anderen folgen.

Gunnar: *(dreht sich um)* Hinter dem Haus liegt übrigens eine Kuh.

Olga: Ahso? No, die steht scho wieder auf!

WIESENWEG. – *Die Sattmanns spazieren auf einem Wiesenweg dahin, bestaunen die Natur. Auf einer eingezäunten Wiese weiden Schafe, die Sattmanns treten an den Zaun.*

Computerstimme: Liabe Leutln, das Betreten der Wiese is leider nit erlaubt! Schutz der Natur! Außerdem werd des Viech rebellisch gmacht! Haltets enk bittschön dran!

Sie hören zu, Gunnar springt trotzdem über den Zaun, rennt wie verrückt im Gras herum, läuft zwischen die Schafe, diese stieben auseinander. Sabine steigt auch über den Zaun, spielt Fangen mit Gunnar, sie wälzen sich im Gras. Karl-Friedrich und Elsa schauen lächelnd zu. Karl-Friedrich blickt zur anderen Talseite, wo Winter ist.

ANDERER WIESENWEG / KORNFELD. – *Die Sattmanns spazieren an dem Kornfeld vorbei, malerisch gekleidete Bauersleute (mit Sonnenbrillen) schneiden mit Sicheln das Getreide, dralle, barfüßige Mädchen im Dirndlkleid (mit Sonnenbrillen) binden es zu Garben, machen „Kornmandln" daraus. Die Bauersleute winken den Sattmanns lachend zu, die Sattmanns winken zurück.*

WEG AM WALDRAND. – *Die Sattmanns spazieren dahin, bleiben stehen, schauen zum Waldrand, wo friedlich Rehe äsen, Hasen hüpfen herum. Die Sattmanns sind begeistert, Elsa geht auf ein Reh zu, da ertönt wieder eine Stimme.*

COMPUTERSTIMME: Liabe Leutln, gehts bittschön nit in den Wald aufi, weil da sind nämlich grad Bundesheermanöver! Außerdem soll des Wild sei Ruah habn! Vergelt's Gott für enker Verständnis!

Elsa ist stehengeblieben.

VOR DEM ROTTERHOF. – *Die Sattmanns gehen auf den Hof zu, Andreas sitzt malerisch auf der Bank, starrt vor sich hin.*

COMPUTERSTIMME: Griaß enk, Leutln! Sie sein im Stall hinten beim Melkn! Könnts gern zuaschaun, kost nur 10 Markln!

Die Sattmanns schauen sich an, gehen zum Stall. Es tönt Folkloremusik heraus. In der Nähe der Tür ist ein Abflußrohr, aus dem plötzlich Milch kommt und auf den Boden rinnt. Gunnar sieht es als erster.

GUNNAR: Da! Schaut mal!

Sie schauen alle hin, blicken sich an, Gunnar geht zur Stalltür, öffnet sie.

ROTTERHOF / STALL. – *Ein „alter" Stall, eine Menge Kühe. Folkloremusik ertönt. Im Mittelgang stehen ein paar Touristen, die frische Milch aus Häferln trinken und dabei andächtig Maria beim Melken zuschauen, das jetzt natürlich wieder händisch durchgeführt wird. Olga steht mit ihrem Melkkübel an einem Becken, leert gerade die Milch hinein, die durch den Abfluß ins Freie rinnt. Die Sattmanns kommen herein.*

GUNNAR: *(zu Olga)* Warum schüttest du die Milch weg?

OLGA: Ja, mei, Überschuß, woaßt eh ...

ROTTERHOF / STUBE. *Abend – Wieder die alte Stube, aber völlig verkitscht. Rot-weiß karierte Vorhänge, rot-weiß kariertes Tischtuch, an den Wänden bäuerliche Handwerkszeuge wie Sicheln, Sensen, Holzgabeln. Über dem Tisch hängt eine Petroleumlampe, aber sie ist elektrisch betrieben. Am Tisch sitzen Karl-Friedrich, Elsa, Gunnar, Sabine, Maria und Olga. Die Gäste trinken Kaffee aus Häferln mit Goldrand und Blumen. Elsa und Sabine essen Vollkornbrot mit Butter. Auf einem Holzbrett liegt der Butterstollen, ist mit einem Model verziert worden. Karl-Friedrich und Gunnar essen Speck. Maria und Olga jetzt ohne Brillen.*

KARL-FRIEDRICH: Schön, wieder in der alten Stube zu sitzen.

MARIA: Alles original nachgebaut! Jaja, spät sein ma draufkommen, daß des kein alter Krempl is!

ELSA: Ach, wunderbar! Wie köstlich ist dieses Brot!

OLGA: Selber gmacht! Ohne chemische Zusätze! Chemie gibt's bei uns nit! Total bio!

KARL-FRIEDRICH: Schmeckt phantastisch! Der Speck auch!

GUNNAR: *(zu Maria):* Wo sind deine Kinder?

MARIA: Oh, die sind alle aus dem Haus. Studieren Landwirtschaft.

Draußen hört man einen Wagen vorfahren und scharf abbremsen, Thomas kommt gleich darauf bei der Tür herein, hat am rechten Arm eine schwere Verletzung, kann ihn nicht mehr bewegen, das Blut rinnt auf den Boden.

ELSA: *(erschrocken)* Thomas!

THOMAS: *(fröhlich)* Ah! Seids beim Kaffee?

ELSA: Aber, Thomas, Sie sind ja schwer verletzt!

THOMAS: Ach was, Unkraut vergeht nit und a Tiroler erst recht nit!

Das Blut tropft auf den Boden, Maria sieht es.

MARIA: Geh, Thomas, i hab grad den Boden putzt!

THOMAS: Entschuldige, Schatzl! Bin eh glei weg! I brauch nur mei Kennkarten fürn Doktor! Die muaß im andern Rock sein, glaub i!

Maria geht zum Wandschrank. Die Sattmanns sind erstaunt, daß die Verletzung von Thomas so leicht genommen wird.

KARL-FRIEDRICH: Wie ist denn das passiert?

THOMAS: Ah, beim Manöver!

Maria nimmt eine Plastikkarte aus dem Schrank, gibt sie Thomas.

MARIA: Da!

THOMAS: Also, pfiat enk, Leutln, machts es guat!

Thomas rennt hinaus, man hört gleich darauf den Wagen wieder wegfahren.

ELSA: Mir ist schlecht, Karl-Friedrich!

KARL-FRIEDRICH: *(trinkt aus)* Na gut, brechen wir auf! *(Steht auf.)* Danke herzlichst für die Gastfreundschaft!

MARIA: Gern gschehn! Wenn i ietzt no kassiern dürft! *(Zieht Block und Kugelschreiber hervor.)* Des is amol 20 Mark Familienpauschale fürn Eintritt, dann der Kaffee ...

Die Sattmanns schauen etwas pikiert.

VOR DEM ROTTERHOF. *Abend. – Licht im Hof. Karl-Friedrich, Elsa, Sabine und Gunnar kommen heraus. Sie sehen, daß Andreas immer noch mit Sonnenbrille auf der Hausbank hockt.*

GUNNAR: Gute Nacht, Andreas!

ANDREAS: *(schreckt auf)* Ah, seids schon dahin? Pfiat enk, Leutln!

Er jodelt kurz und schnell, starrt dann vor sich hin. Karl-Friedrich schüttelt den Kopf, sie gehen ums Hauseck Richtung Auto.

SABINE: Der hat wirklich nicht mehr alle Tassen im Schrank!

Sie gehen Richtung Auto, die Kuh liegt immer noch am Boden. Gunnar kniet sich bei ihr nieder. Sie lebt, schaut mit großen Augen.

ELSA: Jetzt liegt die immer noch da! Warum hilft ihr denn keiner?

KARL-FRIEDRICH: Das ist nicht unsere Sache. Komm jetzt! *(Zu Gunnar:)* Also, daß die von uns kassiert haben, das find ich nicht in Ordnung. Wir sind ja schließlich irgendwie verwandt!

Sie gehen zum Auto, steigen ein, Karl-Friedrich startet, die Scheinwerfer gehen an, beleuchten die Kuh. Karl-Friedrich fährt zurück, um zu wenden.

LANDSTRASSE / MERCEDES. *Nacht. – Die Sattmanns fahren an einem Feld vorbei, wo Kornschober aufgestellt sind. Zwei Trachtenburschen gehen mit Fackeln von Schober zu Schober, zünden sie an. Die Sattmanns schauen erstaunt.*

ELSA: Warum tun die das?

GUNNAR: Überschuß!

IN DER DORF-U-BAHN. *Nacht. – Die Sattmanns sitzen in der U-Bahn, die ebenfalls rustikal gestaltet ist mit Holzbänken und rot-weiß karierten Vorhängen. Noch etliche andere Gäste. Manche in Schikleidung, mit Schiern und Stöcken, manche in Badekleidung und mit Badetaschen. Gunnar schaut zur Decke, sieht eine Videokamera.*

COMPUTERSTIMME: Nächster Halt Hotel Alpenfrieden! Pfiat enk, Leutln!

Die Sattmanns stehen auf.

VERANSTALTUNGSSAAL MIT BÜHNE. *Nacht. – Im Saal zahlreiche Touristen an Tischen, Wein und Bier trinkend. An einem Tisch die Sattmanns. Auf der Bühne läuft ein Tirolerabend ab. Junge, gesunde, kraftstrotzende*

Burschen und Mädls tanzen eine Art Balztanz. Die Lederhosen der Burschen sind äußerst knapp, die Dirndlkleider der Mädchen tiefst ausgeschnitten und sehr kurz. Im Hintergrund die Musikkapelle. Die Touristen, auch die Sattmanns, schauen mit leuchtenden Augen zu. Plötzlich fällt ein Mädchen auf der Bühne stocksteif um, wird von einem Burschen von der Bühne geschleppt, die anderen tanzen ohne Unterbrechung weiter.
Etwas später: Der Zuschauerraum ist nun zu zwei Dritteln leer, auf der Bühne tanzen die Trachtenburschen mit Touristinnen und die Dirndlmädchen mit Touristen. Auch die Sattmanns tanzen. Elsa läßt sich begeistert von einem Burschen mit blitzenden Zähnen herumschwingen, Karl-Friedrich drückt ein dralles Dirndlmädchen an sich, Gunnar ebenso, Sabine tanzt mit einem Burschen, der Joe ähnlich sieht.

„STALL“. *Nacht. – Rotes Licht, leise Zithermusik. Ein nachgebauter Stall mit vielen Kojen, deren Wände aus Holzbrettern bestehen. Rot-weiß karierte Vorhänge an den Eingängen. In den Kojen ist am Boden Heu aufgebreitet, darauf rot-weiß karierte Bettwäsche. In jeder liegt ein Bursch mit einer Touristin oder ein Dirndlmädchen mit einem Touristen. Auch Karl-Friedrich und Gunnar sind da mit je einem Mädchen und Sabine mit ihrem Burschen. Eine Koje ist noch leer, eben zieht der Bursche, mit dem Elsa getanzt hat, diese herein.*

ELSA: *(verschämt)* Aber nicht doch, ich bitte Sie, das geht doch nicht, was soll denn mein Mann denken?

BURSCHE: Geh, Elsa, mach decht koane Fisimatenten! Dei Alter liegt ja schon drin, der schnaxlt ja schon die längste Weil!

ELSA: Was?

BURSCHE: Jetzt kimm scho, Weibele! *(Zieht Elsa nieder.)* Is im Pensionspreis inbegriffen!

HOTELZIMMER. – *Karl-Friedrich und Elsa schlafen. Stille. Plötzlich das Geräusch einer Explosion aus der Ferne. Karl-Friedrich wacht auf, lauscht, setzt sich auf. Noch eine Explosion. Karl-Friedrich schaut seine schlafende Frau an, steht auf, geht im Dunkeln zum Fenster, zieht den Vorhang beiseite, schaut hinaus. Auf der anderen Talseite brennt etwas. Sabine kommt im Nachthemd herein, sieht ihren Vater am Fenster, geht zu ihm.*

SABINE: Was war denn das?

KARL-FRIEDRICH: Eine Explosion! Da drüben brennt's!

SABINE: *(schaut auch zum Fenster hinaus)* Ich weiß nicht Papi, mir ist irgendwie so unheimlich zumute!

KARL-FRIEDRICH: Scheiß Manöver! Fremdenverkehrsfördernd ist sowas ja nicht gerade! Möchte wissen, wieso die das nicht woanders machen!

Gunnar tritt auch im Pyjama zu ihnen, schaut zum Fenster hinaus.

HOTEL ALPENFRIEDEN. *Nacht. – Karl-Friedrich, Sabine und Gunnar schauen aus dem Fenster. An einem anderen Fenster über ihnen stehen angezogen Franz und Christl, starren ebenfalls heraus. Franz wirkt müde und leicht verzweifelt, Christl schüttelt verbittert den Kopf, leert ein Underberg-Fläschchen.*

HOTELTERRASSE. *Tag. – Keine Sonne. Keine Musik. Ganz still. Auf der Terrasse liegen, aufgereiht in Liegestühlen, viele Touristen. Sie tragen Sonnenbrillen, glänzen im Gesicht vom Sonnenöl, sind mit Decken zugedeckt. Auch die Sattmanns liegen so da. An der Brüstung lehnt rauchend ein Tiroler Schütze in Tracht, ohne sichtbare Waffe, aber mit Funkgerät. Plötzlich kommt die Sonne durch, es wird strahlend hell. Die Touristen schreien verzückt auf, werfen die Decken von sich. Die Männer tragen Badehosen, die Frauen Bikinis, z. T. ohne Oberteil. Einige springen* *auf und applaudieren, dann legen sich wieder alle hin und genießen bewegungslos die Sonne. Sie verschwindet wieder. Ein bedauerndes „Ooh" geht durch die Reihen. Man schaut gespannt zum Himmel, die Sonne kommt erneut, man liegt wieder bewegungslos, die Sonne bleibt diesmal.*

WINTERLANDSCHAFT / SESSELLIFT. *Tag. – Auf der Talseite mit dem künstlichen Winter fährt der Sessellift hoch. Fast alle Sessel sind mit Touristen besetzt, an den Füßen haben sie ihre Schier. Da es nicht kalt ist, sind sie eher leicht angezogen. Aus den Lautsprechern an den Liftmasten ertönt Pseudovolksmusik. Auf einem der Doppelsessel sitzen Karl-Friedrich und Elsa, im Sessel hinter ihnen Sabine und Gunnar, vor ihnen ein jüngeres Ehepaar. Karl-Friedrich hat ein kleines Fernglas am Hals hängen. Elsa ist in Gedanken versunken, Karl-Friedrich blickt nach unten, auf der Piste fahren Schifahrer herunter. Karl-Friedrich schaut auf die andere Talseite, wo Sommer ist und der Rotterhof liegt. Er nimmt das Fernglas hoch, schaut zum Hof hinüber. Andreas sitzt wie immer malerisch auf der Bank vor dem Haus, Hühner laufen herum. Eben kommt Olga mit einer Touristenfamilie aus dem Haus, kassiert Geld, bedankt sich.*

STIMME ELSA: Karl-Friedrich! Ich muß dir was gestehen!

Karl-Friedrich setzt das Fernglas ab, schaut seine Frau an.

KARL-FRIEDRICH: Was denn, Elsa?

ELSA: Gestern, da hab ich ... Ooch, Karl-Friedrich, es ist mir so peinlich!

KARL-FRIEDRICH: Ich hab doch auch, Elschen!

ELSA: Du bist mir nicht böse?

KARL-FRIEDRICH: Aber nein!

Karl-Friedrich küßt Elsa auf die Wange, sie lehnt sich an ihn, er schaut auf seine Schier, an der Bindung ist etwas Schnee, er zieht das Bein an, nimmt den Schnee herunter, schaut ihn an, berührt ihn mit dem Zeigefinger der anderen Hand. Elsa schaut auch hin.

Karl-Friedrich: Er ist kühl, aber er schmilzt nicht.

Elsa: Was chemisches?

Karl-Friedrich: Jedenfalls sicher nicht „total bio"!

Karl-Friedrich gibt die Handvoll Schnee in die Anoraktasche, um ihn untersuchen zu lassen. Er sieht an einem Liftmasten eine Videokamera. Ein Schuß fällt. Im Sessel vor Karl-Friedrich und Elsa wird der Mann in den Arm getroffen. Die Frau neben ihm schreit entsetzt auf.

Touristin: Emil! Emil! Was ist denn?

Tourist: Ich bin getroffen! Schau dir das an! Ich bin getroffen!

Elsa: Um Gottes Willen!

Touristin: Hilfe! Zu Hilfe! Man schießt auf uns!

Gunnar: *(von hinten)* Was ist denn da vorn?

Karl-Friedrich: *(zurück)* Jemand hat geschossen! Vorne ist einer verletzt!

Touristin: Hilfe! Warum hilft uns denn keiner?

Der Lift bleibt stehen, die Sessel schaukeln, die Musik hört auf, es ist ganz still. Plötzlich kracht wieder ein Schuß, die Kugel schlägt dicht über Karl-Friedrich und Elsa an die Stange des Sessels und prallt mit einem singenden Ton ab. Elsa schreit auf, klammert sich an ihren Mann.

Sabine: Mami! Papi! Ist was passiert?

Karl-Friedrich: Nein, daneben! Verdammt, was ist denn da los?

Plötzlich wieder einzelne Schüsse und jetzt auch Maschinenpistolengeknatter. Vor dem Sessel mit dem verletzten Mann springt eine Frau aus Angst in den Schnee hinunter. Die Sattmanns schauen sich um, lokalisieren nun, daß die Schüsse vom Waldrand kommen. Sie schauen hinüber, man sieht Gestalten, Karl-Friedrich nimmt das Fernglas, blickt durch. Er sucht den Waldrand ab, erfaßt zwei Männer. Es sind Joe und Stefan, bekleidet und bewaffnet wie vorhin. Karl-Friedrich setzt das Fernglas kurz ab. Er hat Joe und Stefan erkannt.

Elsa: Was passiert dort, Karl-Friedrich?

Karl-Friedrich antwortet nicht, setzt das Fernglas wieder an die Augen. Wieder sieht er Joe und Stefan, die in den Wald hinein schießen. Schnee stiebt von Baumästen. Aus dem Waldinneren kommen feuernd vier Tiroler Schützen. Joe und Stefan flüchten schießend bergauf, einer der Schützen fällt um. Plötzlich ein Ruck im Fernglas: Die Liftsessel bewegen sich wieder weiter. Karl-Friedrich nimmt das Glas von den Augen, schaut ohne dieses zum Waldrand. Die Gestalten sind verschwunden, die Schüsse entfernen sich.

Stimme durch die Mastenlautsprecher: Leutln, habts keine Angst, es is schon vorbei! Ein bedauerlicher Zwischenfall, es tut uns wahnsinnig leid! Aber des kommt sicher nimmer vor! Wir werden sofort das Heereskommando verständigen und schärfsten Protest einlegen! Mit der depperten Schießerei muaß jetzt endlich Schluß sein. Die sollen ihr Manöver gefälligst woanders abhalten! Also, Leutln, laßts es enk nit verdrießn! Schi Heil!

Die Musik setzt wieder ein.

Verletzter Tourist: *(schreit)* Ihr seid wohl total bescheuert! Ich scheiß auf euer Schi Heil!

Elsa: *(weinend)* Ich möchte heimfahren, Karl-Friedrich!

BÜRO DES BÜRGERMEISTERS IN LAHNENBERG.

Tag. – Rustikale Einrichtung. Um einen Tisch sitzen Franz, Max und die Sattmanns. Chauffeur und Leibwächter sitzen abseits und spielen Karten.

Franz: Ein Manöverunfall, Karl-Friedrich! Ein bedauerlicher Manöverunfall!

Karl-Friedrich: Mann, ich hab doch durch mein Fernglas zugeschaut! Da hat ein regelrechtes Gefecht stattgefunden!

Max: Aber geh!

Karl-Friedrich: Ein Gefecht zwischen Tiroler Schützen und so zwei Typen mit Natojacken! Einer der Schützen ist tot umgefallen!

Max: Ach was, Karl-Friedrich! Theater! Wie des halt bei an Manöver so is! Platzpatronen!

Karl-Friedrich: So? Platzpatronen? Und der Mann vor uns? Der verletzte Mann auf dem Liftsessel? Und der Schuß auf Elsa und mich? Alles Theater oder wie?

Max: Na, manchmal wird auch scharf gschossn bei an Manöver! Wenn amal die ganze südliche Erdhälfte auf uns los geht, wer ma a nix ausrichtn mit Platzpatronen!

Franz: Mensch, Karl-Friedrich, es tut uns ja eh furchtbar leid!

Karl-Friedrich: Ich werde sofort die Bild-Zeitung anrufen!

Max: Geh, nit scho wieder, was du immer mit deiner Bild-Zeitung hast.

Franz: Des kannst uns doch nit antun, Karl-Friedrich! Wir sind ruiniert, wenn des an die Öffentlichkeit kommt!

Karl-Friedrich: Das wird sich wohl kaum verhindern lassen. Wir sind ja nicht die einzigen Zeugen.

Franz: Mein Gott, schau, Karl-Friedrich! Der Verletzte kriegt eh eine halbe Million von meiner Versicherung!

Karl-Friedrich: *(nach einer Weile des Schweigens)* Auch wenn das stimmen sollte, das mit dem Manöver, so was darf einfach nicht passieren!

Franz: Ja, freilich derf sowas nit passiern!

Eine Weile Schweigen. Karl-Friedrich und Gunnar glauben den beiden nicht mehr.

Karl-Friedrich: *(zu Franz)* Sag mal, wo ist denn eigentlich dein Sohn?

Franz: Der Stefan? *(Schaut Karl-Friedrich an, sieht das Fernglas an ihm, reagiert blitzschnell.)* No, der Stefan is zur Zeit auch bei dem Manöver!

Karl-Friedrich: So?

Franz: Ja, leider, und i bräucht ihn so dringend im Hotel!

Max schaut mit grimmigem Grinsen. Er weiß, wo Stefan in Wahrheit ist.

Franz: Derf i euch was anbieten? Kaffee? A Schnapsl?

Karl-Friedrich: Ne, danke!

Eine Weile Schweigen.

Max: Also, woaßt, Karl-Friedrich, ihr brauchts euch über diesen bedauerlichen Vorfall wirklich nit so aufregn! Sowas passiert! Ein Verletzter! Was is denn des? Gar nix is des! Bei euch draußn da wern jedn Tag glei a paar Hundert Leit derschossn oder abgstochn! Und dauernd die Krawalle, die ihr habts! Mit eure Asylanten und dem ganzen Gsindl! Da sind wir ja ein Paradies dagegn!

Karl-Friedrich: Da hast du allerdings recht!

Franz: Na, also! *(Drückt auf den Knopf der Sprechanlage vor sich.)* Monika, bring den Schnaps!

Gunnar schaut zu den Kartenspielern, der Leibwächter grinst ihn breit an.

HOTELZIMMER. *Abend. – Die Sattmanns sitzen am Tisch.*

Karl-Friedrich: Wißt ihr, wen ich gesehn hab? Joe und Stefan! Sie waren an dieser Schießerei beteiligt!

Die anderen schauen erstaunt.

Elsa: Laß uns abreisen, Karl-Friedrich!

Sabine: Ja, Papi! Bitte!

Karl-Friedrich geht zum Fernseher, betätigt die Tastatur, die daneben steht.

Gunnar: Ich bleib hier!

Sabine: Was? Warum denn?

Gunnar: Mich interessiert das!

Christl erscheint am Bildschirm.

Christl: Griaß di, Karl-Friedrich! Was gibt's?

Karl-Friedrich: Wir möchten abreisen! Mach bitte die Rechnung fertig und schick einen Hoteldiener rauf!

Alle schauen zum Fernseher.

Christl: Ja, Karl-Friedrich, es tut mir wahnsinnig leid, aber ihr müßts no a paar Tag bleiben!

Karl-Friedrich: Was? Wieso müssen wir bleiben?

Christl: Ja, weil ein Erdrutsch die Hauptstraßn meterhoch verschüttet hat. Moment! I zeig's euch! *(Sie drückt auf eine Taste, am Bildschirm sieht man eine verschüttete Straße, die Stimme von Christl weiter.)* Keiner kommt aus dem Tal hinaus und keiner kommt herein! *(Christl erscheint wieder.)* Auch die Telefonleitungen sind unterbrochen! Sehr bedauerlich!

Karl-Friedrich: Dann bestell uns über Funk einen Hubschrauber!

Christl: Das Überfliegen des Geländes is wegen der Manöver leider verboten! Pfiati, Karl-Friedrich! Schönen Aufenthalt noch!

Christl verschwindet, auf dem Bild Rauschen und weißes Flimmern, wie von Schneeflocken.

TIEFGARAGE. *Tag. – Gunnar beugt sich in den Mercedes von Karl-Friedrich und nimmt die Pistole aus dem Handschuhfach.*

FUSSGÄNGERZONE IN LAHNENBERG. *Tag. – Karl-Friedrich (mit Fernglas), Elsa, Gunnar und Sabine spazieren durch den Ort, haben jetzt Wanderkleidung an. Wie immer ein paar Sommer- und ein paar Wintertouristen unterwegs. Ein sechsjähriges Mädchen im Dirndl mit hängenden, strohblonden Zöpfen kommt an ihnen vorbei. Es trägt einen Korb mit Kuchen und Wein, führt an der Hand einen dreijährigen Jungen, der einen Trachtenanzug mit langer Hose, Krawatte und Hut trägt. Elsa dreht sich entzückt nach ihnen um. Sie gehen weiter, überholen ein*

Trachtenpaar, das eingehängt dahingeht. Der Mann löst sich von der Frau, bleibt stehen.

Mann (Manfred): Ja, hallo!

Die Sattmanns drehen sich um. Vor ihnen steht Manfred Holleschek in kurzer Lederhose, kariertem Hemd, Wadlstutzen, Hut mit Auerhahnfeder, Sonnenbrille vor den Augen, tiefbraun gebrannt. Neben ihm eine Paradetirolerin, auch mit Sonnenbrille.

Manfred: Ja, was is denn? Kennts mi nimmer? Der Manfred! Manfred Holleschek! Journalist! Der dir immer die Hund einighaut hat, Karl-Friedrich!

Die Sattmanns schauen verblüfft, wundern sich, daß der Wiener Journalist nun als Tiroler auftritt.

Karl-Friedrich: Wie ich sehe, sind Sie ja inzwischen eingebürgert!

Manfred: Logisch, hoi! Kannst di no erinnern, Karl-Friedrich, wie die Lahnenberger mi verprügelt habn, wegen diesem Piefke-Artikel?

Karl-Friedrich: Ich kann mich erinnern!

Manfred: Mei, war des a Hetz!

Gunnar: Und? Schreiben Sie noch?

Manfred: Ja, logisch, hoi! Super Werbeprospekte! Was is, gemma oan saufn?

Karl-Friedrich: Ne, danke! Wir gehen wandern!

Manfred: Ja, da habts recht! Hinaus in die freie Natur! Auslüften den Großstadtmief, was?

Karl-Friedrich: So ist es!

Karl-Friedrich dreht sich um und geht weg, die anderen folgen.

Manfred: Pfiat enk, Leutln, aber 's nächste Mal gemma oan saufn! *(Packt die Frau neben sich; drückt sie fest an sich.)* Was, Gretl? Alte Hütten!

Die Frau bleckt die Zähne.

VOR EINEM WASSERFALL. – *Eine Felswand, wo der Wasserfall herunterkommt. Im Moment kommt aber gar nichts herunter. Touristen stehen da und schauen erwartungsvoll zur Wand. Auch die Sattmanns. Zwei Schützen mit Rucksack und Sonnenbrillen, aber außer den Säbeln ohne sichtbare Waffen, kassieren Eintritt. (Der erste Schütze ist der erste Jäger aus dem dritten Teil.)*

COMPUTERSTIMME: Liebe Leutln, da is der berühmte Stoankogl-Wasserfall zu besichtigen! Wegen dem Wasserkraftwerk – wir brauchen halt amal Strom, liebe Leutln, eh hauptsächlich für euch – is unser berühmtes Naturschauspiel nur einmal in der Woche zu besichtigen und zwar am Donnerstag! Eintritt 20 deutsche Markln, Kinder unter drei Jahren und Invalide die Hälfte!

Die Touristen schauen gebannt zur Felswand. Gunnar sieht zu seinen Füßen einen kleinen toten Vogel mit wunderschönen Federn liegen, hebt ihn auf, schaut ihn an, steckt ihn in die Tasche seiner Regenjacke. Plötzlich nähert sich ein Rauschen, gleichzeitig klingt Musik auf, das Wasser kommt herunter, die Musik schwillt an. Die Touristen klatschen begeistert, sie werden zum Teil angespritzt, genießen es, greifen nach den Wasserspritzern. Die Sonne kommt durch die Wolken, ein Regenbogen erscheint.

BÜRO DES BÜRGERMEISTERS IN LAHNENBERG / BLICK NACH AUSSEN. – *Franz sitzt vor seinem aufgeräumten Schreibtisch, starrt vor sich hin, steckt ein Stück Schokolade nach dem anderen in den Mund. Nach einer Weile schaut er zum Fenster, dann wieder zurück, reagiert erst jetzt auf das Gesehene, schaut wieder zum Fenster, steht auf und geht hin. Über der Fußgängerzone schwebt ein Drachenflieger herein, wirft Flugblätter ab. Die Leute auf der Straße bleiben stehen, versuchen die Flugblätter aufzufangen, heben sie vom Boden auf. Zwei Schützen sind ebenfalls anwesend, schauen irritiert nach* *oben, einer will auf den Drachenflieger anlegen, der zweite hindert ihn daran. Der Drachenflieger nähert sich, Franz erkennt ihn, es ist sein Sohn. Stefan sieht Franz ebenfalls, winkt ihm grinsend zu, verschwindet über dem Dach des Gemeindeamtes. Franz bricht fast zusammen.*

WALDWEG. – *Die Wasserfallbesucher zu Fuß auf dem Heimweg, auch die Sattmanns. Sie marschieren alle in Zweierreihen. An der Spitze geht der zweite Schütze und als Schlußlicht der erste Schütze. Unter Anleitung des Vormarschierenden singen alle – außer den Sattmanns – „Das Wandern ist des Müllers Lust". Gunnar hält nach einer Weile seinen Vater an, sagt etwas, die Sattmanns bleiben zurück, der erste Schütze, der das Schlußlicht bildet, kommt daher.*

ERSTER SCHÜTZE: No, Leutln, was is? A bißl verschnaufen?

GUNNAR: Ja, wenn's erlaubt ist!

ERSTER SCHÜTZE: Ja, sowieso is des erlaubt! Bei uns is alles erlaubt! Pfiat enk, Leutln!

Der erste Schütze folgt den marschierenden Sängern, die Sattmanns schauen ihnen nach.

GUNNAR: So was Blödes! Kommt, wir machen einen Waldspaziergang!

Er steigt auf die Böschung, reicht seiner Mutter die Hand, zieht sie hoch.

WALD. – *Die Sattmanns wandern durch den Wald. Gunnar hört ein Geräusch hinter sich, dreht sich um, schaut, es ist aber nichts. In der Ferne donnert es. Karl-Friedrich schaut zum Himmel.*

ELSA: Oh Gott, ein Gewitter! Karl-Friedrich, bitte, laß uns heimgehen!

KARL-FRIEDRICH: Jetzt stell dich nicht so an, Elsa! Das ist weit weg!

Sie gehen weiter.

Elsa: Wenn uns nur nicht der Blitz erschlägt!

Sabine sieht in einiger Entfernung etwas am Boden liegen und geht hin. Die anderen folgen ihr. Ein Reh liegt am Boden, hat keine Verletzung, schaut mit großen Augen.

Elsa: Das arme Tier! *(Zum Reh:)* Du Armes! Bist du krank?

Das Reh reagiert nicht, Elsa streichelt es.

Elsa: Vielleicht sollten wir einen Arzt holen?

Karl-Friedrich: *(lächelnd)* Elsa! Du hast Ideen!

Sabine: Aber wir können doch das arme Tier nicht einfach so liegenlassen!

Karl-Friedrich: Was denn sonst? Da kann man nichts machen! Die Natur ist hart! *(Geht weiter.)*

Elsa: Mach's gut, Bambi! Armes Tierchen!

WALDLICHTUNG. – *Die Sattmanns treten aus dem Wald auf die Lichtung.*

Computerstimme: Liabe Leutln *(die Sattmanns zucken zusammen)*, es is leider nit erlaubt, in Waldnähe offenes Feuer zu machen. Auch nicht auf so einer Lichtung! Brandgefahr! Außerdem brauchn mir des Holz selber!

Sie überqueren die Lichtung. Es beginnt zu regnen. Karl-Friedrich streckt die Hand aus.

Karl-Friedrich: Mein Gott, ist das herrlich!

Elsa hat zwar Wanderschuhe an, aber keinen Anorak, sondern nur ein Kleid mit Jacke. Sabine und Gunnar ziehen ihre Regenjacken an, die sie um die Mitte geschlungen hatten.

Elsa: Och, mein Kleid wird ja ganz naß!

Sie rennt voraus und stellt sich am Waldrand unter einen Baum. Karl-Friedrich hält das Gesicht gegen den Regen, läßt ihn darüberrinnen, macht den Mund auf, das Regenwasser rinnt hinein.

Karl-Friedrich: Köstlich! Wie Zitronensaft!

Plötzlich fängt Karl-Friedrich schrecklich zu husten an, krümmt sich.

Sabine: Papi, was ist denn?

Elsa: *(vom Baum her)* Was hat er denn?

Sabine: *(klopft Karl-Friedrich auf die Schulter)* Hast du dich verschluckt?

Gunnar läßt sich auf die Hand regnen, leckt am Zeigefinger, verzieht das Gesicht.

Gunnar: Zitronensaft! Das ist saurer Regen!

Karl-Friedrich: *(keuchend)* Schweinerei!

Sabine führt ihn zum Waldrand, wo Elsa steht, er setzt sich unter den Baum, schnappt nach Luft. Gunnar kommt nach.

Karl-Friedrich: Das kommt alles aus unseren Industriegebieten! Aus guten deutschen Landen! Das letzte Paradies wird von uns zerstört. Das letzte Paradies!

Es donnert wieder, diesmal näher.

Elsa: Komm, Karl-Friedrich, bitte!

Karl-Friedrich steht auf. Sie gehen weiter in den Wald hinein. Karl-Friedrich zieht seine Regenjacke aus, hängt sie Elsa um, sie schlüpft hinein, setzt sich die Kapuze auf. Auch Gunnar und Sabine haben sich die Kapuzen aufgesetzt. Karl-Friedrich trägt einen Hut.

ANDERES WALDSTÜCK. – *Die Sattmanns gehen im Regen durch den Wald. Plötzlich ein Geräusch hinter ihnen, Gunnar und Elsa schauen sich um.*

Gunnar: Da war doch was! Schon vorhin hab ich es knacksen gehört!

Elsa: Wird wahrscheinlich ein Reh sein.

Sie schauen sich alle um, es ist wieder ruhig, sie gehen weiter. Gunnar dreht sich noch einmal um, sieht etwas hinter einem Baum auftauchen und wieder verschwinden.

Gunnar: *(flüstert)* Geht weiter!

Karl-Friedrich: Was?

Gunnar springt hinter einen Baum, legt sich dann auf den Bauch und robbt weg, verschwindet. Die anderen schauen ihm verblüfft nach. Plötzlich knattert eine Maschinenpistole, Sabine wird an der Schulter getroffen, schreit auf und fällt zu Boden. Elsa stößt ebenfalls einen Schrei aus, Karl-Friedrich zieht sie zu Boden und hinter ein Gestrüpp, holt Sabine nach. – Donnergrollen. Gunnar, der sich etwas entfernt hat, hält inne, weil er die Schüsse gehört hat. Er läuft dann geduckt im Halbkreis weiter, legt sich hin, kriecht durch das Unterholz, sieht plötzlich seitlich vor sich den zweiten Schützen, der mit einer Maschinenpistole hinter einem Baum kauert und jetzt wieder auf Gunnars Familie schießt. Der zweite Schütze nimmt sein Funkgerät, spricht etwas hinein. Gunnar sieht, daß etwas weiter drüben der erste Schütze – ebenfalls mit Maschinenpistole – von Baum zu Baum huscht und die Sattmanns umgeht. Er verschwindet. Das Gewitter kommt näher, die Donnerschläge werden lauter. Der zweite Schütze legt wieder auf die Sattmanns an, Gunnar zieht seine Pistole, springt auf, läuft auf den Schützen zu und setzt ihm die Pistole an den Nacken. Der zweite Schütze dreht den Kopf zu Gunnar.

Zweiter Schütze: *(grinsend)* Ja, he, wo kimmst denn du auf oamol her?

Gunnar nimmt ihm die Maschinenpistole aus der Hand, wirft sie weg.

Gunnar: Haben Sie Handschellen dabei?

Zweiter Schütze: Logisch, hoi!

Gunnar durchsucht ihn, findet die Handschellen, legt eine Schelle um ein Handgelenk des Schützen, drückt zu, schaut sich um, schaut auf den Boden, sieht einen Wurzelstrang, zieht die Hand des Schützen hin, läßt die zweite Schelle um den Wurzelstrang zuschnappen, zieht an ihm, er hält.

Zweiter Schütze: *(zerrt an seiner Schelle)* Du! Des hast aber schlau gmacht!

Gunnar steht auf, sieht das Funkgerät, reißt es dem Schützen herunter, schleudert es weg, läuft Richtung Familie, der zweite Schütze setzt sich gemütlich hin. – Das Gewitter ist voll ausgebrochen. Karl-Friedrich, Elsa und Sabine liegen hinter dem Gebüsch verängstigt am Boden, Sabine blutet am Arm.

Stimme erster Schütze: He, Leutln!

Die Sattmanns drehen sich erschreckt um, der erste Schütze steht ein paar Meter hinter ihnen, grinst breit, hält die Maschinenpistole auf sie gerichtet.

Karl-Friedrich: Sind Sie wahnsinnig? Warum schießen Sie denn auf uns? Schauen Sie sich das an! *(Zeigt auf Sabines Verletzung.)*

Erster Schütze: Ja mei, Leutln, wo gschossn wird, da gibt's Wunden! Ja hallo! Da fehlt ja einer, wo is denn der Gunnar?

Sie antworten nicht.

Erster Schütze: *(ins Funkgerät)* Erwin! Erwin! Wo bist denn? Fix nochamal! So ein Trottel! *(Zu den Sattmanns:)* I hab ihm eh gsagt, hinmarschiern und losballern! Aber na, der Depp muaß immer Indianer spielen! – No, bring ma's hinter uns! So ein Sauwetter! Des vertrag i ja überhaupt nit!

Der erste Schütze kommt ein paar Schritte näher, legt auf die Sattmanns an, hinter ihm kommt Gunnar herangeschlichen, bleibt stehen, legt mit beiden Händen die Pistole an, plötzlich schlägt ein Blitz in den ersten Schützen ein, gleichzeitig ein furchtbarer Donnerschlag, Rauch steigt vom ersten Schützen auf, er fällt um. Gunnar geht auf ihn zu, kniet sich bei ihm hin. Der Hut ist verbrannt, die Kopfhaut ebenso, der Kopf raucht. Gunnar schiebt ihm die Sonnenbrille zurück, der erste Schütze schaut ihn an.

Erster Schütze: So eine Scheiße! I hab's ihnen ja glei gsagt, daß a Gewitter unterwegs ist!

Er verdreht die Augen, ist tot. Gunnar schiebt die Sonnenbrille wieder herunter, steht auf, steckt die Pistole ein, schaut zu seiner Familie, die zusammengedrängt am Boden kauert, sieht die Wunde von Sabine, rollt den toten Schützen auf den Bauch, öffnet seinen Rucksack, holt eine Taschenlampe, eine Coladose, einen verpackten Hamburger und eine zusammensteckbare Schaufel heraus.

Gunnar: *(hält die Schaufel hoch)* Damit wollten sie uns begraben!

Elsa bricht in Tränen aus, Karl-Friedrich zieht sie an sich. Gunnar legt die Schaufel hin, sucht Verbandszeug im Rucksack, findet eine Plastikschachtel mit dem roten Kreuz darauf, öffnet sie, aber sie enthält nur Instrumente für Feinmechanik. Gunnar läßt die Schachtel fallen, zieht Regenjacke und T-Shirt aus, die Jacke wieder an, geht mit dem T-Shirt zu Sabine, zerreißt es in Streifen, verbindet Sabine. In der Nähe schlägt wieder ein Blitz ein, es kracht furchtbar, alle zucken zusammen.

Sabine: *(verzweifelt)* Warum schießen die auf uns? Ich versteh das nicht!

Elsa: Karl-Friedrich, bitte! Laß uns abreisen!

Karl-Friedrich: Ja, wie denn? Die Straße ist verlegt!

Gunnar: Dann müssen wir zu Fuß abhaun!

Sabine sieht jemanden kommen, Gunnar dreht sich um. Der zweite Schütze wankt daher, sein Hut ist verbrannt, sein Kopf raucht, die Handschelle baumelt an einer Hand. Gunnar zieht seine Pistole.

Zweiter Schütze: *(wankt zum ersten Schützen)* He, Toni! He, Toni!

Karl-Friedrich: Jetzt hat's den auch erwischt!

Der zweite Schütze fällt beim ersten Schützen auf die Knie.

Zweiter Schütze: He, Toni! Jetzt beschwer i mi nacher! X-mal hab i ihnen scho gsagt, daß des eine Schwachstelle is! *(Drückt auf die Taste am Funkgerät* *des ersten Schützen.)* Zentrale! He, Zentrale! Meldets euch, ihr Deppen!

Gunnar steht mit der Pistole auf, der zweite Schütze kippt über den ersten Schützen und ist tot. Plötzlich nähert sich Hubschraubergeräusch, sie schauen alle nach oben, das Hubschraubergeräusch entfernt sich wieder.

GUNNAR: Wir müssen sie begraben! Damit man sie nicht so schnell findet! *(Zu Karl-Friedrich):* Dort beim Rucksack ist eine Schaufel!

Gunnar verbindet Sabine fertig, Karl-Friedrich geht zu den beiden Schützen, nimmt die Schaufel, steckt sie zusammen, schaut sich um, geht zu einer Stelle, wo weniger Wurzeln sind, will mit der Schaufel in den Boden stechen, aber es geht nicht. Er probiert es mehrmals vergeblich, steigt auf die Schaufel, sie will nicht in den Boden. Gunnar kommt zu ihm, probiert es auch, es gelingt ihm ebenfalls nicht.

GUNNAR: Sind wahrscheinlich zu viele Wurzeln! *(Schaut sich um.)* Wir bringen sie zur Lichtung zurück!

WALDLICHTUNG. – *Gewitter. Regen. Karl-Friedrich und Gunnar schleifen die beiden Schützen aus dem Wald auf die Wiese. Hinter ihnen die Frauen mit den Maschinenpistolen, den Rucksäcken und der Schaufel. Sabine reicht Gunnar die Schaufel, legt die Maschinenpistolen neben die Toten. Gunnar versucht, mit der Schaufel in den Grasboden zu stechen, aber es gelingt ihm auch hier nicht. Gunnar und Karl-Friedrich probieren es zusammen, stoßen mit den Füßen auf die Schaufel. Plötzlich bricht sie doch durch die Grasnarbe. Gunnar versucht Erde auszuheben, aber es geht nicht. Er zieht die Schaufel wieder heraus, stößt sie daneben hinein, sodaß eine größere Schnittfläche im Rasen entsteht. Wieder gelingt es Gunnar nicht, Erde auszuheben. Karl-Friedrich kniet sich zornig hin, greift mit den Händen in den Schnitt und reißt den Rasenteppich ein Stück hoch. Mehrere Ratten springen darunter* *heraus, Elsa schreit auf. Karl-Friedrich reißt den Grasteppich weiter auf, man sieht jetzt, was darunter ist: lauter Müll, und zahlreiches Ungeziefer kriecht herum. Der Müll besteht aus verschiedensten Dosen, Autobatterien, Plastikabfällen, Verpackungsmaterial etc. Alles liegt in einem faulig stinkenden Mist.*

ELSA: *(hält sich die Nase zu)* Oh Gott, stinkt das!

Karl-Friedrich und Gunnar schauen fassungslos, Karl-Friedrich nimmt den Teppich und reißt ihn wütend drei bis vier Meter zurück, Gunnar hilft ihm dabei.

GUNNAR: *(sieht etwas)* Da! Schau!

Karl-Friedrich sieht an der Unterseite der künstlichen Grasmatte mehrmals den Aufdruck: „Made in Japan". Elsa und Sabine kommen her, schauen auch.

KARL-FRIEDRICH: *(tonlos)* Das gibt's doch nicht! Das kann doch nicht wahr sein!

Karl-Friedrich nimmt die Grasmatte, reißt daran, läuft zurück, reißt ein etwa zehn Meter langes Stück vom Boden weg. Darunter Müll und Ungeziefer. Es blitzt und donnert und regnet. Karl-Friedrich bricht zusammen, das Regenwasser rinnt ihm übers Gesicht.

KARL-FRIEDRICH: *(verzweifelt)* Alles Lug und Trug! Mein schönes Land! Alles Lug und Trug!

Gunnar geht zu Karl-Friedrich, zieht ihn hoch, führt ihn unter eine Fichte am Lichtungsrand, setzt ihn hin. Das Gewitter hört auf, es regnet nicht mehr, es wird ganz still. Auch die anderen setzen sich unter den Baum. Sie schauen zur Wiese mit dem aufgerollten Grasteppich und den toten Schützen. Gunnar blickt zum Baum hoch, steht auf, bricht einen Zweig ab, setzt sich wieder, holt sein Feuerzeug heraus, hält die Flamme an den Zweig, die Nadeln beginnen schaumig zu schmelzen.

GUNNAR: Kunststoff! Alles aus Kunststoff!

KARL-FRIEDRICH: *(flüstert)* Das ganze Land aus Kunststoff ...

Elsa: *(verzagt)* Karl-Friedrich! Gehn wir, bitte!

Gunnar sieht jemanden kommen.

Gunnar: *(zu Karl-Friedrich)* He! *(Deutet.)*

Sie schauen alle. Über die Lichtung kommen fünf Gestalten, auseinandergezogen wie eine Schützenkette und mit schußbereiten Waffen. Die Sattmanns stehen auf, Gunnar zieht seine Pistole.

Gunnar: Los, weg!

Sie wenden sich zur Flucht, nur Karl-Friedrich bleibt stehen, schaut noch einmal hin.

Karl-Friedrich: Wartet! – Das sind keine Schützen!

Die fünf kommen näher, rücken zusammen, die Sattmanns erkennen sie. Es sind Joe, Anna, Hans, Stefan und der Pfarrer. Anna trägt Anorak, Blue Jeans, Bergschuhe, Jagdgewehr. Der Pfarrer trägt seinen üblichen dunklen Anzug, Bergschuhe, Hut, Rucksack, eine Schrotflinte. Joe, Stefan und Hans wie vorhin. Die Ankommenden bleiben stehen, erkennen die Sattmanns.

Sabine: Joe!

Sie geht auf ihn zu, umarmt ihn, bricht in Tränen aus, er legt ungeschickt seinen Arm um sie.

Joe: *(sieht ihre Verwundung)* Hat's di wieder amal derwischt, ha?

Gunnar: *(erstaunt)* He, Anna!

Anna: Griaß di, Gunnar!

Gunnar und Anna bleiben an ihren Plätzen stehen, gehen nicht aufeinander zu. Überhaupt ist eine große Distanz zwischen den beiden Gruppen, die nur Sabine in ihrer Verzweiflung durchbrochen hat.

Hans: *(schaut auf die zwei toten Schützen)* Was is passiert?

Karl-Friedrich: Sie wollten uns erschießen!

Hans: Und?

Karl-Friedrich: Der Blitz hat sie erschlagen.

Pfarrer: Sehr gut! Die Strafe Gottes!

Hans geht zu den Toten, nimmt die beiden Maschinenpistolen, die bei ihnen liegen, hängt sich diese um.

Karl-Friedrich: *(schaut auf die Flinte des Pfarrers)* Sie tragen eine Waffe, Herr Pfarrer?

Pfarrer: *(lächelnd)* Ja, Herr Sattmann! Wie Sie wissen, bin i immer schon gern auf die Jagd gangen!

Joe nimmt seinen Rucksack ab, holt Verbandszeug heraus, nimmt Sabine den T-Shirtfetzen ab, reinigt die Wunde, verbindet sie. Stefan zündet sich eine Zigarette an. Alle Widerstandskämpfer schauen sich immer wieder routinemäßig um, ob jemand kommt.

Karl-Friedrich: *(zu Hans)* Was wird da gespielt, Herr Wechselberger? Erklärt es mir!

Hans: *(deutet zum Grasteppich)* No, ihr habt's ja gsehn, was da gspielt wird!

Sabine: Aber warum wollten die uns erschießen?

Hans: Keine Ahnung! Normalerweis schießen sie auf uns!

Karl-Friedrich: Ach, so ist das! Und ihr schießt normalerweise nur auf Touristen, oder wie?

Hans: Was?

Karl-Friedrich: Wir waren gestern auf dem Schilift. *(Deutet auf sein Fernglas.)* Ich hab euch erkannt! Dich, Joe und Stefan!

Elsa: Was? Ihr seid das gewesen? Ihr habt auf uns geschossen?

Joe: *(etwas verlegen)* I hab nur einem in den Arm gschossn!

Karl-Friedrich: Na, ihr habt Nerven! Touristenkiller! Ja, gibt's denn sowas?! Wohl das Neueste am Kriegsschauplatz, wie?

Joe: Hilft ja nix! Was ma bisher gmacht habn, des hat ja nix gebracht.

Gunnar: Was habt ihr denn gemacht?

Stefan: *(grinsend)* Naja, a bißl was gsprengt hamma halt.

Joe ist mit dem Verbinden fertig.

Hans: *(zu Joe und Stefan)* Geh, klärts mi amal auf, bittschön! Auf wen habts ihr gschossn?

Joe: Oan in Arm hab i gschossn! Weiter nix!

Hans: So? Hab i euch den Auftrag dazua geben?

Stefan: Geh, komm, Lehrerle! Spiel di nit auf! Mir brauchn koan Anführer! Di scho gar nit!

Joe: So geht des nit weiter, Hans! Was nutzt des, wenn ma a paar Löcher in die Welt sprengen? Sie vertuschen ja alles! Der Blitz war's, ein Unfall war's! Alles für die Katz! Aber wenn ma Touristen anschießen, dann kriagen s' Angst, die Herrschaften. Dann laßt sich nix mehr vertuschen! Und nach dem dritten Mal glabt a koaner mehr das Märchen vom Manöver! Sobald die deutsche Presse davon Wind kriagt, kommt koa oanziger Tourist mehr nach Tirol. Dann können unsere Manager verfaulen in ihrem Plastikparadies!

Pfarrer: Ja, i derf mi verabschieden.

Hans schaut ihn an.

Pfarrer: I mag nimmer! Des geht mir zu weit!

Der Pfarrer gibt Hans seine Flinte, geht weg, sie schauen ihm nach.

Stefan: *(grinsend)* Schad! Gibt's koa Feldmeß mehr!

Karl-Friedrich: *(zu Joe und Stefan)* Dann darf ich wohl annehmen, daß auch mein Haus nicht vom Blitz getroffen wurde?

Stefan: *(grinsend)* Des kannst annehmen!

Sabine: *(zu Joe)* Hat dir das Spaß gemacht?

Joe antwortet nicht.

WALD NAHE DER LICHTUNG. – *Der Pfarrer entfernt sich von der Gruppe auf der Lichtung. Hinter einem Baum tritt der erste Gendarm (in Schützenuniform, mit Sonnenbrille) hervor, legt die Maschinenpistole auf den Pfarrer an. Hinter einem anderen Baum tritt der zweite Gendarm hervor.*

Erster Gendarm: *(grinsend)* Gelobt sei Jesus Christus!
Pfarrer: *(ruhig)* In Ewigkeit, Amen!

WALDLICHTUNG. – *Die Gruppe wie vorhin.*
Hans: *(schaut Joe und Stefan an)* Keine Gewalt gegen Menschen, hab i gsagt!
Joe: Geh, schreib du deine Flugblattln und gib a Ruah!
Anna: Jetzt reicht's aber, Joe! Was glaubst'n du, wer du bist, ha?
Joe: Immer der gleiche, Schwesterherz.
Anna: Ja, leider!
Joe: *(leise)* I hab so an Haß auf alles, i kann's enk gar nit sagn!
Hans: I glaub, da is amal a Grundsatzdebatte notwendig!
Stefan: *(lacht schallend)* Grundsatzdebatte! Der macht mi fertig!
Joe: Geh doch scheißn mit deiner Grundsatzdebatte!
Hans: *(zu den Sattmanns)* Ich bring Sie über die Grenze, wenn Sie wollen!
Joe: Schleich di! Des mach schon i!
Hans reicht es nun und er geht weg.
Anna: *(zu den Sattmanns)* Pfiat enk!
Anna folgt Hans, sie schauen ihnen nach.
Joe: *(zu den Sattmanns)* Also, gemma!

WALD NAHE DER LICHTUNG. – *Erster und zweiter Gendarm blicken Richtung Lichtung. Hans und Anna kommen. Im Hintergrund gehen die anderen ebenfalls in Richtung Wald, aber nicht denselben Weg wie Hans und Anna.*
Erster Gendarm: Siegst es, jetzt kommen die nächsten, des is praktisch!
Er schaut zum Pfarrer, dieser steht an einem Baum, seine Arme sind mit Handschellen um den Stamm gefesselt, über den Mund hat er ein Pflaster. Der Pfarrer sieht ebenfalls Hans und Anna, schaut verzweifelt. Die beiden kommen

zwischen den Bäumen daher, der Pfarrer klopft mit einem Bergschuh mehrmals gegen den Baum, Hans und Anna horchen auf, der erste und der zweite Gendarm wissen im ersten Moment nicht, wie reagieren, der erste Gendarm schaut zu den Sattmanns, die mit Joe und Stefan ein Stück weiter weg im Wald verschwinden, Hans zieht Anna blitzschnell hinter einen Baum, sieht die beiden Gendarmen und den Pfarrer. Der erste Gendarm schießt auf Hans und Anna, die Schüsse gehen in den Baum, hinter dem sie verschwinden.

WALD. – *Die Sattmanns, Joe und Stefan. Schüsse knallen, alle halten inne.*

Joe: Da drüben! *(Zu Stefan:)* Los! *(Zu den Sattmanns:)* Ihr bleibts da!

Joe und Stefan laufen los, verschwinden zwischen den Bäumen. Drüben wird wieder geschossen. Die Sattmanns lauschen. Elsa klammert sich verzweifelt an Karl-Friedrich. Jetzt knattern auch die Gewehre von Joe und Stefan los.

Elsa: Ich will weg! Ich will weg!

Karl-Friedrich: Komm, wir gehen! Die Richtung kennen wir ja!

Die Sattmanns gehen los, verschwinden im Wald, Sabine schaut zurück, hat Angst um Joe.

BÜRO DES BÜRGERMEISTERS. – *Franz sitzt am Schreibtisch, hält ein Flugblatt in der Hand, spricht in ein Mikrofon, das vor ihm steht. Auf dem Flugblatt als Überschrift: „Tirol ist aus Plastik!“*

Franz: Da spricht der Bürgermeister, horchts mir a bißl zua!

FUSSGÄNGERZONE LAHNENBERG. – *Wie üblich Gäste und Einheimische unterwegs, sie bleiben stehen, als sie die Stimme des Bürgermeisters über Lautsprecher hören.*

Stimme Franz: Da sind heut so Flugblattln aufgetaucht. „Tirol ist aus Plastik" steht da drauf und lauter so Zeug. Des is natürlich der reine Blödsinn! Freilich is viel kaputt gangen, durch den Verkehr, der uns überrollt, durch die ganze europäische Industrie, wir können ja nit unser Land unter an Glassturz stellen, nit wahr!

BÜRO DES BÜRGERMEISTERS.

Franz: *(weiter am Mikrofon)* Und da hamma natürlich einiges sanieren müssen, a paar kosmetische Operationen durchführen, nit? Aber schauts an unser Landl! So was findets auf der ganzen Welt nimmer! Ein Paradies! Ein Paradies im Herzen von Europa! Also, nemmts des bittschön nit ernst, was auf dem Flugblattl steht! Schönen Tag noch, pfiat enk! *(Franz schaltet das Mikrofon aus.)* Der Saubua! Wenn i den derwisch!

WALD AN ABHANG. – *Die Sattmanns steigen bergan. Nach einer Weile tritt hinter einem Baum vor ihnen der erste Gendarm hervor, die Maschinenpistole auf die Sattmanns angelegt. Sie erstarren. Am linken Oberschenkel hat der erste Gendarm mehrere Einschußlöcher in der Lederhose, Blut rinnt beim Bund heraus, der weiße Strumpf ist ganz rot davon.*

Erster Gendarm: *(grinsend)* Griaß enk!

Gunnar greift nach seiner Pistole, zieht sie heraus.

Stimme zweiter Gendarm: Geh, laß des, Gunnar!

Die Sattmanns drehen sich um. Hinter ihnen steht der zweite Gendarm, zielt mit seiner Maschinenpistole auf sie.

Erster Gendarm: *(zu Gunnar)* Schmeiß dei Krachn her, Burli!

Gunnar wirft ihm die Pistole hin, der erste Gendarm hebt sie auf, steckt sie ein. Der zweite Gendarm kommt nun auch her.

Karl-Friedrich: Na, das ist ja prächtig! Die Gendarmerie auf Touristenjagd! Dürfen wir wissen, warum Sie uns verfolgen?

Erster Gendarm: Ja mei, ihr seids halt a bißl zu neugierig! Zu aufsässig! Des warst du ja leider immer schon, Karl-Friedrich!

Karl-Friedrich: Und was wollt ihr jetzt tun?

Erster Gendarm: Na ja, abknalln miaß ma euch! Leider Gottes!

Der erste Gendarm legt an, der zweite Gendarm tritt beiseite, Elsa klammert sich an Karl-Friedrich.

Mädchenstimme: *(aus dem Funkgerät des ersten Gendarmen)* Robert, bitte melden! Robert, bitte melden!

Erster Gendarm: *(drückt auf die Taste am Funkgerät)* Ja, was is?

Mädchenstimme: Der Bürgermeister fragt, was los is?

Erster Gendarm: Ah, des is nett, daß er fragt, was los is! I hab Verstärkung angefordert! Wo bleibt denn die?

Mädchenstimme: Ja, tut mir leid, Robert, sind alle im Einsatz an der Grenz! Überall sickern Flüchtlinge eina!

Erster Gendarm: Mein Gott na, de derwisch ma ja dann im Land a no leicht! Mir hättn sie alle ghabt, die ganze Bande! Joe, Stefan, den Lehrer, den Pfarrer! Jetzt sein s' uns auskommen!

Stimme Franz: *(aus dem Funkgerät)* Was hör i da? Alle auskommen? Du Trottel, du blöder! Unfähiger Depp!

Erster Gendarm: Du, die ham mir mei schönste Lederhosn ruiniert! Lauter Löcher drin! *(Fährt an die Stelle.)*

Stimme Franz: Was geht'n mi dei Lederhosn an, du Aff, du? Was is mit die Sattmanns?

Erster Gendarm: Was soll sein? Mir ham sie erwischt!

Stimme Franz: Ja, leben sie no?

Erster Gendarm: Sowieso! Alles pumperlgsund!

Stimme Franz: Versteh i nit! Der Toni und der Erwin haben doch den Auftrag ghabt, sie nach der Wasserfallschau umzulegen.

Erster Gendarm: Ja, keine Ahnung wieso des nit klappt hat. Aber is ja wurscht! I leg sie jetzt eh um!

Stimme Franz: Guat! – Na, Moment! Leg sie nit um! Da fallt mir grad was Bessers ein. I schick an Hubschrauber.

Erster Gendarm: Ja, guat. Is ma a recht.

OPERATIONSSAAL. *Nacht. – Ein moderner Operationssaal. Auf OP-Tischen liegen unter Tüchern und angeschnallt Elsa, Karl-Friedrich, Sabine und Gunnar. Sie befinden sich im Narkoseschlaf. Neben und hinter den Tischen medizinische Apparate und Monitoren. Die Köpfe der Sattmanns sind kahl geschoren, Kabel sind daran befestigt, sie führen zu Monitoren, die die Gehirnströme anzeigen. Eine braungebrannte Schwester mit Gretlfrisur und Dirndl (darüber eine grüne Operationsschürze) zieht gerade einem japanischen Chirurgen die Handschuhe über. Daneben ein zweiter japanischer Chirurg, er legt den Mundschutz an, trägt bereits Handschuhe. Franz und Max kommen herein.*

Franz: Griaß enk!

Erster Chirurg: *(perfekt tirolerisch)* Ah, der Herr Bürgermeister! Welche Ehre!

Franz und Max gehen zu den Sattmanns, schauen sie grinsend an. Die Chirurgen folgen.

Erster Chirurg: Mit wem soll ma anfangen?

Franz: *(deutet auf Karl-Friedrich)* Mit ihm da!

Erster Chirurg: Guat.

Franz: Aber mir wollen uns des Resultat anschauen. Des is nämlich ein alter Bekannter von uns.

Erster Chirurg: Is recht. I laß enk ausruafn.

Zweiter Chirurg: *(ebenfalls perfekt tirolerisch)* Bin gspannt, wia des funktioniert. Mir ham ja no nia an Deutschn ghabt.

Max: Des werd sicher a Hetz.
Franz: Na, dann guates Gelingen!
Franz und Max gehen hinaus.
Max: Wenn i mir ihn vorstell ... zum Anbrunzn! *(Lacht.)*
Erster Chirurg: Also dann, auf geht's!
Die Schwester schaltet die Operationslampe über dem Tisch ein, der erste Chirurg nimmt ein Skalpell, hält es prüfend hoch. Es glänzt scharf im Licht.

WARTERAUM IN DER KLINIK. *Nacht. – Franz und Max sitzen mit Chauffeur und Leibwächter an einem Tisch, spielen Karten, trinken Bier aus der Flasche. Max und der Leibwächter rauchen.*

OPERATIONSSAAL. – *Die beiden Chirurgen und die Schwester betrachten ihr Werk.*
Erster Chirurg: *(japanisch)* Schaut nicht schlecht aus, oder?
Zweiter Chirurg: *(japanisch)* Perfekt! *(Tirolerisch zur Schwester:)* Geh, Burgl, ruaf die zwoa einer!
Die Schwester geht zur Sprechanlage.
Schwester: *(ins Mikrofon)* Es is soweit, Bürgermeister!
Die Chirurgen gehen zum Waschbecken, ziehen die Handschuhe aus, werfen sie in den Müllkübel, waschen sich die Hände.
Erster Chirurg: *(japanisch)* Ah, bin ich erledigt! Der Rücken tut mir weh ... *(richtet sich auf, drückt eine Hand ins Kreuz)*. Ich bräuchte dringend Urlaub!
Zweiter Chirurg: *(japanisch)* Schön wär's, ja. – Machen wir doch die anderen morgen! *(Schaut zu Elsa, Sabine, Gunnar, die schlafen.)*
Erster Chirurg: *(japanisch)* Ja, gut.
Sie trocknen sich die Hände ab, die Schwester nimmt ihnen den Mundschutz ab, zieht ihnen die Mäntel aus. Darun-

ter tragen sie kariertes Hemd und Lederhosen. Die Chirurgen ziehen sich Trachtenjanker an.

Erster Chirurg: *(tirolerisch)* Die andern mach ma morgen, Burgl!

Schwester: *(räumt auf)* Soll ma sie in a Zimmer legen?

Erster Chirurg: Na, laß sie liegen. Die schlafen eh bis in der Fruah. Dann mach ma glei weiter.

Der zweite Chirurg geht zu einem Personalcomputer, schaltet ihn ein, tippt etwas in die Tastatur, schaut auf den Monitor.

Zweiter Chirurg: *(japanisch)* Du, das war übrigens der 350.000ste!

Erster Chirurg: *(setzt sich einen Trachtenhut auf, japanisch)* Ah, da schau her! Und außerdem der erste Deutsche, den wir umgebaut haben. Das ist ja ein Grund zum Feiern! Nehmen wir noch einen Schluck?

Zweiter Chirurg: *(japanisch)* Gern!

Franz und Max kommen herein, gehen zu Karl-Friedrich, schauen ihn an. Er hat andere, volle Haare, ist tiefbraungebrannt, hat einen Schnauzbart, trägt eine Tiroler Tracht samt Strümpfen und Schuhen, ist nicht mehr gefesselt und nicht mehr zugedeckt. Hinter ihm liegen ein Tirolerhut und eine Sonnenbrille.

Franz: *(grinsend)* So, Piefke, jetzt bist a echter Tiroler! Wolltest eh immer sein, was? *(Zu den Chirurgen.)* Bravo! Guat is enk des gelungen!

Max: Ja, ein Meisterwerk!

Erster Chirurg: Des is der 350.000ste, Bürgermeister!

Franz: Ah, do schau her! Sehr guat! Dann hamma ja in an halben Jahr alle Tiroler durch!

Max: Nur nit hudln! Laßts enk Zeit, bittschön! Sonst machts Fehler! Gibt eh schon etliche Ausfälle. Gestern beim Tirolerabend sind wieder zwoa plötzlich umgfalln. Und immer wieder sieht ma a tote Kuah oder a Reh herumliegen. Des macht koa guats Bild!

Franz: Ja, Mander, paßts bittschön auf!

Erster Chirurg: Du, mir sein oanfach überlastet! Mir stehn praktisch Tag und Nacht am Operationstisch!

Franz: Was is denn mit dieser Blitzanziehung? Heut sind scho wieder zwoa vom Blitz derschlagen worden!

Erster Chirurg: Ah des is koa Problem! Mir bauen ab sofort Blitzableiter ein! Homma bei ihm *(deutet auf Karl-Friedrich)* a schon gmacht!

Zweiter Chirurg: Des mit der Netzhautüberempfindlichkeit bring ma a no hin!

Max: Ja, bittschön! Wia schaut denn des aus, die ganzen Bauern auf die Felder mit Sonnenbrillen ... Des fallt ja auf mit der Zeit!

LANDSCHAFT MIT BERGEN. *Morgen. – Die Sonne geht auf über dem schönen Tirol.*

OPERATIONSSAAL. – *Morgenlicht fällt durch eine Milchglasscheibe. Elsa wacht auf, spürt, daß sie gefesselt ist, schaut sich verzweifelt um, sieht Gunnar und Sabine, dann Karl-Friedrich, der neben ihr liegt, blickt fassungslos.*

Elsa: Gunnar! Sabine! Gunnar, bitte! Wacht auf!

Gunnar und Sabine wachen auf, schauen zu Elsa, diese zeigt mit dem Kopf auf Karl-Friedrich.

Elsa: Da!

Gunnar und Sabine recken ihre Köpfe, schauen zu Karl-Friedrich.

Sabine: *(entsetzt)* Vater!

Elsa: Karl-Friedrich! Karl-Friedrich!

Karl-Friedrich erwacht, blinzelt, setzt sich langsam auf, greift sich wie bei einem Kater an den Kopf, schaut Elsa an, die neben ihm liegt, grinst mit blitzenden Zähnen.

Karl-Friedrich: Ah, do schau her! Wer bist denn du, ha? Wieso hast denn du a Glatzen, ha?

Elsa: Was, ich hab ’ne Glatze?

Karl-Friedrich: Sowieso! Des gfallt mir aber nit!

Elsa: Karl-Friedrich! Erkennst du mich nicht mehr? Ich bin’s, deine Elsa!

Karl-Friedrich: Ah, da schau her! Die Elsa! Wos? Bist eppa am End a Deutsche, ha? Ham mir a Gspusi mitanand, ha?

Elsa: Karl-Friedrich, ich bin deine Frau!

Karl-Friedrich: Was, meine Frau? Na na, so schnell schiaßn die Preußn nit, gell! Gheirat werd nit! Wear ja no schöner! A Gspusi ja, aber heiraten, na na, kimmt ja gar nit in Frage!

Elsa: *(weinend)* Karl-Friedrich! Bitte!

Karl-Friedrich: Was hast denn immer mit dein Karl-Friedrich, Weibele? I hoaß decht nit Karl-Friedrich! I bin der Sepp Unterwurzacher! Schilehrer, Schuachplattler, Jodler, Bergführer, Bergbauer! Alles klar? Gfall i dir, ha?

Alle schauen fassungslos auf Karl-Friedrich.

Gunnar: Dasselbe werden sie mit uns machen! Wir müssen weg, Mutter!

Karl-Friedrich: *(schaut zu Gunnar)* Wer bist denn du, ha? Na, jetzt is der a glatzert! Habts ihr Läus oder was? *(Sieht Sabine.)* Oh, da is ja no a Weibats! A jungs! Teifi, du gfallast mir besser wia der alte Putzfetzen da! Wia wär’s denn mit uns zwoa, ha?

Sabine: Vater! Papi!

Karl-Friedrich: Was hoaßt da Papi? Hast du an Vogl?

Gunnar: *(flüstert Sabine zu)* Bring ihn dazu, daß er deine Gurte aufmacht!

Sabine: Was?

Gunnar: Er soll deine Fesseln lösen! Mach schon!

Sabine schaut Karl-Friedrich an, der sie breit angrinst, überwindet sich.

Sabine: Ja, Sepp, du würdest mir schon gefallen!

Karl-Friedrich: *(lacht)* No, siegst es! Unserm gebirglerischen Charme könnts ihr deutschen Weiber halt nit widerstehn, was? Ha? Deswegen kommts ja auch einer zu uns, was?

Sabine: Komm zu mir, Sepp! Bitte, komm! Ich sehne mich in deine starken Arme!

Elsa: Also nein, Sabine, das geht zu weit!

Gunnar bedeutet Elsa, still zu sein.

Karl-Friedrich: Ah so *(lacht),* sehnen a no, was, ha? Ah, da schau her! Ja, nacher, dann wear i halt ummikraxln zu dir, was, ha?

Karl-Friedrich steigt vom Operationstisch, es wird ihm etwas schwindlig, er greift sich an den Kopf.

Karl-Friedrich: Oi, oi, oi, was is denn des? *(Schaut sich um.)* Mir scheint, i bin im Spital! Na sowas! Hab i eppa am End an Unfall ghabt, ha? *(Schaut an seinem Körper hinunter.)*

Sabine: Komm! Komm endlich, Sepp!

Karl-Friedrich: Ah so, freilich, ja!

Er geht zu Sabine, zieht grinsend das Tuch zurück, sieht, daß sie darunter nackt ist und angeschnallt.

Karl-Friedrich: Ah, do schau her! *(Lacht.)* Pudlnakkert! Ah, des is praktisch! Ja, was is denn des? Du bist ja anbunden! Bist eppa am End a Narrische, ha?

Sabine: Nein, nein, bin ich nicht! Hab keine Angst, Sepp!

Karl-Friedrich: Ah was, Angst! A Tiroler kennt koa Angst nit! Des wear ma glei haben!

Karl-Friedrich löst die Gurte, Sabine springt auf, löst die Gurte von Gunnar, Karl-Friedrich schaut erstaunt.

Karl-Friedrich: Ja, he, was is jetzt Madl, werd jetzt gschnaxlt oder nit?

Sabine löst die Fesseln ihrer Mutter, Gunnar steht auf, nimmt eine Edelstahlschüssel, in der Operationsbestecke liegen, schlägt sie Karl-Friedrich von hinten über den Kopf.

Karl-Friedrich: Ah, da schau her! *(Beginnt zu wanken, greift sich auf den Kopf.)* Was is denn jetzt, ha?

Karl-Friedrich fällt um, bleibt bewußtlos liegen. Elsa geht zu ihm, kniet sich hin.

Elsa: Karl-Friedrich! Karl-Friedrich!

Gunnar: Los, schnell, wir müssen weg!

Elsa: Ohne ihn?

Gunnar: Klar doch ohne ihn! Er gehört jetzt zu ihnen! *(Zieht sie hoch:)* Komm jetzt!

Elsa: Ne, Gunnar! Das ist mein Mann! Den laß ich nicht im Stich! Er kommt mit, oder ich bleib auch hier!

Gunnar: Mann oh Mann! Na gut, ich such unsere Kleider!

Gunnar rennt nackt hinaus, Elsa tätschelt Karl-Friedrich.

Elsa: Karl-Friedrich! Karl-Friedrich!

Sabine kommt her und gibt ihm zwei leichte, aber resolute Ohrfeigen.

Sabine: Sepp! Sepp!

Karl-Friedrich schlägt die Augen auf, schaut verwirrt, greift sich an den Kopf.

Karl-Friedrich: Oh mei, i glab, i hab gestern wieder ordentlich gsoffen! An Schädlweh hab i, des gibt's nit!

Sabine: Sepp! Hör zu! Wir machen jetzt einen Ausflug!

Karl-Friedrich: An Ausflug? Ja, Spitze! *(Grinst Sabine an.)* Schnaxln in freier Natur! Des is meine Spezialität!

Elsa: Ach, Karl-Friedrich!

Gunnar kommt hereingerannt, trägt ihre Kleider.

KLINIKGANG. – *Gunnar, Elsa und Sabine laufen einen Gang entlang, sind jetzt angezogen. Hinter ihnen trottet Karl-Friedrich, hat jetzt Hut und Sonnenbrille auf.*

Karl-Friedrich: He, was is denn? Mei, ham's die deutschn Weiber immer eilig!

KLINIKLIFT. – *Gunnar dreht im Lift eine Videokamera zur Decke. Alle kommen herein, Gunnar drückt auf die Kellertaste, die Türen schließen sich, der Lift fährt los. Karl-Friedrich legt den Arm um Sabine. Elsa schaut mißmutig.*

KARL-FRIEDRICH: *(grinst)* Weibele, als erstes kauf i dir a Perückn! Glatzerte Weiber mag i oanfach nit! Außer, sie sind woanders glatzert! *(Schlägt sich auf die Oberschenkel vor Lachen.)* Was? Ha?

SABINE: *(schnippisch)* Jaja, Sepp, wird wohl so sein!

Der Lift hält an, die Türen gehen auf, Gunnar schaut vorsichtig hinaus.

GUNNAR: Los!

STRASSE. – *Die Kellertür der Klinik öffnet sich, Gunnar, Elsa, Sabine und Karl-Friedrich kommen heraus, steigen die Treppe herauf zur Straße, Gunnar schaut sich um, niemand ist zu sehen. Die Sattmanns gehen eilig an den Hauswänden entlang, Sabine zieht an ihrer Hand Karl-Friedrich nach. Gunnar sieht jemanden, bedeutet den anderen, stehenzubleiben. Zwei Schützen mit Maschinenpistolen kommen die Straße herauf. Gunnar schiebt seine Leute hinter ein Hauseck.*

KARL-FRIEDRICH: Ja, was is denn?

Sabine legt ihm die Hand auf den Mund, lächelt ihn gezwungen an. Die beiden Schützen gehen auf der anderen Straßenseite vorüber, verschwinden um ein Eck.

ORTSRAND VON LAHNENBERG / TIEFGARAGENZUFAHRT. – *Ein Schütze mit Maschinenpistole und Sonnenbrille steht mit dem Rücken zum Ort rauchend vor den Schranken. Die Sattmanns schleichen heran, Gunnar öffnet die Tür zur Treppe, die in die Tiefgarage hinunterführt. Karl-Friedrich will dem Schützen freundlich etwas zurufen, Sabine schiebt ihn schnell in die Tür. – Nach einer Weile kommt der Mercedes von Karl-Friedrich die*

Auffahrt hochgefahren. Gunnar sitzt am Steuer, neben ihm Elsa, hinten Sabine und Karl-Friedrich. Gunnar fährt nicht zu schnell, um nicht aufzufallen. Der Mercedes entfernt sich, der Schütze schaut ihm nach, nimmt dann sein Funkgerät zum Mund.

STRASSE ZUM ROTTERHOF / MERCEDES DER SATTMANNS. – *Der Mercedes fährt die Straße hinauf. Gunnar am Steuer, neben ihm Elsa, hinten Sabine und Karl-Friedrich. Er hat den Arm um Sabine gelegt, grinst sie an.*

SABINE: Das ist ein Fehler, Gunnar! Thomas gehört doch auch zu denen!

GUNNAR: Vielleicht ist er nicht zuhause! – Wir müssen die Widerstandsgruppe finden, Sabine! Damit sie uns über die Grenze bringen!

SABINE: Die Rotter-Leute wissen doch gar nicht, wo Joe sich aufhält!

KARL-FRIEDRICH: Sagts amal, Leutln, um was geht's denn eigentlich?

SABINE: Um unseren Ausflug, Sepp! Muß alles organisiert sein!

KARL-FRIEDRICH: Logisch, hoi! Organisation is alles, heutzutag!

BEIM ALTEN ROTTERHOF – *Der Mercedes hält hinter dem Hof. Gunnar läßt den Motor laufen, steigt aus, schleicht vorsichtig nach vorne, schaut zum Platz vor dem Hof, winkt den anderen. Sabine stellt den Motor ab, sie steigen aus, gehen zu Gunnar. Sabine führt Karl-Friedrich an der Hand. Auf der Bank vor dem Hof sitzt malerisch Andreas und raucht Pfeife. Hühner laufen herum. Der Land-Rover steht nicht da.*

ANDREAS: Ah, da schau her! Die Sattmanns! Ja, griaß enk, alle miteinander!

Computerstimme: Liabe Leutln, dieser Hof wurde erbaut im Jahre des Herrn 1783 und is seither im Besitz der Rotter-Familie. Klarerweis wird er no voll bewirtschaftet. Gegen zehn deutsche Markln dürfts alles besichtigen. Familienpauschale zwanzig Mark.

Gunnar: *(währenddessen zu Andreas)* Andreas, wir suchen dringend Joe! Wissen Sie, wo der zu finden ist?

Stimme Thomas: Ja, Leutln, des tat ma selber gern wissen.

Die Sattmanns schauen zur Haustür. Dort steht Thomas in seiner Schützenuniform mit Maschinenpistole und Funkgerät. Er hat keine Verletzung mehr, auch keinen Verband. Die Sattmanns erstarren (außer Karl-Friedrich).

Sabine: *(zu Gunnar)* Ich hab's dir gesagt!

Thomas setzt sich neben Andreas auf die Bank, schaut die Sattmanns grinsend an.

Thomas: He, Karl-Friedrich! Du bist ja schon umbaut, was?

Karl-Friedrich: Himmel, Arsch und Zwirn! Wieso sagen denn alle Karl-Friedrich zu mir? I bin's, der Unterwurzacher Sepp!

Thomas: Logisch, hoi! Schilehrer, Schuachplattler, Bergbauer! Was?

Karl-Friedrich: Genau! *(Stößt einen Juchzer aus.)*

Hinter Andreas schauen jetzt neugierig Maria und Olga aus dem Fenster, bleiben dort.

Thomas: No, Leutln, es is wohl gscheiter, ihr fahrts wieder dahin zruck, wo ihr herkommen seids!

Sabine: Das haben wir auch vor, Thomas! Wir fahren sofort nach Hause!

Thomas: Na, nit nach Hause! Ins Krankenhaus müßts! Da kommts ihr ja her, oder?

Andreas: Ja, was is denn des? Seids ihr krank?

Thomas nimmt sein Funkgerät, drückt darauf.

Thomas: He, da is der Thomas! Zentrale, bitte melden!

Mädchenstimme: *(aus dem Funkgerät)* Ja, Thomas, was is?

Thomas: I hab sie, die Ausreißer!

Mädchenstimme: Wen?

Gunnar macht einen Schritt zurück, deutet den anderen, zum Auto zu gehen, Thomas richtet mit einer Hand die Maschinenpistole auf sie, Gunnar bleibt stehen.

Thomas: Die Sattmanns!

Mädchenstimme: Ah, fein, der Bürgermeister is eh schon ganz aus'm Häusl.

Thomas: I bin am Rotterhof! Schickts an Wagen auffa!

Mädchenstimme: Ja, guat, kimmt glei! Ende!

Thomas schaut die Sattmanns grinsend an.

Andreas: He, Leutln, wollts nit a Schnapsl trinken? Mir hatten ganz an guatn! Selber brennt! Fünf Markln!

Karl-Friedrich: Logisch, hoi! Reiß her! Aber zahlen tua i nix! Bin ja koa Piefke! Was glabts denn ös!

Plötzlich kommen von oben Joe und Stefan mit Motocrossmaschinen herangebraust. Joe (mit Schnellfeuergewehr) fährt ganz nahe heran, Stefan (mit Maschinenpistole) bremst ein paar Meter weiter weg ab. Beide schauen erstaunt auf die kahlen Köpfe der Sattmanns und auf Karl-Friedrich.

Joe: Ja, he! Was is denn passiert?

Elsa: *(verzweifelt)* Sie haben aus Karl-Friedrich einen Tiroler gemacht!

Joe: *(weiß nichts von den Operationen)* Was? An Tiroler? *(Grinst.)* Ehrlich?

Karl-Friedrich: *(stampft auf)* Sepp! I bin der Sepp! No amal, dann könnts den Ausflug alloan machen!

Stefan: *(grinsend)* Wer bist du? Der Sepp?

Karl-Friedrich: Ja, logisch hoi! Kennst mi nimmer?

Thomas: *(richtet die MP auf Joe und Stefan)* Geh, schmeißts eure Krachn weg, bittschön!

Stefan gibt aus seiner Maschinenpistole, die zu diesem Zweck schon in der richtigen Position hängt, einen Feuerstoß ab, Thomas wird in die Brust getroffen und an die Hauswand zurückgeworfen, seine Maschinenpistole rutscht auf den Boden. Erstaunt schaut Thomas auf das Blut, das aus den Einschußlöchern sickert.

JOE: *(etwas verärgert zu Stefan)* Du, des is mei Bruader!

STEFAN: Des glaub i nit! Schau dir den Karl-Friedrich an! – I hab mir scho lang denkt, daß da was faul is. *(Lacht.)* Die reden nämlich alle wie du, früher!

KARL-FRIEDRICH: Ja, was is denn da los?

ANDREAS: Kriag! Kriag! Kenn i alles! Hab i alles mitgmacht! *(Zu Joe:)* Aber du bist der Feind! Du ghörst derschossn! Glaub i halt. *(Zu Thomas:)* Oder?

THOMAS: *(bewegungslos)* Logisch!

Olga und Maria kommen heraus, schauen Thomas an.

MARIA: Wie geht's dir?

THOMAS: Ja, tuat scho! Geh, hol mir die Kennkartn für'n Doktor! Die is im andern Rock!

MARIA: Mach i! *(Zu Joe und Stefan:)* Ös Saubärn, ös! Aber wartets nur, enk geht's no schlecht!

JOE: *(zu den Sattmanns)* Los, wir haun ab! Fahrt's uns nach!

Joe und Stefan wenden die Maschinen, Gunnar nimmt Karl-Friedrich am Arm.

KARL-FRIEDRICH: Pfiati, Thomas, wir machen nämlich an Ausflug, woaßt!

THOMAS: *(bewegungslos)* Servus, Sepp!

BERGSTRASSE / MERCEDES. – *Eine schmale, kurvige Bergstraße. Joe und Stefan fahren mit den Motocrossmaschinen bergauf, hinter ihnen der Sattmann-Mercedes. Hinter dem Mercedes taucht ein Land-Rover auf, in dem vier Tiroler Schützen mit Maschinenpistolen sitzen. Sie beginnen auf den Mercedes zu feuern. Gunnar und Sabine* *ducken sich, Elsa rutscht schreiend vom Vordersitz, Karl-Friedrich bleibt seelenruhig sitzen.*

Karl-Friedrich: Ah, da geht's zu! Des is ja a lustiger Ausflug!

Sabine zieht ihn vom Sitz.

Computerstimme: Karl-Friedrich, du überschreitest die erlaubte Höchstgeschwindigkeit! Karl-Friedrich, das linke Rücklicht ist defekt! Karl-Friedrich, denk doch an deine Bremsbeläge! Karl-Friedrich, der Anti-Kollisionsradar ist ausgefallen!

Die Heckscheibe zerbirst.

Computerstimme: Karl-Friedrich, die Heckscheibe ist im Eimer!

BERGSTRASSE, WEITER OBEN. – *Die Motocrossmaschinen kommen um eine Kurve, Joe und Stefan halten an, der Mercedes rast vorbei, der Land-Rover kommt, Joe und Stefan schießen darauf, der Land-Rover fährt in den Abgrund.*

HOCHGEBIRGE. – *An einem steilen Abhang, zwischen Felsbrocken und Latschenkiefern, steigen Karl-Friedrich, Gunnar, Elsa, Sabine, Joe und Stefan nach oben.*

Karl-Friedrich: *(anzüglich zu Sabine)* He, Sabine! Mach ma nit amal eine Verschnaufpause, ha?

Sabine: Nur Geduld, Sepp!

Hubschraubergeräusch nähert sich. Joe deutet, alle gehen hinter einem Felsen in Deckung, Sabine zieht Karl-Friedrich nach, der neugierig Ausschau halten will. Der Hubschrauber taucht auf, fliegt in der Nähe vorbei. Die Türen sind offen, drei bewaffnete Schützen sitzen darin, auch der Pilot trägt Schützentracht. Der Hubschrauber entfernt sich wieder, verschwindet.

VOR EINER HÖHLE IM HOCHGEBIRGE. – *Joe, Stefan und die Sattmanns steigen auf die Höhle zu. Vor dem Eingang sitzt Hans auf einem Stein, hat sein Schnellfeuergewehr auf den Knien. Er steht auf, als die Leute herankommen. Elsa setzt sich erschöpft hin. Hans schaut erstaunt Karl-Friedrich an.*

HANS: Sind Sie das, Herr Sattmann?

Karl-Friedrich schaut hinter sich, weil er meint, Hans spricht einen anderen an. Aus der Höhle treten der Pfarrer, Anna und ihr kleiner Sohn Andreas.

KARL-FRIEDRICH: Griaß enk! Super Ausflug hamma gmacht! Echt Spitze! No, was is jetzt? Gibt's a Begrüßungsschnapsl?

Hans, der Pfarrer und Anna starren erstaunt Karl-Friedrich an.

KARL-FRIEDRICH: Was schauts denn so? Ha? I bin's, der Sepp! Jodler, Schuachplattler, Bergbauer!

Hans schaut Joe und Stefan an.

STEFAN: Ja, so is des, Hans! Nit nur unser Land is aus Plastik!

JOE: *(zu Hans)* Keine Gewalt gegen Menschen, was?

HÖHLE IM HOCHGEBIRGE. – *Eine wohnlich eingerichtete Höhle. Auf einem Strohlager sieben Schlafsäcke. Ein Herd aus Steinen, Feuer flackert darauf, darüber hängt an einem Holzgestänge ein großer, verrußter Kessel mit dampfendem Wasser. Die alte Lena steht am Herd, macht Tee. In einer Felsnische Lebensmittel, Geschirr, Konservendosen. Darunter aufgestapeltes Feuerholz. Eine offene Kiste mit Waffen, ein paar Kisten mit Munition und Sprengstoff, Totenkopfstempel drauf. Eine Handpresse, Pakete von Flugblättern. Ein langer, roh gezimmerter Tisch mit Bänken. An ihm sitzen Hans, Joe, Stefan, der Pfarrer, Anna, der kleine Andreas, die Sattmanns. In der Mitte Brot und Speck, vor jedem ein Teehäferl aus*

Blech. Bei Karl-Friedrich steht eine Schnapsflasche, von der er immer wieder in sein Häferl schüttet und jedesmal ex austrinkt. Lena kommt mit einer großen Teekanne, Anna steht auf, nimmt sie ihr ab.

ANNA: Danke, Lena!

Lena geht wieder zum Herd zurück, Gunnar schaut ihr nach, Lena setzt sich auf einen Hocker, beginnt an einer Mütze zu stricken. Anna schenkt allen Tee ein. Der kleine Andreas sitzt gegenüber von Gunnar und Elsa. Beide schauen ihn an.

ELSA: Groß bist du geworden, Andreas.

GUNNAR: Kennst du uns noch?

Andreas schüttelt den Kopf.

ANNA: Is halt scho lang her.

Anna kommt mit der Teekanne zu Karl-Friedrich.

ANNA: Du a, *(zögert)* Sepp? Oder trinkst du nur Schnaps?

KARL-FRIEDRICH: Na na, schütt nur eina! An Jagertee hab i immer gern mögn.

Anna schüttet ihm Tee ein.

KARL-FRIEDRICH: Guat, guat! Nit so viel! Hat ja koa Schnaps mehr Platz! *(Schaut Anna an.)* Teifi eini, du bist aber a fesches Dirndl! *(Klopft Anna auf den Hintern.)* Nix für unguat, Sabinele! I bin halt amal a ganz a teiflischer Bock!

Anna schenkt sich selber ein, nimmt Platz. Alle trinken Tee, essen Speck.

HANS: *(zum Pfarrer)* No, willst immer no weg?

PFARRER: *(schüttelt den Kopf)* Wo sollt i denn hin? *(Schaut Karl-Friedrich an.)* Ob der no eine Seele hat?

STEFAN: *(zu Karl-Friedrich)* He, Sepp! Der Pfarrer fragt, ob du eine Seele hast?

KARL-FRIEDRICH: Ja logisch, hoi! Was glabst denn? Des gheart ja zum Vätererbe! *(Schüttet Schnaps in den Tee.)* Eini damit! Nur der Not koan Schwung lossn! *(Schlägt mit der Faust auf den Tisch.)* Herrschaft, is des wieder a zünftiger Ausflug! *(Zu Sabine, die ihm gegenüber sitzt:)* Was, Sabinele? Sakradie, jetzt setz di halt her zu mir!

Elsa schaut peinlich berührt.

Sabine: Später, Sepp, später!

Karl-Friedrich: I kann dir aber nit garantieren, daß i spater no auf Zack bin, Sabinele!

Karl-Friedrich trinkt aus der Schnapsflasche, plötzlich fällt sein Kopf vornüber auf die Tischplatte, er ist ohnmächtig, die Schnapsflasche rollt auf dem Tisch davon, Stefan fängt sie auf, trinkt einen Schluck, stellt sie hin.

Elsa: Karl-Friedrich!

VOR DER HÖHLE. *Abend. – Sonnenuntergang. Stefan sitzt rauchend als Wächter auf dem Stein, auf dem vorhin Hans saß. Auf der anderen Seite der Höhle stehen Joe und Sabine, betrachten die Abendstimmung. Sabine schaut nach einer Weile Joe an, er spürt es, schaut sie ebenfalls an. Es gibt nichts zu sagen, aber trotzdem ein Einverständnis. Die Sonne verschwindet, es wird kühl, Sabine schlägt die Arme um sich.*

Joe: Es werd Zeit.

HÖHLE IM HOCHGEBIRGE. *Abend. – Das Feuer flakkert. Lena strickt. Petroleumlampe auf dem Tisch, an dem nur mehr der Pfarrer und Andreas sitzen. Stefan steht mit seiner MP am Eingang, Hans arbeitet an der Handpresse, Gunnar nimmt einen gefüllten Rucksack über, Joe hängt sich ein Bergsteigerseil um, Anna gibt Elsa ein Kopftuch, Sabine eine Mütze und Gunnar einen Hut.*

Anna: Damits euch den Kopf nit verkühlts!

Elsa: Oh, danke Anna!

Elsa bindet sich das Kopftuch um, Gunnar setzt den Hut auf und Sabine die Mütze. Sabine geht dann zu Karl-Friedrich, der auf dem Bauch im Strohlager liegt und schnarcht.

Sabine: He, Sepp! Aufwachen!

Sabine rüttelt ihn, Karl-Friedrich erwacht, richtet sich auf, streckt sich.

Karl-Friedrich: Ah, so a Schlafl tuat guat. – Was is? Gemma scho wieder?

Sabine: Ja, es geht weiter!

Karl-Friedrich steht auf, rückt seinen Hut zurecht. Gunnar geht zu Andreas, reicht ihm die Hand.

Gunnar: Leb wohl, Andreas!

Kleiner Andreas: Pfiati!

Gunnar fällt etwas ein, greift in die Tasche seiner Windjacke, holt den bunten toten Vogel heraus, gibt ihn Andreas, dieser schaut erstaunt.

Gunnar: Ich glaube, du mußt ihn ausstopfen! Sonst hält er sich nicht!

Andreas zieht ein Taschenmesser heraus, öffnet es, schneidet den Vogel auf, öffnet seinen Brustkorb mit zwei Fingern. Gunnar schaut erstaunt. Auch Sabine, Elsa und der Pfarrer schauen zu. Im Körper des Vogels sind bunte Drähte und Mikrochips.

Kleiner Andreas: *(zu Gunnar)* Er is schon ausgstopft.

Gunnar schaut betroffen.

HOTEL ALPENFRIEDEN. PRIVATWOHNUNG.

Nacht. – Am Tisch Max, Christl, Franz, letzterer hat ein Funkgerät in der Hand. Vor Franz und Max Bierkrüge, Christl hat etliche leere Underberg-Fläschchen vor sich stehen.

Stimme Erster Gendarm: *(aus dem Funkgerät)* Es tuat ma leid, Franz, wir ham ihre Spur verloren.

Franz: Unfähige Bande! Weitersuachn! Alle Mann einsetzn!

Stimme Erster Gendarm: Ja, is guat! I meld mi wieder!

Franz legt das Funkgerät hin, Christl trinkt ein Underberg-Fläschchen aus.

Max: Des wär blöd, wenn die's über die Grenz schaffen! Mit dem Karl-Friedrich als Beweismittel!

Franz trinkt vom Bier, starrt müde vor sich hin, schaut dann Christl an.

Franz: Mach ma's?

Christl: *(nach einer Weile)* Ja, mach ma's.

Max: Was?

HOCHGEBIRGE. *Nacht. – Der Mond scheint. Joe geht einen steilen Hang hinauf, trägt das Seil und sein Gewehr. Hinter ihm Elsa, Sabine, Karl-Friedrich, am Schluß Gunnar.*

Karl-Friedrich: *(nach einer Weile)* Herrschaft, des is aber a langer Ausflug heit! Muaß i scho sagen!

Sie kommen an eine Felskante, Joe winkt den anderen, stehenzubleiben, sie tun es. Joe kniet nieder, kriecht um die Felskante. Er bewegt sich vorsichtig auf eine Videokamera zu, die auf einer Stange befestigt ist und ständig einen Kreis beschreibt. Joe kriecht an die Kamera heran, reißt sie von der Halterung los und wirft sie in den Abgrund.

OPERATIONSSAAL. *– Die Tür öffnet sich, Franz, Christl, die zwei Chirurgen und die Schwester kommen herein.*

Erster Chirurg: Des is ja a Wahnsinn! Mitten in der Nacht! Was gibt's denn so Dringendes?

Franz: Wir möchten a, die Christl und i.

Erster Chirurg: Was möchtets?

Franz: Umbaut werden.

Erster Chirurg: I hab glaubt, ihr seids schon.

Franz: Na, samma nit!

Erster Chirurg: Ihr habts des doch nit notwendig!

Franz: Doch! I schaff des so nimmer!

Christl: I a nimmer! Schau mi an! I möcht wieder guat ausschaun. Gsund! Lustig! So wia die andern.

Zweiter Chirurg: Die Tiroler sind lustig, die Tiroler sind froh, was?

Christl nickt.

Erster Chirurg: Na, guat, wie ihr wollts! Aber, a Zurück gibt's koans mehr, des sag i euch!

Franz zieht den Janker aus, legt sich auf einen Operationstisch, Christl legt sich auf den Tisch daneben.

HOCHGEBIRGE / BIWAKSCHACHTEL. – *Eine Biwakschachtel aus Blech, an einen Felsen geduckt. Mondlicht. Ein kleines Fenster, das offen steht, Licht fällt heraus. Joe taucht beim Fenster auf, schaut vorsichtig hinein. Drinnen sitzen zwei Schützen an einem Klapptisch auf zwei Klappstühlen, spielen Karten, rauchen, trinken Bier. Am Boden zwei Schlafsäcke. Am Wandhaken Schnellfeuergewehre und zwei Funkgeräte. Monitore, die verschiedene Ausschnitte aus der Gebirgslandschaft zeigen. Auf einem der Bildschirme ist nur weißes Flimmern zu sehen. Joe holt eine Handgranate hervor, zieht sie ab, wirft sie ins offene Fenster. Er rennt dann quer über eine Schotterhalde, geht hinter einem Felsen in Deckung, wo auch die Sattmanns sind. Die Biwakschachtel fliegt in die Luft.*

Karl-Friedrich: *(fröhlich)* Jessas, war des jetzt a Tuscher! Also mit euch erlebt ma ja allerhand!

HOCHGEBIRGE / KAMIN IN FELSWAND. – *Joe, Elsa, Sabine, Karl-Friedrich und Gunnar klettern im Kamin hoch, Joe an der Spitze, er hat die anderen provisorisch angeseilt. Elsa hat eine Heidenangst.*

HOCHGEBIRGE / GRAT. – *Auf dem Grat sitzt ein Tiroler Schütze. Er hat ein Gewehr mit Infrarot-Zielfernrohr. Plötzlich taucht Joe hinter ihm auf und gibt ihm einen Stoß. Der Schütze verschwindet mit einem langgezogenen Schrei. Joe steigt auf den Grat, zieht die anderen hoch. Elsa schaut schaudernd in den Abgrund, klammert sich an Joe.*

Joe: Jetzt hammas bald!

Karl-Friedrich: *(nicht mehr so fröhlich)* No, ihr seids guat! Ihr wollts mi wohl einilegen, was? Des is ja a Bergtour!

Sabine: Aber, Sepp! Du bist doch auch Bergführer!

Karl-Friedrich: Logisch, hoi! *(Grinsend:)* Aber irgendwann möcht ma ja zum Schnaxln kemmen, nit?

Elsa sieht weiter unten in einer Schotterhalde etwas.

Elsa: Da!

Sie schauen alle hinunter. Vier Schützen treiben ein paar abgerissene Gestalten vor sich her.

Elsa: Was ist denn das?

Joe: Flüchtlinge! Die möchten alle in unser gelobtes Land!

HOCHGEBIRGE. *Morgen. – Sonnenaufgang. Joe, Elsa, Gunnar, Sabine und Karl-Friedrich steigen von oben herab. Sie kommen zu einer Tafel mit Hoheitszeichen und der Aufschrift: Bundesrepublik Deutschland. Freistaat Bayern*

Elsa: *(atmet auf)* Gott sei Dank! Geschafft!

Karl-Friedrich: Ja, he! Was tuan mir denn in Deutschland?

Plötzlich das Geräusch eines Hubschraubers, alle schauen hinauf, der Hubschrauber rast auf sie zu. Landen kann er nicht, weil das Gelände zu steil ist. Joe hechtet hinter einen überhängenden Felsblock, Gunnar und Sabine tun dasselbe, Sabine zieht ihre Mutter nach. Karl-Friedrich bleibt stehen.

Joe: He, Karl-Friedrich! – Sepp! Sepp! Kimm her, verdammt!

Karl-Friedrich beachtet sie nicht, geht in Richtung Hubschrauber, der in einiger Entfernung über dem Boden schwebt.

Elsa: Karl-Friedrich, komm zurück! Karl-Friedrich!

Karl-Friedrich torkelt auf den Hubschrauber zu.

Karl-Friedrich: He! He, Leutln! Nehmts mi mit! I will nit nach Deutschland! I will nach Tirol! I will hoam!

Elsa: *(steht auf)* Karl-Friedrich! *(Rennt Karl-Friedrich nach.)*

Joe: Elsa!

Gunnar: Mama! Bleib hier!

Elsa hat Karl-Friedrich eingeholt, dieser nimmt seinen Hut ab, schwenkt ihn zum Hubschrauber hoch.

Karl-Friedrich: Da bin i, Leutln! Nehmts mi mit! I will hoam!

Elsa will Karl-Friedrich zurückziehen, aus dem Hubschrauber wird an einem Seil ein Netz über Elsa und Karl-Friedrich geworfen. Die anderen schauen entsetzt hinter dem Felsblock hervor. Elsa und Karl-Friedrich werden im Netz hochgezogen, der Hubschrauber dreht ab und fliegt davon, unten baumelt das Netz mit den beiden Gefangenen. Joe, Gunnar und Sabine kommen hinter dem Felsblock heraus, schauen dem Hubschrauber nach, dieser verschwindet. Sabine bricht in Tränen aus, lehnt sich an Joe.

Sabine: Oh, Joe!

Joe legt den Arm um sie.

Joe: *(nach einer Weile)* I muaß jetzt wieder zruck.

Joe löst sich von Sabine, gibt ihr die Hand.

Joe: Pfiati! Mach's guat!

Joe gibt Gunnar die Hand, wendet sich ab, steigt wieder bergan. Gunnar und Sabine schauen ihm nach, gehen dann Richtung Deutschland.

ALMHÜTTEN-TV-STUDIO. – *Im Studio wieder der bärtige Bursche, vor sich Maßkrug und Jause.*

Tiroler Fernsehsprecher: *(in die Kamera)* Griaß enk, Leutln, da bin i wieder! Der Schorsch vom Sender Tirol! Wir übertragen jetzt direkt an zünftigen Heimatabend aus unserem bekannten und beliebten Urlaubsort Lahnenberg! I wünsch enk a recht guate

Unterhaltung! Pfiat enk derweil! *(Hebt den Maßkrug hoch und trinkt.)*

VERANSTALTUNGSSAAL MIT BÜHNE. *Abend. – Im Zuschauerraum sitzen Touristen. In der ersten Reihe auch Franz und Christl, sie schauen wunderbar kraftstrotzend, braungebrannt und verjüngt aus. Neben ihnen Max, er blickt sie etwas verächtlich grinsend von der Seite an. Hinten beim Eingang stehen der erste und der zweite Gendarm, wollen sich das Ereignis auch nicht entgehen lassen. Die Musik setzt ein. Am Bühnenhintergrund ein wunderschönes gemaltes Alpenpanorama. Von der Seite treten Karl-Friedrich und Elsa auf. Auch Elsa jetzt ganz tirolerisch, sie trägt ein Dirndlkleid mit tiefem Ausschnitt, hat strohblonde Haare, die in Zöpfen ums Haupt gewunden sind. Beide wirken sehr glücklich. Karl-Friedrich und Elsa tanzen einen perfekten Tiroler Volkstanz. Franz und Max grinsen, ebenso die beiden Gendarmen. Karl-Friedrich schleudert Elsa in die Luft, die Zuschauer applaudieren begeistert, auch Franz, Max und Christl klatschen wohlgefällig. Karl-Friedrich und Elsa tanzen weiter ...*

Ende des Vierteilers

Die Personen und ihre Darsteller:

Die deutsche Unternehmerfamilie Sattmann:	
Karl Friedrich Sattmann	Dietrich Mattausch
Elsa	Brigitte Grothum
Sabine	Sabine Cruso
Gunnar	Ralf Komorr
Heinrich	Ferdinand Dux
Hund Asta	Hundeschule Wisniewski
Die Tiroler Familie Wechselberger:	
Franz	Kurt Weinzierl
Christl	Veronika Faber
Stefan	Gregor Bloéb
Hans	Hans Richter
Die Tiroler Bauernfamilie vom Rotterhof:	
Andreas	Peter Kluibenschädl
Olga	Doris Goldner
Thomas	Ludwig Dornauer
Maria	Barbara Weber
Anna	Brigitte Jaufenthaler
Joe	Tobias Moretti
Kinder (Teil 1 und 2)	Maria Wechselberger
	Michael Bliem
	Alois Rohrmoser
	Notburga Fiechtl
Kinder (Teil 3)	Barbara Kainzner
	Stefan Oberwalder
	Rainer Rohrmoser
	Helga Kammerlander
Weitere Personen:	
Max Niederwieser	Josef Kuderna
Pfarrer	Hans Kolp
Erster Gendarm	Pepi Griesser
Zweiter Gendarm	Robert Winterle
Manfred Holleschek	Sascha Scholl
Herr Körner	Gerd Burkhard
Lena	Else Anderka

Handelsminister	Jaromir Borek
Frau des Handelsministers	Gudrun Velisek
Sekretär des Ministers	Erwin Jenewein
Chefredakteur	Heinz Petters
Fotograf	Werner Sobotka
Redaktionsbote	Hans Pemmer
Grafiker	Gerald Pichowetz
Verkaufschef Orient	Peter Färber
Jutta Karge	Claudia Rieschel
Junger Tourist	Anders Linder
Junger Touristin	Birgit Büscher
Erster Jäger	Josef Pittl
Zweiter Jäger	Gerhard Sandhofer
Sohn Andreas (1 Jahr)	Alexander Walch
Sohn Andreas (2 Jahre)	Thomas Kröll
Landeshauptmann	Helmut Haidacher
Arzt	Walter Patreider
Bergführer	Lothar Dellago
Erster Bergsteiger	Franz Wierer
Zweiter Bergsteiger	Stefan Neussel
Sekretärin des Bürgermeisters	Margit Wierer
Bauer	Friedl Kröll
Fürsorgerin	Linda Fair-Mössmer
Beamter	Klaus Wurm
Notar	Kurt Müller-Walden
Trafikant	Joachim Zentara
Wirt	Hans Peter Wasserer
Wirtin	Anna List
Erster Hotelier	Hermann Wurm
Zweiter Hotelier	Rudi Angerer
Hoteliersfrau	Notburga Schreier
Sekretärin	Midi Schöllhorn
Hüttenwirt	Peter Mitterrutzner
Hüttenwirtin	Barbara Kopp
Mädchen	Edith Schweinberger
Lehrer	Heinz Tipotsch
Blasmusikkapelle	Blasmusikkapelle Mayrhofen
Musikduo	Martin Huber & Co.

Stabliste

Bühne	Martin Zimmermann
	Isidor Wimmer
	Karl Kastner
Kostüme	Magda Hauschulz
	Otto Pospisil
Requisite	German Pizzinini
	Erwin Caudr
Komparserie	Karl Steinbock
Hundeführer	Roger Wisniewski
Garderobe	Maria Glätzle
Maske	Franz Huc
	Erika Kemnitz
	Adolf Uhrmacher
Kameraassistenz	Helmut Nocar
Licht	Gerhard Ehringer
	Kurt Jancik
	Werner Holler
Ton	Rolf Schmidt-Gentner
	Uwe Kohrs
Tonassistenz	Thomas Schmidt-Gentner
Mischung	Klaus-Dieter Wehling
Aufnahmeleitung	Johann Schmidt
	Margarete Gmeindl
	Bernd Rübschläger
Geschäftsführer	Stefan Zipfel
Produktionssekretärin	Daniela Koller
Continuity	Claudia Jüptner
Regieassistenz	Cornelia Wecker
Schnitt	Ursula Höf
	Simone Bräuer
Musik	Wilhelm Dieter Siebert
Produktionsleitung	Klaus Jüptner-Jonstorff
	Herbert Reutterer
Herstellungsleitung	Hans Dieter Tafelski
Redaktion	Dieter Meichsner (NDR)
	Peter Mertz (ORF)
Buch	Felix Mitterer

Kamera	Michael Thiele
Regie	Wilfried Dotzel

Hergestellt von der ALSAT Film und TV Produktions- und Vertriebs-GesmbH Berlin und der SATEL Fernseh- und Filmproduktions Gesellschaft m. b. H. Wien im Auftrag von NDR und ORF.